本书的出版得到了中国石油大学(华东)教务处"2023年校级规划教材"项目的支持。

俄罗斯民间文学作品选

Избранные произведения русского фольклора

赵婷廷 编译

北京大学出版社
PEKING UNIVERSITY PRESS

图书在版编目(CIP)数据

俄罗斯民间文学作品选 / 赵婷廷编译. —— 北京：北京大学出版社, 2025.6. —— ISBN 978-7-301-36007-1

Ⅰ. I512.7

中国国家版本馆CIP数据核字第20250FT571号

书　　　名	俄罗斯民间文学作品选 ELUOSI MINJIAN WENXUE ZUOPINXUAN
著作责任者	赵婷廷　编译
责 任 编 辑	李　哲
标 准 书 号	ISBN 978-7-301-36007-1
出 版 发 行	北京大学出版社
地　　　址	北京市海淀区成府路205号　100871
网　　　址	http://www.pku.cn　新浪微博 @北京大学出版社
电 子 邮 箱	编辑部 pupwaiwen@pup.cn　总编室 zpup@pup.cn
电　　　话	邮购部 010-62752015　发行部 010-62750672 编辑部 010-62759634
印　刷　者	北京溢漾印刷有限公司
经　销　者	新华书店
	720毫米×1020毫米　16开本　22.25印张　370千字 2025年6月第1版　2025年6月第1次印刷
定　　　价	88.00元

未经许可，不得以任何方式复制或抄袭本书之部分或全部内容。

版权所有，侵权必究

举报电话: 010-62752024　电子邮箱: fd@pup.cn

图书如有印装质量问题，请与出版部联系，电话: 010-62756370

前言

　　民间文学是在广大下层民众中口耳相传的口头语言艺术，也是重要的精神文化产品。民间文学作为一种"源文化"和"根文化"，是承载各民族精神的重要载体。关于民间文学的重要价值，俄罗斯作家阿·马·高尔基（1868—1936）曾经谈道："不了解民间口头创作，就无法了解劳动人民真正的历史。"[1]高尔基指出了民间文学对于洞察人民大众物质生活和精神生活的重要作用。我国作家鲁迅（1881—1936）在杂文《门外文谈》中认为："旧文学衰颓时，因为摄取民间文学或外国文学而起一个新的转变，这例子是常见于文学史上的。"[2]鲁迅先生探讨了民间文学对作家文学的滋养。

　　俄罗斯民间文学是俄罗斯传统文化中不可忽视的一部分。民间文学是与作家文学相平行的一个概念，它与作家文学的最大区别是它的集体性和大众性。以大众为基础的民间文学具有地域性，每个地区的民间文学不论在体裁还是在语言方面都有其独特之处。

一

　　俄罗斯学界对民间文学有诸多不同的表述，比如"народное творчество（人民创作）""народная словесность（民间文学）""устная словесность（口头文学）""устная народная поэзия（人民口头文学）""устно-поэтическое народное творчество（人民口头文学创作）""народная литература（民间文学）""народная поэзия（民间文学）"

---

[1] А.М.Горький. О литературе. Статьи и речи 1928-1935 гг. М.：Художественная литература, 1935, С.375.
[2] 鲁迅.门外文谈，北京：北京出版社，2014年，第15页。

"устная поэзия(口头文学)"和"фольклор(民间文学)"等。

俄文中的"фольклор"一词是英语"folklore"[1]的音译。1846年,英国学者汤姆斯提出了术语"folklore",指民众智慧和民众知识。这一术语后被各国学者广泛使用,既指研究对象本身,又指关于这一领域的研究。俄文中通过"фольклор"(民俗或民间文学)和"фольклористика"(民俗学或民间文艺学)来区分这一术语的双重性。不同时期俄罗斯学界对"фольклор"一词的界定存在差异。

十月革命前,"фольклор"一词在俄罗斯学界多指民俗。在这一时期,术语"фольклор"在研究领域使用频次并不高。1899年,俄罗斯哲学家和社会学家弗·维·列谢维奇(1837—1905)首次对"фольклор"这一学科术语进行了界定,指"民众全部知识的总和,即民众通过传说获得的全部知识"[2]。在列谢维奇的界定中,"фольклор"不仅包括寓言、故事、传奇、传说、歌谣、谜语、谚语、俗语、诙谐语等口头民间文学样式,还包括儿童游戏、巫医、占卜、婚礼仪式等民俗事象。"фольклор"被列谢维奇纳入民族学(этнография)的研究体系之中,其语义接近于中文中的"民俗",但比中文中民俗的范围要窄得多。伴随"фольклор"这一新术语的使用,俄罗斯的民俗学(фольклористика)与民族学(этнография)研究出现交叉。

苏联初期,民俗学(фольклористика)与民间传统文化研究交织在一起。1926年,尤·马·索科洛夫(1889—1941)创办刊物《艺术民俗》(Художественный фольклор),他在《俄罗斯民俗的首要任务》一文中建议使用"фольклор"替代对民间文学的传统指称[3]。"словесность"(文艺)的词根为"слово"(语言),仅强调了民间文学语言层面的文学性,并不能完全涵盖这一学科的研究对象。尤·马·索科洛夫所言的"фольклор"等同于民俗。例如,《艺术民俗》这一刊物不仅刊发关于民间文学的文章,也刊发关于民间音乐、民间建筑、民间绘画、民间雕塑、民间装饰等方面的文章。与此同时,该刊物还介绍西欧最新的研究成果,包括弗雷泽、马林诺夫斯基、列维-布留尔、阿诺尔德·范热内普等人的文章。持同样观点的还有马·康·阿扎多夫斯基(1888—1954)。1928年,他在《谈民俗在地方志研究中的地位和作用》一文中提议将民族学研究视为一个整体,其中应包括风俗习惯研究、经济状况研究、方言研究

---

[1] 在我国,"folklore"被译为"民俗"或"民俗学"。在出现这一通用的国际术语前,各国使用的术语也各不相同。德国学者使用"volkskunde"(民俗学)和"volksdichtung"(民间诗歌),法国学者使用"traditions populaires"(传统文化),意大利学者使用"le tradizioni popolari"(传统文化)。

[2] В.В.Лесевич. Фольклор и его изучение//Памяти В.Г. Белинского: литературный сборник, составленный из трудов русских литераторов. М.: Товарищество типографии А. И. Мамонтова, 1899, С. 343.

[3] Ю.М.Соколов Очередные задачи изучения русского фольклора// Художественный фольклор. М.: 1926. Вып. 1, С. 5.

和民间文学研究[1]。

20世纪30年代后,"фольклор"一词的语义变窄,几乎等同于民间文学。1931年,索科洛夫对民间文学与民族志学关系的看法出现转变。他在《关于国民经济重建时期民间文学和民间文艺学作用的讨论》一文中将民间文学视为艺术创作的重要组成部分之一,进而将民间文艺学视为马克思列宁主义文艺学的重要组成部分之一,他提倡:"在从事民间文学研究时,应采用文艺学和艺术学中使用的方法。"[2]索科洛夫认为无产阶级民间文学的任务同无产阶级文学的任务是一致的。他的这一文章是民间文艺学政治化的标志。从30年代开始,索科洛夫将民间文学视为单纯的文学艺术创作。1934年8月17日,高尔基在第一次全苏作家代表大会上发表了题为《苏联文学》的讲话,讲话中将民间文学(фольклор)视为"劳动人民的口头创作"[3],自此术语"фольклор(民间文学)"取代"народная словесность(民间文学作品)""народная поэзия(民间文学)"和"устная словесность(口头文学作品)"等概念,在苏联得到快速传播。除将"фольклор"界定为民间文学外,这一时期民间文学和作家文学之间出现趋同化态势。苏联东方学家尼·雅·马尔(1864—1934)在《谢·费·奥尔登堡院士和文化遗产问题》一文中指出:"民间文学并非特殊的民间创作,而是拥有同作家文学一样艺术手法的口头文学。"[4]苏联作家协会允许说唱人加入,便能很好说明这一问题[5]。

苏联诸多学者并不赞同将民间文学(фольклор)文学化。马·康·阿扎多夫斯基指出:"在此前的研究中将民间文艺学(фольклористика)与民族学无限趋同是不正确的,现今将民间文艺学(фольклористика)仅视为文学学研究的一部分,这也是错误的观点。"[6]阿扎多夫斯基认为民间文学研究不应脱离民族学研究,他的这一观点得到伊·伊·托尔斯泰(1880—1954)、彼·格·博加特廖夫(1947—1989)、特·康·泽列宁(1878—1954)等人的支

---

[1] М.К.Азадовский. Место и роль фольклора в организации краеведческих изучений//Труды Первого сибирского краевого научно-исследовательского съезда. Новосибирск: Красное знамя, 1928. Т. 4. С. 70-72.

[2] Ю.М.Соколов. Дискуссия о значении фольклора и фольклористики в реконструктивный период// Литература и марксизм, 1931. № 5. С. 92.

[3] А.М.Горький. Собрание сочинений в тридцати томах. Том 27. М. : ГИХЛ, 1953, С. 299.

[4] Н.Я.Марр.Академик С.Ф. Ольденбург и проблема культурного наследия // С.Ф. Ольденбургу. К пятидесятилетию научно-общественной деятельности (1882-1932). Ленинград: изд. и тип. Изд-ва Акад. наук СССР, 1934. С. 11.

[5] 1938年,阿尔泰说唱人尼·乌·乌兰加舍夫(1861-1946)加入苏联作家协会,同苏联作家阿·阿·法捷耶夫(1901-1956)、米·阿·肖洛霍夫(1905-1984)、阿·尼·托尔斯泰(1883-1945)一道被授予荣誉勋章。同年加入苏联作家协会的还有卡累利阿说唱人马·米·科尔古耶夫(1883-1943)和卡累利阿女说唱人安·米·帕什科娃(1866-1948)。1939年,来自里亚比宁说唱家族的彼·伊·里亚比宁-安德烈耶夫(1905-1953)出版作品集《彼·伊·里亚比宁-安德烈耶夫的勇士歌》,并加入苏联作家协会。1954年,著名哈卡斯史诗故事说唱人谢·普·卡德舍夫(1885-1977)加入苏联作家协会。1978年,阿尔泰英雄史诗说唱人阿·格·卡尔金加入苏联作家协会。

[6] А.К.Азадовский. Советская фольклористика за 20 лет. // Сов. фольклор. 1939. № 6, С.51.

持。但是这一时期的理论著作、学术刊物、教学大纲和教材均将民间文学研究局限于口头文学作品研究,正如鲍·尼·普季洛夫(1919—1997)所言:"民间文艺学被限定为语文学研究,并出现一个明显的趋势——将民间文艺学视作文学学研究的一部分。"[1]自30年代开始,苏联科学研究中将"фольклор"等同"民间文学",将这一概念视作与作家文学相对立的一个概念,民间文艺学(фольклористика)则被视为文学学(литературоведение)的分支。

20世纪80年代末,苏联民间文艺学研究的对象和方法发生变化,关注的焦点是前文本和互文性,而非文本本身。民间文艺学研究出现了人类学化的趋势。鲍·尼·普季洛夫在专著《民间文学和民间文化》中指出:"民间文艺学家不应惧怕扩大民间文学的研究视域,民间文艺学家不可避免地涉足语言学、方言学、族名学。"[2]普季洛夫认为来自不同学科的学者对相同材料的研究并非针锋相对,而是一种协作,兼及民间文学的语文学属性和民族志学属性。

在当代俄罗斯民俗研究中,基·瓦·齐斯托夫(1919—2007)从社会学层面、美学层面、语文学层面和信息交流层面探讨了"фольклор"的多维性[3]。广义上而言,"фольклор"指"全部传统文化,传统文化的各类形式"[4],即民俗。此外,俄罗斯学者在翻译域外民俗学著作时,将民俗学翻译为"фольклор"。狭义上讲,"фольклор"指民间口头文学,其体裁类别包括"勇士歌、民间故事、谜语、谚语、俗语、叙事诗、民歌、民谣、仪式歌谣、寓言、传说、宗教诗等"[5]。

"фольклор"的语义内涵存在历时性差异和民族性差异,这在一定程度上造成了不同国度不同研究流派之间的误解。"фольклористика"(民间文艺学或民俗学)是研究"фольклор"的学科。如果"фольклор"表示民间文学,那么"фольклористика"则表示民间文艺学。如果"фольклор"表示民俗,那么"фольклористика"为民俗学,等同于狭义上的"этнография"(民族学)。

俄文中的"этнография"(民族学)一词是英文单词"ethnology"(民族学)的音译。在出现这一术语前,俄罗斯学者使用概念"народоведение"(民族学)。1740年,俄罗斯历史学家和地理学家赫·弗·米勒(1705—1783)提出概念"描述性民族学"(описательное народоведение),指通过直接观察或调查形式获取的关于被研究群体

---

[1] Б.Н.Путилов. Фольклор и народная культура. СПб.: Наука, 1994, С. 8-9.
[2] Там же, С.23.
[3] К.В.Чистов. Фольклор. Текст. Традиция. М.: ОГИ, 2005, С. 12.
[4] Б.Н.Путилов. Фольклор и народная культура. СПб.: Наука, 2003, С. 38.
[5] Бубнов С.А. Словарь литературоведческих терминов: от значения слова к анализу текста. Саратов: Ай Пи Эр Медиа, 2018, С. 182.

的系统化事实数据[1]。1791年,术语"этнография"(民族学)进入学术研究[2]。"этнография"这一概念涉及的研究领域更宽,"既是民族学,又是民族志、民俗学"[3]。俄罗斯首位民族学女教授维·尼·哈鲁津娜(1866—1931)认为民族学研究应涵盖物质文化研究和精神文化研究两部分,其中精神文化研究层面包括"民间律法、民间文学、仪式、信仰、语言的民族学研究"[4],从当代民俗学的研究范围来看,除民间律法外,哈鲁津娜所言的精神文化研究属于民俗学研究的范畴。概括而言,在俄罗斯学界,狭义上的"этнография"等同于民俗学,而广义上的"этнография"包括民族学、民族志和民俗学。

二

俄罗斯民间文学主要包括神话、传说、民间故事、勇士歌、哭调、历史歌、民间戏剧等。神话(миф)主要是人民大众借助神和魔鬼的形象完成的幻想性的口头散文作品。俄罗斯神话中比较出名的便是关于雷神佩伦(Перун)与维列斯(Велес)的神话。佩伦是斯拉夫民族中的雷神,是雷电和雨水的操控者,是大公和部队的守护神。在弗拉基米尔修建的万神殿中,雷神佩伦居于第一位,他的地位相当于希腊的宙斯和罗马的朱庇特。维列斯是斯拉夫神话中牲畜的庇护神、财神、说唱人的保护神、冥界的统治者,常常以蛇和熊的形象出现。维列斯和雷神佩伦之间的对立是斯拉夫神话体系的中心内容。关于佩伦与维列斯为何争斗,有诸多不同的说法,其中一种说法是维列斯为了成为最为富有之人,上天偷了佩伦的牲畜,佩伦惩罚了维列斯。另一种说法是维列斯看上了佩伦的妻子,并将佩伦的妻子掳走。维列斯的这一举动引发了两神之间的冲突。

与希腊罗马神话相比,斯拉夫神话较为零散,且不成体系。斯拉夫神话没能较好保存下来的主要原因是基督教的引入[5]。基督教成为西欧主要宗教之前,希腊罗马

---

[1] Г.Ф. Миллер. Северо-Западная Сибирь в экспедиционных трудах и материалах Г.Ф. Миллера. Екатеринбург: НПМП 《Волот》, 2006, C. 9-10.
[2] Т.Г. Иванова. История русской фольклористики XX века:1900 – первая половина 1941 гг. СПб.: Дмитрий Буланин, 2009, C. 197.
[3] 钟敬文主编:民俗学概论(第二版),北京:高等教育出版社,2010年,第340页。
[4] Т.Г. Иванова. История русской фольклористики XX века:1900 – первая половина 1941 гг. СПб.: Дмитрий Буланин, 2009, C. 198.
[5] 为抵制德国天主教会势力,公元862年摩拉维亚大公罗斯季斯拉夫(846-870)派使团出访拜占庭寻求援助。为扩大自己文化影响,拜占庭皇帝和总主教派基里尔和美弗基前往摩拉维亚传教,这为摩拉维亚接受基督教奠定了基础。公元885年美弗基在摩拉维亚去世,基督教在摩拉维亚的传播受阻,美弗基的弟子被驱逐到保加利亚,保加利亚人开始慢慢接受基督教,并在保加利亚建立了斯拉夫人的第一座教堂。公元988年罗斯受洗,基督教在罗斯成为国教。

神话已经走过了漫长的道路,诸神谱系已经形成,并且大多已经通过文字以书面形式记录下来。斯拉夫神话则不同,在古斯拉夫人接受基督教前,斯拉夫民族并没有文字,神话主要通过口头、传统节日和仪式代代相传。基督教的传入打破了这一局面,民间口头流传的神话,与神话有关的节日和仪式均被归入"异教"之列,斯拉夫神话的传播大大受阻。如公元988年罗斯接受基督教后,弗拉基米尔大公便下令拆毁了基辅山丘上的"万神庙"[1]。

传说(предание)是俄罗斯民间文学中的一个重要文体类别,是具有一定历史性的散文故事。俄罗斯编年史《往年纪事》中记载了一则关于基辅大公奥列格的传说故事。奥列格公爵有一匹自己的爱马,占卜师预言,奥列格公爵将会死于自己爱马之下。奥列格相信了占卜师的预言,他将自己的爱马送离了自己的居所。多年后奥列格又想起了占卜师的预言,便询问属下关于爱马的状况。属下告诉奥列格他的爱马已经死了的消息。于是奥列格想去看看这匹马的尸骨。来到安葬马儿的地方后,奥列格大公用脚踢了踢马儿的头盖骨,说道:"难道我还得怕你。"后果十分可怕,从马儿的头盖骨中钻出了一条毒蛇,把奥列格大公给咬死了。

民间故事(народная сказка)是民间虚构的散文形式的口头艺术作品。俄罗斯民间故事按照主题又可以分为动物故事(сказка о животных)、神奇故事(волшебная сказка)、生活故事(бытовая сказка)等。动物故事篇幅简短,叙述生动,结构简单。动物故事中的动物形象有着自己典型的特征,比如善于奉承、贪婪、狡猾的狐狸,愚蠢、贪婪的大灰狼,胆小怯懦的兔子,笨拙、好吃懒做的米哈伊尔·伊凡内奇(熊),勇敢坚定的小英雄"花猫科道费伊·伊万诺维奇"等。神奇故事的主人公通常是人,动物(栗色的马、灰狼、白天鹅等)常常担任主人公的神奇助手。神奇故事的男性主人公通常为伊万、伊万王子、傻子伊万。在故事的结尾,伊万总能在神奇助手的帮助下获得幸福。神奇故事的女主人公通常有美丽的瓦西里莎、智慧的叶琳娜、金辫子公主等。神奇故事中也会出现一些反面形象,比如女巫巴巴雅佳、恶毒老头不死的科谢依、多头龙等。生活故事中的主人公并不是纯粹幻想式的主人公,而是来自人们生活中的老头和老太婆、丈夫、妻子、战士、牧师等。常见的生活故事有《会下金蛋的花母鸡》《拔芜菁》《斧头汤》等。俄罗斯民间故事中还有一类讽刺故事,主要有农民和老爷的故事、农民和神甫的故事、贫富两兄弟的故事。这些故事中常常表现的是聪明与愚蠢的主题,比较常见的故事有《农夫和神甫》。

---

[1] 公元980年弗拉基米尔夺得基辅大公的宝座,为巩固统治同年在基辅山丘之上修万神殿,内有六位神祇,分别为:佩伦、霍尔斯、达日博格、司特利博格、西玛尔格和莫科什。

勇士歌这一概念是由搜集家伊·彼·萨哈罗夫(1807—1863)提出的,这位俄罗斯民间文艺学家于1839年在《俄罗斯人民歌谣》(Песни русского народа)中将这一概念引入著作。在此之前,勇士歌被称为"古事"(старина)或"古歌"(старинка)。勇士歌是以现实生活或幻想性英雄事迹为内容的叙事歌,是由人民自己讲述的历史。在勇士歌中,历史通过一种特殊的形式反映出来。勇士歌的主人公是具有非凡力量、才能、美貌和其他高尚品质的理想人物形象。俄罗斯的勇士歌有两大歌系:诺夫哥罗德歌系和基辅歌系。诺夫哥罗德歌系的勇士歌颂唱俄罗斯老一辈的勇士,这些勇士主要有萨特阔(Садко)、米库拉(Микула)、斯维亚托戈尔(Святогор)、瓦西里·布斯拉耶夫(Василий Буслаев)等。基辅歌系的勇士歌传唱的是年轻一辈勇士的故事,主要有伊利亚·穆罗梅茨(Илья Муромец)、多布雷尼亚·尼基季奇(Добрыня Никитич)和阿廖沙·波波维奇(Алеша Попович)。勇士歌中的诸多形象在各类艺术创作均有体现。例如,俄罗斯画家维·米瓦斯涅佐夫(1848—1926)的《三勇士图》,俄罗斯作曲家亚·波·鲍罗廷(1833—1887)的《勇士交响曲》。

哭调(причитание)是伴随家庭仪式产生的民间歌曲,通常包括殡葬哭调(похоронные причитания)、婚嫁哭调(свадебные причитания)和入伍哭调(рекрутские причитания)。这三类哭调均描述了相类似的生活现象,不论是亲人的离世、姑娘出阁,还是孩子入伍,均是亲人离家的主题。殡葬哭调诉说的大多是失去儿子的母亲、失去丈夫的寡妇和失去父亲的女儿今后的悲惨命运。婚嫁哭调中,姑娘出嫁是作为悲剧事件出现的,新娘请求父母兄弟不要将自己嫁到遥远未知的异乡。这类哭调作为仪式的一部分将在婚礼当天表演。入伍哭调是比较特殊的一类哭调,这类哭调的产生与俄罗斯古时的兵役制度有关。由于哭调在俄罗斯人民生活中应用广泛,俄罗斯出现了专门的哀哭妇(вопленица),人们会请她们到家中以家属的名义哀哭。俄罗斯比较著名的哀哭妇是伊·安·费多索娃(1827—1899)。俄罗斯诗人尼·阿·涅克拉索夫(1821—1877)长诗《谁在俄罗斯能过好日子》中的《杰姆斯加》这一章节便是在费多索娃哭调的基础上创作完成的。高尔基在自传小说作品《在人间》中也有对费多索娃本人的描写。

民间戏剧(народный театр)是通过剧中人物的行动和对话来反映现实的民间文学作品。俄罗斯民间戏剧主要源自民间仪式、游戏和庆典等。俄罗斯民间戏剧主要有木偶剧(кукольный театр)和演员剧(народная драма)两类。俄罗斯的民间木偶剧主要有彼得鲁什卡剧(Петрушка)、木偶戏箱剧(вертеп)、洋片剧(раёк)。俄罗斯民间演员剧大多带有讽刺性质,最出名的剧目是《小船儿》(Лодка)、《沙皇马克西米扬》

(Царь Максимилиан)、《法国人攻打莫斯科》(Как француз Москву брал)等。

历史歌(исторические песни)是歌颂历史人物或历史事件的歌谣。俄罗斯历史歌中经常提及蒙古鞑靼桎梏、伊凡雷帝、俄罗斯历史上的混乱时期、斯捷潘·拉辛、普加乔夫、1812年卫国战争等人物形象和历史事件。历史歌的主要目的并不是真实叙述历史人物或历史事件,而是"传递对这些历史事件的主观感情态度"[1]。

三

本书共编译了22篇长短不一的俄罗斯民间文学作品,涉及史诗(含勇士歌)、历史歌、民间故事、哭调、民间戏剧等民间文学体裁。本书中的雅库特史诗《埃莱·博图尔》的选文选自彼·瓦·奥戈托耶夫(1910—1977)记录、整理和俄译的《埃莱·博图尔》(2008)中的引子。勇士歌《多布雷尼亚·尼基季奇和蛇妖》《伊利亚·穆罗梅茨和强盗索洛维》《阿廖沙·波波维奇和蛇妖图加林》选自鲍·巴·博戈莫洛夫(1917—1998)主编的俄罗斯民间文学作品集《勇士歌》(1954),勇士歌《萨特阔》选自德·谢·利哈乔夫(1906—1999)主编的俄罗斯民间文学作品集《勇士歌》(1957)。历史歌均选自弗·雅·普罗普(1895—1970)主编的《俄罗斯历史歌》(1956)。民间故事均选自阿·尼·阿法纳西耶夫(1826—1871)主编的《俄罗斯民间故事全集》(2008)。《孀妻悲丈夫哭调》选自叶·瓦·巴尔索夫(1836—1917)主编的《俄罗斯北方边疆哭调》(1872)。《新娘婚礼上的哭嫁歌》和《女子嫁前哭嫁歌》选自鲍·尼·普季洛夫(1919—1997)主编的《俄罗斯民间哭调》(1960)。民间戏剧《沙皇马克西米扬》和《小船儿》均选自弗·普·阿尼金(1924—2018)主编的教材《俄罗斯民间文学》(2006)。

为了方便读者更好地了解俄罗斯民间文学作品,著者在每类民间文学作品前增加了介绍相应民间文学体裁的概述。本书尚未编译四句歌谣、宗教诗、俗语谚语、咒语等其他俄罗斯民间文学体裁,这是本部著作尚待完善之处。

赵婷廷

2024年7月28日

---

[1] С.Н.Азбелев. Исторические песни. М.: Русская книга, 1956, С. 5.

目 录

前言 1

史诗 1
   埃莱·博图尔 8
   多布雷尼亚·尼基季奇和蛇妖 49
   伊利亚·穆罗梅茨和强盗索洛维 60
   阿廖沙·波波维奇和蛇妖图加林 71
   萨特阔 84

历史歌 115
   关于斯捷潘·拉辛的历史歌 131
   关于普加乔夫起义的历史歌 135
   关于1812年卫国战争的历史歌 139

民间故事 143
   金鱼 153
   小圆面包 160
   天鹅 163
   莫罗兹科 166
   按照狗鱼的吩咐 174
   关于伊万王子、火鸟和大灰狼的故事 183

女巫巴巴雅佳 ··· 205
铜王国、银王国和金王国 ··································· 208
不死的科谢依 ··· 215

哭调 ··· 225
孀妻悲丈夫哭调 ·· 231
女子嫁前哭嫁歌 ·· 279
新娘婚礼上的哭嫁歌 ·· 282

民间戏剧 ·· 287
沙皇马克西米扬 ·· 293
小船儿 ··· 328

后记 ··· 341

史诗

史诗(эпос)是在民众中流传的、歌颂英雄功勋的民间口头文学作品,"史诗展现了人民心中的英雄和这些英雄的功勋"[1]。作为民间文学的重要体裁之一,史诗是承载民族精神的重要文化载体。俄罗斯的史诗作品包括俄罗斯族裔史诗和俄罗斯境内非俄罗斯族裔史诗。俄罗斯民间文艺学家在使用"俄罗斯史诗"(русский эпос)这一概念时,通常指俄罗斯民族的勇士歌(былина)。勇士歌是俄罗斯民族的经典史诗。在谈及俄罗斯境内非俄罗斯族裔的史诗作品时,学界通常使用"эпос"这一概念。俄罗斯境内的非俄罗斯族裔史诗主要有雅库特英雄史诗、邵尔英雄史诗、卡拉卡尔帕克史诗等。本书主要介绍俄罗斯民族的勇士歌和雅库特英雄史诗奥隆霍两大类俄罗斯史诗。

一、勇士歌

勇士歌(又译壮士歌、史事歌、史事诗或英雄歌谣)指俄罗斯关于勇士的史诗性歌谣作品。苏联民间文艺学家弗·伊·奇切罗夫(1907—1957)认为:"勇士歌是古罗斯的诗体英雄史诗,主要反映了11—16世纪俄罗斯人民历史生活中的事件。"[2]俄罗斯当代民间文艺学家塔·瓦·祖耶娃(1950—2012)指出:"勇士歌是史诗性歌谣,这些作品歌咏了英勇的事件或者说歌颂了俄罗斯古代历史中的部分片段。"[3]勇士歌是俄罗斯民族的民间史诗作品,史诗性、真实性和韵文体是俄罗斯勇士歌的主要

---

[1] В.Я.Пропп. Русский героический эпос. М.: Государственная издательство художественной литературы, 1958, C.5.
[2] В.И.Чичеров. Русское народное творчество. М: Издательство Московского университета, 1959, C.213.
[3] Т.В.Зуева, Б.П.Кирдан. Русский фольклор: учебник для высших учебных заведений. М.: Флинта: Наука, 2002, C.186.

特征。

　　从词源层面讲,"勇士歌"(былина)的同根词有"быль"(真实的故事)、"был"(存在的)、"быт"(日常生活)等,这凸显了这一民间文学体裁的真实性。"былина"一词出自《伊戈尔远征记》。《伊戈尔远征记》的引子中写道:"要根据那个年代真实的历史故事(по былинамь),而不是根据巴扬虚构的故事,来演唱歌谣。"在《伊戈尔远征记》中,"былина"并没有体裁层面的语义,指与虚构故事相对的真实历史故事。勇士歌又被称作"歌谣"。俄罗斯谚语"歌谣是真事,而故事是杜撰"暗含了民间歌谣与民间故事这两类民间文学体裁之间本质上的区别。歌谣这一体裁强调了作品的叙事是基于真实的事件(былевая основа),这与《伊戈尔远征记》中使用"былина"的语义是吻合的。

　　从学术概念层面而言,"勇士歌"是俄罗斯民间文艺学家对民间文学作品分类和分析时使用的术语,普通民众并不知晓勇士歌这一体裁,而是将之称为"古事"(старина)、"古谣"(старинка)或"古歌"(старинушка)。1839年,伊·彼·萨哈罗夫在民间作品集《俄罗斯民间传说故事》中将关于瓦西里·布斯拉耶夫、伊利亚·穆罗梅茨、多布雷尼亚·尼基季奇、阿廖沙·波波维奇等人的故事称为"俄罗斯人民的勇士歌"。"勇士歌"这一概念开始进入俄罗斯民间文学研究,但还未得到广泛使用。俄罗斯神话学派代表人物费·伊·布斯拉耶夫(1818—1897)著作中的"民间史诗"(народный эпос)不仅包括勇士歌,还包括民间故事、歌谣、谜语等叙事类民间文学体裁。俄罗斯历史学派代表人物弗·费·米勒(1848—1913)将"史诗"这一概念从民间文学中剥离开来,认为史诗指勇士歌和其他民族中同勇士歌在情节和内容上相近的民间文学作品,这一界定得到大多数俄罗斯民间文艺学家的认可。

　　勇士歌是俄罗斯民族的史诗杰作,是颂唱俄罗斯英雄和英雄壮举的叙事歌谣。勇士歌有两大歌系:基辅歌系和诺夫哥罗德歌系。俄罗斯勇士歌缺乏体系。目前已辑录的勇士歌文本已两千余篇[1],但各篇勇士歌之间内容相对独立,其分类多是根据勇士歌谣地理分布中心而定。关于俄罗斯勇士歌内容分散、缺乏内在的统一性,俄罗斯历史诗学创始人阿·尼·维谢洛夫斯基认为,这与蒙古鞑靼人长达两个半世纪的统治有关,"与鞑靼人斗争……结束时,已经不具备形成统一史诗作品的生活条件了"[2]。

　　基辅歌系勇士歌发生的地点通常在基辅,故事情节主要发生在弗拉基米尔大公

---

[1] Ю.М.Соколов. Русский фольклор. М.: Издательство Московского университета, 2007, С.252.
[2] В.М.Гацак. Из лекций А.Н.Веселовского по истории эпоса.Типология народного эпоса. М.: Наука. 1975, С.293.

统治时期,所以基辅歌系勇士歌又被称为弗拉基米尔歌系勇士歌。热情好客是勇士歌中弗拉基米尔大公形象的一个突出特点,豪华的盛宴被不断颂扬。与佩切涅格人和波洛伏齐的斗争是基辅歌系勇士歌的另一主要内容,这一歌系勇士歌中充满了爱国主义的基调。基辅歌系的勇士歌传唱的是年轻一辈勇士的故事,主要有伊利亚·穆罗梅茨、多布雷尼亚·尼基季奇和阿廖沙·波波维奇。俄罗斯史诗作品中勇士形象的发展经历了三个主要阶段:公元9世纪到12世纪中叶,勇士形象流布于地方传说故事。12世纪末到17世纪,勇士成为全俄罗斯民间文化中的人物形象。自18世纪开始勇士形象逐渐被神话化,并开始参与俄罗斯民族性的建构。在诸多勇士形象中,三勇士伊利亚·穆罗梅茨、多布雷尼亚·尼基季奇和阿廖沙·波波维奇率先成为俄罗斯的民族文化符号。三勇士中,伊利亚最为年长,阿廖沙最为年幼。伊利亚睿智果敢,凭借丰富的战斗经验打败敌手。多布雷尼亚擅长处理外交事务,克制有度,不失分寸。最为年少的阿廖沙英勇无畏,但年幼轻率,偏爱出奇制胜。严肃认真的伊利亚、沉着冷静的多布雷尼亚和乐观机智的阿廖沙是俄罗斯民族性格的不同向度。

基辅歌系勇士歌在俄罗斯文化中有较深的影响。俄罗斯著名画家维·米·瓦斯涅佐夫(1848—1926)的画作《三勇士》的主人公便是基辅歌系勇士歌中的伊利亚·穆罗梅茨、多布雷尼亚·尼基季奇和阿廖沙·波波维奇。《三勇士》画作中正中央眺望远方的是伊利亚·穆罗梅茨,最左边手握长剑的为多布雷尼亚·尼基季奇,最右边手拿弓箭的是阿廖沙·波波维奇。三位勇士骑着骏马守卫在俄罗斯的边疆,时刻准备着击退敌人的入侵。在俄罗斯勇士歌中,龙或蛇是哈萨尔人、佩切涅格人、波洛伏齐人、鞑靼人等侵扰俄罗斯的草原游牧民族的隐喻,善恶交锋的背后是护卫疆土的勇士与觊觎俄罗斯的外来入侵者的对峙,如伊利亚·穆罗梅茨战胜强盗索洛维、阿廖沙打败图加林蛇、多布雷尼亚俘获戈雷内奇三头蛇。俄罗斯勇士的拳拳之心、家国情怀、英勇无畏和足智多谋是勇士歌叙事的重心。爱国主义和英雄主义两大主题在基辅歌系的勇士歌中表现尤为突出。出身于不同阶层的三勇士形象是俄罗斯人民的隐喻。勇士歌中的三勇士来自不同的阶层:多布雷尼亚·尼基季奇是贵族之子,伊利亚·穆罗梅茨是农民之子,阿廖沙·波波维奇是牧师之子。三勇士一道为"灿烂的太阳弗拉基米尔大公"服务,守卫俄罗斯的疆土。换言之,为了捍卫国家利益,贵族阶层、农民阶层和神职阶层都团结在俄罗斯沙皇的麾下。三勇士形象是俄罗斯文化中的一个重要象征符号,是英勇无畏、爱憎分明、保家卫国的代名词。

诺夫哥罗德歌系勇士歌,指的是诺夫哥罗德勇士歌及隶属于诺夫哥罗德文化圈的勇士歌。从内容上来看,这类勇士歌的主人公均与诺夫哥罗德这座城市有或多或少的联系。诺夫哥罗德歌系的勇士歌颂唱俄罗斯老一辈的勇士,主要有萨特阔、米库拉、斯维亚托戈尔和瓦西里·布斯拉耶夫。这一类史诗描述的并不是英雄抗击入侵者的故事,而是主要展现勇士的日常生活。公元11—12世纪,诺夫哥罗德是俄罗斯重要的商业中心。诺夫哥罗德歌系勇士歌中,主人公们用船只载着货物航行在蔚蓝的大海和伊尔门湖,这些情节均是对诺夫哥罗德与外界保持密切商业联系的重要反映。

《萨特阔》是诺夫哥罗德歌系勇士歌中的代表作。这一勇士歌由三部分组成:萨特阔从一名古斯里琴歌手成为一名诺夫哥罗德的富商;萨特阔与诺夫哥罗德人打赌;萨特阔带着古斯里琴拜访海王。这一勇士歌是奇幻浪漫想象与历史现实的完美融合。勇士歌中的奇幻浪漫想象主要体现在两个方面:一是对财富的奇异幻想;二是对海的自然力的奇异幻想。在这一勇士歌中,主人公萨特阔离开家,来到水下这个异己的世界。这是俄罗斯勇士歌中唯一一次出现海的自然力的故事,并且海王并不是以敌对者的身份出现在勇士歌中,体现出了人们对"海的自然力的神话性幻想"[1]。与此同时,《萨特阔》中勾勒了诺夫哥罗德作为一个古代商业中心的繁华景象,这是对真实历史场景的文学再现。谈及《萨特阔》这一史诗的风格特点,弗·雅·普罗普认为:"这一勇士歌体现出了双重的特点和风格:一是对古老传统再创造的童话般的神奇色彩,二是体现诺夫哥罗德历史的现实主义色彩。"[2]基于此,这一勇士歌被维·格·别林斯基(1811—1848)誉为"俄罗斯民间文学的代表作之一"[3]。诺夫哥罗德歌系的勇士歌《萨特阔》在俄罗斯绘画和音乐中均有体现。1876年,伊·叶·列宾创造了画作《萨特阔在水下王国》。画作中呈现了诺夫哥罗德商人萨特阔根据海王的要求在海里挑选心仪姑娘的画面。1895年,俄罗斯强力集团作曲家尼·安·里姆斯基-科萨科夫(1844—1908)根据这一勇士歌创作了歌剧《萨特阔》。1899年,俄罗斯象征主义画家米·亚·弗鲁贝尔(1856—1910)创作了画作《萨特阔在伊尔门湖岸边》,刻画了忧郁的萨特阔在伊尔门湖弹奏古斯里琴的场景。

除了公式化的情节和脸谱化的人物形象,勇士歌中有大量经典程式(общие места),通常包括经典程式和心理描写程式。经典程式为典型的叙述性描写,诸如备马的过程、自然环境描写、兵器描写等。心理描写程式指作品中主人公所说的话语,这些话语虽不是公式化的语句,但是依旧属于典型惯用语。这些话语能够体现主

---

[1] 开也夫:俄罗斯人民口头创作,连树声译,北京:中国民间文艺研究会研究部,1964年,第195页。
[2] В.Я.Пропп. Русский героический эпос. М.: Государственная издательство художественной литературы, 1958, С.88.
[3] В.Г.Белинский. Полное собрание сочинений: в 13 т. Т.5. Статьи и рецензии. 1841-1844. М.: Изд-во АН СССР, 1954, С.418.

人公的精神面貌和内心活动,诸如伊利亚、多布雷尼亚或弗拉基米尔大公在何种场合应说什么话。这些能够体现主人公精神气质的话语被讲述人从上一代讲述人那里准确记录下来。

勇士歌中的勇士常是弹奏古斯里琴的行家,这从侧面说明弹奏古斯里琴的流浪艺人是勇士歌重要的再创作者和传播者。在俄罗斯勇士歌中,除了上文中提到的萨特阔是演奏古斯里琴的高手外,索罗维·布季米洛维奇也是一位古斯里琴的演奏者。索罗维·布季米洛维奇是勇士歌《海外男子求娶未婚妻》的主人公。索罗维·布季米洛维奇乘坐着雄鹰号轮船来到基辅,求娶弗拉基米尔大公的侄女扎巴娃·普佳季什娜。他一夜之间在自己的花园里面建造了三座美轮美奂的塔楼,并用弹奏古斯里琴的方式吸引扎巴娃·普佳季什娜的到来。

二、奥隆霍

奥隆霍(олонхо)是雅库特民族的英雄史诗,"由大量关于古老勇士功勋的故事组成"[1],是突厥语民族最古老的史诗艺术形式之一。奥隆霍在俄罗斯萨哈共和国的雅库特民间口头创作中占据核心地位。《埃莱·博图尔》(Элэс Боотур)是最受欢迎的雅库特奥隆霍之一,讲述了勇士埃莱·博图尔克服重重困难击退来自下界的阿巴瑟怪兽,成功解救自己姐妹、妻子和九十九名被虏战士的故事。2002年,为纪念雅库特共和国成立370周年,奥隆霍特[2]彼·瓦·奥戈托耶夫(П.В.Оготоев)将口头形式的《埃莱·博图尔》整理成书并出版。一篇奥隆霍的长度一般为10000诗行到12000诗行,最长的奥隆霍可达到50000诗行[3]。奥隆霍具有很高的审美价值,谢·瓦·亚特列姆斯基(1857—1941)指出:"走进奥隆霍,我们便走进了一个迷人的世界,这个世界充满了诗意和鲜明的色彩。"[4]

奥隆霍有着鲜明的艺术特色。

第一,雅库特地区的奥隆霍特大多为非职业史诗讲述人,且精通其他民间文学样式。雅库特地区有很多的奥隆霍特,十月革命前,雅库特地区的每个村落中均有几位

---

[1] Г.У.Эргис. Очерки по якутскому фольклору. М: Наука, 1974, С.181.
[2] 奥隆霍特(олонхосут)为讲述奥隆霍的史诗歌手。
[3] А.Е.Захарова. Якутский героический эпос олонхо: сохранение, изучение и развитие. Якутск: Издательско-информационно-технологический центр Алаас, 2020, С.40.
[4] С.В.Ястремский. Образцы народной литературы якутов. Ленинград: Издательство Академии Наук СССР, 1929, С.3.

奥隆霍特。每位奥隆霍特均有自己的表演特点和创作特点。雅库特地区专业的史诗演唱传统并不发达,奥隆霍特一般为普通的农民或者牧民,并且出身寒微。

第二,雅库特民间史诗的形成与发展与村社氏族制度、父权生活和早期阶级关系紧密相关。奥隆霍中渗透出雅库特人民最深层的生存需求和生活愿景,体现了他们的民族自我认知。雅库特史诗中斗士们的英雄化主要体现了17世纪之前雅库特人的日常生活。奥隆霍中体现出雅库特人对故园的深爱和保卫故土的决心。尽管这种部族的认同不可与爱国主义相提并论,但在这种部族认同中已经萌发了爱国主义的元素。奥隆霍具有很强的教育功能,"奥隆霍颂唱为部族利益而战的坚韧、争取人间良善和幸福的毅力、忠于自己誓言和事业的真诚,揭露贪婪、自私、胆怯等人性之恶"[1]。

第三,奥隆霍的引子中描述了情节展开的环境。奥隆霍的开篇通常描述了奇幻般的三个世界。奥隆霍中有三个世界:上层居住着神祇,中层世界居住着人,下层居住着魔鬼。正中间是一棵连接三个世界的世界树,树的主干位于中层世界,树根伸向下层,树枝直入上层世界。部落勇士居住的中层世界是一个完美的、诗意化的理想世界。由于雅库特人居住的环境较为恶劣,这个理想国中通常没有严酷的寒冬,永远是绿草如茵的夏日,鸟儿啼鸣,花儿盛开。例如,在史诗《埃莱·博图尔》中描述了这样一个国度:

> 我们睁开圆圆的双眼,
> 一切在眼前舒徐延展,
> 我们以大地母亲为傲,
> 锦绣天地,雄伟庄严。
> 她上方是深邃的天空,
> 无边无际,无垠无沿,
> 大地母亲是八角八边,
> 身上的嫩绿娇艳欲滴,
> 缤纷秀丽,多姿鲜妍。
> 她的娇柔中透着强健,
> 用宽厚的臂膀和胸怀,
> 默默承受,不屈不弯。

---

[1] Г.У. Эргис. Очерки по якутскому фольклору. М.: Наука, 1974, С.187-188.

第四，奥隆霍中的人物形象丰富多样，可将其分为主要形象、敌对者形象、女性形象、其他形象四类。奥隆霍的主要形象为部族中的勇士，他力大无穷，外表俊朗，行为高洁，是理想人物的化身。"他的血管如同绷紧的弓弦，他的声音如同阵雷。他高过树木，手脚像极了剥了树皮的树干，眼睛圆得如同漂亮马笼头上的辔头，眉毛如同黑貂"[1]，并且勇士拥有变身的技能，比如能够变成在天空中翱翔的雄鹰，可以钻进海底的狗鱼。除了拥有常人不能及的外表和技能，奥隆霍中的勇士还完成了常人不能完成的功绩。例如，纽尔衮·巴图是部族的守护者，惩恶扬善，为人间送去正义和和平。奥隆霍中的敌对者形象为魔鬼，他们居住在下界，掳走妇女，抢夺牲畜。在一些奥隆霍中会出现森林勇士阿尔及阿曼的形象，这也是勇士们的敌对者。与魔鬼不同，这位森林勇士具有现实性的人物特征。他是一位穿着皮袄的老头，坐着雪橇或者骑着鹿。奥隆霍中的女性形象通常内外兼修，美貌与品德兼具，是被勇士们解救的对象。埃尔基斯将女性形象视作家园的守护者和尘世间幸福生活的化身，故而与奥隆霍的主题叙事线相吻合，即"追求幸福生活和种族延续"[2]。除了此类女性形象，奥隆霍中还有一些女巫师的形象，她们同男勇士一样可以变身，与敌对者殊死搏斗，守护家园。此外，奥隆霍中还有一些富有的部族长老的形象，诸如萨哈·萨雷·托依奥。

第五，奥隆霍具有很高的艺术特征。奥隆霍语言优美，这与诗意化的环境描写和修辞手法的使用有关，作品中的虚构和想象是对现实的艺术化呈现。尽管奥隆霍是一种独立的民间文学样式，但是这类作品融入了其他民间文学作品的元素，比如祈祷词、谚语俗语、历史传说、民间故事、民间歌谣等。源自这些民间文学作品中的元素巧妙嵌入史诗英雄化的叙事之中。对事物和现象进行细致入微的描摹也是奥隆霍的一大特征，奥隆霍特观察敏锐，能够鲜活再现周围的环境、物品和人物形象。比如，奥隆霍特借助肖像、语言和行为来勾勒人物形象。人物的外貌特征直接指明了人物的性格特征。然而，奥隆霍中人物的外貌描写是脸谱化的，个性特征较弱。作为一种口头表演艺术，奥隆霍具有很强的音乐性，这主要借助同音法（аллитерация）和元音重复（ассонанс）来达到这一艺术效果。

21世纪以来，雅库特英雄史诗进入新的研究阶段，联合国教科文组织于2005年将"奥隆霍——雅库特英雄叙事诗"列入人类非物质文化遗产代表作名录，极大推动了这一类英雄史诗的译介与研究。奥隆霍被大量译介，进入国际化传播的快车道。

---

[1] Г.У. Эргис. Очерки по якутскому фольклору. М.: Наука, 1974, С.196.
[2] Там же, С.201.

奥隆霍《埃莱·博图尔》除了从雅库特语被译为俄语和英语(2002)外,还被译为朝鲜语(2005)、法语(2013)、土耳其语(2017)等,《纽尔衮·巴图》被译为土耳其语(2010)、英语(2013)、法语(2013)、吉尔吉斯语(2014)等。目前,国内还未出现雅库特英雄史诗的汉译本,本书选译了雅库特英雄史诗《埃莱·博图尔》中的引子部分。

Элэс Боотур(1)

Если заглянуть преднамеренно
Очами ясными, лучезарными,
Ласковому солнцу подобными,
Как кольца золотые круглыми
За гребни волнующиеся
Незапамятных времен,
Вглядеться пристально
В лоно бранное
Давно минувших лет,
В просторы спорные
Древнейших веков, то:
Узрим-увидим там
Мир срединный-тюсюлгэ*
С зовуще яркой звездой,
Улыбающейся, мерцая.
С белоликой луной,
Указывающей дорогу
Путнику заплутавшему
Во мгле ночной.
С солнцем милостивым,
Дарующим жизнь
Всем бреннотелым.

埃莱·博图尔(1)[1]

那明亮又璀璨的双眸,
如同含情脉脉的太阳,
恰似圆圆的金色光环。
当炯炯的目光凝望着,
那些连绵不断的山峰,
那些远古时代的层峦,
当明亮的眼神注视着,
饱含战斗热情的九州,
镶嵌岁月痕迹的大地,
当灵动的眼睛眺望着,
古老时代的广袤无垠,
我们看见世界的中心,
白桦围成的神圣祭坛。
祭坛顶端点缀着星辰,
星星弯嘴微笑眨着眼。
祭坛上方装饰着月亮,
为那深陷迷途的旅者,
在夜晚的迷雾荆棘中,
燃起道路前行的光点。
祭坛中央的一轮太阳,
氲出无尽仁慈与悲悯,
恩赐肉体凡胎以生命。

---

[1] 该篇史诗选自彼·瓦·奥戈托耶夫(П.В.Оготоев)记录的《埃莱·博图尔》(Элэс Боотур, 2008),本部分载于15-46页。

Мир срединный-тюсюлгэ,	祭坛是这世界的中心，
В притяжении небесном	飘浮在摄心魄的天际，
В невесомом воздухе парящий,	翱翔在轻盈盈的苍穹。
Вокруг оси своей вращающийся	祭坛在那儿不断地旋转，
В невидимом полете,	如同一场无痕的飞行。
Полный вражды и зависти,	世界盈满歹意与妒忌，
Ставший крепостью тайной	构筑一座莫测的城堡，
Бездонного неба гулкого,	深邃的天空如泣如诉，
Конца и края которого	一眼望不到它的边际，
Ни обозреть, ни отыскать,	一下寻不见它的尽头。
Сверкающего яростно,	熠熠生辉的浩瀚天空，
Словно позолотой покрытый	宛若一尊镀金的器皿，
Сосуд, уложенный куполом.	在天穹之下大放异彩。
Тогда для племени айыы,	神祇艾厄[1]守护的部族，
Милостивосердного,	敦厚和善，仁慈可亲，
Добронравного и благородного,	品行端正，高尚无私，
Имеющего поводья невидимые	部族拥有隐形的缰绳，
Заспинные, в небеса тянущиеся,	可在天空中自由翱翔，
Еще не настали времена испытаний	那时部族还未遭磨难，
Тяжких и греховных.	那些沉重罪恶的磨难。
Племя боронг-уранхаев, имеющих	博龙格山的乌拉哈伊，
Головы, свободно на плечах сидящие,	这个部落的人们矫健，
Суставы, легко сгибающиеся,	头部活动自如，关节灵活，
Душу, в земле родной заключенную,	不幸和哀伤无法击败，
Не обуяли беды и горести.	无法击败这个部族的身心。
Для существа двуногого,	这群两脚站立的灵长，
Пророчествовать рвущегося,	能够精准地做出预言，
Чья жизнь полна превратностей,	谁的人生中厄运连连，
Чей мозг пропитан коварством,	谁的人品是阴险狡诈，

---

[1] 俄文为 айыы，它在雅库特古老宗教文化中是住在天上的神，被视作萨哈人的祖先。

Тело обуреваемо страстями,

Не умножились еще раздоры.

И увидим мы очами округлыми,

Как расстилается впереди

Величава и горда

Мать-земля прекрасная,

С потолком из неба

Бездонного, бескрайнего,

Восьмигранная, восьмиугольная

Цветисто яркая, манящая,

Зеленью нежной обвитая.

Но со станом могучим,

Под давлением не гнущимся,

С лоном широким,

Под ударами не прогибающимся.

С хребтом выносливым,

Под пятою не сгибающимся.

С деревьями падающими,

С водами мелеющими,

С иссякающим изобилием,

С солнцем осиянным,

Восходящим из-за горизонта,

С выплывающей сбоку

Белоснежной луной.

С настилом из лежащих гор,

Окаймленная отвесным

Каменными утесами,

С порогом из горы земляной,

Сбоку защищенная

Скалистыми вершинами,

谁的内心中盈满欲念，

会预言的人灾祸不断。

我们睁开圆圆的双眼，

一切在眼前舒徐延展，

我们以大地母亲为傲，

锦天绣地，雄伟庄严。

她上方是深邃的天空，

无边无际，无垠无沿，

大地母亲是八角八边，

身上的嫩绿娇艳欲滴，

缤纷秀丽，多姿鲜妍。

她的娇柔中透着强健，

用宽厚的臂膀和胸怀，

默默承受，不屈不弯。

荆棘泥途中奋勇向前，

她的坚韧如同那山脉，

于山脚处仍铮铮不屈。

伴着随风飘落的树叶，

伴着汨汨的淙淙细流，

伴着取之不尽的丰盈，

伴着从地平线那儿升起，

金灿如火的一轮旭日，

伴着从侧面徐徐走来，

皎洁似雪的一抹皓月。

伴着连绵起伏的群山，

大地母亲的周边镶满，

镶满一带的峭壁巉岩，

土石砌成的群山边缘，

参天的峭壁巍然屹立。

奔腾澎湃的蔚蓝大海，

С углов оберегаемая	激起层层连绵的泡沫，
Морями бурлящими,	在四周守护大地母亲。
Дно имеющая	大海上的九级暴风雨，
Из океана пенящегося,	如栅栏呵护大地母亲，
Сзади огороженная	最中心是燃起的火焰，
Морем штормовым,	上面卷起了团团灰尘，
С центром из пламени яростного,	天空浸染着蓝色氤氲。
С верхом из клубящейся пыли,	
С воздухом голубеющим.	
Если же вглядеться пристально	如果你认真仔细观察，
С мыслью разглядеть,	用心去凝视这片土地，
Какие же удивительные	那土地美得令人称奇，
По красе и богатству края	富庶得让人连连称赞。
Бывают в подобном	它位于这世界的中心，
Мире срединном-тюсюлгэ,	神圣祭坛的庇护之下。
На столь достойных счастья просторах,	这片土地盈满了幸福，
На лоне его, ставшем	这片宽广无垠的天地，
Гнездом для изобилия,	是富足和沃腴的家园。
То увидим с благоговением, что:	我们的心中带着虔敬，
Там, где сбегаются вместе	看那七十七条绿汪汪，
Семьдесят семь зеленых ручейков,	绿汪汪的小溪流碰面，
С шумом стекаются	看那八十八条浩荡的，
Восемьдесят восемь глубоких речек,	浩荡的大河奔腾相遇，
С бурлением встречаются	看那九十九条湍急的，
Девяносто девять стремительных рек,	湍急的大江交织汇聚，
Образуя меж собою	聚成不同寻常的土地，
Щедрейшую по убранству,	积成了那阿拉斯凹地，
Красоте и полноте,	汇成国富民丰的天地，
Землю невиданную,	这片土地是如此慷慨，
Алас величайший,	这片土地是这样美丽。

Край богатейший.	用三日可走过的路程，
Виднеется с расстояния	从高处俯瞰这片土地，
В три дня пути длиною,	宛若一枚晶莹的硬币。
Сверкая монетой чеканной,	这里的谷地无与伦比，
Окружьем в четыреста верст	四周绵延有四百俄里。
Долина столь бесподобная,	不知用什么把她比拟，
Что сравнить ни с чем невозможно,	我们高贵的母亲大地，
Называемая матерью-госпожой	那伟大的图伊玛雷特。
Туймарыттой великой.	
Если оглядеться вокруг,	假若你环顾一眼四周，
Желая узреть,	你便会看见这片土地，
Какую же землю	这片美丽富庶的土地。
В этом срединном мире,	它位于世界的最中央，
Лежащем под небом великим,	处在辽远的苍穹之下，
С солнцем поднимающимся,	太阳在上空缓缓升起，
Плывущим сбоку луной,	月亮在侧面慢慢变幻，
Славят-почитают,	它是人们的骄傲荣光。
Сколь же добрая земля	这片土地既多娇绚烂，
Лежит, расцветая,	又五彩斑斓缤纷璀璨。
Если воспеть высоким слогом	假如放声歌唱这田野，
Ровные поля чистейшие,	歌唱平旷干净的田野，
Где сугробы не ночевали, то:	歌唱积雪无痕的田野，
Возвышенности там так светлы,	你会发现那里的山川，
Чисты и непорочны,	耀眼无暇，一尘不染，
Что святая птица-стерх,	恰似贞洁漂亮的姑娘，
Прекрасной девушке подобная,	如同圣洁的神鸟白鹤。
С ободками черными вокруг глаз,	眼周生有乌黑的环斑，
С клювом, алой зарей пламенеющей,	喙如鲜红欲滴的朝霞，
С перышками белоснежными,	羽毛洁白如皑皑白雪，
С крылами с черной бахромой,	翅膀缀着黑色的流苏，

Словно из золота отлитыми,	犹如是用那黄金浇筑，
Из серебра вычеканенными,	恰似是用那白银锻造，
Из нитей золотых сотканными,	如同是用那金线织就。
С осанкой горделивой,	伴着傲慢骄矜的仪态，
Голосом звонким,	带着响遏行云的歌声，
Улетающая зимовать	这只娇艳美丽的白鹤，
В земли китайские,	飞到中国的土地过冬。
Облетев ее по небесному своду	它的倩影轻拂过苍穹，
Облюбовала краешек,	寻找一处过冬的角落，
Опустилась величаво плавно,	它高傲地悠然飘飘落，
Но заплакала заунывно,	倏忽忧郁地放声哭泣，
Не найдя ни единого червя красного.	未见一条果腹的蠕虫。
Долины столь гладки и ровны,	这里的山谷地势平缓，
Что крупинке снега	雪花在这里无处停留，
Не за что зацепиться.	只零星缀着几抹积雪。
Там тундры туманной господин–	年轻的公鹤来自冻原，
Журавля самец молодой	它是那片疆域的主宰，
С клювом из черного литья,	这只公鹤有黑色的喙，
Со стройно-голенастыми ногами,	它的双腿秀美又细长，
Стремительно узкой статью,	纤瘦的身躯矫健敏捷，
Облетев с другой стороны	公鹤从它的领地飞来，
За девять дней и ночей	在从未掠过的天空中，
По краю неба неизведанного,	飞行了整整九个日夜，
Достигнув оконечности,	终于抵达冻原的尽头，
Остановился горделиво,	傲慢地滑落并停下来。
Но закричал горестно,	突然公鹤忧郁地啼叫，
Не склевав ни разу	因为没有觅寻到虫子，
Никакой червинки захудалой.	哪怕一只瘦弱的虫子。
Глянешь пристрастно	如果你认真仔细观察，
В жирные луга и поля	这片肥美多汁的草地，

Славного аласа, там:
Отава нежная стелется
По щиколотку скакуну резвому,
Желтоголовые цветочки вьются
По колени жеребцу быстроногому,
Сочные травки колышутся
Под пах иноходцу знатному,
Задевает трава богатейшая
По крупу коня ходкого.
Если дорисовать картину, то:
Воды там зеркальные колыхаются тихо,
Горлицы там воркуют безустанно,
Кукушки там кукуют непрестанно,
Петушки оттуда не улетают никогда,
Перепела там токуют постоянно.
Изобилие не иссякает,
Лето ликует, зиму оттесняя,
Счастье через край плещется.
Мыслью постигнуть невозможно
Достоинства подобной страны.
Если попытаться описать
Словом искусным, языком умелым
Убранство ее зеленое, то:
Там осины растут, листьями трепеща
В безветренный день,
Там березы рядами красуются,
Шелковисто-кудрявые,
Подобные женцинам-хотун,
Степенно шествующим
В нарядах богатейших,

这片富饶沃腴的田野，
你的发现会惊喜连连：
柔嫩的草儿没过脚踝，
黄色的小花爬蔓攀缘，
拂过奔驰马儿的膝盖，
多汁的小草轻轻摇摆，
触过慢行马儿的大腿，
长势茂盛的青草掠过，
步伐轻捷马儿的腹部。
眼前的景致惬意优美：
如镜的水面泛着涟漪，
山斑鸠一直咕咕啼鸣，
布谷鸟唤着"布谷"声，
雄鸡不愿从这里离去，
鹌鹑在此地鸣叫求偶，
这里永远是殷实富足，
周边摇漾起层层幸福。

脑海中无法细数穷尽，
这样一个国度的魅力。
如果你想尝试去勾勒，
用精巧的语言去勾勒，
装点这片国度的绿色，
你定会发现惊喜连连：
山杨树叶在沙沙作响，
排排白桦树光彩夺目，
那些柔软的白桦树，
像极一群优雅的贵妇，
她们身穿着锦罗玉衣，
从容自如地前行阔步，

Горделиво колыхающим

Станами статными,

Беседу негромкую ведущим

Голосами звучными.

Ели там растут могучие,

Не роняющие хвою в темную тень,

Похожие на мужчин-тойонов*,

В думе глубокой застывших

В шубах своих теплейших.

Лиственницы там произрастают,

Напоминающие силачей

С эхом отдающими голосами,

Друг другу кланяющихся

В приветствии привычном.

Пеньки там объемисты,

Будто тунгусские старцы,

Надевши лыжи широкие,

Опираясь на пальмы вострые,

Держа наготове луки,

Поднимаются гуськом

На каменистые горы

За быстроногими косулями.

Сосны там стройны и светлы,

Словно люди смешанных кровей,

Внимающие разговору

С оживленным видом.

В поймах у ручейков

Кустится множество

Ив сережистых,

Сходных со старушками

她们体态匀称又端庄，

带着点高傲徐徐走来，

她们的嗓音悦耳动听，

相互之间在低喃细语。

那里的云杉茂密苍翠，

未曾抖落掉一片针叶，

云杉像极了部族酋长，

他们披着暖和的皮袄，

陷入了深深沉思之中。

那里落叶松生长繁茂，

像极了一个个大力士，

他们相互之间鞠着躬，

像平素一样彼此问候，

林间充盈着阵阵回声。

那里密布着大片大麻，

像极了通古斯的长老，

脚上踏着一双滑雪板，

手里握着锋利的矛刀，

身上背着弓、携着箭，

他们一个跟着另一个，

朝向多石的山峰攀爬，

步履矫健如疾驰的鹿。

那里的松树挺秀阳光，

如同混血儿那般漂亮，

他们饶有兴致地聆听，

聆听人间的话语篇章。

河流旁边的河滩地上，

生长着一簇簇的柳树，

像已过古稀之年的人，

他们的步履匆忙蹒跚，

Перешагнувшими семидесятилетие,	像是匆匆赶往庆祝会，
Ковыляющими, спешащими	那庆祝会稀有而珍贵。
На празднество редкое,	他们含糊其词地说道，
Шамкающе приговаривая:	于我们雪鬓霜鬟之人，
Впереди у нас осталось немного,	虽前行之路所剩无几，
Позади же длинный путь стелется,	然已走之路道远漫长，
Перед немощью старческой,	哪怕我们虚弱又无力，
Перед смертью неминучей,	哪怕我们注定要死去，
Повеселимся хоть раз еще.	也要再一次纵情玩乐。
Тальники там тонки, веселы,	那里的河柳纤细向阳，
Будто девы юные,	如同少女的俊俏模样，
Зрелости не достигшие,	她们还是豆蔻般年纪，
Хохочут слову каждому,	爽朗哈哈大笑的时候，
Клонясь станом гибким.	那身姿柔软随风摇曳。
Подлесок там густой и игривый,	那里的灌木稠密茂盛，
Равный деткам-десятилеткам,	如同十岁的孩童嬉闹，
Резвящимся, играя.	撒欢般地蹦跳和玩闹。
Богатства там множатся, вскипая,	那里的财富数之不尽，
Как валы пенные океанов,	如大海中翻滚的波涛，
Как волны буйные морей.	如大海中掀起的巨浪。
Воздух там слаще меда,	那里的空气甜过蜜糖，
Полна живительной силы.	到处是生机勃勃景象。
Тайге дремучей конца не найти,	浓密的泰加林无边际，
Добычей богатой дарящей.	内藏上苍的无尽馈赠。
Поля ковром зеленым стелятся,	原野如同绿色的地毯，
Долины ровны и широки,	那里的山谷开阔平坦，
Реки глубоки и бурливы.	那里的河流幽深汹涌。
Жаворонки дни напролет	云雀自由地欢快歌唱，
Поют-веселятся свободно.	一时一刻也未曾停歇。
Солнце резво выбегает	太阳睁着圆圆的双眼，

С открытыми очами.
Вот какой бесподобный край,
Красоты первозданной,
Лежит, неги и довольства полный,
Ласково манящий к себе.
Если разглядеть округи
Этого самого знатного аласа,
Крупинки грязи не знавшего,
Грехов и сраму не имевшего,
Горя и беды не видевшего,
Смертей и потерь не ведавшего,
Раздоров и войн не рождавшего,
Чьим защитником является
Гром, с небес грозящий,
Чьей плетью огненной служит
Молния, блеском разящая,
Чьи богатства множат
Дожди и грозы обильные,
Чьим дыханием служат
Жара и зной палящие,
Праздником веселящим—
Ысыах кумысный,
Напитком насыщающим—
Сливки пенные,
Украшением полей—
Одуванчики желтоголовые
Да травушка-муравушка, то:
Узришь девять холмов зеленых,
Застывших друг перед другом
Жеребцами семилетними,

从云层里面蹿了出来。
这地方的确无与伦比,
保留着最原始的美丽,
这片田野肥沃又富庶,
温柔散发出无尽魅力。
这片广袤无垠的原野,
没有被丝毫尘土沾染,
这里不曾有一丝罪孽,
这里没有灾难与苦痛,
这里没有身故与死亡,
这里没有纠纷与战争。
天空中轰隆隆的雷声,
是这片原野的守护者。
天空中那惊人的闪电,
是这片原野的火绳鞭。
丰沛的雨水和雷鸣声,
滋养这里的万事万物。
炎炎夏日蒸腾的暑气,
那是这片原野的呼吸。
传统新年恩萨赫节里,
那泛着泡沫的鲜奶油,
是节日里最好的饮品。
淡黄色的蒲公英花瓣,
鲜嫩多汁的青青绿草,
是原野上最美的妆点。
如果打量原野的四周,
惊喜会展现在你面前:
九座翠绿色的小山丘,
凝神站在彼此的跟前,
如同七岁的小公马们,

史诗 | 17

К бою готовыми	为争夺四岁的小母马，
За кобылиц косяки.	蓄势待发准备要战斗。
Приветливую восточную сторону,	和煦温暖的风吹拂着，
Теплыми ветрами веющую,	彬彬有礼的东方之地，
Стену изобилья возводящую	在那向阳的山坡之上，
Из косогоров солнечных,	架起一座高高的城墙，
Горой-мырааном опушенную,	丝丝软软的土山丘上，
С маслянистыми горками,	鼓凸着油亮亮的山脊，
Прохладными родниками,	流淌着清冽冽的泉水，
Тремя молочными озерцами,	三片乳白色的湖泊上，
Пенкой жирной подернутыми.	披着一层薄薄的凝皮。
Подняв глаза чуть повыше,	抬眼望向这一片土地，
Заметишь взором восхищенным, как:	你的眼里会溢满惊喜，
Растущие рядами дружными	轻柔的白桦沙沙作响，
Трепетно-нежные березки	成群结队地站在一起，
Образуют густой лес-березняк,	组成了茂密的白桦林，
Которую лишь беречь да охранять,	如同年轻漂亮的姑娘，
Словно юные красавицы,	姣好的脸庞靓丽灵动，
Светлых ликов чье сиянье	让人心生爱护和怜惜，
Заметишь через поле широкое,	透过广阔无垠的田野，
Кос долгих шелковистость	你用一颗勇敢的心儿，
Мужественным сердцем ощутишь,	感受柔软的长长发辫，
Плавной поступью плывут	螺旋一般和缓地舒展，
Стерхами белыми, горделивыми,	如同一群高傲的白鹤，
Лебедями прекрасными	如同一群美丽的天鹅，
В ритме танца неспешного,	伴着节奏缓缓地起舞，
Звеня серебром и золотом	身上装点的金银饰物，
Украшений искусных.	伴随着舞步叮咚作响。
К востоку от него	茂密白桦树林的东边，
Выросли осины	生长着一大片山杨树，

С листвой кружевной,	山杨树叶上缀着花边,
Трепетную тень на землю кидающей,	树影婆娑随风轻摇曳,
Будто народа тунгусского дети легконогие	像通古斯民族的孩童,
В узорчатых торбазах	身着华服,步履轻盈,
Завели танец-дьиэрэнкэй.	跳着雅库特的民族舞。
На другой же сторонушке	茂密白桦林的另一边,
Темнеет низиной	是一片低洼的沼泽地,
С шершавым листом	沼泽地边上河柳丛生,
Тальник черноствольный.	树叶粗糙,树干漆黑。
За ним же колышется	河柳之侧是原始森林,
Таежная зелень	一片绿海在徐徐摇动,
Хвои пушистой и богатой,	蓬松茂密的松树针叶,
Как соболий хвост распушенный.	像黑貂毛茸茸的尾巴。
Оглянувшись на запад,	如果你放眼望向西方,
Зловещим холодом отдающий,	会发现那里冰冷刺骨,
Упрешься взглядом в хребет острозубых	岩柱磐石砌成的山脉,
Каменных твердынь.	如同锋利无比的牙齿,
Словно в стойке боевой	像极强壮有力的公牛,
Со взглядом, кровью налитым,	在一场殊死搏斗之中,
Грозя рогами острыми	相互抵着尖锐的牛角,
Быки могутные стали.	眼睛里面布满了血丝。
Отклонившись в сторонку,	回眼再望向另外一边,
Заметишь светлую стену	你会看见参天的松树,
Радостно возвышающихся сосен	如同一座明亮的城墙,
С плотью мягкой и белой.	那墙身雪白而又柔软。
Если вглядеться в другую сторону,	如果凝望另一个方向,
Виднеется в отдалении	你看见在十俄里之外,
Десяти верст,	是那郁郁葱葱的云杉,
Зеленью с чернью отличаясь,	那里的翠绿色与黑色,
Ельник богатый	层次分明,迥然有别,

С корою выпуклой,	云杉的树皮微微隆起，
С ветвями разлапистыми,	枝丫向四面徐徐舒展，
Кистями колючими,	云杉带刺的竖长花穗，
Тень густую отбрасывающими.	恰若一片厚厚的黑影。
По ту же сторону	同样是在这一个方向，
Растут с кроной раскидистой	生长着高大的落叶松，
Раскрытые миру	落叶松如同巨人一般，
Великаны-лиственницы.	枝杈向远方无尽伸展，
За их затылком	遮蔽着它周遭的世界。
Густеет непреодолимо	落叶松的后面是一片，
Глубокая таежная быль	一片浓密的原始森林，
С громадными стволами,	在那巨大的树干上面，
Покрытая коростой	覆盖着一层层的树皮。
Коры многослойной.	
Северная же сторона,	这片原野的北方之境，
Пугающе смерчливая,	是片狭长锋利的海角，
Острится мысами	让人们不禁望而生畏，
Ретивыми, игривыми,	如同一群欢脱的马驹，
Жеребцами необъезженными	活蹦乱跳，嬉皮玩闹，
Ставшими друг напротив друга,	小马驹们面对面站着，
Всхрапывая грозно.	肆无忌惮地打着响鼻。
С верхней же стороны	那片深茂古老的树木，
Деревья древни	隆起的树根盘绕交错，
С выпуклыми корнями,	结实的树干力不可摧，
С корой отслаивающейся,	其上裹着皴裂的树皮
С древесиной плотной	树木的顶端弯弯低垂，
С гнущими верхушками	从上往下放眼望过去，
Густиться начали.	漫林碧透，郁郁苍苍。
В глубине же	那里的森林浩瀚无边，
Убегает прочь	在这森林的最深之处，

Дремучий лес	立着弯弯曲曲的大树,
С смотрящими вниз с вышины	蜿蜒曲折,盘虬卧龙,
Сутулыми деревами	那里的树枝形似弯钩,
С ветвями крючковатыми,	粗壮的树根凹凸不平。
Корнями бугристыми.	
Глянешь опасливо,	带着点点温和的目光,
Со смиренным видом	小心翼翼地仔细打量,
В сторону южную	打量这片原野的南方,
С ветрами засушливыми,	那里的风儿炽烈干燥,
Дыханием горячим,	泛起阵阵滚滚的热浪,
Все опаляющим, то:	周边的一切燃烧殆尽:
Там семь складок гор	那里的七座光秃山丘,
Выстроились ровно	整整齐齐地排在一起,
Скакунами резвоногими	像极跑得飞快的马群,
Ожидающими бегов.	时刻准备着奔向远方。
За ними осыпается с шумом	山丘后面是一片森林,
Сухостоистый лес	光秃秃地矗立在那里,
С деревами без верхушек,	那里的树木没有树梢,
Переломанными ветвями,	那里的树枝干枯断裂,
Без кистей зеленых	树枝丫没有一丝绿色,
Чернеющими мрачно.	泛起丝丝缕缕的黑光。
Дальше безбрежная	在那无边无尽的远方,
Расстилается таежная	是一片原始泰加森林,
Сказочная темень.	如同童话中一般漆黑。
На самом темени,	正是在这片黑暗之境,
На высоком месте,	正是在这高高的地方,
В самом сердце золотом	正是在这土地的中心,
Утробы материнской	可以看到这样的风景。
Долины распрекрасной	那里的山谷美丽幽静,
Окружьем в четыреста верст	绵延到周边四百俄里,

史诗 | 21

Госпожой Туймарыттой величаемой,	像极一位年轻的女人,
Подобно юной женщине,	像极一位高雅的贵妇,
Дремлющей в томлении любовном,	深陷爱欲的折磨之中,
С расстояния в путь суточный	慢慢欠起身打着瞌睡。
Сверкает бесподобно	哪怕距离一天的路程,
Искрами очажными,	也能看到家园的火光,
Зазывает, привлекает	鲜明耀眼,无与伦比,
Столбами дыма синего,	这个人类生活的居所,
С тридцатью гостиными	是座宏伟巨大的房子,
Обиталище человечье,	远看像极了一座山岗,
Домище громадное,	烟囱里升起袅袅炊烟,
Земляной горе подобное.	三十间客厅坐落其间,
	引人注目,招揽宾朋。
Если станешь сбоку	如果从侧面远远眺望,
Чертогов тех великих, то:	能够看到美丽的殿宇,
Двор увидишь необъятный	无边无际,富丽堂皇。
Размеров невероятных.	脚力无双的马儿奔跑,
Скакуну быстроногому не под силу	难以在七天七夜之内,
За семь дней и ночей	跑到这座宫殿的尽头。
Проскакать поперек,	走路慢慢吞吞的人儿,
Иноходцу резвому	沿着洁净无比的道路,
Не удается	顺着平坦通畅的小径,
За девять дней и ночей	难以在九天九夜之内,
Перескакать вдоль	穿过无边无界的宫殿。
Подворье это невиданное	通往宫殿的道路之上,
По чистейшей и гладкой,	未见一丝一片的雪花,
Снега и сугробов не задерживающей	道路的表面光滑如缎,
Поверхности его,	哪怕小巧玲珑的灰雀,
На которой коготками	也无法在这路上停留。
Не за что ухватиться	在这座殿宇的最中心,

Даже снегирю, птахе малой.

В самом сердце величия этого,

В пуповине сокровенной

Пригвожденные вертикально

Три статных коновязя резных

Стоят в молчании многозначительном,

Как оракулы великие,

Будто предрекая

Полное величия

Бытие славное

Голосами утробными,

Словами беспрекословными.

Первая увенчана птицей гордой—

Клекочущим грозно орлом.

Средняя украшена

Горлицей говорливой

Узорчато расписанной.

Последняя стала

Обиталищем кукушки,

Звонко кукующей.

Если окинуть взглядом

Закрома двора заднего,

Весьма обширного, то:

Узришь ограду высокую

Для охраны живности,

Загон привольный

Для прикорма рогатых,

Изгороди крепко плетеные

Для сохранности кормов.

Кинув взгляд искоса

在这座殿宇的最深处，

垂直立着三个系马桩，

尺寸一致，雕花镂饰，

三个系马桩沉默不语，

如三个庄严的神托所，

好似在用低沉的声音，

诉说这座殿宇的宏伟，

好似在用严厉的声音，

宣告这座殿宇的壮丽。

第一个系马桩上刻着，

刻着一只高傲的雄鹰。

第二个系马桩上雕着，

雕着不断啼鸣的斑鸠，

身上饰有漂亮的花纹。

第三个系马桩原来是，

原来是布谷鸟的居所，

布谷鸟在这轻声放歌。

如果你放眼四处打量，

在后面的大庭院里面，

你会看到这样的景象：

在那高高的围墙里面，

饲养着各样式的家禽。

在露天的牲畜圈里面，

圈养着些带角的家畜。

藤条编织成的栅栏里，

堆着喂养牲畜的饲料。

投一缕目光望向远方，

В сторону пространства свободного,	在那空旷辽阔的地方,
Обнаружишь поля чистейшие,	你会发现洁净的田野:
Нивы ровнейшие,	那平畴千里的庄稼地,
Равнины гладкие,	那一览无余的大平原,
Долину великую,	那波澜壮阔的山谷地,
Созданные служить	像极了竞技的大舞台,
Ареной состязаний,	像极了做游戏的旷野,
Игр проворных,	像极了跳远用的场地,
Прыжков саженных,	像极了奔跑时的舞台,
Бега стремительного.	这均是造物主的杰作。
Там озеро огромное	那里的湖泊澄净广袤,
Для купаний и окунаний.	是下水游泳的好去处。
Желая узнать,	真的迫切想要弄清楚,
Что за жилище внутри	这所住宅里究竟如何。
Для жизни неиссякаемой	房子的主人已为自己,
Устроили себе владельцы	建造了这么大的居所,
Столь обширных земель,	足够子孙在这里生活。
Влетим в сени просторные	疾步来到敞亮的门厅,
Из дерева светлого,	门厅由木头建造而成。
Что резвый конь обежит,	矫健的骏马穿厅而过,
Покрывшись потом.	浑身也是会大汗淋漓。
Осторожно приоткроем	我们小心谨慎地推开,
Плотно пригнанные двери,	两扇紧紧掩实的大门。
Что семьдесят семь	七十七位成年的男子,
Зрелых мужчин,	哪怕使出浑身的力气,
Силились открыть,	哪怕他们头顶的月亮,
Выбиваясь из сил,	盈亏变幻到第七个月,
Пока висел над ними,	也无法推动这扇大门。
Наполняясь и убывая,	
Месяц седьмой,	

Но не сумели

Заставить шевельнуться.

Раскроем тихо

Створки неколебимые,

Что восемьдесят восемь

Именитых борцов,

Напрягаясь мучительно,

Пытались растворить

На протяжении всей

Луны восьмой,

Но не смогли даже чуть

Вздрогнуть помочь.

Перешагнем порог

Столь могучий,

Будто бык племенной

Пяти-шестилетний,

Отменно кормленый,

Наевшись травы-цикуты,

Упал на колени,

Лежащий, упрямо пыхтя.

Войдя внутрь,

Оглянемся вокруг

Взором быстрым:

С четырех сторон

Поставлены прочно

Могучие стойки-столбы

Из стволов лиственниц вековых,

Служащие опорой несокрушимой.

Поперечиной вверху

Стали три балки

悄悄地打开两扇大门，
这两扇门敦实而厚重。
八十八位出色的壮士，
头顶第八个月的月亮，
即便是使出浑身解数，
也无法挪动大门半分。

我们跨过结实的门槛，
这门槛质坚如同磐石，
像极了五六岁的公牛，
部落的公牛吃饱喝足，
双膝跪着，趴在地上，
气喘吁吁地横在那里。

走进这所大大的房子，
我们迅速地环视四方：
房子东西南北的四端，
立着结结实实的柱子。
落叶松树干做的柱子，
是那坚不可摧的基石。
房子上方的三根横梁，
是用结实的树干做成，
时光荏苒，岁月变迁，
不会弯曲，不会下垂。

Из лиственниц крепкотелых,

Неспособных прогнуться

В течение веков.

Чтобы простояла юрта

Семь веков,

Не думая обрушиться наземь,

Поставили подпорок

Из семидесяти семи

Лиственниц, вырванных

Вместе с корнем.

Опасаясь, что через восемь веков

Может дать слабину,

Поставили восемьдесят восемь

Столбов из лиственниц могучих.

Предупреждая возможность

Непрочности через девять веков

Устроили подпорки

Из девяноста девяти

Лиственниц вековых.

Боясь, что может дохнуть

Холодным воздухом,

Несчастьем негаданным

С верхов многоярусных

Бедоносных, вихревых,

Из доброй древесины

Настилом тройным

Покрыли потолок,

В три аршина толщиной

Насыпали холмом

Белую глину.

为了让毡房安如磐石，

七个世纪内安如磐石，

不会轰然倒塌在地上，

七十七根带根的树干，

组成了一个结实支架，

稳稳支撑着这个毡房。

担心过了八个世纪后，

毡房变得不稳和松动，

用八十八根松木柱子，

把这毡房牢牢地撑住。

担心过了九个世纪后，

这毡房变得不再稳固，

用九十九根经年松木，

做成稳固毡房的支柱。

担心凛冽冰冷的寒风，

将毡房吹得东倒西歪，

担心毡房多层的顶部，

发生意想不到的灾难，

被寒风吹得七零八落，

用敦实厚重的原木块，

做成一个三层的盖板，

遮住了毡房上的顶棚，

盖板上面涂上了白泥，

足足有三俄尺那么厚，

如同堆砌了一座土丘。

担心出现这样的状况，

毡房被吹得东倒西歪，

担心那来自地下世界，

地下世界的魔鬼大口，

带着充满死亡的恶臭，

Опасаясь, возможно,

Потянет холодком,

Бедою нагрянет

Из нижнего мира,

Адовой пасти,

Дышащей смрадом смертным,

Пол выстелили

Шестипластным полотном

Из деревьев-великанов.

Предвидя возможность

Поднятия брани в мире срединном,

Полном споров-разногласий,

Что принесет урон непоправимый,

Опасаясь, что продует насквозь

Ветер пронзительный

Гнездо золотое,

Поселя в нем болезнь грудную,

Боясь, что пройдет сквозь стены

Дома родного,

Словно через рыбацкую морду,

Пронеся хворь неотступную

Вихрь, несчастье приносящий,

Думая, что движение воздуха наружного

Жизни годы поубавит

Обитателям дорогим,

Семипластною стеною,

Надежною укрепою

Устроили очаг свой.

Чтобы светлые лучи

Солнца утреннего

给这座毡房带来不幸。
用如同巨人的大木块，
做成了六层的厚木板，
给这座毡房铺作地板。
可以预见出现这场面：
中间的尘世充满争吵，
矛盾和分歧连连不断，
这将给世界带来重创。
担心刺骨的寒风吹来，
吹来一个金色的鸟窝，
从鸟窝里散播出疾病。
担心那旋风穿透墙壁，
穿透自己家里的墙壁，
如同滑过渔夫的脸颊，
带来驱之不散的病痛，
带来接连不断的不幸。
担心凛冽的阵阵寒风，
给这儿的人们带来灾难，
缩短了居民们的寿命。
在建造自己的家园时，
砌了一座七层的厚墙，
护卫自己温暖的毡房。

在这座大毡房的左面，
立着两扇高高的窗户，

Благословенно чистые,	清晨间微微推开轩窗,
Прохладно светлые,	温暖澄净的斑斓晨光,
Осветили кров,	伴着一丝凉凉的微风,
Распахнули окна широкие	点亮了这座栖身之所。
На левой стороне.	在这座大毡房的西面,
Чтобы заходящего	建有两扇小小的圆窗,
Солнца вечернего	光芒万丈的缕缕霞光,
Свет, отражающий славу,	傍晚时滑过这座毡房,
Не уходил незамеченным,	留下悄无声息的印痕,
Устроили оконца	用自己最美丽的娇艳,
На стороне западной,	预见最为可期的未来。
Красотою своею	正午太阳高悬在天上,
Будущее пророчащие.	带着些微笑光芒万丈,
Чтобы солнце полуденное,	为了让阳光照进毡房,
Высоко в небе сияющее,	把毡房的一切都照亮,
С улыбкой осиянной	在这座大毡房的右面,
Заглянуть могло, все озаряя,	辟出了窄窄的两扇窗,
Жарой не испепеляя,	两扇窗有些不太透光,
На правой стороне	好似微微眯起的双眼,
Прорубили оконца узкие,	不被正午的骄阳灼伤。
Глядящие подслеповато,	阳光是那慈爱的使者,
Невинно прищуренные.	为了让阳光照进毡房,
Чтобы милостивые	哪怕是不经意的一缕,
Солнца белого посланцы	毡房的门上留着小窗,
Хоть краешком невзначай	小窗上面镶嵌着云母。
Просочились вовнутрь,	
Возле дверей отверстия,	
Слюдою убранные,	
Оставили малые.	
Кров этот имеет	在这个容身之所里面,

Ложа-ороны* широкие	有个宽敞舒适的包厢，
Из лиственниц молодых	用落叶松的幼枝做成，
Для сна-отдохновения,	这是休息睡觉的地方。
Лежанки, устроенные	包厢里有个俄式暖炕，
Из досок обструганных гладко,	是用平整的木板做成。
Вдоль стен возлежащие,	几只拉帮套的马趴着，
Что лошадки пристяжные.	趴在靠近高墙的地方。
Обиталище это людское	这座人们居住的房子，
Было столь громадно,	高门大屋，富丽堂皇，
Просторно и объемисто,	坐在门槛右边的人儿，
Что с порога могучего	看起来像只黑色松鸡，
Человек, сидящий справа,	坐在门槛左边的人儿，
Казался глухарем черным,	远看只有燕子般大小，
Двуногий, что устроился слева	对面坐着的那个人儿，
Казался с ласточку размером,	被当成了一只布谷鸟。
Того же, что напротив восседал,	坐在中间的那位客人，
За кукушку принять не зазорно было.	像极了一只黑色乌鸦。
Приглашенный на середину	横在房子入口的门槛，
Виднелся, словно ворон черный.	是用那泥土浇筑而成，
Порог же земляной, устроенный	像极一只九岁的公牛，
Входа приветливого поперек,	前蹄跪伏，后腿盘桓，
Девятилетнего быка могутного,	肥壮威猛，力蕴其间。
Откормленного, выпоенного	居住在这里的人们啊，
Заботливыми руками,	建造了这绝美的房子，
Опустившегося на колени	在这一座房子的深处，
Напомнить мог.	可以藏下深邃的小溪，
Вот какое жилище славное	可以把这房子的右面，
Устроили себе обитатели здешние,	变成大大的林间草地，
Что в глубине где-то	暖炉和墙壁间的床下，
Спрятаться мог глубокий ручей,	足以容下林中的旷原。

Справа свободно устроиться мог

Алас огромный,

Вокруг полатей последних

Поляна небольшая разместиться.

Примерно в центре

Чертогов столь великих

Высилась как каменный идол,

Высеченный из монолитной скалы,

Пышущая жаром и пламенем,

Печь-камелек, способная

Гореть семь дней и ночей неугасимо,

Озаряя все ярким светом торжества,

Треща возбужденно-яростно,

Если втолкнуть в пасть ее

Огнедышащую, жадную,

Семь лиственниц многолетних

С корнями и ветвями всеми.

Навес над входом

Звучно повествовал,

Сени щебетали робко,

Смешливы были закрома,

Притчами чулан говорил,

Пророчествовали бороны,

Углы же стенали.

Хохотали ворота

Знаменитого крова сего.

Если же утварь и предметы

Пытливо если разглядеть, то:

Стулья здесь затевали олонхо,

Скамейки исполняли песни,

这座大房子富丽堂皇，
大约在房子的中间处，
高高耸立着石头神像，
神像用山岩巨石雕成，
山岩散出热气和火光，
像极了石砌的小炉子，
如果往炉里填上木块，
填上七块大大的圆木，
上面还带有根茎枝丫，
炉里的火舌喷出红光，
发出噼里啪啦的声响，
不停地燃烧七天七夜，
耀眼的光芒照亮一切。

房子入口的遮雨檐下，
讲着美妙动听的故事，
门厅胆怯地窃窃私语，
房里的谷仓欢声阵阵，
储藏室讲着警世寓言，
墙边的暖炕说着预言，
四处的角落喃喃低吟，
房子的大门眉欢眼笑。

好奇地打量家什器具，
你会发现这样的场景：
椅子哼着奥隆霍曲调，
长凳唱着悦耳的歌谣，

Табуретки загадывали загадки,	圆凳在相互猜着谜语，
Подступали с осуохаем	切肉用的那几块砧板，
Доски для разделки мяса,	跳着奥苏奥海舞[1]走来，
Резво подбегали грозные	各种令人生畏的斧头，
Топоры и колуны,	健步如飞地跑了过来，
С привязи срывались	双刃刀从绳上掉下来，
Обоюдоострые ножи,	诸多胆量过人的盘子，
Подпрыгивали в танце	一起跳着欢快的舞蹈，
Непугливые тарелки,	憨状可掬的杯子和碗，
Приседали в пляске	大步流星地飞奔而来，
Озорные чаши,	活泼烂漫的木制杯盏，
Подлетали плавно	欢蹦乱跳地疾驰而来，
Резвые кытыйа,	瓦罐、大烧锅和铁锅，
Прилетали, подпрыгивая,	踢腿下蹲跳着走过来，
Горшки и казанки,	用桦树皮制成的器皿，
Чугунки здесь ходили вприсядку,	像极赶着羊群的牧人，
Чабычахи что пастухи,	大汤勺在那高声唱和，
Половешки кричали,	长柄勺在那大声呼喊，
Ковши орали громко,	双耳桶在那讲着故事，
Ушаты повесть говорили,	大大的桌子谦逊有礼，
Столы широкие, приветливые	宴请引以为荣的宾客。
Гостей славили, угощая.	
Если кинуть взор любопытный,	这座大毡房与众不同，
Кто же владелец	这座大毡房无与伦比，
Столь диковинной юрты,	矗立在那像一座大山。
Высящейся подобно горе,	想知道谁是这的主人，
Жилища небывалого, то:	当你好奇地四处打量，
Закинув правую ногу на левую,	你会发现在那正中央，
Не отрывая глаз от огня в очаге,	坐着一位彪悍的勇士，

---

[1] 奥苏奥海舞是雅库特民族的一种民族舞。

Сидит богатырь великий	他在那里跷着二郎腿，
Земли срединной,	将右腿微搭在左腿上，
Силач несравненный	眼睛一直盯着那炉火。
Мира подсолнечного,	这是无可匹敌的勇士，
Витязь прославленный	普天之下无争锋之人，
Рода человеческого.	这是引以为傲的勇士，
	整个部族无匹敌认。
Если спросите,	如有人这样询问起来，
Что за кручина неотвязная,	在自己温暖的港湾里，
Думая тяжкая, глубокая	勇士为什么满面愁容，
Согнула голову буйную	劳心苦思，郁郁不乐，
Перед очагом родным, то:	深深低下骄傲的头颅。
Дней минуло немного,	原来几日前发生不幸，
Как поднял на арангас	在那高耸的枝丫之上，
Золотые кости отца-родителя,	发现自己父亲的尸体。
Всеми почитаемого,	勇士的父亲出身显赫，
Происхождением славного,	勇士的父亲受人爱戴，
Корнями глубокого,	勇士的父亲头发斑白，
Чьи власы седые	勇士的父亲德高望重。
Вызывали преклонение.	紧接着过了两个昼夜，
Двое суток прошло, как	勇士又在墓冢的旁边，
Схоронил в обиталище последнее,	葬了自己挚爱的母亲。
Обратно не отдающее,	哪怕到勇士垂暮之年，
Матушку родимую,	也没有谁比她更珍贵。
Дороже которой не найти	母亲赐予了勇士生命，
Хоть до старости седой,	母亲用那娇柔的臂膀，
Подарившую жизнь ему,	呵护着勇士一路成长，
Растившую под крылом	护佑着勇士顺遂安康。
Спасительно-нежным,	这位勇士在黯然神伤，
Оберегавшую от бед-невзгод,	失去了最有力的臂膀，

Заслоняя собой,

Одарившую крылами сильными,

Духом несгибаемым.

Под тяжестью утраты невосполнимой

Создателей-родителей своих,

Отца и матери родных,

Отправившихся в путь последний,

Простившихся с миром бренным,

В тисках печали тяжкой,

Затянутый в болото скорби глубокой

От потери невосполнимой,

Окаменев в горе невыносимом,

Не ведая, что делать, куда идти,

Как жить и дальше дышать,

Застыл он перед камельком жарким

Не в силах оторвать глаза

От пляски огневой.

Кто же он, согнувшийся

Под гнетом утраты,

Думы неотвязной?

Откуда родом он,

Где исток крови его горячей?

Зовется он Элэс-Боотуром,

Имеющим жеребца черно-бурого,

Как медведь таежный могучего.

Был он отпрыском желанным,

Отголоском любви счастливой,

Средоточием мыслей вещих,

Радостью сердца болящего,

失去了不枯竭的力量。

勇士的父母离开尘世，

勇士的父母去往归途，

这位勇士痛失了双亲，

哀痛欲绝，肝肠寸断，

内心的缺失无法填补，

他深陷于忧伤的枷锁，

他深困在悲痛的泥沼。

无法抑制内心的悲痛，

勇士呆呆地坐在那里，

不知道自己应怎么办，

不知道自己前往何处，

不知道如何继续前行。

他呆呆愣在暖炉旁边，

身上没有一丝的力气，

痴痴望着跳舞的火苗。

这个因陷入无尽悲伤，

无法走出这无尽思绪，

深深埋下头的人是谁？

他的出生又所在何地？

他流淌的血液来自哪？

他名唤埃莱·博图尔，

拥有一匹黑褐色马驹，

这马驹如同凶猛的熊。

他是幸福爱情的结晶，

他是美好爱情的见证，

他是先知预言的焦点，

他是久病之人的福音，

Зеницей очей смотрящих,	他是明亮眼睛的瞳孔，
Деснами зубов выпадающих	他是脱落牙齿的牙床。
Доргуйа бай-тойона,	部族勇士道尔古伊阿[1]，
Девять веков умножавшего	有着广袤无垠的领地，
Имение свое несметное,	九个世纪他都在拓土。
Ньиргийэ бай-хотун,	勇士之妻尼伊尔基埃，
Семь веков процветавшей на земле.	七个世纪都在这繁衍。
Имя его грозное произносить всуе	对于那些胆小的人们，
Ни утрами, ни вечерами не смели	他的名字极具威慑力，
Люди робкие, несмелые.	何时都不敢轻易提起，
Сказ об его могуществе	他那英勇威猛的故事，
Гремела по долам и весям,	响彻山谷，遍布乡野。
По странам проносилась	他那英勇威猛的故事，
Так стремительно, что	在各个国家迅速流传，
Не угнаться было	奔驰的人儿马不停蹄，
Быстроногому скакуну,	疾驰哪怕七天又七夜，
Не переминая ног способному	也不及故事传播之快。
Семь дней и ночей нестись стрелою.	
Слава о силе небывалой,	勇士的力量无与伦比，
Не находящей себе равных,	世间无人能与之比肩，
Долетала до перевалов дальних,	美誉飞到遥远的山隘，
Что коню крылатому	即便长有翅膀的骏马，
Не достичь за восемь дней и ночей.	八天八夜也追赶不上。
Историю жизни такого	如果想讲述他的故事，
Боотура великого	讲述这位勇士的故事，
Мира срединного	这位长在尘世的英雄，
С момента рождения	拥有不同寻常的诞生：
Рассказать если, то:	怀孕后过去了九个月，
Девять месяцев с зачатия спустя,	在第十个月的第十天，

---

[1] 埃莱·博图尔的父亲。

Дней десять месяца десятого	这位勇士想来到世间,
Прихватив ненароком,	他试图努力钻出肚皮,
Заставил мать свою родительницу,	宽厚的母亲疼痛难忍,
Подобную солнцу милостивому,	仁慈的母亲心怀欢喜。
Застонать от боли и радости,	他挣脱了母亲的身体,
Разорвал плоть ее живую,	从黑暗之中跃然而出,
Вырвался из тьмы спасительной	来到充满光明的凡尘。
В пронзительный свет.	他像一条刚捕捞的鱼,
Упал на травяную подстилку,	滑落到草编垫子之上。
Забился рыбой свежепойманной.	
От крика и плача яростного	新生的婴儿大声哭喊,
Новорожденного младенца	新生的婴儿叫声响亮,
Закачалась мать-земля	桦树皮杯中的水洒出,
Водою в берестяном сосуде,	大地母亲已开始摇晃,
Заволновался край благословенный	小桶中的水慢慢溢出,
Жидкостью в ведерке малом.	美丽之地已开始颤动。
Каков же вырос младенец,	男孩出生时预兆神奇,
Явившийся миру с великим знамением?	长大后他会是何模样?
Возьмемся нарисовать	让我们先看他的外貌,
Наружность впечатляющую.	让人印象深刻的外貌。
Мышцы бугрятся под кожей дубленой,	勇士身上的肌肉隆起,
Как корни дерева столетнего.	像极百年古树的树根,
Руки, что стволы окоренные	双手如同剥皮的树干,
Вековых дремучих елей.	剥皮的浓密云杉树干。
Бедра, что поставленные стоймя	笔直的双腿粗壮有力,
Бревна из лучшей части	像枝杈远伸的松树上,
Раскидистой лиственницы,	那最好部分的大圆木。
Щиколотки, что стволы	勇士的脚踝如同树干,
Молодой лиственницы,	落叶松幼苗上的树干。
Голени крепкие, как	勇士的小腿粗壮有力,

Комли деревянные.	像极了发达的大树根。
Грудь широка непомерно	勇士的胸膛尤为宽阔，
Что створки ворот,	恰似房子上的两扇门，
Настежь распахнутых,	两扇大门对外敞开着。
Каждое бедро в обхват	勇士的大腿十分壮实，
По три сажени будет.	大腿一圈足有三俄丈。
Талия в пять саженей в обхват,	勇士的腰围有五俄丈，
Плечей ширина шесть саженей.	勇士的双肩宽六俄丈。
Спина могучая, что лодка,	勇士的肩膀如同小船，
С дном, выстланным девятью рядами	船板上可以铺上圆木，
Могучих бревен.	铺上六排巨大的圆木。
Голова кругла как котел огромный.	勇士的头颅巨大如锅。
До плеч ниспадают кудри густые.	浓密的卷发落到肩上。
На лбу сошлись брови черные,	勇士额头的浓眉紧锁，
Будто хвосты горностаевы	如同银鼠稠密的尾巴，
Уложены вдоль.	镶嵌在勇士额头之上。
Кольцами сбруи конской	勇士有双明亮的眼睛，
Круглятся очи ясные.	如同马具上的大铜圈。
Будто два месяца–чуткие уши.	这勇士能够耳听八方，
Румянцем горят скулы крепкие.	敏锐的双耳如同弯月。
Словно из бедренной кости животного	高高的颧骨泛着红润，
Продолговатый нос.	勇士的鼻子呈椭圆形，
Ладони широкие, как лопаты	像极了动物的小腿骨。
деревянные.	勇士的手掌极为宽大，
Десять пальцев ловких, ухватистых,	如同两把木制的铁锹。
Как десять самок горностая.	十个手指灵巧又敏捷，
	如同十只轻柔的母貂。
По мышцам звенящим,	勇士的肩膀伟岸雄壮，
Плечам неохватным,	上面的肌肉硬硬邦邦，
Богатырской стати	可以做出这样的判断：

Силушку небывалую	这位勇士的体格强健，
Можно определить.	拥有不同寻常的力量。
Ноги быстрые твердо стоят	勇士的双腿灵活有力，
На родимой земле.	能稳稳站在大地之上。
Бедра налиты несгибаемой силой.	大腿上有不竭的力量，
Телом кряжист, видом могуч,	魁梧奇伟，铜筋铁骨，
Станом строен, ликом грозен.	身材匀称，面色威严。
Глянет на руки пустые—	打量着他空空的双手，
Зубами заскрипит,	会吓得牙齿咯咯作响。
Поиграет мышцами—	如果他的肌肉鼓起来，
В раздражение приходит.	那他应正是怒气冲冲。
На ноги кинет взгляд—	打量着他有力的双腿，
Яростно топнет.	你会被吓得直跺双脚。
Кровь бурливая	他血管的血液在沸腾，
По жилам, кипя, бежит,	血脉偾张，热情高涨。
В темени стучит,	如果稍碰一下他的头，
Сердце горячит.	你的心脏会热血上涌。
Вот образ гордый	这就是这勇士的样貌，
Лучшего из лучших	高傲不屈，出类拔萃，
Из рода уранхаев,	是乌梁海[1]最优秀之人，
Самого славного	是红尘俗世的佼佼者。
Из рода человеческого,	勇士席地而坐的时候，
Сидя достигающего	足足有五俄丈那么高，
Пять сажен в вышину,	勇士傲然屹立的时候，
Стоя высящего	足足有九俄丈那么高。
На девять сажен.	
Лицо высокоскулое способно	脸上的颧骨高高凸起，
Пальму острую затупить,	能让锋利的矛刀变钝。

---

[1] уранхай 即 урянхай，乌梁海，突厥语族，自称东巴，居民住在唐努山和阿尔泰山之间，分为三部分：唐努乌梁海、阿尔泰乌梁海、阿尔泰诺尔乌梁海。

Глаза пронзительные могут	眼神敏锐，目光如炬，
Пики острые оттолкнуть.	能破开那尖锐的山峰。
Одежды из шкуры дубленой,	衣服是用熟兽皮制成，
Ровдуги крепчайшей	是用一张驼鹿皮制成，
На теле налитом	墩墩厚厚，结结实实，
Трещат по швам.	接缝处不时发出响声。
Нравом неукротим,	勇士的性格桀骜不驯，
Как дите балованное,	像一个被宠坏的孩童，
В достатке и богатстве росшее.	他在殷实富足中长大，
Собою горд и спесив,	洋洋自得，目空一切，
Не ведавший обид, унижений.	未曾受过一丁点委屈。
Грозить имел привычку,	勇士习惯挥舞着长矛，
Потрясая копьем,	喝退上层世界的神祇，
Миру верхнему,	击退每个想进犯之人，
Всякому, биться задумавшему,	毫不退让，寸土必争，
Не дав продвинуться	夺走来者头顶的皇冠，
Ни на пядь,	迫使他乖乖俯首听命，
Макушку снести,	垂下双眼，驯良顺从，
Согнуться заставить,	发誓不再敢冒犯丝毫。
Глаза покорно опустить	
Обещая, зарекаясь.	
Ударом дубины тяжеловесной	如果下界胆敢来进犯，
Заставлял содрогаться	他挥舞着重重的棍子，
Мир нижний, предрекая	直接让他们俯首帖耳，
Позорный конец каждому,	并能够直接预言结局，
Кто на битву отважится.	谁会落得个声名狼藉，
Гордость любого сокрушить,	谁会有勇气胆敢对战。
Хребет переломать,	勇士立下了铮铮誓言，
Заикаться от страха заставить	他会折断来者的脊椎，
Зарекался он.	打击骄傲之人的自信，
	吓得他们吐字都不清。

Детство беззаботное,	勇士的童年无忧无虑，
Юность безвозвратная	勇士的少年一去不返。
Украшены были	这位勇士有三位妹妹，
Любовью и дружбой	他的童年和少年伴着，
Трех младших сестер,	三位妹妹的爱和情谊。
Каждая из которых	他的妹妹们各不相同，
Не знала равных себе	美丽绝伦，顺和柔嘉，
По красоте и кротости,	此等绝色尘世间少有，
Подобных которым еще не зрил	此等性情尘世间罕见。
Глаз человеческий.	他的妹妹们体态轻盈，
Любая отличалась	他的妹妹们身材匀称，
Станом легким и стройным,	他的妹妹们卷发低垂，
Косою, струящейся волнами,	他的妹妹们面容姣好，
Лика прекрасного белизною,	他的妹妹们眼含善意，
Глаз прекрасных добротою,	他的妹妹们笑容可掬，
Улыбки лучезарностью,	他的妹妹们温言婉语。
Речей мягкостью.	大妹叫阿侬塔琳·库奥，
Старшая из сестер звалась —	长辫子足足有八俄丈。
Айталын Куо с косою в восемь сажен.	二妹阿侬蕾·乌安塔侬，
Средняя из равных —	心地善良，为人和善，
Милостивосердною Айыы Уйантай.	勇士最小的那个妹妹，
Младшую же нарекли	唤作克蕾丝·琦埃莱琳。
Кыыс Чэрэлиин.	
Богатства его несметные,	勇士的财富数之不尽，
Имущество небывалое	如果有人试图细数，
Попытаться если	细数不计其数的财富，
Оценить и взвесить, то:	定会发现这样的情景：
Черногривых скакунов	他的财富如同黑马驹，
Табуны несметные	一群群马驹不可胜数，
Так расплодились,	在不停地生息和繁衍，

Что бока крутые
Протерли до крови
В плотных рядах.
Не в силах больше
Разместиться рядом,
Разбежались далече,
Краев достигли дальних.
Там тунгусы камчатские
Поленами простыми
Забивали их
На пропитанье себе,
Но численность их
Сократить не могли.
Пугливых белых кобылиц
Столь несметно стало,
Что по руслам рек
Разбрелись повсеместно.
У тунгусов верхоянских
На рожнах над костром
Шипело мясо жирное,
Но тучи табунов
Не редели ничуть.
Ж изнь избранных сих
Была столь благополучна,
Изобильна и сытна,
Что на ысыахах молочных
В чоронах узорчатых
Кумыс плескался пенный,
Рядами строились
Круговые чаши

这群马驹的颈脊拱起，
密密麻麻地并排奔跑，
脊背被磨得血迹斑斑。
马驹的数量着实太多，
无法多容下一匹马驹，
它们也无法继续奔跑，
无法到达遥远的地方。
堪察加那儿的通古斯人，
靠宰杀马驹糊口度日，
但是这些马驹的数量，
无论如何也不曾减少。

这有很多白色小母马，
这些小母马胆小怯生，
它们散落在河的两岸，
密密麻麻，不胜枚举。
上扬斯克的通古斯人，
用大木块支起一铁锅，
里面的炖肉热气腾腾，
马匹如黑压压的乌云，
数量不曾被削减分毫。
这的人们是天选之子，
过着殷实富足的生活，
衣食无忧，太平兴旺。
盛夏会举行恩萨赫节，
装饰精美的高脚杯里，
盛满了美味的马奶酒，
漂着层乳白色的泡沫。
一排排装酒的大圆碗，

С богатейшей резьбой.

В круг становились

Молочные кубки

Со вдавленным узором.

Красовались сосуды,

Из бычьей кожи сшитые.

Ковши деревянные,

Конским волосом увитые,

Плясали без устали,

Чтобы горло каждого

Оросить кумысом забродившим,

Каждому налить побыстрее

Кумыса, маслом приправленного.

Так все приелось, что

Пласты сала брюшного

Для игры азартной разрезали,

Куски сала шейного

Кубиками для затей разрубали.

Берестяными лукошками,

Маслом набитыми,

Кидались вместо мячиков.

В сытости и довольстве,

Ничтожному желанию потакая,

Капризу любому угождая,

Уверенные незыблемо

В могуществе своем,

Ж или счастливо, пока:

В одно утро раннее

Прекрасное и безмятежное,

Когда неба бездонного гулкого

做工精美，精雕细琢，

嵌着精美绝伦的花纹。

盛满马奶酒的高脚杯，

饰有美轮美奂的图案，

摆放围成了一个圆形。

这儿的器皿用牛皮制成，

光彩夺目，精妙绝伦。

木制的长柄勺上缀着，

骏马身上的漂亮鬃毛。

人们不知疲倦地跳舞，

赶快给人们都斟满酒，

配上味道可口的黄油，

在每个人的唇齿之间，

萦绕着马奶酒的氤氲。

为了让大家尽兴吃喝，

在这热情洋溢的节日，

切好腌制的猪腹部油，

为了让大家纵情玩乐，

切好腌制的猪脖颈油。

桦树皮制成的小筐上，

被涂满了滑滑的黄油，

被当作小球扔来扔去。

人们的愿望都被满足，

人们的顽皮都被谅解，

吃饱喝足，开心幸福，

人们相信自己的力量，

相信幸福会安如磐石，

相信快乐会永远相伴，

然而这一切倏忽而变。

一个美好恬静的清晨，

Приветливая восточная сторона	深邃的天空如泣如诉,
Чуть приоткрылась, сверкнув	在天空的最东边一角,
Горностаевыми зубами,	太阳微微探出了脑袋,
Брат их великолепный,	如同白鼬的牙齿闪过。
Едва-едва проснувшись,	三位妹妹的勇士哥哥,
Подхватился с ложа сонного,	伸着懒腰,睡眼惺忪,
Дверь распахнул, холодом дохнувшую,	从松软的床上跳下来。
Откинув резко в сторону.	勇士猛然推开一扇门,
Встал в самом сердце	俯身吸了一大口凉气,
Двора своего необъятного,	把门快速地推向一侧。
Столь крепко утоптанного,	他来到庭院的最中央,
Так чисто подметенного,	勇士的庭院无边无际,
Что пташке малой не спрятаться,	勇士的庭院结结实实,
Крупинке снега не зацепиться,	勇士的庭院一尘不染,
Прозорливыми глазами	连只小鸟都无处所藏,
Оглянулся беспокойно.	连片雪花都不曾沾染。
	他用敏锐的眼睛环顾,
	若有所失,忐忑不安。
Сердце, рожденное в славе,	勇士那盈满荣誉之心,
Дрогнуло,	不禁微微震颤了一下,
Гордость, богатством вскормленная,	从小的生活殷实富足,
Взыграла—	勇士的骄傲涌上心头。
Поднялся на вершину самую	他攀到山脊的最高峰,
Поперек лежащей гряды,	双手叉腰,面露娇矜,
Подбоченился важно,	岔开双腿,漫不经心,
Раскинул ноги небрежно,	双眼警觉,目光如炬,
Глазами, что остроги вострые,	露出些许仇视与不驯。
Враждебно и непокорно горящими,	天空辽远,高不可触,
Глянул в верхнюю сторону	他望向天空的最高处,
Недоступных небес,	展开紧闭不言的双唇,

Отворил уста онемевшие,
Разомкнул губы замкнутые,
Чтобы перечислить, выразить,
Затаенную вражду, обиду немалую.
Закричал на морозе утреннем,
Запел громогласно
Словами тойука* такого.

Элэс Боотур(2)

"Дьиэ буо! Дьиэ буо! *
Живущие на верхнем ярусе
Недосягаемых небес,
Спесивые, горделивые
Рода айыы* богатыри,
Неспособны стали различать
Глазами косящими
Ничего под собою.
Недостойной взора вашего
Мелкотою презренной
Посчитали, видать,
Богатыря великого
Мира срединного,
Рода уранхайского.
Никто не удостоил
Посещеньем своим
Человека такого.
Не захотели до сих пор
Знакомство завести.
Посмейте только теперь

张大沉默不语的嘴巴，
细数藏匿于心的敌意，
倾诉着数不尽的委屈。

在这寒风凛冽的清晨，
勇士扯起了嗓子呼喊，
嘴里哼唱这样的歌谣。

埃莱·博图尔(2)

快来听听吧，快来听[1]，
在那天空的至高一层，
居住着萨哈族的勇士，
你们傲慢，目空一切，
甚至都不愿斜眼分辨，
你们脚下的所有一切。
你们显然有此等想法：
住在中间世界的勇士，
乌梁海族的伟大勇士，
在你们眼中是小不点，
不值得引起一丝关注。
天上没有勇士愿屈尊，
屈尊亲自探望和招待，
尘世的一位凡夫俗子。
天上的勇士们也不愿，
结识尘世间的勇士们。
现在你们可否勇敢点，
从天宫来到红尘俗世，
我要把你们每一个人，
用来"供养"长棍和长矛。

---

[1] 萨哈族歌谣吟唱的引子部分。

Спуститься с небес–
Превращу всякого из вас
В пищу для палицы и пик.
Не пытайтесь даже
Выглядывать, недостойные,
Если смерть не считаете
Сном легким и желанным," –
Слова невозвратные
Выкрикнув вверх,
Три дня и ночи прождал напрасно.
Неба бездонного,
Гулко звенящего
Безмятежное лоно
Ничуть не изменилось,
Никто не явился.
Только начала
Ночь отступать
На исходе третьих суток,
В ярости, душу туманящей,
Вскочил с ложа своего,
Кинулся вон из дома.
Остановился как вкопанный
Посередине огромного,
Светлого чистого
Подворья своего.
Напрягся как бык могучий
Перед схваткой роковой,
Обернувшись на север,
Песнь запел, ответа требуя.

如果你们不认为死亡
只是人轻轻地睡过去，
只是人一场甜蜜的梦，
不要试图去弄懂一切。

埃莱·博图尔大声呼喊，
但是未收到任何回音，
白白等候了三天三夜。
辽阔的天空深邃无垠，
发出如泣如诉的低吟，
神祇的居所一片宁静，
未曾出现丝毫的变化，
未曾有任何神祇现身。
第三天快要结束之时，
在深夜即将逝去之时，
勇士内心充满了愤怒，
他从自己的座位跳起，
匆匆忙忙走出了家门，
来到自己庭院的中央。
勇士的庭院空间很大，
勇士的庭院一尘不染，
他站在中央纹丝不动。
勇士的全身用力紧绷，
如同壮硕强健的公牛，
即将投入激战的公牛。
勇士转身来到了北方，
唱起歌谣，等待回响。

Элэс Боотур (3)

"Односторонне прослывшие
Обжорами кровожадными
Рода Арсан Дуолая*
Сыновья безобразные,
Что же алчность проглотили,
Все в себе затаили?
До сих пор не дерзнули
Посягнуть на меня ни разу?
Или в страхе от вида грозного,
Силу и твердь необыкновенную
Почуяв за расстояние
Трехдневной езды,
Прячете образины грязные,
Бродяги беспородные?
Только смейте явиться теперь –
Под себя подогну,
Как лошадок лядащих оседлаю,
Как бычков паршивых запрягу,
Как падаль телячью
В овраг глубокий оттащу.
Даже не силитесь
Связаться со мною,
Калеки непотребные," –
Заключил он песню свою.
Три дня и ночи беспокойно ждал
Ответного слова, знака какого

埃莱·博图尔(3)

"阿尔桑·杜奥莱[1]的后裔,
你们真的是丑陋无比,
你们是一群贪吃的人,
凶残无比,嗜血成性。
你们是如此贪得无厌,
为何把一切占为己有?
至今还未侵害我半分,
是不是没有勇气对战?
是否看到我感到害怕,
是否知道我力大无穷,
三日行程的距离之外,
都可以感到我的威力。
你们这低贱的流浪汉,
为何藏起丑陋的嘴脸?
你们要是敢出来现身,
我就把你们骑在身下,
如同骑上消瘦的马匹,
如同乘坐长癞的公牛,
把你们当作牛的尸体,
扔进深不可测的峡谷。
你们这群无用的家伙,
不要妄想再和我联系,
不要妄想再和我过招。"
他唱完了自己的歌谣。
勇士等了三天又三夜,
勇士的内心焦躁难安,

---

[1] 阿尔桑·杜奥莱是雅库特民族地下世界鬼怪的主神,他住在地下世界的最底下的一层。他有七个儿子,每位儿子都能给人类带来不同的灾难。人类如果想要摆脱这些灾难,需要给阿尔桑·杜奥莱和他的儿子们献祭牲畜。

От рода абасы*.
Никто и не подумал показаться
Из мира проклятого.

На четвертый день
Золотой диск солнца
Едва поднялся на горизонте,
С постели вскинулся
В нетерпении вздорном,
Во двор выскочил.
Враждебный взгляд устремил
В сторону яруса нижнего
Белеющего туманно
Западного неба.
Называя поименно
Славных сынов рода айыы,
Утробным голосом
Начал бросать слова тяжеловесные,
Нестерпимо обидные.

Элэс Боотур(4)

"Дьиэ буо! Дьиэ буо!
Отпрыски горячие
Родов уранхайских,
Опрометчиво поступающие,
Мыслями изменчивыми отличающиеся,
Чьи слова, что талая вода,
Голоса лживо маслянистые,
Глаза водянистые,

魔鬼家族未做出回复,
魔鬼家族未给出信号,
那里无人想来到人前,
那里无人想离开地府。

就在第四天的一大早,
那轮金辉熠熠的太阳,
即将从地平线上升起,
勇士猛然从床上起身,
脸上写满了焦躁不安,
匆匆忙忙来到了院中。
勇士把目光投向西方,
投向西方的最下一层,
那已泛着朦胧的白光,
他的目光中充满敌意。
他呼喊着艾厄[1]的后裔,
逐一喊着他们的名字。
勇士的嗓音粗重低沉,
开始说出恶狠狠的话,
话中充满挑衅和指责。

埃莱·博图尔(4)

"快来听听吧,快来听,
这些乌梁海族的后裔,
你们一个个性情急躁,
冒冒失失地来到人世,
你们的想法反复无常,
说过的话像融化的水,
声音听起来狡猾虚伪,
眼睛看起来空洞无光,

---

[1] 艾厄(айыы)部落传说中是人类的祖先。

Брюха пузатые,	走路的时候大腹便便，
Ступни продолговатые,	大大的脚掌形如椭圆，
Лица обманчиво мягкие,	面容看起来温润和善，
Нутро же полно завистью и корыстью,	然而不仅善妒又贪财，
Соперничеством всяким,	内心不仅争强又好胜。
Кичась своим достоинством,	认为身披着无尽荣誉，
Именем, столь весомым,	善于吹嘘自己的优点，
Что конь могучий не выдержит,	善于吹嘘自己的声誉，
Укрываясь как щитом	强壮的马都承受不住。
Славой своей быстроногой,	鼓吹自己跑起来飞快，
За которой не угнаться	野蛮的牡马都追不上，
Жеребцу необъезженному,	妄自尊大，矜高倨傲，
Возгордясь непомерно,	甚至认为同你们对话，
Не посчитали достойным меня	我都没有这样的资格。
Разговора вашего.	昔日你们骄傲地现身，
Отвернувшись однажды в гордыне,	现在都不敢露出一面，
Теперь лица казать не смейте.	对外面的事充耳不闻。
Как ударю, враз оглохнете.	我会鞭笞你们的脊背，
Плетью спину изукрашу,	让骄傲的你们都蒙羞。"
Позором покрою лица славные," –	勇士说出内心的愤怒，
Вырвалась наружу	勇士说出内心的不满。
Ярость накипевшая.	
Вернулся в дом, чуть остыв.	勇士回到了自己家中，
На правом ороне почетном	躺在右面的暖炕之上，
Устроился важно.	身体僵硬，失去知觉。
Три сестры подступили	三个妹妹走到他跟前，
С плачем и мольбой.	祈祷哀求，放声痛哭。

Три сестры

"Сы-ы-ы! Ы-ы-ый!
Господин ты наш, братец старший,
Что за речи ведешь, беду накликаешь?
Затрепыхали в груди сердца наши молодые!
Не останутся без расплаты
Крик на утреннем холодке,
Слова, на ветер брошенные,
Эхом повторенные!
Сверху заглянут, снизу вынырнут,
Из мира среднего нагрянут!
Жизнь нашу мирную всколыхнут,
Страдания великие принесут,-
Запричитали они.

Брат же старший не шелохнулся,
Речей разумных не услышал.
Хоть и взывал он трижды
К сильным трех миров,
Воздух над ними не шелохнулся,
Сквозняком не потянуло снизу.
Жизнь продолжалась безмятежная,
Спокойная, счастливая.

三个妹妹

"啊-啊-啊,呜-呜-呜,
哥啊,我们的主心骨,
你说的话招致了灾祸?
我们的心都震颤不已,
清晨寒风中说过的话,
会被回声不断地重复,
你说出来的这些话语,
终将带来应有的惩罚。
上界的神祇俯视着你,
下面的鬼怪窥伺着你,
凡尘俗世也关注着你。
他们打乱平静的生活,
也给我们带来了灾难。"
勇士的三个妹妹哭诉。
她们的哥哥一动不动,
没有听见她们的良言。
即便勇士向三个世界,
来回叫嚣挑衅了三次,
三个世界无一丝变化,
都不曾吹过一丝微风。
平静的生活依然继续,
静谧温馨,安乐幸福。

Добрыня Никитич и змей	**多布雷尼亚·尼基季奇和蛇妖**[1]
Как говорит-то тут он да матушке,	年轻的多布雷尼亚·尼基季奇
Молодой Добрынюшка Никитинец:	对自己的母亲说:
«Кака же ты, моя родна матушка,	"你啊,我亲爱的母亲,
Честна вдова Офимья Тимофеевна,	尊敬的寡妇奥菲米亚·季莫费耶夫娜,
Дай-ка-ва мне-ка-ва да прощеньица,	请给予我允诺,
А дай-ка-ва благословеньице	请恩赐我祝福,
Во Пучай во реке покупатися».	请让我到普恰伊河洗澡。"
Как говорит ведь, говорит воспроговорит:	母亲回答说:
«Не дам тибе-ка я да прощеньица,	"我不会给予你允诺,
Не дам тибе, дитя, благословеньица.	我不会恩赐你祝福,
Что кто во Пучай-реке купался ведь,	谁去过普恰河洗澡,
Счастлив-то оттоль не выхаживал.	谁便不会幸福,
Счастливым оттоль не повыйти-то,	谁便厄运缠身,
Как потеряшь головку молодецкую,	你这个勇敢的、失去父亲的孩子,
Молодецкую, безотецкую».	便身陷囹圄。"
Как мать-то была тут да не дурная,	母亲并不蠢笨,
Подумала умом да своим-то ведь:	那是她谨慎思量后的善言。
«Как дашь прощенья, да тут: "Поеду я",	"有您的允诺,我会前往;
Не дашь-то ведь прощенья, "Поеду я".	没有您的允许,我也会前往。"
Как дала тут ему да прощенье,	母亲给予了他允诺,
Дала ему тут благословеньице,	母亲恩赐了他祝福,
Поехал он во Пучай-реке купатися.	他前往普恰河洗澡。
Скидовался да ведь наголо-то,	他脱得光溜溜,
Спускался он еще во Пучай-реку.	在普恰河游泳。
Как струю-то нырнул да перенырнул,	他吸了一口气,潜到了水下,
Как другую нырнул да перенырнул,	他又吸了一口气,再次潜到了水下,

---

[1] 该篇勇士歌选自鲍·巴·博戈莫洛夫(Б.И.Богомолов)主编的作品集《勇士歌》,该部勇士歌作品集于1954年出版,本篇勇士歌载于116-126页。

Как третью-то нунь да начал нырять-	他吸了第三口气，又开始下潜。
Не темные ли тучи из-за тучи,	那不是飘来了黑压压的乌云，
Не темны облака да попадали,	那不是刮来了黑漆漆的云朵，
Как летит ведь змея да поганая,	那是飞来了可恶的蛇妖
Отворила ворота да широкие,	他张开的大口犹如血盆，
Хотела Добрынюшку да съесть-склевать,	妄图杀死多布雷尼亚，
Предать-то ведь Добрыне да скору смерть.	一口将他吃下。
Как выскочил Добрыня на крутой берег,	多布雷尼亚一跃跳到陡峭的堤岸，
Зачерпнул песку да ведь шляпу ведь.	抓起一把沙子和一顶帽子，
Как тут-то только да Змея налетела,	蛇妖腾空而至，
Хотелось ей склевать да ведь наскоре,-	妄想一下吞掉勇士，
Махнул ведь шляпой да пошибал,	多布雷尼亚用帽子击中了蛇妖，
Ушибил три хобота нелучшиих,	打断了他三条尾巴，
Пала ведь Змея на сыру землю,	蛇妖摔倒在地，
Вскочил Добрынюшка на белую грудь:	多布雷尼亚压着他白花花的肚皮。
«Как побью, Змея, я тебя теперь».	"蛇妖，我现在就杀了你。"
Как тут змея ему взмолилася,	蛇妖赶紧告饶，
Тут змея ему воскорилася:	他求饶道：
«Не буду я летать по Руссиюшке,	"我再也不来侵扰俄罗斯，
Не буду я хватать да народу-то,	我再也不把人乱抓，
Не буду я глотать да скотины ведь».	我再也不吞牲畜入口。"
Добрыня ведь спустил-ка змию туто.	多布雷尼亚放走了蛇妖，
Полетела змея да поганая,	可恶的蛇妖飞走了。
Как полетела, залетала-то, залётала,-	蛇妖飞呀飞，
Гуляла-то князя ныне да племянница	看到了大公的外甥女，
Бавушка да Забавница	看到了这个名叫扎巴弗尼察的姑娘，
С няньками со служанками,	她正在和仆人们散步。
Схватила она как плимянницу,	蛇妖掳走了大公的外甥女，
Утащила во горы змеиные,	把她抓进了自己的洞穴，
Во дальние-то во Оскориные.	一个非常遥远的洞穴。

Как тут у князя ныне не стало-то ведь,	大公发现有人不见了，
Не стало-то ведь да племянницы.	自己的外甥女不见了，
Задернул он да почестный пир,	他便组织了光荣的筵席，
Собирал князей да ведь бояр-то,	他邀请了王公贵族，
Тех ли именитых купцов пребогатыих,	邀请了达官显贵，
Сильныих могучиих богатырей,	邀请了骁勇善战和强壮有力的勇士，
Как полениц-то было удалыих.	邀请他们参加这次筵席。
Как все-то на пиру прибралися ведь,	年轻的多布雷尼亚·尼基季奇
Молодой Добрынюшка Никитинец	对他亲爱的母亲说：
Говорит своей родной маменьке:	"你啊，我亲爱的母亲，
«Ай же ты, моя родна матушка,	尊敬的寡妇奥菲米亚·季莫费耶夫娜，
Чесна вдова Офимья Тимофеевна,	请给予我允诺，
Как дай-ка еще да прощеньице,	请恩赐我祝福，
Дай-ка мне еще благословеньице	请允许我参加光荣的筵席。"
Идти-то мне теперь на почестный пир».	母亲回答说：
Как говорит-то мать таковы слова:	"我不会给予你允诺，
«Не дам-то тебе я еще я прощеньице,	我不会恩赐你祝福，
Не дам тебе ище благословеньице,	孩子啊，你与王公们并不相熟，
Не знайся-ка, дитя, да ни с князями,	孩子啊，你与大臣们并不相识，
Не знайся-тка, дитя, с боярами,	孩子啊，你也不认识那些强壮的勇士。
Не знайся-тка, дитя, со сильными с богатырьми,	你这个勇敢的、失去父亲的孩子，
Как будь терять головку молодецкую,	会身陷囹圄。"
Молодецкую, безотецкую».-	"有您的允诺，我会前往；
«Как дашь ты-то мне-пойду тут,	没有您的允许，我也会前往。"
Не дашь ты мне прощенья-пойду ведь я».	母亲给予了他允诺，
Как мать была да не дурная,	母亲恩赐了他祝福，
Дала ведь ему да прощеньица,	他前去参加光荣的筵席。
Дала ведь ему да благословеньица,	他坐的位置并不狭小，
Пошел-то ведь Добрыня на почестный пир,	他坐的位置很是宽敞，
Давают ему место, давают не меньшее,	他坐在一个重要的位置之上。

Давают и ему место все большее,	他杯中斟满了绿色的葡萄酒,
Садят-то его тут да в большой угол,	他酒杯中盛的酒一桶半,
Как наливают чару зелена вина,—	这杯重约二十五公斤的酒,
Мерой была чара, была полтора ведра,	他端起只用了一只手,
Весом была чара полтора пуда.	便一饮而尽。
Принял-то чару да он одной рукой,	他的酒杯中斟满了烈酒,
А выпил на один-то вздох.	这杯重约二十五公斤的酒,
Дают ему-то ведь пива пьяного—	他端起只用了一只手,
Мера была, весом тут была,—	又一饮而尽。
Принимал-то он меру да одной рукой,	第三杯酒斟满了甜甜的蜂蜜,
Как выпивает он на один-то вздох.	这杯重约二十五公斤的蜂蜜,
Как и третью-то ему-меду сладкого,—	他端起只用了一只手,
Такова же мера, не меньше есть.	再次一饮而尽。
Как принял-то он да одной рукой,	天上挂着红红的太阳,
Как выпил-то видь он на один-то вздох.	那红红的太阳正挂在炎热的正午,
Как тут ведь да как да красное солнышко,	光荣的筵席正好开启。
Красное солнышко да в полдень кипит,	红红的太阳挂在傍晚,
Почестный пир вполни встает.	光荣的筵席上欢歌笑语。
Как красно солнышко да при вечере,	所有的人啊,所有的人醉醺醺,
Почестен пир-то весь да при весели,	所有的人啊,所有的人喜盈盈,
А все они, стали они пьянехоньки,	所有的人都在夸夸其谈。
А все они, стали они веселешеньки,	那个名叫弗拉基米尔的大公,
А все они порасхвастались.	娓娓道来:
Как тот ведь да как князь да Владимир-то,	"你们啊,我的王公和大臣,
Говорил-то он да таковы слова:	我那勇敢无畏的勇士们,
«Ай же вы, князья да ведь бояра,	托付给你们一项艰巨的任务。
Как сильные могучие богатыри,	请你们去一趟蛇妖居住的高山,
Накину я вам службу великую.	去一趟蛇妖迢迢千里之外的居所,
Как надо съездить в горы змеиные,	解救我那最爱的外甥女,
Во дальние еще в Оскориные,	确保她毫发无损,确保她安然无恙。"

Достать мою еще любимую племянницу-	听罢,他们连忙推脱回答,
Не ранена была бы, не кровавлена».	品级高的推给品级小的,
Как тут стали они стали да турятися:	品级低的推给比他还低的,
Как больший сорт показыват на среднего,	总得有人前去回答。
Средний сорт показыват на меньшего,	向前走过一个人,
Этому-то надобно отправиться.	一个中等品级的人,
Ходило-то с того со сорту-то ведь,	原来是大臣卡拉梅斯基,
С того ли сорту да среднего,	他站直了身子,
А скакал боярин Карамышинский,	向弗拉基米尔大公行礼后说道:
Как становился он на резвы ноги,	"有一次散步时来到空旷的田野,
Поклонялся князю Владимиру:	正好撞见多布雷尼亚·尼基季奇,
«Как я гулял ведь, ездил во чистом поле,	他正在普恰伊河边和蛇妖搏斗。
Как видел ведь Добрыню Никитича,	他把蛇妖打倒在地,
Как дрался со Змеею у Пучай-реки,	按住蛇妖的胸膛。
Как змеил змею о сыру землю,	蛇妖向他求饶,
Сидел-то у ней на груди-то ведь.	蛇妖告饶说:
Змея ему еще да молилася,	'请不要杀我,我再不会进城乱闯,
Змея-то ведь ему да корилася:	我再不会来这片土地乱逛,
Не надо,–я летать да во городе,	我再不会来俄罗斯滋扰。
Не буду я летать я по сырой земле;	我再也不敢把人掠走,
Во той ли я не во Россиюшке	我再也不敢吞牲畜入口。'
Не стану есть народу да людей-то,	假如我们派多布雷尼亚·尼基季奇前去,
Не буду я хватать да скотину ведь.	他根本不需要作战厮杀,
Накинули (6) Добрынюшке да службу ведь-	就派他去,就派他去吧。"
Не надо б ему ни биться, ни ратиться,-	于是他们决定派多布雷尼亚前去。
Так-то ведь ему, так ему отдаст».	多布雷尼亚·尼基季奇听罢拍案而起,
Как говорит-Добрыне накинули.	他双手按着橡木桌,
Вскочил-то ведь Добрынюшка Никитинец,	用脚一跺镶石地板,
Оперся о столы да о дубовые,	房子立即东倒西歪,
Как топал ногами в паркетный пол-	玻璃碎片溅落一地。

Как теремы-то все порасшаталися,	所有的王公大臣吓晕了过去,
Хрустальны околенки посыпались,	弗拉基米尔大公吓得两腿发抖,
А все князи-бояра замертво лежат,	连声向多布雷尼亚求情道歉:
А князь Владимир ходит раскорякою,	"请你不要用脚跺砖砌的地板,
А молится Добрыне, извиняется:	请你不要伤害我们,不要伤害王公大臣!"
«Не бей-ка ты ногами о кирпичный пол,	这个多布雷尼亚·尼基季奇啊,
Оставь-ка нас, бояр, на семена!»	一刻也坐不住了,
Как тут Добрынюшка да Никитинец	一刻也不想耽搁了,
Не зайде сидеть да усиживать,	跑回家找他的母亲。
Не зайде-то долго медлити,	他蹲坐在橡木椅子上,
Бежал-то он домой да ко родной матушке,	失去理智耷拉着脑袋,
Садился ведь он на дубовый стул,	脑袋耷拉得比自己的肩膀还要低。
Повесил свою да буйную голову	他的母亲询问道:
Пониже плеч своих богатырскиих.	"唉,我可怜的孩子,
Как мать-то у его да выспрашиват:	什么使你烦闷,
«Ай же ты, мое чадо да милое,	什么让你忧伤?
Об чем же ты да кручинишься,	难道是醉酒的傻瓜欺辱了你?
Об чем же ты да ты печалишься?	难道是姑娘们嘲笑了你?"
Не пьяница-дурак не наплевал в глаза?	难道是婆娘们辱骂了你?
Как не девицы ль да над тобой смеялися?	你的酒量也不小,
А не молодицы да обругали тут?	但看起来却失魂落魄。
А чара ведь тебе была не малая,	谁还和你在一起?
Ай нешто тебе было, все тебе, видно не по разуму.	"没有人欺负我,也没有人伤害我。
	酒鬼没有欺辱我,
А кто тебя еще пригородил там?»	姑娘们没有嘲笑我,
«Никто-то меня не грубил, не кручил,	婆娘们没有辱骂我。
Пьяница мне не наплевал в глаза,	我的酒量并不小,
Девицы надо мной не смеялися,	我喝酒千杯不醉。"
Молодицы ведь меня не обругали ведь,	"那你怎么看起来如此失魂落魄?"
А чара ведь мне ведь была не малая,	"弗拉基米尔大公托付给我一项艰巨

Чара ведь была как ведь большая».-
«А что же тут тебе не по разуму?»-
«Да князь Владимир службу накинул великую:
Надо съездить в горы змеиные,
В горы во тои во Оскориные,
А достать-то там тую любимую племянницу,-
Утащена у змеи у поганыей».
Как говорит ему родна матушка:
«Говорила я тебе слова да не дерные:
Не знайся-ка, дитя, да ни с князями,
Не знайся-тка, дитя, с боярами
И сильными могучими богатырьми,-
Как потерять головку молодецкую,
Молодецкую, безотецкую!»
Как недосуг сидеть да усиживать,
Наб коня-то он оседлывать.
Он седлает тут плотно-наплотно,
А плотно-наплотно, крнпко-накрепко.
Как складывает потнички да на потнички,
А войлочки на войлочки,
Как он берет седелышко черкасское,
Двенадцати подпругами да подтягиват,
Тринадцату кладет да продольную,
Подтягиват подтяжки шелковые,
Как не простого шелку, кашиванного.
А шпилечки были да ведь гвоздички
Как золота были да цирвонного,
А стримена булат были да сибирьского,
Сибирского были да заморского,-
Который никогда нельзя видать.

的任务：
要我去一趟蛇妖居住的高山，
去一趟蛇妖迢迢千里之外的居所，
解救他那最爱的外甥女，
他那被蛇妖掳走的外甥女。"
母亲对他说：
"我的话是忠言逆耳，
孩子啊，你与王公们并不相熟，
孩子啊，你与大臣们并不相识，
孩子啊，你也不认识那些强壮的勇士。
你这个勇敢的、失去父亲的孩子，
会身陷囹圄。"
勇士没有时间暗自忧愁，
需要赶快备马。
马鞍套得严严实实，
严严实实、牢牢固固。
他铺好鞍褥，
铺好毛毡，
他拿来了切尔卡斯的马鞍，
系上十二条鞍带，
竖着绑上第十三条鞍带，
系上了丝绸的带子，
这是特殊裁剪后的绸带。
他使用的马钉啊，
是用赤金铸成的，
那马镫来自西伯利亚，
来自遥远的西伯利亚，
珍贵而少见。
勇士跨上良驹，
他刚要启程，

Как тут сел на добра коня,	母亲急匆匆跑过来，
Как только ему тут приотправиться,	赶忙说道：
Набежала тут его родна маменька,	"送你一件不错的礼物，
Говорит ему таковы слова:	送给你一方手帕，
«А дам тебе подарок хорошией,	你将比之前力气更大，
А дам-то я платочек:	你将比之前更勇猛，
Будет силушки ни по-старому,	你的脸庞将比之前白皙三倍，
Могута будет да не прежняя;	白白的脸蛋，健硕的臂膀，
Три-ка ты да бело лицо,	力气比之前更大，
Бело лицо, еще могутно плечо-	更加丰筋多力，
Будет силушка лучше старого,	比那蛇妖更威武有力。"
Как лучше старого, лучше прежнего,	多布雷尼亚刚想出发，母亲又说道：
А лучше этого да Змея будет».	"等一下，我最爱的孩子，
Как только ведь ему приотправиться:	送你一件不错的礼物，
«Постой, мое ведь чадо да милое,	你的马儿跑起来更快，
Дам тебе хороший ведь подарочек:	你的马儿跑起来更敏捷，
Будет конь скакать не по-старому,	一抽马儿结实的骨骼，
Будет конь скакать не попрежнему,-	一抽它那结实的骨骼和拱起的肋骨，
Как бей-то коня по тугим костьям,	马儿会比之前跑得更快。"
По тугим костьям, по крутым ребрам-	多布雷尼亚刚想出发，母亲再一次说道：
А будет скакать, скакать как лучше старого,	"等一下，我最爱的孩子，
Лучше старого, лучше прежнего».	送你一件不错的礼物，
Как только ведь ему приотправиться:	送你一条丝绸短鞭，
«Постой-ка, мое чадо милое,	这是你父亲用过的短鞭，
Дам тебе хороший подарочек:	他用这条短鞭打过蛇妖，
Как дам тебе я плеточку шелкову.	他用这条短鞭战胜了蛇妖。"
Как раньше твой-то батюшка поезживал,	英勇的年轻人骑上马儿一溜烟消失不见，
Этой плеткой змею да ведь да побивал,	没见过骑得这么快的人，
Змею этой плеточкой да пошибал».	放眼望去，
Как видли молодца да ведь сядучи,	那扬起的灰尘犹如桩柱，

Не видли молодца да ведь так поедучи,	马儿扬起的灰尘，
Глядели во тую во сторону-	如同乌云遮蔽了天空。
Только одна пыль да столбом встает,	他来到了蛇妖居住的高山，
Как будто ведь куревка прокурела,	就在这一时，就在这一刻，
Погодушкой будто пропогодило.	蛇妖恰好不在山洞，
Заехал он в горы змеиные.	蛇妖去了别的地方。
А на то времечко, на ту порушку	多布雷尼亚开始找寻，
Змеи-то в горах не случилося,	他走进蛇妖的洞穴，
Улетено у змеи во други земли.	她被困在蛇妖的洞穴里，
Как стал-то он, Добрыня, разыскивать,	就是那个漂亮的姑娘。
Заходил во норы змеиные.	他从外面进来，
Увидал во норе змеиные,	还骑在宝马上，
Сидит-то она, красна девица.	他从山上骑马过来，
Как выздыхнул оттоль с земли ведь он,	把马拴在潮湿的橡树上。
Садился он еще на добра коня,	"如果我回俄罗斯，
Отвез-то он от гор от змеиныих,	一定会遇到可恶的蛇妖。
Как подсадил-то он да под сырой дуб:	漂亮的姑娘，如果和蛇妖搏斗，
«Если мне пуститься в Россиюшку-	我们一定把它战胜。"
Застанет змея да поганая.	多布雷尼亚出了洞穴，
Со змеем биться-ратиться-	刚来到了蛇妖居住的高山，
Убьем то мы ее, красну девушку».	就在这一时，就在这一刻，
Как воротился Добрынюшка во горы-то,	可恶的蛇妖飞了回来。
Наехал он на горы змеиные.	它对多布雷尼亚说道：
Как на ту порушку, на то на времечко	"多布雷尼亚啊，这不是你的领地。"
Полетела змея да поганая,	"你啊，这个可恶的蛇妖，
Как говорит Добрыне да воспроговорит:	你飞到我们那里，那里也不是你的地盘，
«Заехал ты, Добрыня, не во свои места».-	你掳走了美丽的姑娘，
«Ай же ты, змея да поганая,	如果你能够遵守约定，
Залетела к нам не в свое место,	你就不会看到这位美丽的姑娘，
Унесла-то ты красну девицу,	如果当初不把你放走，

А-й не видать теперь, не видать красной девицы.	如果在普恰伊河把你杀死， 你也不会完好地站在这里！"
Как клала-то ведь заповедь великую,—	多布雷尼亚和蛇妖打斗起来，
То бы не спустил-то ведь тебя-то ведь,	他俩打了一天一夜，
Предал смерти бы я у Пучай-реки,	粒米未进，滴水未沾，
Только была ты жива-то есть!»	他们无暇吃饭，
Как тут со змеей да сразилися.	他们无暇休息。
Как день-то бьются они не едаючи,	第二天他们又打斗了一天，
Не едаючи, не пиваючи,	依旧粒米未进，滴水未沾，
Хлеба-соли им не даваючи,	不吃也不喝。
Отдыху-то им не даваючи.	
Другой день ведь бьются, другую ночь,	多布雷尼亚·尼基季奇啊，
Как не едаючи они, не пиваючи,	发现马儿已不似从前敏捷，
Хлеба-соли им не даваючи.	也不复之前勇猛。
Как у Добрынюшки у Никитича	他这时想起来母亲送给他的礼物，
Стал ведь конь не по-старому,	他自己的力气也已不复从前，
Могута стала не попрежнему.	也不复之前英勇，
Как вспомнил маменькин да подарочек,—	蛇妖开始居上风，
Да сам-то стал бить не по-старому,	不时撞击着马儿，
Могута стала да не прежняя,	他这时想起了母亲送他的礼物，
Как стала ведь змея да покидывать,	他取出手帕，
Стала ведь на коне да пошатывать,—	开始变得更加英勇，
Как вспомнил матушкин он да подарочек,	力气比之前更大，
Взял платок, стал тереть плечо,	比之前还要英勇，比之前还要健壮
Стал тереть ведь могучее,—	当他开始与蛇妖战斗，
Стало силы ведь лучше старого,	当他开始与蛇妖搏斗，
Лучше старого, лучше прежнего,	他想起了母亲送他的礼物，
Как стал-то он змею да покидывать,	他拿出了丝绸短鞭，
Как стал-то он змею да пофурывать.	他一挥动短鞭，
Как вспомнил матушкин он да подарочек,	蛇妖便栽倒在地。

Выдернул ведь плеточку шелковую,
Как хлестнул ведь ю да пошибал-то.
Как пала она ведь на сыру землю.
Как опускался он со добра коня
И тут рассек на мелки части,
Распинал-то ю по чисту полю.
Как взял-то да ведь плетку шелкову,
Прихлестал-то ведь малыих змеенышей,
Не оставил-то он ни единого,
Решил-то он все змеиное поместьице.
Поехал он домой да ко девице,
Брал-то он ведь красную девицу
На добра коня, он повез-то ю,
Повез-то он во стольный во Киев-град,
Не раненну привез да не кровавлену
Как князь встречает гостя за гостя,
У него ведь злата-серебра,
Дал ему-то еще чиста золота.
«Как это ведь у мня зарабочее,
А это ведь у мня заработано!»

多布雷尼亚跨下马，
把蛇妖斩成小碎片，
扔到了空旷的田野。
他又拿起短鞭，
斩杀了所有的幼蛇，
一条幼蛇都没剩，
处理完蛇妖的巢穴，
他接上姑娘启程回家。
他来到漂亮姑娘跟前，
把她扶上马儿，
把她带回首都基辅，

美丽的姑娘毫发无损、安然无恙。
大公不停款待宾客，
他有数不尽的金银，
还赠予多布雷尼亚无数黄金。
"这是给我的回报，
这是给我的酬劳。"

Илья Муромец и Соловей-разбойник	**伊利亚·穆罗梅茨和强盗索洛维**[1]
Из того ли то из города из Мурома,	这个勇士骁勇善战，
Из того села да Карачарова	这个勇士健硕强壮，
Выезжал удаленький дородный добрый молодец.	他出生在穆罗姆城的卡拉恰罗夫村。
Он стоял заутреню во Муроме,	他在穆罗姆城做完了晨祷，
А-й к обеденке поспеть хотел он в стольный Киев-град,	想在做日祷[2]前
Да-й подъехал он ко славному ко городу к Чернигову.	赶到首都基辅，
У того ли города Чернигова	所以他先来到了光荣的切尔尼戈夫城。
Нагнано-то силушки черным-черно,	据说在切尔尼戈夫城里，
А-й черным-черно, как черна ворона;	聚集了一群黑恶的力量，
Так пехотою никто тут не прохаживат,	他们就如同黑色的乌鸦乌泱泱一片。
На добром коне никто тут не проезживат,	没有人能徒步从这里穿过，
Птица черный ворон не пролётыват,	没有人能骑马从这里经过，
Серый зверь да не прорыскиват.	黑色的乌鸦无法从这里飞走，
А подъехал как ко силушке великоей,	灰色的野兽也无法从这里跑出。
Он как стал-то эту силу великую,	他越来越接近这股强大的力量，
Стал конем топтать да стал копьем колоть,	一天他遇到这股强大的力量时，
А-й побил он эту силу всю великую.	他用马践踏这股力量，
Он подъехал-то под славный под Чернигов-град,	他用矛刺杀这股力量，
Выходили мужички да тут чернигозски	他最终战胜了这股强大的力量。

---

[1] 该篇勇士歌选自鲍·巴·博戈莫洛夫(Б.И.Богомолов)主编的作品集《勇士歌》,该部勇士歌作品集于1954年出版,本篇勇士歌载于49—58页。
[2] 东正教的日祷是在午前。

И отворяли-то ворота во Чернигов-град,	他来到了切尔尼戈夫城的城下,
А-й зовут его в Чернигов воеводою.	切尔尼戈夫城的男人们走上前来,
Говорит-то им Илья да таковы слова:	打开了通往切尔尼戈夫城的大门,
«Ай же мужички да вы черниговски!	请求他留下在这做他们的首领。
Я нейду к вам во Чернигов воеводою.	伊利亚对他们说道:
Укажите мне дорожку прямоезжую,	"我不是到你们切尔尼戈夫城当首领的。
Прямоезжую да в стольный Киев-град.»	抓紧给我指一条路,
Говорили мужики ему черниговски:	一条通往首都基辅的笔直道路。"
«Ты удаленький дородный добрый молодец,	切尔尼戈夫城的男人们对他说道:
Ай ты, славныя богатырь святорусскии!	"你是一个骁勇善战、健硕强壮的勇士,
Прямоезжая дорожка заколодела,	你是神圣罗斯的光荣勇士,
Заколодела дорожка, замуравела,	唉,通往基辅的大道被封住了,
А-й по той ли по дорожке прямоезжею	通往基辅的大道被堵住了,
Да-й пехотою никто да не прохаживал,	沿着这条路径直往前走,
На добром коне никто да не прохаживал,	没有人能徒步从这里穿过,
Как у той ли то у Грязи-то у Черноей,	没有人能骑马从这里经过,
Да у той ли у березы у покляпыя,	在黑泥村的旁边,
Да у той ли речки у Смородины,	在一棵弯曲的桦树下,
У того креста у Леванидова	在斯莫罗季纳河[1]的河边,
Сидит Соловей-разбойник во сыром дубу,	在列瓦尼多夫十字架[2]的旁边,
Сидит Соловей-разбойник Одихмантьев сын,	强盗索洛维[3]蹲坐在潮湿的橡树上,
А то свищет Соловей да по-соловьему,	他是奥季赫曼季的儿子,
Он кричит, злодей-разбойник, по-звериному,	索洛维像夜莺一样吹着口哨,

---

〔1〕 斯莫罗季纳河(Речка Смородина)是东斯拉夫神奇故事、勇士歌和咒语中常出现的一条河流,是人间和冥界的分界线,如同古希腊神话中的七循冥河。
〔2〕 列瓦尼多夫十字架(Леванидов крест)位于俄罗斯勇士歌中强盗索洛维所在的地方。
〔3〕 又被译为"夜莺大盗"。

И от его ли-то от посвиста соловьего,	这个凶恶的强盗像野兽一般嘶吼。
И от его ли-то от покрика звериного,	听到他夜莺般的口哨,
Те все травушки-муравы уплетаются,	听到他野兽般的嘶吼,
Все лазоревы цветочки осыпаются,	所有嫩绿的青草蜷缩成一团枯竭,
Темны лесушки к земле все приклоняются,	所有天蓝色的小花凋谢散落,
А что есть людей, то все мертвы лежат.	茂密的森林弯身紧贴着地面,
Прямоезжею дороженькой пятьсот есть верст,	附近的人闻声会立马死去。
А-й окольноей дорожкой цела тысяча».	径直奔赴基辅需要五百俄里,
Он спустил добра коня да-й богатырского,	绕道去基辅需要一千俄里。"
Он поехал-то дорожкой прямоезжею.	他骑上了勇士的骏马,
Его добрый конь да богатырски	选择了径直通往基辅的那条路。
С горы на гору стал перескакивать,	他的良驹骁勇无比,
С холмы на холму стал перамахивать,	翻过了一座座山,
Мелки реченьки, озерка промеж ног спускал.	跨过了一道道岭,
Подъезжает он ко речке ко Смородинке,	蹚过了浅浅的小溪和湖泊。
Да ко тою ко березе ко покляпыя,	他很快来到斯莫罗季纳河,
К тому славному кресту ко Леванидову.	来到了弯曲的桦树下,
Засвистал-то Соловей да-й по-соловьему,	来到了光荣的列瓦尼多夫十字架。
Закричал злодей-разбойник по-звериному—	强盗索洛维像夜莺一样吹着口哨,
Так все травушки-муравы уплеталися,	凶恶的强盗像野兽一般嘶吼,
Да-й лазоревы цветочки отсыпалися,	所有嫩绿的青草蜷缩成一团枯竭,
Темны лесушки к земле все приклонилися,	所有天蓝色的小花凋谢散落,
Его добрый конь да богатырски,	茂密的森林弯身紧贴着地面,
А он на корзни да спотыкается;	他骁勇无比的良驹,
А-й как старый-от казак да Илья Муромец	在坑坑洼洼的草丘上绊了一下。
Берет плеточку шелковую в белу руку,	年长的哥萨克伊利亚·穆罗梅茨
А он бил коня а по крутым ребрам;	手持柔软光滑的鞭子,
Говорил-то Илья да таковы слова:	重重鞭打在马儿凸出的肋骨上,

«Ах ты, волчья сыть да-й травяной мешок!	并这样说道：
Или ты идти не хошь, или нести не можь?	"你这个贪吃的草包，
Что на корзни, собака, спотыкаешься?	你是不想继续往前走，还是驮不动我了？
Не слыхал ли посвисту соловьего,	你这个狗东西怎么会在草丘上绊了一下？
Не слыхал ли покрику звериного,	你是没听过夜莺的口哨，
Не видал ли ты ударов богатырскиих?»	没听过野兽的嘶鸣，
А-й тут старыя казак да Илья Муромец,	还是没见过勇士致命的回击？"
Да берет-то он свой тугой лук разрывчатый,	他用白嫩的双手
Во свои берет во белы он во ручушки,	拿出了强弓硬弩，
Он тетивочку шелковеньку натягивал,	搭上了利箭，
А он стрелочку каленую накладывал,	拉紧了弓弦，
То он стрелил в того Соловья-разбойника,	瞄准了强盗索洛维，
Ему выбил право око со косицею.	箭射进了索洛维被头发遮住的右眼。
Он спустил-то Соловья да на сыру землю,	他一把将索洛维按在地上，
Пристегнул его ко правому ко стремечку булатному,	挂在右边的马镫上，
Он повез его по славну по чисту полю	他驮着强盗索洛维穿过旷野，
Мимо гнездышка повез да соловьиного.	经过索洛维的老巢。
Во том гнездышке да соловьиноем	在索洛维的老巢里
А случилось быть да и трем дочерям,	住着他的三个女儿，
А-й трем дочерям его любимыим;	三个女儿是他的最爱。
Больша дочка эта смотрит во окошечко косясчато,	大女儿望向雕花窗之外，
Говорит она да таковы слова:	这样说道：
«Едет-то наш батюшка чистым полем,	"我们的父亲走过旷野，
А сидит-то на добром коне,	蜷缩在骏马上，
Да везет он мужичищу-деревенщину,	他被挂在右边的马镫上，
Да у правого у стремени прикована».	一个乡巴佬驮着他。"
Поглядела его друга дочь любимая,	他最爱的二女儿看了一眼，
Говорила-то она да таковы слова:	这样说道：

«Едет батюшка раздольицем чистым полем,
Да-й везет он мужичища-деревенщину,
Да-й ко правому ко стремени прикована»
Поглядела его меньша дочь любимая,
Говорила-то она да таковы слова:
«Едет мужичище-деревенщина,
Да-й сидит мужик он на добром коне,
Да-й везет-то наша батюшка у стремени,
У булатного у стремени прикована.
Ему выбито-то право око со косицею»
Говорила-то-й она да таковы слова:
«Ай же мужевья наши любимые!
Вы берите-тка рогатины звериные,
Да бегите-тка в раздольице чисто поле,
Да вы бейте мужичищу-деревенщину».
Эти мужевья да их любимые,
Зятевья-то есть да соловьиные,
Похватали как рогатины звериные,
Да и бежали-то они да-й во чисто поле,
Ко тому ли к мужичищу-деревенщине,
Да хотят убить-то мужичищу-деревенщину.
Говорит им Соловей Разбойник Одихмантьевсын:
«Ай же зятевья мои любимые,
Побросайте-тка рогатины звериные,
Вы зовите мужика да деревенщину,
В свое гнездышко зовите соловьиное,
Да кормите его ествушкой сахарною,
Да вы пойте его питьецом медвяным,
Да-й дарите ему дары драгоценные».

"我们的父亲走过旷野，
蜷缩在骏马上，
他被挂在右边的马镫上，
一个乡巴佬驮着他。"
他最爱的小女儿看了一眼，
这样说道：
"走过来一个乡巴佬，
他骑着骏马，
把我们的父亲挂在马镫上，
挂在大马士革钢制成的马镫上，
他那被头发遮住的右眼被箭击中。"
她接着这样说道：
"我们最爱的男人们，
拿起用野兽做成的长矛，
前往空旷的原野，
去战胜这个乡巴佬。"
她们最爱的男人们，
索洛维的女婿们，
一把抓起用野兽做成的长矛，
直奔空旷的原野，
找到了这个乡巴佬，
他们妄想斩杀这个乡巴佬。

强盗索洛维对女婿们说：
"唉，我最爱的女婿们，
放下你们手中的长矛，
邀请这位壮汉做客，
到咱们的家中做客，
用香甜的食物招待他，
用甘洌的美酒招待他，

Эти зятевья да соловьиные	赠送他价值连城的礼物。"
Побросали-то рогатины звериные	索洛维的女婿们
А-й зовут-то мужика да-й деревенщину	放下了用野兽做成的长矛，
Во то гнездышко да соловьиное.	邀请这位壮汉
Да-й мужик-от деревенщина не слушатся,	到自己家里做客。
А он едет-то по славному чисту полю	但是这位壮汉并没有接受邀请，
Прямоезжею дорожкой в стольный Киев-град.	穿过光荣的旷野，
Он приехал-то во славный стольный Киев-град	直奔首都基辅。
А ко славному ко князю на широкий двор.	他来到了光荣的首都基辅，
А-й Владимир-князь он вышел со божьей церкви,	来到了大公宽敞的庭院。
Он пришел в палату белокаменну,	弗拉基米尔大公刚刚走出神圣的教堂，
Во столовую свою во горенку,	他来到了用白石砌成的宫殿，
Они сели есть да пить да хлеба кушати,	走到大厅的餐桌前，
Хлеба кушати да пообедати.	他和随从开始大吃大喝，
А-й тут старыя казак да Илья Муромец	享用起了午餐。
Становил коня да посеред двора,	年长的哥萨克伊利亚·穆罗梅茨出现了，
Сам идет он во палаты белокаменны,	把马儿拴在庭院里，
Проходил он во столовую во горенку,	只身前往白石砌成的宫殿。
На пяту он дверь-ту поразмахивал,	他用脚后跟推开门，
Крест-от клал он по-писаному,	来到了大厅的餐桌前，
Вел поклоны по-ученому,	他按照礼节画了一个十字，
На все на три, на четыре на сторонки низко кланялся,	恭恭敬敬地鞠了一躬，
Самому князю Владимиру в особину,	面向东西南北四个方位各鞠一躬，
Еще всем его князьям он подколенныим.	尤其是向弗拉基米尔大公深鞠一躬，
Тут Владимир-князь стал молодца выспрашивать:	还向他身旁的公爵们鞠躬行礼。

«Ты скажи-тка, ты откулешный,
　　дородный добрый молодец,
Тебя как-то, молодца, да именем зовут,
Величают удалого, по отечеству?»
Говорил-то старыя казак да Илья Муромец:
«Есть я с славного из города из Мурома,
Из того села да с Карачарова,
Есть я старыя казак да Илья Муромец,
Илья Муромец да сын Иванович!»
Говорит ему Владимир таковы слова:
«Ай же старыя казак да Илья Муромец,
Да-й давно ли ты повыехал из Мурома,
И которою дороженькой ты ехал в
　　стольный Киев-град?»
Говорил Илья он таковы слова:
«Ай ты славныя Владимир стольно-
　　киевский!
Я стоял заутреню христосскую во Муроме,
А-й к обеденке поспеть хотел я в
　　стольный Киев-град,
То моя дорожка призамешкалась;
А я ехал-то дорожкой прямоезжею,
Прямоезжею дороженькой я ехал
　　мимо-то Чернигов-град,
Ехал мимо эту Грязь да мимо Черную,
Мимо славну реченьку Смородину,
Мимо славную березу-ту покляпую,
Мимо славный ехал Леванидов крест».
Говорил ему Владимир таковы слова:
«Ай же мужичище-деревенщина,

弗拉基米尔大公开始这样询问壮汉：

"这位威猛的壮汉，你是哪里人？
你叫什么名字？
你的父亲是谁？"
年长的哥萨克伊利亚·穆罗梅茨说道：
"我来自穆罗姆城，
那里有个卡拉恰罗夫村，
我叫伊利亚·穆罗梅茨，
我是伊万诺夫的儿子。"
弗拉基米尔大公接着说：
"年长的哥萨克伊利亚·穆罗梅茨，
你从穆罗姆城到这走了多久？

你是从哪条路来到了基辅城？"
伊利亚回答说：

"荣耀无限的弗拉基米尔，
基辅城的君主，

我在穆罗姆城做完了晨祷，
想在日祷前赶到首都基辅，
我选择了直通基辅的那条路，

选择了路过切尔尼戈夫城的那条路，
我在路上耽搁了一会。
我路过黑泥村，
路过斯莫罗季纳河，
路过那棵光荣的弯桦树，
路过光荣的列瓦尼多夫十字架。"

Во глазах, мужик, да подлыгаешься,	弗拉基米尔大公说道：
Во глазах, мужик, да насмехаешься!	"你这个乡巴佬，
Как у славного у города Чернигова	怎么在众目睽睽下撒谎，
Нагнано тут силы много множество,	怎么在大庭广众下开这样的玩笑！
То пехотою никто да не прохаживал,	在光荣的切尔尼戈夫城附近，
И на добром коне никто да не проезживал,	聚集了很多不洁的力量，
Туда серый зверь да не прорыскивал,	没有人能徒步从这里穿过，
Птица черный ворон не пролетывал;	没有人能骑马从这里经过，
А-й у той ли-то у Грязи-то у Черноей,	灰色的野兽也无法从这里跑出，
Да у славноей у речки у Смородины,	黑色的乌鸦无法从这里飞走。
А-й у той ли у березы у поклпыя,	在黑泥村的旁边，
У того креста у Леванидова	在斯莫罗季纳河的河边，
Соловей сидит Разбойник Одихмантьев сын.	在一棵弯曲的桦树下，
То как свищет Соловей да по-соловьему,	在列瓦尼多夫十字架的旁边，
Как кричит злодей-разбойник по-звериному,	奥季赫曼季的儿子强盗索洛维蹲坐在那里。
То все травушки-муравы уплетаются,	当索洛维像夜莺一样吹着口哨，
А лазоревы цветки прочь отсыпаются,	当这个凶恶的强盗像野兽一般嘶吼。
Темны лесушки к земле все приклоняются,	所有嫩绿的青草蜷缩成一团枯竭，
А что есть людей, то все мертвы лежат».	所有天蓝色的小花凋谢散落，
Говорил ему Илья да таковы слова:	茂密的森林弯身紧贴着地面，
«Ты, Владимир-князь да стольно-киевский!	附近的人闻声会立马死去。"
Соловей Разбойник на твоем дворе,	伊利亚回复道：
Ему выбито ведь право око со косицею,	"回禀弗拉基米尔大公，
И он ко стремени булатному прикованный».	强盗索洛维在你庭院中，
То Владимир-князь-от стольно-киевский,	他那被一撮头发遮住的右眼被箭击中，
Он скорешенько вставал да на резвы ножки,	他被挂在大马士革钢制成的马镫上。"
Куню шубоньку накинул на одно плечко,	这位基辅的弗拉基米尔大公

То он шапочку соболью на одно ушко,	把貂皮大衣搭在一个肩膀上，
Он выходит-то на свой-то на широкий двор	把黑貂帽子戴在一个耳朵上，
Посмотреть на Соловья-разбойника.	快步起身来到自己宽阔的庭院，
Говорил-то ведь Владимир-князь да таковы слова:	想一看强盗索洛维的真容。
«Засвищи-тка, Соловей, ты по-соловьему,	弗拉基米尔大公说道：
Закричи-тка ты, собака, по-звериному».	"索洛维，有本事你再像夜莺那样吹口哨，
Говорил-то Соловей ему Разбойник Одихмантьев сын:	你这个狗东西，有本事再像野兽那样嘶吼。"
«Не у вас-то я сегодня, князь, обедаю,	奥季赫曼季的儿子强盗索洛维回答道：
А не вас-то я хочу да и послушати,	"大公，我今天不是在您这里做客，
Я обедал-то у старого казака Илья Муромца,	我不想听从您的命令。
	我在年长的哥萨克伊利亚·穆罗梅茨这儿做客，
Да его хочу-то я послушати».	我只听他的差遣。"
Говорил-то как Владимир-князь да стольно-киевский:	基辅的弗拉基米尔大公说道：
«Ай же старыя казак ты, Илья Муромец!	"哎，伊利亚·穆罗梅茨，
	你这个年长的哥萨克，
Прикажи-тка засвистать ты Соловью да-й по-соловьему,	请命令索洛维像夜莺那样吹口哨，
Прикажи-тка закричать да по-звериному».	请命令索洛维像野兽那样嘶吼。"
Говорил Илья да таковы слова:	伊利亚对强盗索洛维说：
«Ай же Соловей-разбойник Одихмантьев сын!	"奥季赫曼季的儿子啊，强盗索洛维，
Засвищи-тка ты во полсвиста соловьего,	你用一半的力气吹起夜莺般的口哨，
Закричи-тка ты во полкрика звериного».	你用一半的力气像野兽般嘶吼。"
Говорил-то ему Соловой-разбойник Одихмантьев сын:	强盗索洛维，

«Ай же старыя казак ты Илья Муромец!	这个奥季赫曼季的儿子
Мои раночки кровавы запечатались,	回答说：
Да не ходят-то мои уста сахарные,	"伊利亚·穆罗梅茨，你这个年长的哥萨克，
Не могу я засвистать да-й по-соловьему,	我血淋淋的伤口还未愈合，
Закричать-то не могу я по-звериному.	我蜜糖般的嘴巴也不听我使唤，
Ай вели-тка князю ты Владимиру	我不能像夜莺那样吹口哨，
Налить чару мне да зелена вина,	也不能像野兽那样嘶吼。
Я повыпью-то как чару зелена вина,	你能不能请示一下弗拉基米尔大公，
Мои раночки кровавы поразойдутся,	给我斟满一大杯葡萄酒，
Да-й уста мои сахарны порасходятся,	我喝完这一大杯葡萄酒，
Да тогда я засвищу да по-соловьему,	我血淋淋的伤口就会愈合，
Да тогда я закричу да по-звериному».	我蜜糖般的嘴巴就会恢复如初，
Говорил Илья-тот князю он Владимиру:	那时我就能像夜莺般吹口哨，
«Ты, Владимир-князь да стольно-киевский!	那时我就能像野兽般嘶吼。"
Ты поди в свою столовую во горенку,	于是伊利亚对弗拉基米尔大公说道：
Наливай-ка чару зелена вина,	"弗拉基米尔大公，你这位基辅的君主，
Ты не малую стопу да полтора ведра,	你能不能去大厅的餐桌前，
Подноси-тка к Соловью к Разбойнику».	斟满一大杯葡萄酒，
То Владимир-князь да стольно-киевский,	不要斟满一小杯或倒个一桶半，
Он скорешенько шел в столову свою горенку,	之后把这酒端给强盗索洛维。"
Наливал он чару зелена вина,	这位基辅的弗拉基米尔大公
Да не малу он стопу да полтора ведра,	快步来到大厅的餐桌前，
Разводил медами он стоялыми,	斟满了一大杯葡萄酒，
Приносил-то он ко Соловью-разбойнику.	既不是一小杯,也不是一桶半，
Соловей-разбойник Одихмантьев сын,	并添加了香甜的陈蜜，

Принял чарочку от князя он одной ручкой,
Выпил чарочку-ту Соловей одним духом,
Засвистал как Соловей тут по-соловьему,
Закричал Разбойник по-звериному-
Маковки на теремах покривились,
А околенки во теремах рассыпались
От его от посвиста соловьего,
А что есть-то людишек, так все мертвы лежат;
А Владимир-князь-от стольно-киевский,
Куньей шубонькой он укрывается.
А-й тут старой-от казак да Илья Муромец,
Он скорешенько садился на добра коня,
А-й он вез-то Соловья да во чисто поле.
И он срубил ему да буйну голову.
Говорил Илья да таковы слова:
«Тебе полно-тка свистать да по-соловьему,
Тебе полно-тка кричать да по-звериному,
Тебе полно-тка слезить да отцей-матерей,
Тебе полно-тка вдовить да жен молодых,
Тебе полно-тка спущать-то сиротать да малых детушек».
А тут Соловью ему и славы поют
А-й славу поют ему век по веку.

他把葡萄酒端到了强盗索洛维的跟前，
端到了奥季赫曼季儿子的面前。

索洛维一手接过葡萄酒，
一口气喝个精光，
索洛维立即像夜莺一般吹起口哨，
这个强盗立即像野兽一般嘶吼。
屋顶立即变得歪斜，
房屋的窗户框立即散落一地。

听到他夜莺般口哨的人，
即刻毙命。

基辅的弗拉基米尔大公
立即躲进貂皮大衣里。

年长的哥萨克伊利亚·穆罗梅茨
快速骑上他的骏马，
把索洛维带到了空旷的原野，
一刀砍下他巨大的脑袋。

伊利亚说道：
"你再也没有机会像夜莺般吹口哨，
你再也没有机会像野兽般嘶吼，
你再也没有机会让父母流泪，
你再也没有机会让年轻的女人守寡，
你再也没有机会让年幼的孩童失去双亲。"
于是人们开始代代讲述索洛维的故事，
代代传唱伊利亚的功勋。

Алеша Попович и Тугарин	**阿廖沙·波波维奇和蛇妖图加林**[1]

Из славного Ростова, красна города,	罗斯托夫是一座荣耀之城，
Как два ясные соколы вылетывали,	这座漂亮的城市里有两位勇猛的壮士，
Выезжали два могучие богатыря,	他们如同两只翱翔的雄鹰，
Что по имени Алешенька Попович млад	一位名叫阿廖什卡[2]·波波维奇，
А со молодым Екимом Ивановичем.	另一位是年轻的叶基姆·伊万诺维奇。
Они ездят, богатыри, плечо о плечо,	他们一起肩并肩欢笑，
Стремяно в стремяно богатырское.	他们一起作伴策马。
Они ездили-гуляли по чисту полю,	他们一起在空旷的田野骑马玩耍，
Ничего они в чистом поле не наезживали:	他们在空旷的田野什么也没遇到：
Не видали птицы перелетныя,	没有看到迁徙的候鸟，
Не видали они зверя прыскучего.	没有见到追逐的野兽。
Только в чистом поле наехали-	在空旷的田野上只有一个三岔路口，
Лежат три дороги широкие,	三条道路都平坦宽阔，
Промежу тех дорог лежит горюч камень,	三岔路口处有一块发光发热的白色石头，
А на камени подпись подписана.	石头上面刻着一行字。
Взговорит Алеша Попович млад:	阿廖沙·波波维奇说道：
«Ай ты, братец Еким Иванович,	"叶基姆·伊万诺维奇，我的好兄弟，
В грамоте поученый человек!	你是识文断字的好手，
Посмотри на камени подписи,	你来看看石头上的这行字，
Что на камени подписано?»	上面写的都是什么？"
И скочил Еким со добра коня,	叶基姆从骏马上跳了下来，
Посмотрел на камени подписи;	打量起了石头上的这行字。
Расписаны дороги широкие:	石头上写着这里有三条路：
Первая дорога в Муром лежит,	第一条路通往穆罗姆城，
Другая дорога-в Чернигов-град,	第二条路通往切尔尼戈夫城，

---

〔1〕该篇勇士歌选自鲍·巴·博戈莫洛夫(Б.И.Богомолов)主编的作品集《勇士歌》，该部勇士歌作品集于1954年出版，本篇勇士歌载于157—168页。
〔2〕阿廖什卡是名字阿廖沙的爱称形式。

Третья-ко городу ко Киеву,	第三条路通往基辅城，
Ко ласкову князю Владимиру.	那里可以找到热情好客的弗拉基米尔大公。
Говорил тут Еким Иванович:	叶基姆·伊万诺维奇询问道：
«А и братец Алеша Попович млад,	"阿廖沙·波波维奇，我的兄弟，
Которой дорогой изволишь ехать?»	你想选择哪条路？"
Говорил ему Алеша Попович млад:	阿廖沙·波波维奇回答说：
«Лучше нам ехать ко городу ко Киеву,	"我们最好前往基辅城，
Ко ласкову князю Владимиру».	去找热情好客的弗拉基米尔大公。"
Втапоры поворотили добрых коней,	就在这时他们调转方向，
И поехали они ко городу ко Киеву;	一起前往基辅城。
Не доехавши они до Сафат-реки,	快到萨法特河的时候，
Становились на лугах на зеленых, –	他们在绿油油的草地上停了下来，
Надо Алеше покормить добрых коней	阿廖沙想让马儿们吃会草，
Расставили тут два бела шатра,	他们撑起了两个白色的帐篷，
Что изволил Алеша опочив держать.	阿廖沙能在里面稍作休息。
А и мало время позамешкавши,	年轻的叶基姆下马时被绊了一下，
Молодой Еким со добры кони,	稍稍耽误了一小会儿，
Стреноживши, в зелен луг пустил,	他来到草地上撑起的帐篷里稍作休息。
Сам ложился в свой шатер опочив держать.	秋日的夜晚安宁静谧，
Прошла та ночь осенняя,	阿廖沙从睡梦中醒来，
От сна Алеша пробуждается,	他早早地起床，
Встает рано-ранешенько,	沐浴在朝霞里，
Утренней зарей умывается,	用白色的头巾擦拭了脸颊，
Белою ширинкою утирается,	阿廖沙面向东方开始祷告。
На восток он, Алеша, богу молится.	伊万的儿子叶基姆，
Молоды Еким сын Иванович	前去察看他们的马儿，
Скоро сходил по добрых коней,	他想在萨法特河边饮马。
А сводил он поить на Сафат на реку;	阿廖沙吩咐他，
И приказал ему Алеша	吩咐他抓紧把马儿准备妥当，
Скоро сделать добрых коней;	叶基姆备好马后，

Оседлавши он, Еким, добрых коней,	他们开始出发前往基辅。
Наряжаются они ехать ко городу ко Киеву.	一个流浪的盲人歌手向他们走了过来，
Пришел тут к ним калика перехожая:	他穿着用丝绸编制的鞋，
Лапотки на нем семи шелков,	上面点缀着银饰，
Подковыренны чистым серебром,	他头上戴着漂亮的金饰，
Личико унизано красным золотом,	穿着黑貂大氅，
Шуба соболиная, долгополая,	戴着撒拉逊样式的帽子，
Шляпа сорочинская, земли греческой,	手里拿的皮鞭重三十普特，
В тридцать пуд шелепуга подорожная,	鞭子上沉重的鞭头重五十普特。
В пятьдесят пуд налита свинцу чебурацкого.	盲人歌手说道：
Говорил таково слово:	"你们好，我勇武的小伙子们，
«Гой вы еси, удалы добры молодцы!	我见过图加林·兹梅耶维奇
Видел я Тугарина Змеевича:	他是个膀阔腰圆的大个子，
В вышину ли он, Тугарин, трех сажен,	他身高三俄尺，肩宽一俄尺，
Промеж плечей косая сажень,	两眼之间足有一箭宽。
Промежу глаз калена стрела;	他的坐骑犹如一匹凶狠的野兽，
Конь под ним как лютой зверь;	嘴里能喷出火苗，
Из хайлища пламень пышет,	耳朵里能够冒出柱状的烟雾。"
Из ушей дым столбом стоит».	阿廖沙·波波维奇央求说：
Привязался Алеша Попович млад:	"我最亲爱的盲人歌手大哥，
«Ай ты, братец калика перехожая!	能不能把你的衣服给我：
Дай мне платье каличее,	你穿着用丝绸编制的鞋，
Возьми мое богатырское:	上面点缀着银饰，
Лапотки свои семи шелков,	你头上戴着漂亮的金饰，
Подковыренны чистым серебром,	穿着黑貂大氅，
Личико унизано красным золотом,	戴着撒拉逊样式的帽子，
Шубу свою соболиную, долгополную,	手里拿的皮鞭重三十普特，
Шляпу сорочинскую, земли греческой,	鞭子上沉重的鞭头重五十普特。
В тридцать пуд шелепугу подорожную,	你来穿我的衣服。"
В пятьдесят пуд налиту свинцу чебурацкого».	盲人歌手和阿廖沙·波波维奇交换了衣服，

Дает свое платье калика Алеше Поповичу,
Не отказываючи, а на себя надевал
То платье богатырское.
Скоро Алеша каликою наряжается,
И взял шелепугу дорожную,
Котора была в пятьдесят пуд.
И взял в запас чингалище булатное,
Пошел за Сафат-реку.
Завидел тут Тугарин Змеевич млад,
Заревел зычным голосом —
Подрогнула дубровушка зеленая,
Алеша Попович едва жив идет.
Говорил тут Тугарин Змеевич млад:
«Гой еси, калика перехожая!
А где ты слыхал и где видал
Про молода Алешу Поповича?
А и я бы Алешу копьем заколол,
Копьем заколол и огнем спалил».
Говорил тут Алеша каликою:
«Ай ты ой еси, Тугарин Змеевич млад!
Проезжай поближе ко мне,
Не слышу я, что ты говоришь».
И подъезжал к нему Тугарин Змеевич млад:
Сверстался Алеша Попович млад
Против Тугарина Змеевича,
Хлестнул его шелепугою по буйной голове,
Расшиб ему буйну голову,
И упал Тугарин на сыру землю;
Скончил ему Алеша на черну грудь
Втапоры взмолится Тугарин Змеевич млад:

换上了勇士的装扮。
很快阿廖沙打扮成盲人歌手模样,
手拿重五十普特的鞭子。
他从包里掏出一把上等钢剑,
向萨法特河那里走去。
图加林·兹梅耶维奇看见他后,
用洪亮的声音咆哮起来,
震得绿油油的橡树左右摇晃,
阿廖沙·波波维奇也差点昏厥了过去。
图加林·兹梅耶维奇开口说道:
"你好,盲人歌手,
你有没有听说过阿廖沙·波波维奇?
你有没有在哪里见过阿廖沙·波波维奇?
我会一枪刺穿阿廖沙,用火把他烧死。"
打扮成盲人歌手的阿廖沙回答说:
"你好呀,图加林·兹梅耶维奇,
我听不清楚你说什么,
你能不能靠近我一点?"
图加林·兹梅耶维奇走近阿廖沙,
阿廖沙·波波维奇和图加林站在一起,
面对面站着,
阿廖沙一鞭子抽到图加林的头上,
打伤了图加林大大的脑袋,
图加林重重摔在地上。
阿廖沙跳下按住图加林的胸膛,
图加林·兹梅耶维奇立即求饶道:
"你好呀,盲人歌手,
难道你就是阿廖沙·波波维奇?
咱来结拜成兄弟吧!"
阿廖沙没有相信敌手的引诱,

«Гой еси ты, калика перехожая!	一下砍下了他的脑袋，
Не ты ли Алеша Попович млад?	阿廖沙·波波维奇取下了他的衣服，
Тако побратуемся с тобой?»	穿在了自己身上，
Втапоры Алеша врагу не веровал,—	骑着图加林的马儿，
Отрезал ему голову прочь,	朝着自己的白色帐篷走去。
Платье с него снимал цветное	叶基姆·伊万诺维奇和盲人歌手看到这场景，
На сто тысячей	立马害怕起来，
И все платья на себя надевал;	他们骑着马儿前往罗斯托夫城。
Садился на его добра коня	阿廖沙·波波维奇追上了他们，
И поехал к своим белым шатрам.	叶基姆·伊万诺维奇转过身来，
Втапоры увидели Еким Иванович	抡起重三十普特的棍棒，
И калика перехожая,	朝着自己身后挥去，
Испугались его, сели на добрых коней,	他以为身后是图加林·兹梅耶维奇，
Побежали ко городу Ростову.	一下击中了阿廖沙·波波维奇的胸膛。
И постигает их Алеша Попович млад.	阿廖沙撞到切尔克斯产的马鞍上，
Обернется Еким Иванович,	重重摔在地上。
Он выдергивал палицу боевую в тридцать пуд,	叶基姆·伊万诺维奇见状后，
Бросил назад себя,	从马上跳了起来，
Показалося ему, что Тугарин Змеевич млад,	按住了他的胸膛，
И угодил в груди белые Алеши Поповича.	想把他开膛破肚。
Сшиб из седелечка черкесского,	叶基姆看到了他身上金色的十字架，
И упал он на сыру землю.	抽泣着对流浪的盲人歌手说：
Втапоры Еким Иванович	"我叶基姆真是罪孽深重，
Скончил со добра коня,	差点打死了自己的亲兄弟。"
Сел на груди ему,	他们开始晃动阿廖沙的身体，
Хочет пороть груди белые—	又给他喝了几口洋酒，
И увидел на нем золот чуден крест,	不久阿廖沙醒了过来。

Сам заплакал, говорил калике	他们开始交谈,并把衣服再次交换。
перехожему:	
«По грухам надо мною, Екимом,	盲人歌手穿上了他的衣服,
учинилося,	
Что убил своего братца родимого».	阿廖沙换上了勇士的衣服,
И стали его оба трясти и качать,	收起了图加林·兹梅耶维奇的衣服,
И потом подали ему питья заморского;	把图加林的衣服装进了箱子。
От того он здрав стал.	他们骑上了骏马,
Стали они говорити и между собою	一起前往基辅城,
платьем меняти:	
Калика свое платье надевал каличье,	去找热情好客的弗拉基米尔大公。
А Алеша-свое богатырское,	他们来到了基辅城,来到了大公的庭院中,
А Тугарина Змеевича платье цветное	他们跳下马,
Клали в чемодан к себе.	把马儿拴在橡树桩上,
Сели они на добрых коней	随后他们来到华丽的宴客厅,
И поехали все ко городу ко Киеву,	他们向救主耶稣神像祷告,
Ко ласкову князю Владимиру.	向弗拉基米尔大公和大公夫人阿普拉克
А и будут они в городе Киеве	谢夫娜鞠躬行礼,
На княженецком дворе,	向东西南北四个方位行礼。
Скочили со добрых коней,	热情好客的弗拉基米尔大公说道:
Привязали к дубовым столбам,	"你们好,勇武的小伙子们!
Пошли во светлы гридни,	请问你们叫什么名字?
Молятся спасову образу	根据你们的名字可以知道你们来自哪里,
И бьют челом, поклоняются	根据你们的父称可以奖赏你们。"
Князю Владимиру и княгине Апраксевне	阿廖沙·波波维奇立马回答说:
И на все четыре стороны.	"君主,我名叫阿廖沙·波波维奇,
Говорил им ласковый Владимир-князь:	我来自罗斯托夫城,是教堂神父的儿子。"
«Гой вы еси, добры молодцы!	弗拉基米尔大公很高兴,
Скажитеся, как вас по имени зовут:	对他说道:
А по имени вам мочно место дать,	"你好,阿廖沙·波波维奇,

По изотчеству можно пожаловати».
Говорит тут Алеша Попович млад:
«Меня, государь, зовут Алешею Поповичем,
Из города Ростова, старого попа соборного».
Втапоры Владимир-князь обрадовался,
Говорил таковы слова:
«Гой еси, Алеша Попович млад!
По отечеству садися в большое место-в,
В другое место богатырское-
В дубову скамью против меня,
В третье место-куда сам захошь».
Не садился Алеша в место большое
И не садился в дубову скамью-
Сел он со своими товарищи на полатный брус.
Мало время позамешкавши,
Несут Тугарина Змеевича
На той доске красна золота
Двенадцать могучих богатырей.
Сажали в место большое,
И подле него сидела княгиня Апраксевна.
Тут повары были догадливы,
Понесли ества сахарные и питья медвяные,
А питья все заморские,
Стали тут пить, есть, прохлажатися;
А Тугарин Змеевич нечестно хлеба ест-
По целой коврге за щеку мечет,

根据父称，你可以坐在前排最尊贵的位置，
你也可以坐在我对面的橡树板凳上，
那里是勇士坐的地方，
你还可以随心所欲选择坐在哪里。"
阿廖沙没有坐在前排尊贵的位置，
也没有坐在橡树板凳上，
而是和自己的伙伴坐在高板床那里，
过了一小会儿，

十二个勇猛的壮士
把图加林·兹梅耶维奇用红金板子抬了上来。
图加林被放在了前面最显眼的位置，
他的旁边坐着大公夫人阿普拉克谢夫娜。
厨师们很是机灵，
端上来美味的食物和香醇的美酒，

这些美酒都是舶来品。
他们开始悠闲地吃吃喝喝。
图加林·兹梅耶维奇吃饭的仪态很不礼貌，
把整个圆面包塞进嘴里，
这可是教堂里的面包。
图加林·兹梅耶维奇喝酒的仪态很不得体，
一杯一杯一饮而尽，
要知道每个酒杯有三分之一个桶那么大。
阿廖沙·波波维奇说道：
"你好，热情好客的君主，弗拉基米尔大公，
这是从哪里来的蠢货？
这是从哪里来的傻瓜？

史诗 | 77

Те ковриги монастырские;
И нечестно Тугарин питья пьет-
По целой чаше охлестывает,
Котора чаша в полтретья ведра.
И говорил втапоры Алеша Попович млад:
«Гой еси ты, ласковый сударь
　　Владимир-князь!
Что у тебя за болван пришел,
Что за дурак неотесанный?
Нечестно у князя за столом сидит,
Ко княгиню он, собака, руки в
　　пазуху кладет,
целует во уста сахарные,
Тебе, князю, насмехается!
А у моего сударя-батюшка
Была собачища старая,
Насилу по подстолью таскалася,
И костью та собака подавилася.
Взял ее за хвост, под гору махнул;
От меня Тугарину то же будет!»
Тугарин почернел, как осенняя ночь,
Алеша Попович стал как светел месяц.
И опять втапоры повары были догадливы,
Носят ества сахарные.
И принесли лебедушку белую,
И ту рушала княгиня лебедь белую,
Обрезала рученьку левую,
Завергнула рукавцом, под стол опустила,
Говорила таково слово:
«Гой вы еси, княгини-боярыни!

在大公的宴会上如此粗鲁，
这个狗东西把手探入大公夫人怀里，
亲吻大公夫人蜜一般的嘴唇，
这是对大公你的侮辱！
我令人尊重的父亲曾经养了一条大狗，
那条狗总喜欢在桌子下面瞎晃悠，
吃骨头时被卡住了。
我一把拎起它的尾巴，扔到山上去了。
在我这里图加林也是这般下场。"
图加林脸色黑沉如同秋日的夜晚，
阿廖沙·波波维奇如同圆月般光芒万丈，
厨师们这次也很是机灵，
端上来很多美味佳肴，
端上来一只白天鹅，
大公夫人举起左手，
想切开这只白天鹅，
大公夫人刚挽起袖子，
白天鹅钻到桌底，并说道：
"您好，大公夫人，
切开我这只白天鹅，
或者盯着这个家伙，
盯着年轻的图加林·兹梅耶维奇！"
图加林一把抓住白天鹅，
一下吞进肚里，
跟吃教堂里的面包时一个德性。
阿廖沙坐在座位上说：
"你好，热情好客的弗拉基米尔大公，
这是从哪里来的蠢货？

Либо мне резать лебедь белую,
Либо смотреть на мил живот,
На молода Тугарина Змеевича!»
Он, взявши, Тугарин, лебедь белую,
Всю вдруг проглотил,
Еще ту ковригу монастырскую.
Говорит Алеша на палатном брусу:
«Гой еси, ласковый государь
   Владимир-князь!
Что у тебя за болван сидит,
Что за дурак неотесанный?
Нечестно за столом сидит,
Нечестно за столом сидит,
Нечестно хлеба с солью ест–
По целой covриге за щеку мечет
И целу лебедушку вдруг проглотил!
У моего сударя-батюшка,
Федора, попа ростовского,
Была коровища старая,
Насилу по двору таскалася;
Забилася на поварню к поварам,
Выпила чан браги пресныя,
От того она лопнула;
Взял за хвост, под гору махнул;
От меня Тугарину то же будет!»
Тугарин потемнел, как осенняя ночь,
Выдернул чингалище булатное,
Бросил в Алешу Поповича,
Алеша на то-то верток был–
Не мог Тугарин попасть в него.

这是从哪里来的傻瓜？
在大公的宴会上如此粗鲁，
吃饭的时候动作粗鄙，
把整个圆面包塞进嘴里，
把整只天鹅一下吞进肚里！
我的父亲是罗斯托夫的牧师，
他的名字叫费奥多尔，
他有一只老母牛，

这头牛总喜欢在院子里面瞎晃悠，
钻进厨房在厨师跟前晃悠，
它喝光了一大桶自家酿的啤酒，
为此它受到了惩罚。
我一把拎起它的尾巴，扔到山上去了。
在我这里图加林也是这般下场。"
图加林脸色黑沉如同秋日的夜晚，
掏出上等钢剑，
刺向阿廖沙·波波维奇，
阿廖沙灵活躲开了，
图加林没有击中阿廖沙。
叶基姆·伊万诺维奇抓过剑，
冲着阿廖沙·波波维奇说：
"你自己刺杀他，还是让我刺杀他？"
"不，我自己不刺杀他，也不会让你刺杀他！
明早我和他做个了断，
和他玩打赌的游戏，
赌注不是一百卢布，也不是一千卢布，
而是我自己的脑袋。"
大公们和大贵族们听后立即站起身，
押图加林会赢：

Подхватил чингалище Еким Иванович,
Говорил Алеше Поповичу:
«Сам ли бросаешь в него или мне велишь?»-
«Нет, я сам не бросаю и тебе не велю!
Заутра с ним переведаюсь,
Бьюсь я с ним о велик заклад,
Не о ста рублях, не о тысяче-
А бьюсь о своей буйной голове»
Втапоры князи и бояра
Скочили на резвы ноги,
И все за Тугарина поруки держат:
Князи кладут по сто рублей,
Бояра-по пятидесят,
Крестьяне-по пяти рублей.
Тут же случилися гости купеческие,
Три корабля свои подписывают
Под Тугарина Змеевича,
Всяки товары заморские,
Которы стоят на быстром Непре;
А за Алешу подписывал владыка Черниговский.

Втапоры Тугарин звился и вон ушел,
Садился на своего добра коня,
Поднялся на бумажных крыльях по поднебесью летать.
Скочила княгиня Апраксевна на резвы ноги,
Стала пенять Алеше Поповичу:
«Деревенщина ты, засельщина!

大公们每人押了一百卢布，
大贵族们每人押了五十卢布，
农民们每人押了五卢布。

商人们同样押图加林·兹梅耶维奇赢，
商人们的三艘轮船停靠在聂伯河，
上面装载了满满的海外货物，
三艘轮船和货物便是商人们的赌注。
只有切尔尼戈夫城的君主押了阿廖沙。
图加林当即大怒，
骑着自己的马儿离开了。
图加林借助自己的纸翅膀在天空翱翔。
大公夫人阿普拉克谢夫娜站起身来，
开始责怪阿廖沙·波波维奇：
"你这个乡巴佬，土包子！
都不让可爱的朋友一起坐坐。"
阿廖沙把大公夫人的话当作耳旁风，
他和他的朋友生气地离开了。
他们骑上自己的骏马，
来到了萨法特河，
他们搭起了白色的帐篷，
准备开始休息，
也把马儿赶进绿油油的草原。
阿廖沙一晚上没有睡着，
含着眼泪向上帝祈求：
"老天啊，请刮来滚滚乌云吧，
请带来冰雹和暴雨吧！"

Не дал посидеть другу милому».	上帝听到了阿廖沙的祈祷，
Втапоры того Алеша не слушался,	顿时乌云密布，电闪雷鸣。
Звился с товарищи и вон пошел.	图加林的纸翅膀被打湿了，
Садилися на добры кони,	他像一条丧家犬一样倒在地上。
Поехали ко Сафат-реке,	叶基姆·伊万诺维奇走了过来，
Поставили белы шатры,	他对阿廖沙说看到图加林倒在地上。
Стали опочив держать,	阿廖沙快速准备妥当，
Коней опустили в зелены луга.	骑上了自己的骏马，
Тут Алеша всю ночь не спал,	拿起锋利的矛刀，
Молились богу со слезами:	直奔图加林·兹梅耶维奇而去。
«Создай, Боже, тучу грозную,	图加林·兹梅耶维奇看到阿廖沙·波波维奇，
А и тучу-то с градом, дождя!»	用洪亮的声音咆哮起来：
Алешины молитвы доходны ко Христу,	"你这个阿廖沙·波波维奇，
Дает господь-бог тучу с градом дождя;	当心我用火烧焦你，
Замочила Тугарина крылья бумажные,	当心我用马踏扁你，
Падает Тугарин, как собака, на сыру землю.	当心我用长矛刺穿你。"
Приходил Еким Иванович,	阿廖沙·波波维奇回应道：
Сказал Алеше Поповичу,	"图加林·兹梅耶维奇，你这个蠢家伙，
Что видел Тугарина на сырой земле.	敢不敢跟我来一场较量，
И скоро Алеша наряжается,	一场一对一的较量，
Садился на добра коня,	现在没有人能帮你，
Взял одну сабельку вострую	帮你来对付我。"
И поехал к Тугарину Змеевичу.	正当图加林回头望向身后时，
И увидел Тугарин Змеевич Алешу Поповича,	阿廖沙猛扑过去，砍下了他的脑袋，
Заревел зычным голосом:	图加林的脑袋如同铁锅咣当掉在地上，
«Гой еси, Алеша Попович млад!	阿廖沙跳下马，
Хошь ли, я тебя огнем спалю,	解下马儿的缰绳，
Хошь ли, Алеша, конем стопчу,	割下图加林·兹梅耶维奇的双耳，

Али тебя, Алеша, копьем заколю».	将双耳绑在马上，
Говорил ему Алеша Попович млад:	直奔基辅大公的官殿，
«Гой ты еси, Тугарин Змеевич млад!	将图加林的双耳扔到宫殿的中央。
Бился ты со мною о велик заклад—	弗拉基米尔大公看到阿廖沙后，
Биться-драться един на един,	把他邀请进宽敞的宴客厅，
А за тобою ноне силы сметы нет	请他在已经收拾干净的桌前坐下，
На меня, Алешу Поповича».	吩咐侍从给阿廖沙准备食物。
Оглянется Тугарин назад себя—	酒足饭饱后，
Втапоры Алеша подскочил, ему голову срубил,	弗拉基米尔大公说道：
И пала голова на сыру землю, как пивной котел.	"你太棒了，阿廖沙·波波维奇，
Алеша скочил со добра коня,	现在你给我带来了光明，
Отвязал чембур от добра коня	请你住在基辅吧，
И проколол уши у головы Тугарина Змеевича,	成为我弗拉基米尔大公的左膀右臂吧，
И привязал к добру коню,	我会赐予你无限的恩宠！"
И привез в Киев на княженецкий двор,	阿廖沙·波波维奇并没有听从大公的邀请，
Бросил середи двора княженецкого.	为他效犬马之劳。
И увидел Алешу Владимир-князь,	大公夫人对阿廖沙·波波维奇说道：
Повел во светлы гридни,	"你这个乡巴佬，土包子！
Сажал за убраны столы,	害得我和最爱的朋友分开了，
Тут для Алеши и стол пошел.	再也见不到年轻的图加林·兹梅耶维奇了！"
Сколько время покушавши,	阿廖沙·波波维奇回答说：
Говорил Владимир-князь:	"你这个大公夫人，阿普拉克谢夫娜！
«Гой еси, Алеша Попович млад!	我都想把你比作一只母狗，
Час ты мне свет дал,	一只淫荡的母狗。"
Пожалуй ты, живи в Киеве,	这就是这首勇士歌，这就是勇士的功勋。
Служи мне, князю Владимиру,	
До люби тебя пожалую!»	

Втапоры Алеша Попович млад князя

    не ослушался,

Стал служить верой и правдою.

А княгиня говорила Алеше Поповичу:

«Деревенщина ты, засельщина!

Разлучил меня с другом милым,

С молодым Змеем Тугаретиным!»

Отвечает Алеша Попович млад:

«Ай ты гой еси, матушка-княгиня

    Апраксевна!

Чуть не назвал я тебя сукою,

Сукою-то волочайкою».

То старина, то и деянье.

Садко

萨特阔[1]

А как ведь во славноём в Нове-гради,	在光荣的诺夫哥罗德城里面,
А-й как был Садко да гусельщик-от,	住着古斯里琴演唱者萨特阔,
А-й как не было много несчетной золотой казны,	他一开始并没有很多的钱财,
А-й как только ён ходил по честным пирам,	他会去一些盛大的宴会表演,
5 Спотешал как он да купцей, бояр,	他会逗商人和大贵族们开心,5
Веселил как он их на честных пирах.	在宴会上为其送去欢歌笑语。
А-й как тут над Садком топерь да случилося,	萨特阔身上发生了这样的事,
Не зовут Садка уж целый день да на почестен пир,	人们一整天没找他参加宴会,
А-й не зовут как другой день на почестен пир,	第二天也没邀请他前去参加,
10 А-й как третий день не зовут да на почестен пир.	第三天也没邀请他前去参加。10
А-й как Садку топерь да соскучилось,	萨特阔觉得生活很无聊苦闷,
А-й пошол Садко да ко Ильмень он ко озеру,	萨特阔来到了伊尔门湖那里,
А-й садился он на синь на горюч камень,	他坐在了一块蓝色大石头上,
А-й как начал играть он во гусли во яровчаты,	开始拨弄着古斯里琴的琴弦,
15 А играл с утра как день топерь до вечера.	他坐在那里从日出弹到日落,15
А-й по вечеру как по позднему	傍晚时分他看到可怕的一幕,
А-й волна уж в озере как сходилася,	伊尔门湖里的湖水波涛汹涌,
А как ведь вода с песком топерь смутилася,	湖里的水和沙石搅动在一起,

---

[1] 该篇勇士歌选自德·谢·利哈乔夫(Д.С.Лихачев)主编的作品集《勇士歌》,该部勇士歌作品集于 1957 年出版,本篇勇士歌载于 224–239 页。

	А-й устрашился Садко топеречку да сидети он,	萨特阔战战兢兢地坐在那里，
20	Одолел как Садка страх теперь великиий,	他克服内心不可抑制的恐惧，20
	А-й пошол вон Садко да от озера,	萨特阔起身离开了伊尔门湖，
	А-й пошол Садко как во Нов-город.	他站起身前往诺夫哥罗德城。
	А опять как прошла топерь темна ночь,	夜幕又降临到诺夫哥罗德城，
	А-й опять как на другой день	这一天人们没请他参加宴会，
25	Не зовут Садка да на почестен пир,	没有邀请他参加奢华的宴会，25
	А другой-то да не зовут его на почестен пир,	第二天也没邀请他前去参加，
	А-й как третий-то день не зовут на почестен пир.	第三天也没邀请他前去参加。
	А-й как опять Садку топерь да соскучилось,	萨特阔觉得生活很无聊苦闷，
	А-й пошол Садко ко Ильмень да он ко озеру,	萨特阔来到了伊尔门湖那里，
30	А-й садился он опять на синь да на горюч камень	他坐在了一块蓝色大石头上，30
	У Ильмень да он у озера.	他坐在了伊尔门湖的旁边上，
	А-й как начал играть он опять во гусли во яровчаты,	开始拨弄着古斯里琴的琴弦，
	А играл уж как с утра день до вечера.	他坐在那里从日出弹到日落，
	А-й как по вечеру опять как по позднному	傍晚时分他看到可怕的一幕，
35	А-й волна уж как в озери сходилася,	伊尔门湖里的湖水波涛汹涌，35
	А-й как вода с песком топерь смутилася,	湖里的水和沙石搅动在一起，
	А-й устрашился опять Садко да новгородскии,	萨特阔战战兢兢地坐在那里，
	Одолел Садка уж как страх топерь великии.	他克服内心不可抑制的恐惧，
	А как пошол опять как от Ильмень да от озера,	萨特阔起身离开了伊尔门湖，

40　А как он пошол во свой да он во Нов-город.	他站起身前往诺夫哥罗德城。40
А-й как тут опять над ним да случилося,	同样的事情又发生在他身上,
Не зовут Садка опять да на почестен пир.	第一天人们没请他参加宴会,
А-й как тут опять другой день не зовут Садка да на почестен пир,	第二天也没邀请他前去参加,
А-й как третий день не зовут Садка да на почестен пир,	第三天也没邀请他前去参加。
45　А-й опять Садку топерь да соскучилось.	萨特阔觉得生活很无聊苦闷,45
А-й пошол Садко ко Ильмень да ко озеру,	萨特阔来到了伊尔门湖那里,
А-й как он садился на синь горюч камень да об озеро,	他坐在了一块蓝色大石头上,
А-й как начал играть во гусли во яровчаты,	开始拨弄着古斯里琴的琴弦,
А-й как ведь опять играл он с утра до вечера,	他坐在那里从日出弹到日落,
50　А волна уж как в озери сходилася,	伊尔门湖里的湖水波涛汹涌,50
А вода ли с песком да смутилася;	湖里的水和沙石搅动在一起,
А тут осмелился как Садко да новгородскии	诺夫哥罗德的歌手鼓足勇气,
А сидеть играть как он об озеро.	继续在湖边演奏着古斯里琴。
А-й как тут вышел Царь Водяной топерь со озера,	水下王国的国王从湖里出来,
55　А-й как сам говорит Царь Водяной да таковы слова:	这位水下王国的国王开口说:55
«Благодарим-ка Садко да новгородский!	"我们真的很感激你,萨特阔!
А спотешил нас топерь да ты во озери,	你给水下的人们带来了欢乐,
А у мня было да как во озери,	我们刚在湖底举办一场宴会,
А-й как у мня столованье да почестен пир,	举办了一场举世无双的盛会,

60	А-й как всех развеселил у мня да на честном пиру	琴声为宴会的人们带来欢乐,60
	А-й любезныих да гостей моих.	这些都是我最为尊贵的宾客。
	А-й как я не знаю топерь Садка тебя да чем пожаловать:	我现在还不知道怎么答谢你:
	А ступай, Садко, топеря да во свой во Нов-город,	萨特阔,你回到诺夫哥罗德,
	А-й как завтра позовут тебя да на почестен пир,	明天你会应邀参加一场宴会,
65	А-й как будет у купца столованье почестен пир,	参加一场由商人举办的宴会,65
	А-й как много будет купцей на пиру много новгородскиих,	会有很多诺夫哥罗德的商人,
	А-й как будут все на пиру да напиватися,	在宴会上所有人都杯酒言欢,
	Будут все на пиру да наедатися,	在宴会上所有人都举杯畅饮,
	А-й как будут все похвальбами топерь да похвалятися,	之后所有人都会开始吹牛皮,
70	А-й кто чим будет топерь да хвастати,	每个人都有可以吹嘘的地方,70
	А-й кто чим будет топерь да похвалятися;	每个人都有可以夸耀的地方。
	А иной как будет хвастати да несчетной золотой казной,	有的人夸耀数之不尽的财富,
	А как иной будет хвастать добрым конем,	有的人夸耀英勇无敌的骏马,
	Иной буде хвастать силой-удачей молодецкою,	有的人夸耀无与伦比的力量,
75	А иной буде хвастать молодый молодечеством,	有的人夸耀无所畏惧的胆魄,75
	А как умной-разумной да буде хвастати Старым батюшком, старой матушкой,	那些聪明睿智的人们会夸耀, 夸耀自己年迈的父亲和母亲,
	А-й безумный дурак да буде хвастати А-й своей он как молодой женой;	那不明智的傻瓜夸耀着妻子, 夸耀自己年轻又貌美的妻子。

80	А ты, Садко, да похвастай-ко:	萨特阔，你就这样炫耀一下：80
	«А я знаю, что во Ильмень да во озери	'我知道在伊尔门湖的里面啊，
	А что есте рыба-то перья золотыи ведь».	有着无与伦比的金翅金鳞鱼。'
	А как будут купцы да богатыи	这些商人们和勇士们会打赌，
	А с тобой да будут споровать,	他们会很不服气地跟你打赌，
85	А что нету рыбы такою ведь,	打赌伊尔门湖没有这样的鱼，85
	А что топерь да золотыи ведь,	在伊尔门湖里有金翅金鳞鱼，
	А ты с нима бей о залог топерь великии,	你和他们打赌时下个大赌注，
	Залагай свою буйную да голову,	就用你高贵的脑袋作为赌注，
	А как с них выряжай топерь	作为回应，他们也会下赌注，
90	А как лавки во ряду да во гостиноем	他们会拿自己的商铺作赌注，90
	С дорогима да товарамы;	商铺里面有各式昂贵的物品。
	А потом свяжите невод да шелковой,	之后你用丝绸编织一张渔网，
	Приезжайте вы ловить да во Ильмень во озеро,	用渔网在伊尔门湖里面捕鱼，
	А закиньте три тони во Ильмень да во озери,	你要在伊尔门湖里撒三次网，
95	А я в кажну тоню дам топерь по рыбины,	每次我都会往网里放一条鱼，95
	Уж как перья золотыи ведь.	往网里面放一条金翅金鳞鱼。
	А-й получишь лавки во ряду да во гостиноем	那些商人的商铺就是你的了。
	С дорогима ведь товарамы;	商铺的里面堆满贵重的货物，
	А-й потом будешь ты купец Садко как новгородскии,	你会成为诺夫哥罗德的商人，
100	А купец будешь богатыи».	一位富有的诺夫哥罗德商人。"100
	А-й пошол Садко во свой да как во Нов-город.	萨特阔便回到了诺夫哥罗德，
	А-й как ведь да на другой день	第二天萨特阔便被邀请赴宴，
	А как позвали Садка да на почестен пир	去参加一场举世无双的盛宴，

А-й к купцю да богатому.	去参加一个富商组织的宴会。
105 А-й как тут да много сбиралося	在这场宴会上聚集了很多人，105
А-й к купцю да на почестен пир	他们都是诺夫哥罗德的商人，
А купцей как богатыих новгородских;	这些人来参加商人的宴会。
А-й как все топерь на пиру напивалися,	在宴会上所有人都杯酒言欢，
А-й как все на пиру да наедалися,	在宴会上所有人都举杯畅饮，
110 А-й похвальбами все похвалялися.	之后所有人都会开始吹牛皮，110
А кто чем уж как топерь да хвастает,	每个人都有可以吹嘘的地方，
А кто чем на пиру да похваляется:	每个人都有可以夸耀的地方。
А иной хвастае как несчетной золотой казной,	有的人夸耀数之不尽的财富，
А иной хвастае да добрым конем,	有的人夸耀英勇无敌的骏马
115 А иной хвастае силой-удачей молодецкою;	有的人夸耀无与伦比的力量，115
А-й как умной топерь уж как хвастает	那些聪明睿智的人们会夸耀，
А-й старым батюшком, старой матушкой,	夸耀自己年迈的父亲和母亲，
А-й безумной дурак уж как хвастает,	那不明智的傻瓜夸耀着妻子，
А-й как хвастае да как своей молодой женой;	夸耀自己年轻又貌美的妻子。
120 А сидит Садко как ничим да он не хвастает,	而萨特阔坐在那里一言不发，120
А сидит Садко как ничим он не похваляется:	他坐在那没有夸耀任何事情。
А-й как тут сидят купци богатыи новгородскии,	诺夫哥罗德的富商在他身旁，
А-й как говорят Садку таковы слова:	于是他们跟萨特阔这样说道：
«А что же, Садко, сидишь, ничим же ты не хвастаешь,	"萨特阔，你怎么不吹吹牛皮？
125 Что ничим, Садко, да ты не похваляешься?»	你是没有什么可炫耀的事吗？"125
А-й говорит Садко таковы слова:	萨特阔听到后，回复他们说：

	«А-й же вы, купци богатые новгородские!	"哎呀，诺夫哥罗德的富商们！
	А-й как чим мне, Садку, топерь хвастати,	萨特阔现在没有可炫耀的事，
	А как чем-то Садку похвалятися?	萨特阔有什么可以夸耀的呢？"
130	А нету у мня много несчетной золотой казны,	我没有拥有数之不尽的财富，130
	А нету у мня как прекрасной молодой жены,	我没有美艳绝伦的年轻妻子，
	А как мне, Садку, только есть одным да мне похвастати:	我萨特阔只有一件可夸耀的：
	Во Ильмень да как во озери	我发现在伊尔门的湖里有鱼，
	А есте рыба как перья золотыи ведь».	那有无与伦比的金翅金鳞鱼。"
135	А-й как тут купци богатыи новгородскии	诺夫哥罗德的富商觉得吃惊，135
	А-й начали с ним да оны споровать,	和萨特阔玩起来打赌的游戏，
	Во Ильмень да что во озери	他们认为在伊尔门的湖里面
	А нету рыбы такою что,	一定没有萨特阔说的那种鱼，
	Чтобы были перья золотыи ведь.	一定没有他说的金翅金鳞鱼。
140	Ай как говорил Садко новгородскии:	诺夫哥罗德的萨特阔便说道：140
	«Дак заложу я свою буйную головушку,	"我用我的脑袋下注赌里面有，
	Боле заложить да у мня нечего».	除了脑袋我也没啥可以下注。"
	А оны говоря: «мы заложим в ряду да во гостиноем	六个诺夫哥罗德的富商说道：
	Шесть купцей, шесть богатых»;	"我们用我们的商铺作为赌注。"
145	А залагали ведь как по лавочки,	于是富商用自己的商铺下注，145
	С дорогима да с товарамы.	用堆满贵重物品的商铺下注。
	А-й тут после этого	富商们和萨特阔达成赌约后，
	А связали невод шелковой,	他们用丝绸编织了一张渔网，
	А-й поехали ловить как в Ильмень да как во озери,	之后便来到伊尔门湖去捕鱼，
150	А-й закидывали тоню во Ильмень да ведь во озери,	富商们第一次撒下去了渔网，150

А рыбу уж как добыли перья золотыи ведь;	一下便捕到一条金翅金鳞鱼。
А-й закинули другу тоню во Ильмень да ведь во озери,	富商们又一次撒下去了渔网,
А-й как добыли другую рыбину перья золотыи ведь;	又捕到另外一条金翅金鳞鱼。
А-й закинули третью тоню во Ильмень да ведь во озери,	富商们第三次撒下去了渔网,
155　А-й как добыли уж как рыбинку перья золотыи ведь.	又再次捕到一条金翅金鳞鱼。155
А топерь как купци-та новгородскии богатыи	诺夫哥罗德的富商们没办法,
А-й как видят — делать да нечего,	他们只好都乖乖交出了商铺,
А-й как вышло правильно, как говорил Садко да новгородскии,	萨特阔之前说的一切是对的,
А-й как отперлись ёны да от лавочек,	伊尔门湖里确有金翅金鳞鱼,
160　А в ряду да во гостиноем,	这些商铺一下归萨特阔所有,160
А-й с дорогима ведь с товарамы.	商铺里面有很多贵重的货物。
А-й как тут получил Садко да новгородскии	诺夫哥罗德的萨特阔拥有了
А-й в ряду во гостиноем	商人们打赌输了的六间商铺,
А шесть уж как лавочок с дорогима он товарамы,	六间商铺里有很多贵重货物,
165　А-й записался Садко в купци да в новгородскии,	萨特阔一下成为了一名商人,165
А-й как стал топерь Садко купец богатыи.	成为一名诺夫哥罗德的富商。
А как стал торговать Садко да топеречку	萨特阔现在开始学着做生意,
В своем да он во городи,	开始在诺夫哥罗德城做生意,

	А-й как стал ездить Садко торговать да по всем местам,	后又开始在其他地方做生意，
170	А-й по прочим городам да он по дальниим,	开始在很远的城市做生意，170
	А-й как стал получать барыши да он великие.	萨特阔便开始赚得盆满钵满。
	А-й как тут да после этого	此后商人萨特阔便张罗婚事，
	А женился как Садко купец новгородскии богатыи.	这位诺夫哥罗德商人结婚了。
	А еще как Садко после этого	在此之后他便开始建造宫殿，
175	А-й как выстроил он палаты белокаменны,	一座用白色石头砌成的宫殿，175
	А-й как сделал Садко да в своих он палатушках,	萨特阔把宫殿装饰得很奢华，
	А-й как обделал в теремах все да по-небесному:	他把宫殿装饰得跟天宫一样：
	А-й как на неби пекет да красное уж солнышко,	天上悬挂着一轮红红的太阳，
	В теремах у его пекет да красно солнышко;	他的屋子里面便有一轮红日。
180	А-й как на неби светит млад да светел месяц,	天上悬挂着一轮明亮的新月，180
	У его в теремах да млад светел месяц;	他的屋子里面便有一轮新月。
	А-й как на неби пекут да звезды частыи,	天上布满了数不清的小星星，
	А у его в теремах пекут да звезды частыи;	他的屋子里便有很多小星星。
	А-й как всем изукрасил Садко свои палаты белокаменны.	萨特阔竭尽全力装饰着宫殿。
185	А-й топерь как ведь после этого	在完成房子的建造和装饰后，185
	А-й сбирал Садко столованье да почестен пир,	萨特阔准备着举办一场宴会，

А-й как всех своих купцей богатыих новгородскиих,	邀请诺夫哥罗德的所有商人，
А-й как всех-то господ он своих новгородскиих,	邀请诺夫哥罗德的地主老爷，
А-й как он еще настоятелей своих да новгородскиих;	邀请诺夫哥罗德的两位神父，
190 А-й как были настоятели новгородские	一个名叫卢卡·季诺维耶夫，190
А-й Лука Зиновьев ведь да Фома да Назарьев ведь;	一个名叫福马·纳扎里耶夫。
А еще как сбирал-то он всих мужиков новгородскиих,	萨特阔还请了城里所有壮士，
А-й как повел Садко столованье по честен пир богатыи.	萨特阔开始了这盛大的宴会。
А топерь как все у Садка на честном пиру,	现在应邀之人均出席了宴会。
195 А-й как все у Садка да напивалися,	在宴会上所有人都把酒言欢，195
А-й как все у Садка топерь да наедалися,	在宴会上所有人都举杯畅饮，
А-й похвальбами-то все да похвалялися,	之后所有人都会开始吹牛皮，
А-й кто чим на пиру уж как хвастает,	每个人都有可以吹嘘的地方，
А-й кто чим на пиру похваляется:	每个人都有可以夸耀的地方。
200 А иной как хвастае несчетной золотой казной,	有的人夸耀数之不尽的财富，200
А иной хвастае как добрым конем,	有的人夸耀英勇无敌的骏马，
А иной хвастае силой могучою богатырскою,	有的人夸耀有勇士般的力量，
А иной хвастае славным отечеством,	有的人夸耀自己光荣的家族，
А иной хвастат молодым да молодечеством;	有的人夸耀自己年轻和胆魄。
205 А как умной-разумной как хвастает	那些聪明睿智的人们会夸耀，205

Старым батюшком да старой матушкой,	夸耀自己年迈的父亲和母亲,
А-й безумный дурак уж как хвастает	那不明智的傻瓜夸耀着妻子,
А-й своей да молодой женой.	夸耀自己年轻又貌美的妻子。
А-й как ведь Садко по палатушкам он похаживат,	萨特阔在宫殿里面走来走去,
210 А-й Садко ли-то сам да выговариват:	之后萨特阔便在宴会上说道:210
«Ай же вы, купци новгородские вы богатые,	"哎呀,诺夫哥罗德的富商们,
Ай же все господа новгородские,	哎呀,诺夫哥罗德的老爷们,
Ай же все настоятели новгородские,	哎呀,诺夫哥罗德的神父们,
Мужики как вы да новгородские!	还有诺夫哥罗德的壮士们啊!
215 А у меня как вси вы на честном пиру	所有人都来参加今天的宴会,215
А вси вы у меня как пьяны-веселы,	你们在我这里都已酩酊大醉,
А как вси на пиру напивалися,	在宴会上所有人都杯酒言欢,
А-й как вси на пиру да наедалися,	在宴会上所有人都举杯畅饮,
А-й похвальбами все вы похвалялися.	之后所有人都会开始吹牛皮,
220 А-й кто чим у вас топерь хвастае:	每个人都有可以吹嘘的地方:220
А иной хвастае как былицею,	有的人炫耀的事情是真实的,
А иной хвастае у вас да небылицею.	有的人炫耀的事情是虚假的。
А как чим буде мне Садку топерь похвастати?	我萨特阔现在可以夸耀什么?
А-й у мня, у Садка новгородского,	我现在是诺夫哥罗德的商人,
225 А золота казна у мня топерь не тощится,	我现在拥有数之不尽的财富,225
А цветное платьице у мня топерь не дёржится,	我有的是穿不完的绫罗绸缎,
А-й дружинушка хоробрая не изменяется;	仆人们对我也都是忠心耿耿。
А столько мне Садку буде похвастати	我萨特阔要夸耀自己的财富,
А-й своей мне несчетной золотой казной:	夸耀我自己数之不尽的财富:
230 А-й на свою я несчетну золоту казну	我可以用无尽的财富买下,230
А-й повыкуплю я как все товары новгородские,	买下诺夫哥罗德所有的货物,

А как все худы товары я добрые,	买下诺夫哥罗德所有的商品，
А что не буде боле товаров в продаже во городи».	诺夫哥罗德再无货物可售卖。"
А-й как ставали тут настоятели ведь новгородские,	诺夫哥罗德的神父们站起身，
235 А-й Фома да Назарьев ведь,	一个名叫福马·纳扎里耶夫，235
А Лука да Зиновьев ведь,	一个名叫卢卡·季诺维耶夫，
А-й как тут ставали да на резвы ноги,	这两位神父都从座上站起来，
А-й как говорили сами ведь да таковы слова:	他们接着对萨特阔这样说道：
«Ай же ты, Садко, купец богатый новгородскии!	"萨特阔，诺夫哥罗德的商人！
240 А о чем ли о многом бьешь с нами о велик заклад,	你说买下诺夫哥罗德的货物，240
Ежели выкупишь товары новгородские,	你能够买下这里所有的货物，
А-й худы товары все добрыи,	诺夫哥罗德再无货物可售卖，
Чтобы не было в продаже товаров да во городи?»	我们要不要一起来打个赌吧？"
А-й говорил Садко им наместо таковы слова:	商人萨特阔便回复两位神父：
245 «Ай же вы, настоятели новгородские!	"你们啊，诺夫哥罗德的神父，245
А сколько угодно у меня хватит заложить бессчетной золотой казны».	你们想赌多少钱就赌多少钱。"
А-й говоря настоятели наместо новгородские:	诺夫哥罗德的神父们回答说：
«Ай же ты, Садко да новгородскии!	"哎呀，诺夫哥罗德的萨特阔，
А хошь ударь с нами ты о тридцати о тысячах».	咱们就以三万卢布来下注吧。"
250 А ударил Садко о тридцати да ведь о тысячах.	萨特阔便以三万卢布来下注。250

А-й как все со честного пиру разъезжалися,	参加宴会的所有人都离席了,
А-й как все со честного пиру разбиралися	参加宴会的所有人都离开了,
А-й как по своим домам, по своим местам.	他们都各回各家,各忙各的。
А-й как тут Садко, купец богатый новгородскиий,	剩下诺夫哥罗德的商人萨特阔,
255 А-й как он на другой день вставал по утру да по ранному,	第二天的清晨他早早就起床,255
А-й как ведь будил он свою ведь дружинушку хоробрую,	萨特阔忠诚的奴仆叫醒了他,
А-й давал как он да дружинушки	萨特阔给了自己仆人很多钱,
А-й как долюби он бессчетныи золоты казны;	他给了自己仆人无数的钱财,
А как спущал он по улицам торговыим,	他吩咐他们拿着钱去买货物,
260 А-й как сам прямо шол во гостиной ряд,	他自己一个人回到自己商铺,260
А-й как тут повыкупил он товары новгородские,	他买下了诺夫哥罗德的货物,
А-й худы товары все добрые.	买下诺夫哥罗德所有的货物。
А-й ставал как на другой день Садко, купец богатый новгородскиий,	接下来这天他又早早就起床, 诺夫哥罗德的商人早早起床,
265 А-й как он будил дружинушку хоробрую,	萨特阔忠诚的奴仆叫醒了他,265
А-й давал уж как долюби бессчетныи золоты казны,	萨特阔给了自己仆人很多钱,
А-й как сам прямо шол во гостиный ряд, —	他给了自己仆人无数的钱财,
А-й как тут много товаров принавезено,	他自己一个人回到自己商铺,

	А-й как много товаров принаполнено	很多的货物被运到他的商铺，
270	А-й на ту на славу великую новгородскую;	他的商铺被这些货物堆满了。270
	Он повыкупил еще товары новгородские,	他买下了诺夫哥罗德的货物，
	А-й худы товары все добрые.	买下诺夫哥罗德所有的货物。
	А-й на третий день ставал Садко, купец богатый новгородскиий,	第三天萨特阔也早早就起床，
	А-й будил как он да дружинушку хоробрую,	萨特阔忠诚的奴仆叫醒了他，
275	А-й давал уж как долюби дружинушки	萨特阔给了自己仆人很多钱，275
	А-й как много несчетной золотой казны,	他给了自己仆人无数的钱财，
	А-й как распущал он дружинушку по улицам торговыим,	他吩咐他们拿着钱去买货物，
	А-й как сам он прямо шол да во гостиный ряд, —	他自己一个人回到自己商铺，
	А-й как тут на славу великую новгородскую	这件事在诺夫哥罗德传开，
280	А-й подоспели как товары ведь московские,	莫斯科的货物也都被运来了，280
	А-й как тут принаполнился как гостиной ряд	诺夫哥罗德商铺被填满货物，
	А-й дорогима товарамы ведь московскима.	填满了从莫斯科运来的货物。
	А-й как тут Садко топерь да пораздумался:	于是萨特阔开始思考了起来：
	«А-й как я повыкуплю еще товары все московские».	"我要不再买下莫斯科的货物，"
285	А-й на тую на славу великую новгородскую	这件事情在诺夫哥罗德传开，285

А-й подоспеют ведь как товары заморские,	海外的货物也都被运了过来，
А-й как ведь уж как мне, Садку,	我是一个诺夫哥罗德的商人，
А-й не выкупить как товаров ведь	怎么能买下世间所有的货物，
Со всего да со бела свету.	买下从世界各地运来的货物。
290 А-й как лучше пусть не я да богатее,	我是诺夫哥罗德的一个商人，290
А Садко-купец да новгородскиий,	我最好不是世界上最富有的，
А-й как пусть побогатее меня славный Нов-город,	是光荣的诺夫哥罗德更富有，
Что не мог не я да повыкупить	并不是我买不起所有的货物，
А-й товаров новгородскиих,	买下所有诺夫哥罗德的货物，
295 Чтобы не было продажи да во городи;	我不想城里没有货物可售卖。295
А лучше отдам я денежок тридцать тысячей,	我最好交出三万卢布的赌注！"
Залог свой великиий!»	萨特阔交出三万卢布的赌注，
А отдавал уж как денежок тридцать тысячей,	萨特阔交出数量巨大的赌注，
Отпирался от залогу да великого.	他就这样输掉这场打赌比赛。
300 А потом как построил тридцать караблей,	之后萨特阔造了三十艘轮船，300
Тридцать караблей, тридцать черных,	三十艘轮船载了满满的货物，
А-й как ведь свалил он товары новгородские	远处看起来是黑压压的一片，
А-й на черныи на карабли,	他载满了诺夫哥罗德的货物，
А-й поехал торговать купец богатый новгородскиий	诺夫哥罗德的富商要去经商，
305 А-й как на своих на черных на караблях.	载着这些货物到外面去经商。305
А поехал он да по Волхову,	他先是顺着沃尔霍夫河前行，

	А-й со Волхова он во Ладожско,	从沃尔霍夫河到拉多日科河，
	А со Ладожского выплывал на Неву-реку,	从拉多日科河又到了涅瓦河，
	А-й как со Невы-реки как выехал на сине море.	最后从涅瓦河驶进了大海里。
310	А-й как ехал он по синю морю,	他在蔚蓝的大海里一直航行，310
	А-й как тут воротил он в Золоту орду.	萨特阔最后来到了金帐汗国。
	А-й как там продавал он товары да ведь новгородские,	他卖完所有诺夫哥罗德的货，
	А-й получал он барыши теперь великие,	这一位商人获得巨额的利润，
	А-й как насыпал он бочки ведь сороковки-ты	萨特阔把桶里都装满了黄金，
315	А-й как красного золота;	他装满了整整四十桶的红金。315
	А-й насыпал он много бочек да чистого серебра,	他装满了很多很多桶的白银，
	А еще насыпал он много бочек мелкого он крупного скатнего жемчугу.	还装满好多硕大圆润的珍珠。
	А как потом поехал он з-за Золотой орды,	之后萨特阔便离开金帐汗国，
	А-й как выехал топеречку опять да на сине море,	他再次在蔚蓝的大海上航行。
320	А-й как на синем море устоялися да черны кара́бли,	黑压压的船在海上纹丝不动，320
	А-й как волной-то бьет и паруса-то рвет,	海浪不停卷着黑压压的船只，
	А-й как ломат черны карабли, —	船帆也一直不停在吱嘎作响，
	А всё с места не йдут черны кара́бли.	船只在大海中无法继续航行。
	А-й воспроговорил Садко, купец богатый новгородскиий,	这个诺夫哥罗德的商人说道，
325	А-й ко своей он дружинушки хоробрыи:	他转向自己忠诚的随从说道：325
	«Ай же ты, дружина хоробрая!	"哎呀，我忠心耿耿的随从啊，

史诗 | 99

А-й как сколько ни по морю ездили,	我们在大海上航行了这么久，
А мы Морскому Царю дани да не плачивали.	却没给海王送去任何的贡品。
А топерь-то дани требует Морской-то Царь в сине море».	现在海王亲自前来要贡品了。"
330 А-й тут говорил Садко, купец богатый новгородскиий:	诺夫哥罗德的富商萨特阔说：330
«Ай же ты, дружина хоробрая!	"哎呀，我忠心耿耿的随从啊，
А-й возьмите-тко вы мечи-тко в сине море	你们带着我的剑到大海里去，
А-й как бочку сороковку красного золота».	你们带着四十桶的红金过去。"
А-й как тут дружина да хоробрая	忠心耿耿的随从听了他的话，
335 А-й как брали бочку сороковку красного золота,	他们抬起来了四十桶的红金，335
А метали бочку в сине море.	他们把这些红金扔进大海里。
А-й как всё волной-то бьет, паруса-то рвет,	海浪在拍打，船帆也在呼啸，
А-й ломат черны карабли да на синем мори, —	这些船只在大海上一动不动，
Всё не идут с места ка́рабли да на синем море.	这些船只无法在海里面航行。
340 А-й опять воспроговорил Садко, купец богатый новгородскиий,	这个诺夫哥罗德的商人又说，340
А-й своей как дружинушки хоробрыи:	萨特阔又对自己的随从们说：
«Ай же ты, дружинушка моя ты хоробрая!	"哎呀，我忠心耿耿的随从啊，
А видно мало этой дани Царю Морскому в сине море.	显然是给海王的贡品还不够。
А-й возьмите-тко вы мечи-тко в сине море	你们带着我的剑到大海里去，
345 А-й как другую ведь бочку чистого серебра».	你们带着四十桶的白银过去。"345

А-й как тут дружинушка хоробрая	忠心耿耿的随从听了他的话,
А кидали как другую бочку в сине море	他们抬起来了四十桶的白银,
А как чистого да серебра.	他们把这些白银扔进大海里。
А-й как всё волной-то бьет, паруса-то рвет,	海浪在拍打,船帆也在呼啸,
350 А-й ломат черны карабли да на синем море, —	这些船只在大海上一动不动,350
А всё не йдут с места карабли да на синем море.	这些船只无法在海里面航行。
А-й как тут говорил Садко, купец богатый новгородскиий,	这个诺夫哥罗德的商人又说,
А-й как своей он дружинушки хоробрыи:	萨特阔又对自己的随从们说:
«Ай же ты, дружина хоробрая!	"哎呀,我忠心耿耿的随从啊,
355 А видно этой мало как дани в сине море.	显然是给海王的贡品还不够。355
А берите-тко третью бочку да крупного мелкого скатнего жемчугу,	你们去拿装满圆润珍珠的桶,
А кидайте-тко бочку в сине море».	你们把珍珠都扔进大海里面。"
А как тут дружина хоробрая	忠心耿耿的随从听了他的话,
А-й как брали бочку крупного мелкого скатнего жемчугу,	他们抬起来了装满珍珠的桶,
360 А кидали бочку в сине море.	他们把这些珍珠扔进大海里。360
А-й как все на синем море стоят да черны карабли,	黑压压的船只停在了大海里,
А волной-то бьет, паруса-то рвет,	海浪在拍打,船帆也在呼啸,
А-й как всё ломат черны карабли, —	这些船只在大海上一动不动,
А-й всё с места не йдут да черны карабли.	这些船只无法在海里面航行。
365 А-й как тут говорил Садко, купец богатый новгородскиий,	这个诺夫哥罗德的商人又说,365

А своей как дружинушки он хоробрыи:	萨特阔又对自己的随从们说：
«Ай же ты, любезная как дружинушка да хоробрая!	哎呀，我忠心耿耿的随从啊，
А видно Морской-то Царь требует как живой головы у нас в сине море.	看来海王需要活生生的祭品。
Ай же ты, дружина хоробрая!	哎呀，我忠心耿耿的随从啊，
370 А-й возьмите-тко уж как делайте	你们赶快去找一些合叶子草，370
А-й да жеребья да себе волжаны,	用这些合叶子草多做一些阄，
А-й как всяк свои имена вы пишите на жеребьи,	你们在阄上写上自己的名字，
А спущайте жеребья на сине море;	把这些阄扔进蔚蓝的大海里。
А я сделаю себе-то я жеребей на красное-то на золото.	我用红金给自己也做一个阄。
375 А-й как спустим жеребья топерь мы на сине море,	我们把这些阄扔进大海里面，375
А-й как чей у нас жеребей топерь да ко дну пойдет,	带着谁名字的阄沉到大海里，
А тому итти как у нас да в сине море».	谁就作为祭品被扔到大海里。"
А у всей как у дружины хоробрыи	忠心耿耿的随从听了他的话，
А-й жеребья топерь гоголем плывут,	这些带人名的阄被扔进海里，
	随从们的阄都漂浮在海面上，
380 А-й у Садка-купца, гостя богатого, да ключом на дно.	只有萨特阔的阄沉到大海里。380
А-й говорил Садко таковы слова:	萨特阔见状后急急忙忙说道：
«А-й как эти жеребьи есть неправильни,	"这些阄肯定是哪里出了问题，
А-й вы сделайте жеребьи как на красное да золото,	你们用红金来制作一些阄吧，
А я сделаю жеребей да дубовыи.	而我用橡木制作我自己的阄。
385 А-й как вы пишите всяк свои имена да на жеребьи,	你们把自己的名字写在阄上，385

	А-й спущайте-тко жеребьи на сине море.	你们把这些阄扔进大海里面。
	А-й как чей у нас жеребей да ко дну пойдет,	带着谁名字的阄沉到大海里,
	А тому как у нас итти да в сине море».	谁就作为祭品被扔到大海里。"
	А-й как вся тут дружинушка хоробрая	忠心耿耿的随从听了他的话,
390	А-й спущали жеребья на сине море,	这些带人名的阄被扔进海里,390
	А-й у всей как у дружинушки хоробрыи	随从们的阄都漂浮在海面上,
	А-й как все жеребья как топерь да гоголем плывут,	随从们的阄都无法沉到海里,
	А Садков как жеребей да топерь ключом на дно.	只有萨特阔的阄沉到大海里。
	А-й опять говорил Садко да таковы слова:	萨特阔见状后急急忙忙说道:
395	«А как эти жеребьи есть неправильни.	"这些阄肯定是哪里出了问题,395
	Ай же ты, дружина хоробрая!	哎呀,我忠心耿耿的随从啊,
	А-й как делайте вы как жеребьи дубовыи,	你们用橡木来制作一些阄吧,
	А-й как сделаю я жеребей липовой,	而我用椴木制作我自己的阄。
	А как будем писать мы имена все на жеребьи,	我们把自己的名字写在阄上,
400	А спущать уж как будем жеребья мы на сине море,	我们把这些阄扔进大海里面。400
	А топерь как в остатниих.	我们最后一次把阄扔进海里。
	Как чей топерь жеребей ко дну пойдет,	带着谁名字的阄沉到大海里,
	А-й тому как итти у нас да в сине море».	谁就作为祭品被扔到大海里。"
	А-й как тут вся дружина хоробрая	忠心耿耿的随从听了他的话,
405	А-й как делали жеребьи все дубовые,	他们用橡木做了带名字的阄,405
	А он делал уж как жеребей себе липовой.	商人用椴木做了带名字的阄。
	А-й как всяк свои имена да писали на жеребьи,	他们把自己的名字写在阄上,

史诗 | 103

А-й спущали жеребья на сине море. 这些带人名的阄被扔进海里。

А у всей дружинушки ведь хоробрыей 随从们的阄都漂浮在海面上，

410　А-й жеребья топерь гоголем плывут да на синем море, 随从们的阄都无法沉到海里，410

А-й у Садка, купца богатого новгородского, ключом на дно. 只有萨特阔的阄沉到大海里。

А как тут говорил Садко таковы слова: 萨特阔见状之后不得不说道：

«А-й как видно Садку да делать топерь нечего, "显然现在萨特阔别无办法了，

А-й самого Садка требует Царь Морской да в сине море. 海王是想让我本人到海里去。

415　Ай же ты, дружинушка моя да хоробрая любезная! 哎呀，我忠心耿耿的随从啊，415

А-й возьмите-тко вы несите-тко 你们现在快去帮我拿个东西，

А-й мою как чернильницу вы вальячную, 帮我去拿过来雕花的墨水瓶，

А-й неси-тко как перо лебединое, 帮我去拿过来天鹅羽毛的笔，

А-й несите-тко вы бумаги топерь вы мне гербовыи». 帮我去拿过来带有印章的纸。"

420　А-й как тут как дружинушка ведь хоробрая 忠心耿耿的随从听了他的话，420

А несли ему как чернильницу да вальячную, 去帮他拿来了雕花的墨水瓶，

А-й несли как перо лебединое, 去帮他拿来了天鹅羽毛的笔，

А-й несли как лист-бумагу как гербовую. 去帮他拿来了带有印章的纸。

А-й как тут Садко, купец богатый новгородскиий, 这个诺夫哥罗德的商人坐下，

425　А садился ён на ременчат стул 坐在了皮带编织的椅子上面，425

А к тому он к столику ко дубовому, 坐在了橡木做的桌子的旁边，

А-й как начал он именьица своего да он отписывать,	他开始分配自己拥有的财产,
А как отписывал он именья по божьим церквам,	他把自己的财产分给了教堂,
А-й как много отписывал он именья нищей братии,	他把很多的财产分给了穷人,
430 А как ино именьицо он отписывал да молодой жены,	他把财产分给了年轻的妻子,430
А-й достальнее именье отписывал дружины он хоробрыей.	剩下的财产他分给了随从们。
А-й как сам потом заплакал ён,	他之后坐在那里便哭了起来,
Говорил ён как дружинушке хоробрыей:	他对自己忠诚的随从们说道:
«Ай же ты, дружина хоробрая да любезная!	"哎呀,我忠心耿耿的随从啊,
435 А-й полагайте вы доску дубовую на сине море,	你们把一张橡木板扔进大海里,435
А что мне свалиться, Садку, мне-ка на доску,	然后把我萨特阔放在木板上,
А не то как страшно мне принять смерть во синем море».	否则我会害怕死在这大海里。"
А-й как тут он еще взимал с собой свои гуселка яровчаты,	他又把古斯里琴随身携带着,
А-й заплакал горько, прощался ён с дружинушкой хороброю,	他泪流满面地和随从们告别,
440 А-й прощался ён топеречку со всим да со белым светом,	他开始与整个世界分开道别,440
А-й как он топеречку как прощался ведь А со своим он со Новым со городом.	他开始与自己故乡分开道别, 他与诺夫哥罗德也分开道别。
А потом свалился на доску он на дубовую,	之后他趴到了橡木的板子上,

А-й понесло как Садка на доски да по синю морю.	他趴在板子上在海面上漂移,
445　А-й как тут побежали черны ты карабли,	黑压压的船只一下子离开了,445
А-й как будто полетели черны вороны;	就像黑黑的乌鸦一下飞走了。
А-й как тут остался топерь Садко да на синем море.	只剩下萨特阔一个人在海上。
А-й как ведь со страху великого	萨特阔一个人内心害怕极了,
А заснул Садко на той доске на дубовыи.	他躺在橡木板上慢慢睡着了。
450　А как ведь проснулся Садко, купец богатыи новгородскиий,	诺夫哥罗德城的商人萨特阔 450
А-й в окиян-море да на самом дне,	醒过来之时已经躺在了海底,
А увидел — скрозь воду пекет красно солнушко,	他透过水面看到红红的太阳,
А как ведь очудилась (так) возле палата белокаменна.	他眼前出现一座白色的宫殿,
А заходил как он в палату белокаменну,	他朝着白色的宫殿走了过去,
455　А-й сидит топерь как во палатушках	海王正坐在白色的宫殿里面,455
А-й как Царь-то Морской топерь на стули ведь.	他正坐在宫殿里的宝座之上。
А-й говорил Царь-то Морской таковы слова:	看到萨特阔,海王这样说道:
«А-й как здравствуйте, купец богатыи, Садко да новгородскиий!	"哎呀呀,您好,富有的商人, 你就是诺夫哥罗德的萨特阔。
460　А-й как сколько ни по морю ездил ты,	你在大海上面航行了这么久,460
А-й как Морскому Царю дани не плачивал в сине море,	却没给海王献上任何的贡品,
А-й топерь уж сам весь пришол ко мне да во подарочках.	如今你却作为礼物来到我这,
Ах скажут, ты мастёр играть во гусли во яровчаты:	人们说你很会弹奏古斯里琴,

	А поиграй-ко мне как в гусли во яровчаты».	你弹弹古斯里琴给我听听吧。"
465	А как тут Садко видит, в синем море делать нечего,	萨特阔发现在海里无事可做,465
	Принужон он играть как во гусли во яровчаты;	他便开始弹奏起了古斯里琴。
	А-й как начал играть Садко как во гусли во яровчаты,	萨特阔一开始弹奏古斯里琴,
	А как начал плясать Царь Морской топерь в синем море,	海王在蔚蓝的海里开始跳舞,
	А от него сколебалося все сине море,	他一跳舞,大海随之而震动,
470	А сходилася волна да на синем море,	在蔚蓝的大海上面波涛汹涌,470
	А-й как стал он разбивать много черных караблей да на синем море,	毁掉海面上许许多多的船只,
	А-й как много стало ведь тонуть народу да в синё море,	很多的人在大海中命丧黄泉,
	А-й как много стало гинуть именьица да в синё море.	很多的财物也沉到大海之中,
	А как топерь на синем море многи люди добрыи,	蔚蓝大海上面的众多人之中,
475	А-й как многи ведь да люди православные,	有不少的人是东正教的教徒,475
	От желаньица как молятся Миколы да Можайскому,	他们向米库拉·莫扎伊斯基祈祷,
	А-й чтобы повынес Микулай их угодник из синя моря.	祈求米库拉带他们逃出大海。
	А как тут Садка новгородского как чёснуло в плечо да во правое,	不知谁拍了下萨特阔的右肩,
	А-й как обвернулся назад Садко, купец богатый новгородскиий, —	这位诺夫哥罗德商人转过身,

史诗 | 107

480 А стоит как топерь старичок да назади уж как белыи, седатыи,	他的身后有一位白发的老头，480
А-й как говорил да старичок таковы слова:	这位白发老头对萨特阔说道：
«А-й как полно те играть, Садко, во гусли во яровчаты в синем мори!»	"萨特阔，你别在海里弹琴了。"
А-й говорит Садко как наместо таковы слова:	萨特阔对这位白发老头说道：
«А-й топерь у мня не своя воля да в синем море,	"在海里面我自己说了也不算，
485 Заставлят как играть меня Царь Морской».	海王强迫我必须弹古斯里琴。"485
А-й говорил опять старичок наместо таковы слова:	白发老头这样对萨特阔说道：
«А-й как ты, Садко, купец богатый новгородскиий,	"哎呀，萨特阔，你这个商人，
А-й как ты струночки повырви-ко, Как шпинечики повыломай,	你把古斯里琴上的琴弦弄坏， 你把琴上面的木钉子拔出来，
490 А-й как ты скажи топерь Царю Морскому ведь:	之后你就对海王这样解释说：490
А-й у мня струн не случилося, Шпинечиков у мня не пригодилося, А-й как боле играть у мня не во что.	我古斯里琴的琴弦不好用了， 上面固定琴弦的钉子也坏了， 我没办法再弹奏古斯里琴了。
А тебе скаже как Царь Морской:	之后海王一定会这样询问你：
495 А-й не угодно ли тебе, Садко, женитися в синем море	萨特阔，你在海里面结婚吧，495
А-й на душечке как на красной на девушке?	在海里面娶个漂亮的姑娘吧？
А-й как ты скажи ему топерь да в синем море,	你按照这样的话来回答海王，
А-й скажи: Царь Морской, как воля твоя топерь в синем море,	就说在海里是由海王说了算，

А-й как что ты знашь, то и делай-ко.	你怎么说，我就怎么来去做。
500 А-й как он скажет тебе да топеречку:	海王定会对你说出这样的话：500
А-й заутра ты приготовляйся-тко,	萨特阔，诺夫哥罗德的商人，
А-й Садко, купец богатый новгородскиий,	你早上的时候就起来准备下，
А-й выбирай, как скажет, ты девицу себе пó уму по разуму,	你给自己选择个心仪的姑娘，
Так ты смотри, перво триста девиц ты стадо пропусти,	不要选第一波的三百个姑娘，
505 А ты другое триста девиц ты стадо пропусти,	不要选第二波的三百个姑娘，505
А как третье триста девиц ты стадо пропусти,	第三波的三百个姑娘当中呢，
А в том стади на конци на остатнием	有一个十分漂亮的姑娘，
А-й идет как девица красавица,	她站在这一群姑娘的最后面，
А по фамилии как Чернава-то:	这个姑娘的名字叫切尔纳瓦：
510 Так ты эту Чернаву-то бери в замужество;	你选这个叫切尔纳瓦的姑娘。510
А-й тогда ты, Садко, да счастлив будешь.	萨特阔，幸福就会到你跟前。
А-й как ляжешь спать первой ночи ведь,	在你们结完婚第一天的晚上，
А смотри, не твори блуда никакого-то	你一定不要做不该做的事情，
С той девицей со Чернавою.	一定不要和切尔纳瓦发生关系。
515 Как проснешься тут ты в синем море,	等你在蔚蓝的大海中醒来时，515
Так будешь в Нове-граде на крутом кряжу,	你会来到诺夫哥罗德的山下，
А о ту о реченку о Чернаву-то.	你会躺在切尔纳瓦河的旁边。
А ежели сотворишь как блуд ты в синем море,	你要是在海里做了逾矩之事，
Так ты останешься навеки да в синем море.	你将会永远留在大海里面。

520　А когда ты будешь ведь на святой Руси,	当你再回到神圣的罗斯之时，520
Да во своем да ты во городе,	你在诺夫哥罗德建一座教堂，
А-й тогда построй ты церковь соборную	建成一座很大很大的大教堂，
Да Николы да Можайскому,	来纪念米库拉·莫扎伊斯基，
А-й как есть я Микола Можайскиий».	我就是米库拉·莫扎伊斯基。"
525　А как тут потерялся топерь старичок да седоватыий.	说完白发老头突然消失不见。525
А-й как тут Садко, купец богатый новгородский, в синем море,	这位诺夫哥罗德的萨特阔啊，
А-й как струночки он повырывал,	他把古斯里琴上的琴弦弄坏，
Шпинечики у гуселышек повыломал,	他把琴上面的木钉子拔出来，
А не стал ведь он боле играти во гусли во яровчаты.	他从此不再弹奏古斯里琴了。
530　А-й остоялся как Царь Морской,	海王就那样一动不动站在那，530
Не стал плясать он топерь в синем море.	他不能在大海里面再跳舞了。
А-й как сам говорил уж Царь таковы слова:	于是海王对萨特阔这样说道：
«А что же не играшь, Садко, купец богатый новгородскиий,	"你这个诺夫哥罗德的商人啊，
А во гусли ведь да во яровчаты?»	你怎么不再弹古斯里琴了呢？"
535　А-й говорил Садко таковы слова:	萨特阔便这样回复海王说道：535
«А-й топерь струночки как я повырывал,	"我把古斯里琴上的琴弦弄坏，
Шпинечики я повыломал,	我把琴上面的木钉子拔出来，
А у меня боле с собой ничего да не случилося».	我不能再给你弹古斯里琴了。"
А-й как говорил Царь Морской:	于是海王便又对萨特阔说道：
540　«Не угодно ли тебе женитися, Садко, в синем море,	"萨特阔，你在海里面结婚吧，540
А-й как ведь на душечке на красной да на девушке?»	在海里面娶个漂亮的姑娘吧？"

А-й как он наместо ведь говорил ему:	萨特阔照这样的话回答海王：
«А-й топерь как волюшка твоя надо мной в синем море».	"现在在大海里面是你说了算。"
А-й как тут говорил уж Царь Морской:	紧接着海王又对萨特阔说道：
545 «Ай же ты, Садко, купец богатый новгородскиий!	"萨特阔，诺夫哥罗德的商人，545
А-й заутра выбирай себе девицу да красавицу	你早上的时候就起来准备下，
По уму себе да по разуму».	你给自己选择个心仪的姑娘。"
А-й как дошло дело до утра ведь до раннего,	很快就到了这一天的一大早，
А-й как стал Садко, купец богатый новгородскиий,	这位诺夫哥罗德的萨特阔呢，
550 А-й как пошол выбирать себе девицы-красавицы,	他来给自己选个心仪的姑娘，550
А-й посмотрит, стоит уж как Царь Морской.	海王就站在那里一直看着他。
А-й как триста девиц повели мимо их-то ведь,	第一波的三百个姑娘走过来，
А он-то перво триста девиц да стадо пропустил,	他没选第一波的三百个姑娘，
А друго он триста девиц да стадо пропустил,	他没选第二波的三百个姑娘，
555 А-й третье он триста девиц да стадо пропустил.	他没选第三波的三百个姑娘，555
А посмотрит, позади идет девица-красавица,	他看到最后面有个漂亮姑娘，
А-й по фамилии что как зовут Чернавою.	这个漂亮姑娘名叫切尔纳瓦。
А он ту Чернаву любовал, брал за себя во замужество.	他一下子就相中了切尔纳瓦。

	А-й как тут говорил Царь Морской таковы слова:
560	«А-й как ты умел да женитися, Садко, в синем море».
	А топерь как пошло у них столованье да почестен пир в синем море,
	А-й как тут прошло у них столованье да почестен пир,
	А как тут ложился спать Садко, купец богатый новгородскиий,
	А в синем мори он с девицею с красавицей,
565	А во спальней он да во теплоей;
	А-й не творил с ней блуда никакого, да заснул в сон во крепкии.
	А-й как он проснулся, Садко, купец богатый новгородскиий,
	Ажно очутился Садко во своем да во городи,
	О реку о Чернаву на крутом кряжу.
570	А-й как тут увидел, — бежат по Волхову
	А свои да черныи да карабли,
	А как ведь дружинушка как хоробрая
	А поминают ведь Садка в синем море,
	А-й Садка, купца богатого, да жена его
575	А поминат Садка со всей дружиною хороброю.
	А как тут увидела дружинушка,
	Что стоит Садко на крутом кряжу да о Волхово,

之后海王对萨特阔这样说道：

"萨特阔，你要在海里结婚了。"560

海里举办了一场盛大的宴会，

这一场盛大的宴会结束之后，

很快到萨特阔洞房花烛之时，

他和漂亮的姑娘躺在了床上，

一起躺在温暖又舒适的床上。565
萨特阔没有逾矩，睡了过去。

等这位诺夫哥罗德商人醒来，

萨特阔已经回到诺夫哥罗德，

他正躺在切尔纳瓦河的旁边。
萨特阔看到自己的那些船只 570
正在沿着沃尔霍夫河行驶着，
萨特阔那些忠心耿耿的仆人
认为萨特阔还在大海的里面，
萨特阔的妻子也在祭奠着他，
和他的仆人们一起祭奠着他。575

见萨特阔就在沃尔霍夫河边，
忠心耿耿的仆人们大为吃惊，

А-й как тут дружинушка вся она расчудовалося,	仆人们都觉得这很不可思议，
А-й как тому чуду ведь сдивовалося,	他们觉得这件事情十分神奇，
580 Что оставили мы Садка да на синем море,	我们把萨特阔留在了大海里，580
А Садко впереди нас да во своем во городи.	然而萨特阔比我们早回来了。
А-й как встретил ведь Садко дружинушку хоробрую,	萨特阔过去和仆人们打招呼，
Вси черные тут карабли,	过去看了看自己所有的船只，
А как топерь поздоровкались,	之后他们彼此之间相互问候，
585 Пошли во палаты Садка, купца богатого.	仆人们催着萨特阔赶快回家，585
А как он топеречку здоровкался со своею с молодой женой.	他跟自己年轻的妻子问了好。
А-й топерь как он после этого	待到萨特阔做完这一切之后，
А-й повыгрузил он со караблей	萨特阔吩咐仆人们开始卸船，
А как все свое да он именьицо,	把所有的财物从船上卸下来，
590 А-й повыкатил как ён всю свою да несчетну золоту казну.	他把自己的万贯家财卸下来。590
А-й топерь как на свою он несчетну золоту казну	之后他用自己数不尽的家产
А-й как сделал церковь соборную Николы да Можайскому,	建造了一座很大很大的教堂，来纪念米库拉·莫扎伊斯基，
А-й как другую церковь сделал пресвятыи богородицы	另一座教堂纪念圣洁的圣母。
595 А-й топерь как ведь да после этого	在修建完这两座教堂之后，595
А-й как начал господу-богу он да молитися,	萨特阔开始在上帝面前祈祷，
А-й о своих грехах да он прощатися;	在上帝面前忏悔自己的罪孽。
А как боле не стал выезжать да на сине море,	萨特阔再没到过蔚蓝的大海，

А-й как стал проживать во своем да он во городи.	他一直就生活在诺夫哥罗德。
600　А-й топерь как ведь да после этого А-й тому да всему да славы поют.	萨特阔做出这样的决定之后,600所有的人都在称颂他的功德。

历史歌

历史歌(историческая песня)是俄罗斯民间歌谣的重要内容,是颂唱历史人物或历史事件的抒情式叙述歌谣,"它与勇士歌同时产生,甚至是产生更早的歌谣作品"[1]。"历史歌是一种出现得比较晚的史诗形式"[2],与俄罗斯的勇士歌不同,历史歌中的主要人物形象为历史上真实存在的历史人物,歌谣中情节的展开也是在具体历史事件的框架之中。历史歌这一民间文学体裁融合了勇士歌、抒情歌谣、民间叙事诗、哭调等多种民间文学体裁的特征,是在真实的世界中展现的真实的人物形象和历史事件。俄罗斯历史歌中经常提及蒙古鞑靼桎梏、伊凡雷帝、俄罗斯历史上的混乱时期、斯捷潘·拉辛、普加乔夫、1812年卫国战争等人物形象和历史事件。然而,历史歌的主要目的并不是真实叙述历史人物或历史事件,而是"传递对这些历史事件的主观情感态度"[3]。

可以简单地将历史歌分为关于历史事件的历史歌和关于历史人物的历史歌。历史歌语言简洁、短小精悍、情节张力强,常使用固定修饰语、重复和指小表爱的后缀等。这一民间文学体裁内含浓厚的爱国主义基调,表达了对俄罗斯领土捍卫者和正义追求者的无尽热爱。从这一体裁的发展历史来看,最早的历史歌出现于13-14世纪,19世纪中期开始慢慢走向衰落。

一、关于蒙古鞑靼统治的历史歌

13-15世纪的著名历史歌有《阿夫多西娅·梁赞诺奇卡》(Авдотья Рязаночка)和

---

[1] С.Н.Азбелев. Исторические песни. Баллады. М.: Современник, 1986, С.5.
[2] 开也夫:俄罗斯人民口头创作,连树声译,北京:中国民间文艺研究会研究部,1964年,第211页。
[3] С.Н.Азбелев. Исторические песни. М.: Русская книга, 1956, С.5.

《谢尔康·杜坚季耶维奇》(Щелкан Дудентьевич)。

历史歌《阿夫多西娅·梁赞诺奇卡》歌颂了一位来自梁赞的女勇士阿夫多西娅·梁赞诺奇卡的勇敢和机智。她从蒙古鞑靼人那里解救出自己丈夫、兄弟、儿子,还有梁赞的民众。这一历史歌描述的历史背景:蒙古鞑靼时期,梁赞公国是一个地处边疆的公国,长年遭受游牧民族的侵扰。1237年冬,拔都带兵出其不意攻打梁赞,梁赞大公尤里·伊戈列维奇带领士兵拼死抵抗5天后惨败,梁赞城沦陷,大量居民被屠杀或葬身火海,生还者被押送到金帐汗国,其中包括阿夫多西娅·梁赞诺奇卡的丈夫、兄弟和儿子。阿夫多西娅·梁赞诺奇卡当时并不在梁赞城内,侥幸逃过这场灾难后,她独自一人踏上了解救亲人之路。在《阿夫多西娅·梁赞诺奇卡》这首历史歌中,攻打梁赞的蒙古鞑靼的首领名叫巴赫梅特,他掳走梁赞城的民众后,设置了三道关卡:

> 他俘虏了成千上万的民众,
> 他在路上设置了三道关卡,
> 第一道关卡有湍急的河流,
> 还有很多深不见底的湖泊。
> 第二道关卡是辽阔的草原,
> 草原上有无数的强盗小偷。
> 第三道关卡是无边的森林,
> 他在森林里放了很多猛兽。[1]

巴赫梅特看到阿夫多西娅·梁赞诺奇卡孤身一人闯过关卡后,询问她是怎么到来的,这位女勇士回答说:

> 在穿过河流和湖泊的时候,
> 我选择了漂浮着穿过障碍。
> 在穿过辽阔的草原的时候,
> 我选择在中午的时候穿越,
> 选择中午时避开强盗小偷,

---

[1] С.Н.Азбелев. Исторические песни. М.: Русская книга, 1956, С.79. 中文译文为本书作者译出,下文中不再另行标注。

（中午的时候他们都在睡觉）。
在穿越茂密无边的森林时，
选择深夜时避开那些猛兽，
（深夜时猛兽都已经睡着了）。[1]

在这首历史歌中，女主人公一家的不幸是当时整个俄罗斯大地不幸的真实写照。可以说，一个家族的命运与整个民族的命运息息相关。值得一提的是，在这首勇士歌中蒙古鞑靼的首领巴赫梅特是一位值得尊敬的对手，这一形象被厚植了人性的关怀。当阿夫多西娅提出要带走自己的兄弟时，巴赫梅特想起攻打梁赞时被杀的兄弟，于是允许女主人公带走了所有战俘。

《谢尔康·杜坚季耶维奇》是反映蒙古鞑靼残酷统治的历史歌。这一历史歌的历史基础是1327年的特维尔起义。1327年，特维尔的居民起义反抗前来收取贡赋的乔尔汗（乌兹别克汗的堂兄）。在这首历史歌中，谢尔康是鞑靼汗阿兹维亚克的妹夫，他在被蒙古鞑靼人掠占的俄罗斯大地上收缴高额赋税：

他从大公那里收一百卢布，
他从大贵族那收五十卢布，
他从农民那里收取五卢布，
要是有谁交不上这些贡品，
他就会抢走这一家的小孩，
如果这一家中没有小孩子，
他会抢走这家男人的老婆，
如果这家的男人没有老婆，
他会直接砍掉这人的头颅。[2]

谢尔康回到自己汗国时，鞑靼汗阿兹维亚克正在给贵族们分配所占领的俄罗斯土地。谢尔康请求把富庶的特维尔赏赐给他，大汗提出了非常残忍的要求：

你杀死你的儿子，

---

[1] С.Н.Азбелев. Исторические песни. М.: Русская книга, 1956, C.82.
[2] Там же, C.86.

历史歌 | 117

> 你那最爱的儿子,
> 你接一杯他的血,
> 你要喝掉他的血,
> 你儿子滚烫的血,
> 我就会给你赏赐,
> 赏你古老的特维尔,
> 赏你富庶的特维尔。[1]

谢尔康完成了鞑靼汗的要求,获得了富庶的特维尔。然而,这位暴虐的谢尔康在特维尔胡作非为,特维尔的居民们到罗斯的大公那里控诉他的暴行。罗斯的大公们带着金银珠宝拜访谢尔康,谢尔康收下了礼物,但是对大公们不敬,大公们暴怒:

> 一个人抓住了他的头发,
> 一个人按住了他的双腿,
> 一起把他撕得七零八碎。[2]

二、关于伊凡雷帝时代的历史歌

伊凡雷帝时代的历史歌主要围绕沙皇伊凡雷帝和西伯利亚征服者叶尔马克进行,这是16世纪俄罗斯历史歌中的两大重要内容。这一时期的代表性历史歌有《喀山汗国覆灭记》(Взятие Казанского царства)、《伊凡雷帝和儿子》(Иван Грозный и сын)、《伊凡雷帝杀子后在教堂中》(Грозный в церкви после убийства сына)、《科斯特留克》(Кострюк)、《叶尔马克被选为首领》(Выбор Ермака атаманом)、《叶尔马克远征西伯利亚》(Сборы Ермака в Сибирь)、《叶尔马克·季莫费耶维奇和伊凡雷帝》(Ермак Тимофеевич и Иван Грозный)等。

历史歌《喀山汗国覆灭记》的历史基础是1552年伊凡雷帝征服喀山汗国。喀山汗国成立于1438年,是金帐汗国瓦解后出现的一个小国,位于伏尔加河的中部,是沙

---

[1] С.Н.Азбелев. Исторические песни. М.: Русская книга, 1956, С.87.
[2] Там же, С.89.

俄向东和向南进行战略性扩张的必经地。在1552年之前,伊凡雷帝曾两次攻打喀山汗国,均以失败告终。1552年,伊凡雷帝吞并喀山汗国,扩大了俄罗斯的疆域,这对于俄罗斯帝国而言意义非凡。历史歌《喀山汗国覆灭记》再现了伊凡雷帝攻陷喀山时的情景:

> 莫斯科王国出现了一位大公,
> 出现一位伟大的莫斯科大公,
> 他就是伊凡·瓦西里耶维奇,
> 他不仅带领着强大的步兵团,
> 还带领着光荣的哥萨克军队。
> 他们距离喀山汗国十五俄里,
> 他们开始深挖起了布拉特河,
> 他们来到另一条河卡赞卡河。
> 伊凡和他的军队来到了山下,
> 在那里堆放了一桶桶黑火药,
> 他们一步步地靠近喀山汗国。[1]

历史歌《喀山汗国覆灭记》并没有直接描述伊凡雷帝的狠戾,伊凡雷帝的这一性格特点在这一历史歌中被弱化,"民间把雷帝刻画成了国家的缔造者、英明的统治者"[2]。在这一历史歌中,伊凡雷帝惩罚战俘时也表现出极大的宽容:

> 这位来自莫斯科的伟大大公,
> 他来到了这座高高的山顶上,
> 那里矗立着喀山汗住的宫殿。
> 喀山汗国王后叶琳娜猜对了,
> 她提前往地毯的上面撒上盐,
> 高兴地欢迎这位大公的到来,
> 欢迎着伊凡·瓦西里耶维奇。
> 伊凡看到她的行为很是宽慰,

---

[1] С.Н.Азбелев. Исторические песни. М.: Русская книга, 1956, С.93-94.
[2] 郑体武、马卫红:俄罗斯诗歌通史(古代—19世纪),上海:上海外语教育出版社,2019年,第20页。

于是下令让她改信了东正教,
之后把她关进了修道院之中。
喀山汗国的西蒙汗一脸高傲,
没有出门迎接俄罗斯的大公,
他用辫子挖下他清澈的双眼,
摘下了西蒙汗头顶上的王冠,
脱去了西蒙汗身上穿的汗服,
并从他的手里面夺过了权杖。[1]

历史歌《伊凡雷帝和儿子》的历史基础是伊凡雷帝于 1581 年杀死了自己的长子伊凡·伊万诺维奇。历史歌《伊凡雷帝和儿子》的主题与真实的历史事件有差别,历史歌的主题是惩治背叛。这首历史歌的开头谈道:

当红红的太阳升了起来,
当太阳挂在明亮的天空,
我们的沙皇就坐在那里,
那就是无上威严的沙皇,
是伊凡·瓦西里耶维奇。
他在审判喀山城的叛徒,
他在审判梁赞城的叛徒,
和奥普斯科夫城的叛徒。
他惩罚了皇城里的叛徒,
他处死了沙皇佩尔菲尔,
砍下王后叶琳娜的脑袋。[2]

伊凡雷帝惩治完叛徒后,举行了宫廷宴会,邀请了王公贵族们参加。宴会上,伊凡雷帝的长子伊凡·伊万诺维奇控诉弟弟费奥多尔·伊万诺维奇背叛了父亲:

伊凡·瓦西里耶维奇啊,

---

[1] С.Н.Азбелев. Исторические песни. М.: Русская книга, 1956, С.93-94.
[2] Там же, С.117.

> 威严的沙皇,我们的父亲,
> 当你走在大街上的时候,
> 会把街上的人打死绞死,
> 会把剩下的人关进牢里。
> 当我走在大街上的时候,
> 会把街上的人打死绞死,
> 会把剩下的人关进牢里。
> 当费奥多尔走在街上时,
> 会把街上的人打死绞死,
> 会把剩下的人关进牢里。
> 但他在下达这个命令前,
> 会事先让孩子们都逃跑,
> 会事先让老人们躲起来。[1]

伊凡雷帝得知儿子费奥多尔·伊万诺维奇的背叛后,大发雷霆,命令刽子手将费奥多尔处死。母亲玛尔法·罗曼诺夫娜得知后,找自己哥哥尼基塔·罗曼诺维奇帮忙。尼基塔·罗曼诺维奇杀死了行刑的刽子手,在最后关头救出了外甥费奥多尔·伊万诺维奇。得知真相的伊凡雷帝奖励了尼基塔·罗曼诺维奇一块领地。这首历史歌中描述的伊凡雷帝更加鲜活和完整,是作为一个正面人物出现在歌谣中。歌谣既勾勒了伊凡雷帝面对背叛时的威严与冷酷,又展现了痛失儿子后的懊悔。

关于叶尔马克的历史歌在伊凡雷帝时代的历史歌中占有重要地位,人们歌颂这位征服西伯利亚的哥萨克英雄。历史歌《叶尔马克呼吁哥萨克人远征》描述了叶尔马克动员哥萨克人远征的场景:

> 兄弟们,温暖的夏天就要过去,
> 酷冷的寒冬正来到我们的身边,
> 兄弟们,我们要到哪度过严冬?
> 兄弟们,到亚伊克需要走很远,
> 到顿河那里我们会被当作小偷,

---

[1] С.Н.Азбелев. Исторические песни. М.: Русская книга, 1956, С.119.

> 成了小偷之后我们就会被抓住，
> 我们会被关进黑乎乎的牢房里。
> 兄弟们，我们一起前往库马河：
> 库马河那里是一片自由的土地，
> 库马河两岸长满了茂密的森林，
> 兄弟们，我们在那里挖一些坑，
> 我们在那里给自己盖一些棚子，
> 兄弟们，我们盖一些住的房子，
> 兄弟们，我们就在那里过冬吧。[1]

历史歌《叶尔马克远征西伯利亚》中也描写了同上述历史歌中几乎相同的情境：

> 我的哥萨克兄弟，你们听我说，
> 温暖的夏天要从我们身边逝去，
> 酷冷的寒冬正来到我们的身边，
> 兄弟们，我们要到哪儿度过严冬？
> 在伏尔加河我们会被当作小偷！
> 到亚伊克我们需要走很远的路！
> 到喀山那里会遇到威严的沙皇，
> 这位威严的沙皇是冷酷又无情。
> 他会派勇猛的军队攻打我们的，
> 派一支由四万多人组成的军队。
> 兄弟们，一起攻占西伯利亚吧！[2]

在关于叶尔马克的历史歌中也出现了诸多与历史事实不符的情节，如认为攻占喀山和阿斯特拉罕是叶尔马克的功绩，历史歌《叶尔马克·季莫费耶维奇攻占喀山城》描述了沙皇请求叶尔马克攻打喀山的场景：

---

[1] С.Н.Азбелев. Исторические песни. М.: Русская книга, 1956, C.133-134.
[2] Там же, C.135.

叶尔马克·季莫费耶维奇啊，
你这个英勇无敌的棒小伙子，
你去帮我攻占光荣的喀山城，
你需要多少兵力就调用多少！[1]

三、关于混乱时期和斯捷潘·拉辛的历史歌

  17世纪的俄罗斯历史歌主要描述了关于混乱时期和斯捷潘·拉辛的故事。关于混乱时期的历史歌主要反映了16世纪末到17世纪初尖锐的社会矛盾和民族斗争。1584年，伊凡雷帝去世，他的小儿子德米特里和母亲被流放到乌格利奇，德米特里于1591年在乌格利奇去世。1598年，沙皇费奥多尔·伊万诺维奇去世，费奥多尔·伊万诺维奇的妻兄鲍里斯·戈杜诺夫成为沙皇。1605年，鲍里斯·戈杜诺夫去世，一位自诩为德米特里的人（史称僭主"伪德米特里"，真名为格里高利·奥特列皮耶夫）出现在波兰宫廷，请求波兰国王出兵夺回皇位。这些历史事件在关于混乱时期的历史歌中均有体现。在历史歌《克谢尼娅·戈杜诺娃的哭辞》中描述了沙皇鲍里斯·戈杜诺夫之女克谢尼娅·戈杜诺娃的悲惨命运，她被伪德米特里关进了修道院：

一只可怜的白色鹌鹑在哭泣：
哎呀，我真是个可怜的家伙，
有人想放火烧了潮湿的橡树，
有人想毁掉我橡树上的巢穴，
有人想殴打我年幼的孩子们。

一位公主在莫斯科城里哭泣：
哎呀，我真是个可怜的家伙，
一个叛徒正在来莫斯科路上，
他是格里什卡·奥特列皮耶夫，

---

[1] С.Н.Азбелев. Исторические песни. М.: Русская книга, 1956, С.143.

>他想要让我沦为一名阶下囚,
>
>把我这个阶下囚关进修道院,
>
>让我在修道院里当一名修女!〔1〕

这首历史歌采用了民间哭调的叙述形式,这在一定程度上增加了作品的悲剧色彩。虽然克谢尼娅·戈杜诺娃是俄罗斯人民憎恨的沙皇鲍里斯·戈杜诺夫的女儿,但是从这一历史歌中可以看到普通民众对克谢尼娅的同情,这实则也是对冒名顶替者伪德米特里的谴责。历史歌《关于格里什卡的歌谣》将伪德米特里称为"诱惑者"(прелестник),并用"凶恶的"(злой)这一修饰语修饰这位僭越者。此外,这首历史歌将伪德米特里的妻子称为"不信神的人"(безбожница)和"异教徒"(еретница),这也充分体现出普通民众对伪德米特里的否定和厌恶。与此同时,这一时期的历史歌对于抗击外来入侵者的英雄(如名将米哈伊尔·斯科平-舒伊斯基)大加称赞,如在历史歌《米哈伊尔·斯科平-舒伊斯基之死》中,人们为这位将领的离世倍感惋惜:

>莫斯科的商人们在哭泣:
>
>"现在我们深深低下了头,
>
>守卫我们的将领离开了,
>
>我们的米哈伊尔去世了。"〔2〕

关于斯捷潘·拉辛的历史歌在俄罗斯民众中流传甚广。这一组历史歌虽然以1667—1671年间斯捷潘·拉辛组织的农民起义为历史基础,但地理传播范围更广,并且诸多主题直接成为俄罗斯强盗歌谣中的重要内容。拉辛组歌的内容丰富多彩,包括斯捷潘·拉辛如何被选为首领、斯捷潘·拉辛和哥萨克人掠夺船只、斯捷潘·拉辛远征阿斯特拉罕、斯捷潘·拉辛在狱中、拉辛追随者被流放、斯捷潘·拉辛被处死等。在历史歌中,作为哥萨克的首领,斯捷潘·拉辛并不和哥萨克人待在一起,而是经常光顾沙皇的小酒馆,呼吁平民百姓靠自己的努力摆脱贫穷,如在《斯捷潘·拉辛和哥萨克人的圈子》中,这个哥萨克的首领谈道:

---

〔1〕 С.Н.Азбелев. Исторические песни. М.: Русская книга, 1956, С.164.

〔2〕 Там же, С.173.

先生们,兄弟们,酒馆里的穷人们!
我们一起到蔚蓝的大海上逛一逛,
兄弟们,我们一起击垮异教徒的船只,
兄弟们,我们拿走所需要的钱财。
兄弟们,我们一起前往石头做成的莫斯科,
兄弟们,我们一定去买色彩艳丽的衣服,
买完色彩艳丽的衣服,我们一起继续往前走。[1]

与此前抒情叙事性质的历史歌谣有很大不同,关于斯捷潘·拉辛的历史歌大多是抒情性质的历史歌,并且在刻画斯捷潘·拉辛的形象时幻想性的创作远远大于现实性的描摹。如在《斯捷潘·拉辛在阿斯特拉罕的监狱里》这首历史歌中,军官命令朝着斯捷潘·拉辛发射四十发炮弹,但是他在枪林弹雨中毫发无损,并且能够轻而易举逃出士兵们的魔爪:

一群士兵来到了他的跟前,
这是一群年纪轻轻的士兵,
他们用铁镣铐住他的手脚,
他们把斯捷卡[2]关进了笼中,
把他关进了一个铁笼子里。
他在阿斯特拉罕走了三天,
让他饿了整整三天又三夜。
斯捷卡提出来了一个要求,
让他哪怕就喝上一小杯水,
让他在笼子里面冲一下水,
他在笼子里面冲了一下水,
眨眼间他就来到伏尔加河。[3]

---

[1] С.Н.Азбелев. Исторические песни. М.: Русская книга, 1956, С.179.
[2] 斯捷潘·拉辛的小称。
[3] С.Н.Азбелев. Исторические песни. М.: Русская книга, 1956, С.194.

四、关于彼得大帝和普加乔夫的历史歌

从 18 世纪开始,俄罗斯的历史歌主要在士兵群体和哥萨克群体中流传。这一时期的历史歌主要关于彼得大帝和普加乔夫两个历史人物。关于彼得大帝的历史歌主要描述了俄罗斯的军事胜利,如攻占亚速、攻占施吕瑟尔堡、攻占里加等。在历史歌中,彼得大帝是一个理想化的人物形象,如在《彼得一世与龙骑兵比赛》中彼得大帝与一位年仅十五岁的龙骑兵比拼力气,被打败后的彼得大帝对这位勇猛的小伙子大加赞赏,他说道:

> 谢谢你,年轻的龙骑兵,
> 你赢得了这一场的比赛,
> 我赏赐给你一些村庄吗?
> 还是赏赐你些金银珠宝?[1]

面对沙皇的赏赐,这位年轻的龙骑兵不要村庄,不要金银珠宝,只想到沙皇的小酒馆中喝个痛快。从这一历史歌中,不难看出民众对彼得大帝的喜爱之情。描写彼得大帝离世时,关于这一情节的历史歌使用了哭调的叙事模式:

> 你啊,我们光芒万丈的月亮,
> 你为什么不像之前照亮我们?
> 你为什么不像之前指引我们?
> 你为什么躲在了云朵的后面?
> 你是不是被乌云遮挡了去路?[2]

关于 1773—1775 年普加乔夫起义的历史歌数量并不是特别多,这类历史歌主要在乌拉尔地区、奥伦堡草原和伏尔加河沿岸地区的巴什基尔人、莫尔德瓦人、楚瓦什人、鞑靼人、乌德穆尔特人中间流传。关于普加乔夫的历史歌与关于斯捷潘·拉辛的

---

[1] С.Н.Азбелев. Исторические песни. М.: Русская книга, 1956, C.217.
[2] Там же, C.237.

历史歌有着密切的联系,民众甚至将这两位农民领袖融合在一起,"人民在自己的诗的意识里,几乎没有把这两个为人民事业而奋斗的战士区别开"[1]。在俄罗斯历史歌中,这两位农民起义的领袖都被称为"善良的小伙子"(добрый молодец)、"勇敢的哥萨克首领"(удалый атаман)等。在关于普加乔夫的历史歌中,普加乔夫惩恶扬善,是正义的化身。如在历史歌《叶梅利扬·普加乔夫在阿斯特拉罕》中,普加乔夫向阿斯特拉罕的州长报上自己姓名时说道:

> 我不是沙皇,不是王子,
> 我是叶梅利扬·普加乔夫,
> 我绞死了很多王公老爷,
> 惩治俄罗斯的不义之人。[2]

这位英勇无畏的哥萨克首领被刻画成人民利益的忠实捍卫者。在历史歌《你是星星吗,我的小星星?》中,普加乔夫被关进了牢房,但他拖着叮当作响的镣铐在牢房中呼喊:

> 镣铐啊,我身上的镣铐啊,
> 我身上的镣铐沉甸甸的啊,
> 你们这些镣铐是给谁戴的?
> 这些镣铐原来是给我戴的,
> 给我戴上的镣铐沉甸甸的,
> 不是给为爹戴,不是为娘戴,
> 为无畏的远征和自由而戴![3]

与描写斯捷潘·拉辛的历史歌有所不同,参与普加乔夫起义的社会阶层越来越广泛,不仅有贫苦的农民和哥萨克人,还有工人。例如在历史歌《你呀,蓝色翅膀的乌鸦》中,抒情女主人公的爱人便在一个锻造厂里面工作:

---

[1] 开也夫:俄罗斯人民口头创作,连树声译,北京:中国民间文艺研究会研究部,1964年,第226-227页。
[2] С.Н.Азбелев. Исторические песни. М.: Русская книга, 1956, C.264.
[3] Там же, C.268.

"你呀,蓝色翅膀的乌鸦,

告诉我,我的爱人在哪?"

"你最爱的人在那儿工作,

在一个铸造厂里面工作。

他不喝酒,不出门玩耍,

在那里烧铸铜制的管子,

他在那帮叶梅利扬干活。"[1]

五、关于1812年卫国战争的历史歌

1812年卫国战争是19世纪俄罗斯历史歌的最重要主题。拿破仑的侵略激起了俄罗斯民众高涨的爱国主义热情。在这一系列历史歌的开头,常常会出现被毁坏的莫斯科形象:

在这一座高高的山上面,

在这一座陡峭的山上面,

矗立着一座崭新的城市,

它名字叫做母亲莫斯科,

它已被彻头彻尾地毁了。[2]

在这一系列历史歌中,面对拿破仑的强势围攻,沙皇和俄罗斯将领的表现截然不同。与历史歌中无上威严的伊凡雷帝和勇猛果敢的彼得大帝不同,关于1812年卫国战争的历史歌中的沙皇意志薄弱、懦弱无能、胆小怕事。与沙皇形象形成鲜明对比的是库图佐夫元帅和哥萨克将领普拉托夫的形象。

法国的国王给俄罗斯沙皇写了一封充满挑衅意味的信:

他在信里吩咐沙皇做好准备,

---

[1] С.Н.Азбелев. Исторические песни. М.: Русская книга, 1956, С.259.
[2] Там же, С.279.

> 在莫斯科准备好很多的房子,
> 准备至少七十四万间的房子。
> 在圣洁无瑕的克里姆林宫里,
> 沙皇要给法国国王准备宫殿,
> 一座富丽又堂皇的白色宫殿。[1]

面对法国国王的得寸进尺,俄罗斯沙皇束手无策,库图佐夫鼓励沙皇要守卫家园。在《俄罗斯人因法国人而哭泣》中,库图佐夫号召俄罗斯士兵勇敢抵抗:

> 我的孩子们,早早起床吧,
> 孩子们,把脸洗得更白些,
> 孩子们,快到空旷的田野,
> 孩子们,你们大胆地射击,
> 你们不要吝啬手里的弹药,
> 去把法国人打得屁滚尿流![2]

在刻画库图佐夫的形象时,历史歌中除了使用民歌中常用的引子外(如"不是红红的太阳在大放异彩,是库图佐夫的军刀闪闪发光"),主要借助人物的行为和语言来揭示人物的性格特点。例如,在《库图佐夫与法国少校》中,库图佐夫俘获了一位法国少校,试图向其打听拿破仑的军事力量,当这位法国少校向库图佐夫夸耀拿破仑的军事力量时,库图佐夫大发雷霆:

> 库图佐夫元帅听后很是生气,
> 他狠狠地打了少校一记耳光,
> 狠狠地打在了少校的右脸上:
> "你真是谎话连篇,满口胡言,
> 你竟还总是想着怎么哄骗我,
> 你竟还总是想着怎么吓唬我!
> 我毫不畏惧你们的那些兵力,

---

[1] С.Н.Азбелев. Исторические песни. М.: Русская книга, 1956, С.274.
[2] Там же, С.274.

我安心等着你们发起的猛攻！"[1]

此外，关于1812年卫国战争的历史歌中已经出现了明显的文学化趋势，如历史歌《普拉托夫到法国人那里做客》是虚构的歌谣。在这一历史歌中，哥萨克将领普拉托夫到法国人那里做客，法国人误把他当成了一名商人，并向他打听关于普拉托夫的情况。当法国人认出眼前之人就是普拉托夫时，普拉托夫骑上骏马，一脸鄙夷地对法国人说：

> 乌鸦啊，你这只乌鸦，
> 你就是凶恶的老太婆！
> 一只乌鸦去追赶雄鹰，
> 想摸雄鹰的蓝色羽毛，
> 这简直是痴人在说梦，
> 普拉托夫在你这做客，
> 你都不能把他给抓住，
> 把他放回辽阔的田野！[2]

可以说，在关于1812年卫国战争的历史歌中，库图佐夫和普拉托夫这两个形象十分贴近俄罗斯人民，是展现俄罗斯民族共同情感经历的重要载体。作为俄罗斯的心脏，被毁坏殆尽的莫斯科唤起了人们内心深处的爱国主义热情。不论是俄罗斯的正规军队，还是俄罗斯的普通民众，都一道参与到抵抗外来侵略者的斗争之中，俄罗斯人民这一集体形象被勾勒出来，这一集体形象背后是俄罗斯民族意识的觉醒。

---

[1] С.Н.Азбелев. Исторические песни. М.: Русская книга, 1956, С.281-282.
[2] Там же, С.289.

Песни о Степане Разине **Разин и казачий круг**	**关于斯捷潘·拉辛的历史歌**[1] **斯捷潘·拉辛和哥萨克人的圈子**
У нас то было, братцы, на тихом Дону,	兄弟们,在我们静静的顿河这里,
На тихом Дону, во Черкасском городу,	在静静的顿河上的切尔卡斯基城,
Породился удалой доброй молодец	出生了一位英勇的棒小伙,
По имени Степан Разин Тимофеевич	他的名字叫斯捷潘·拉辛·季莫费耶维奇。
Во казачий круг Степанушка не хаживал,	斯捷潘努什卡没有融入哥萨克人的圈子,
Он с нами, казаками, думу не думывал.	他和我们这些哥萨克人的想法不一样。
Ходил-гулял Степанушка во царев кабак,	斯捷潘努什卡常去沙皇的酒馆,
Он думал крепкую думушку с голубьбою:	思考着如何摆脱贫穷:
«Судари мои, братцы, голь кабацкая!	"先生们,兄弟们,酒馆里的穷人们!
Поедем мы, братцы, на сине море гулять,	我们一起到蔚蓝的大海上逛一逛,
Разобьемте, братцы басурмански корабли,	兄弟们,我们一起击垮异教徒的船只,
Возьмем мы, братцы, казны сколько надобно.	兄弟们,我们拿走所需要的钱财。
Поедемте, братцы, в каменну Москву,	兄弟们,我们一起前往石头做成的莫斯科,
Покупим мы, братцы, платье цветное,	兄弟们,我们一起去买色彩艳丽的衣服,
Покупавши цветно платье, да на низ поплывем».	买完色彩艳丽的衣服,我们一起继续往前走。"
Выбор Степана Разина Атаманом	**斯捷潘·拉辛被选为首领**
Как далеченько-далеченько, во чистом полечке, А еще того подалече — на синем моречке,	在那遥远的一望无际的田野上,
Как ла славныим на Черностовскиим было острове.	在那更遥远的蔚蓝的大海上,
Как не белые лебедочки солеталися,	在那光荣的切尔诺斯托夫岛上,

---

[1] 关于斯捷潘·拉辛的历史歌选自弗·雅·普罗普(В.Я.Пропп)主编的《俄罗斯历史歌》(Исторические песни),该作品集出版于1956年,所选历史歌载于179-192页。

Как не ясные соколочки сопорхалися —
    Сходилися мазурушки персидские
И низовые бурлаченьки беспаспортные.
Они думали-гадали думу крепкую
    да единую,
Выбирали себе атаманушку походного:
«Уж кому-то у нас, ребята, атаманом быть,
Уж кому-то, разудалые, есаулом слыть?
Атаманом быть у нас Степану Тимофеевичу,
А есаулом слыть Миките Романовичу».
Атаманушка сам по округу похаживает,
Он серебряной своей тросточкой
    помахивает, Атаманушка речь
    возговорит, — как в трубу струбит,
Есаул речь промолвит, — как в свирель
    заиграт. «Уж как-то нам будет,
братцы, пройти в славну Астрахань?
Мы проедем, братцы, в славну
    Астрахань в глухую полночь,
Уж и купим-то мы, братцы, атаманушке
    забавушку — коня доброго,
А есаулу купим забавушку — ружье
    огненное».

Разин догоняет басурманские корабли

Ой да на усть было Дона тихого,
Да по край было моря синего,
Да построилася там башенка,
Да и башенка все высокая.
Да на этой было на башенке,

这不是一群白色的天鹅飞在一起，

这不是一群雄鹰聚在了一起，
而是一群波斯的小偷和卑微的纤夫聚在一起。
他们有一个共同的想法，
选出自己队伍的首领：
"兄弟们，谁来当我们的首领呢？
勇敢的人们，谁来当我们的大尉呢？
斯捷潘·拉辛来当我们的首领，
米基塔·罗曼诺维奇来当我们的大尉。"
首领一个人在周边逛来逛去，
他挥舞着自己手里银色的手杖，

首领张嘴说话像极了吹喇叭，
大尉张口说话像极了吹笛子。
"兄弟们，我们怎么去光荣的阿斯特拉罕？
兄弟们，我们深更半夜去阿斯特拉罕，

兄弟们，我们给首领买一匹解闷的良驹，

我们给大尉买一把消遣的火枪。"

拉辛追赶异教徒的船只

在静静的顿河河口，
在蔚蓝大海的边缘，
那里建造了一座塔，
建了一座高高的塔，
一个盯梢的哥萨克，

Да на самой было на маковке,	站在这高高的塔上,
Да стоял, стоял часовой казак;	站在高塔的最顶上。
Да стоял казак, приумаялся,	哥萨克人疲惫不堪,
Со часов долго не сменяючись.	几个小时没有换岗。
Не с ружелюшка турка вдарила,	土耳其人没有用枪,
А со пушечки долгомернои.	他们用了一门长炮。
Услыхал казак, бежит наскоро	哥萨克人听到声响,
С караулушки со казацкого.	匆忙从哨台跑下来。
Он бежит, бежит, спотыкается,	他跌跌撞撞跑啊跑,
Говорит речь, сам задыхается:	上气不接下气说道:
«Да родимый же ты наш батюшка,	"斯捷潘努什卡·季莫费耶维奇,
Да Степанушка Тимофеевич!	我们最亲爱的老兄!
Да у нас ноне на синем море	我们旁边的大海上,
Да несчастьице случилося:	出现一件不幸的事:
Да не чернь-чернью зачернелася,	大海上黑压压一片,
Да не бель-белью забелелася —	大海上白花花一片,
Зачернелися на синем морё	海上黑压压的那片,
Да кораблики все турецкие,	是土耳其人的船只,
Забелелися на корабликах	海上白花花的那片,
Парусочки на них брезентовы.	那是一叶叶的船帆。
Нагружённые те кораблики	船只上面装满炮弹,
Да снарядами всё военными,	船只上面装满炸药,
Нагружённые свинцом-порохом,	船只上面装满霰弹。"
Да и ядрушками, картечами».	
Речь возговорит атаманушка,	哥萨克的首领发话,
Атаман Степан Тимофеевич:	斯捷潘·季莫费耶维奇说道:
— Да вы, братцы, мои товарищи!	我的兄弟和战友们,
Вы садитеся в легки лодочки,	快乘上灵便的小船,
На носу ставьте вы по пушечке,	在那船头架上大炮,
Да по пушечке всё по медненькой,	架上一门门的铜炮,

Догоняйте вы-то кораблики,
Да кораблики басурманские,
Разбивайте их чисто-начисто,
Забирайте вы злато-серебро,
Да оружьице всё турецкое!

О походах Разина

Тихохонько сине море становилося,
Ничем наше Каспийское не шевельнулося,
Что осенним ледочком покрывалося:
Замерз-то наш воровской стружок.
Что на том ли на стружке атаман сидит,
Что по имени Степан Тимофеевич,
По прозванью Стенька Разин сын.
Он речь говорит, братцы, как в трубу трубит:
«Ах вы гой еси, удалы добры молодцы!
Вы берите еловчатые веселечики,
Вы бейте-пробивайте тонкой осенней лед.
Ах, как бы нам добиться до тихих мест,
Что до той ли до проточинки Червонныя,
Что до славного до острова Кавалерского.
Ах, там ли вам, братцы, дуван делить,
Нам отласу и бархату по размеру всем,
Золотой парчи по достоинствам,
Жемчугу по молодечествам,
А золотой казны — сколько надобно».

你们快去追上船只，
追上异教徒的船只，
把那些船打得粉碎，
你们抢夺金银财宝，
和土耳其人的武器！

拉辛远征记

那蔚蓝的大海一片寂静，
我们的里海上纹丝不动，
海面被秋天的薄冰覆盖，
我们那艘小船已被冰封。
我们的首领坐在刨子上，
他的名字叫斯捷潘·季莫费耶维奇，
外号叫斯捷卡·拉辛。
他说起话像极了吹喇叭：
"你们这些勇敢的好伙伴！
请快拿起云杉做的船桨，
用船桨砸开薄薄的冰面。
啊，我们想去宁静之地，
想去切尔沃纳小溪那里，
想去光荣的卡瓦勒岛上。
兄弟们，你们聚在那里，
会按照个头分配天鹅绒，
按照头衔分配金丝锦缎，
按照个人胆量分配珍珠，
金银财宝要多少有多少。"

Песни о восстании Пугачева	关于普加乔夫起义的历史歌[1]
Уж ты, ворон сизокрылый	你呀,蓝色翅膀的乌鸦

«Уж ты ворон сизокрылый,
Ты скажи, где милый мой».
«А твой милый на работе,
На литейном на заводе;
Не пьет милый, не гуляет,
Медны трубы выливает,
Емельяну помогает.
Прошла слава по народу,
Что Пугач казачья роду,
Твой-то милый-то ж казак,
Помогать казакам рад
Он напрасно помогает:
Из России тьма солдат
На Урал идут,
Пугача возьмут,
Полонят его и всю армию,
Твоему казаку снимут голову,
Снимут голову, пустят по воду,
А тебе, молодой, век вдовою быть,
Век вдовою быть и бунтаршей слыть».
«Я солдатов не боюся,
С милым вместе отобьюся.
Лети, ворон сизокрылый,
А я следом за тобой,
Где горюшенька мой милый
Проливает кровь рекой».

"你呀,蓝色翅膀的乌鸦,
告诉我,我的爱人在哪?"
"你最爱的人在那儿工作,
在一个铸造厂里面工作。
他不喝酒,不出门玩耍,
在那里烧铸铜制的管子,
他在那帮叶梅利扬[2]干活。"
普加乔夫是一名哥萨克,
他的名声在民众中远播,
你爱人也是一名哥萨克,
他很乐意帮助哥萨克人,
但是他的帮助徒劳无益:
从俄罗斯来了很多士兵,
士兵正在来乌拉尔路上,
他们正是来抓普加乔夫,
他们定会俘获普加乔夫,
他们定会打败他的军队,
砍掉你那位哥萨克的头,
把砍下的脑袋扔进水里,
年轻的你会一辈子守寡,
成为一个寡妇和暴动者。"
"我不怕俄罗斯的士兵们,
我同爱人一起打败他们。
飞吧,蓝色翅膀的乌鸦,
我会一直跟在你的身后,
快飞到我那爱人的身旁,
飞到他血流成河的地方。"

---

[1] 关于普加乔夫起义的历史歌选自弗·雅·普罗普(В.Я.Пропп)主编的《俄罗斯历史歌》(Исторические песни),该作品集出版于1956年,所选历史歌载于259—269页。
[2] 叶梅利扬是普加乔夫的名字,普加乔夫的全名是叶梅利扬·普加乔夫。

Емельян Пугаев в Астрахани

Как во славном городе Астрахани
Появился добрый молодец,
Добрый молодец, Емельян Пугач;
Обряженный он в кафтанчик сто рублей.
Шефорочек на нем в пятьдесят рублей.
Шапочку на бекрень держит;
Во правой ли руке тросточка серебряная,
На тросточке ленточка букетовая.
Хорошо он по городу погуливает,
А тросточкой упирается, ленточкой похваляется,
Со князьями, со боярами не кланяется,
К астраханскому губернатору и под лад не идет,
Астраханский губернатор призадумался;
Он увидел из хрустального стекла;
Посылает за ним слуг верных,
Допросить его словесным допросом.
«Какого ты рода-племени?
Царь ли ты, или царский сын?»
А он им на то молвил:
«Я не царь и не царский сынок,
А родом—Емеля Пугач.
Много я вешал господ и князей,
По России вешал я неправедных людей».

叶梅利扬·普加乔夫在阿斯特拉罕

在光荣的阿斯特拉罕城，
出现一位很棒的小伙子，
他是叶梅利扬·普加乔夫。
他穿着一百卢布的长袍，
和五十卢布一件的坎肩。
帽子歪三扭四戴在头上。
右手中握着银色的手杖，
手杖的上面有一个花环。
他在城里来来回回闲逛，
夸耀着手里握着的手杖，

不向王公贵族鞠躬行礼，
不拜访阿斯特拉罕的州长，

阿斯特拉罕的州长暗自思忖。
他透过水晶玻璃看到他，
派忠实的随从前去叫他，
随从质问起了叶梅利扬：
"你快快报上你的底细来？
你是沙皇还是一位王子？"
而他对着他们回复说道：
"我不是沙皇，不是王子，
我是叶梅利扬·普加乔夫，
我绞死了很多王公老爷，
惩治俄罗斯的不义之人。"

Ты, звезда ли, моя звездочка

Ты, звезда ли, моя звездочка,
Высоко ты, звездочка, восходила, –
Выше леса, выше тёмного,
Выше садика зелёного,
Становилась та звёздочка,
Над воротами решётчатыми.
Как во темнице, во тюремище,
Сидел добрый молодец,
Добрый молодец Емельян Пугачёв!
Он по темнице похаживает,
Кандалами побрякивает:
«Кандалы, мои кандалики,
Кандалы мои тяжёлые,
По ком вы кандалики, доставалися?
Доставались мне кандалики,
Доставались мне тяжёлые,
Не по тятеньке, не по маменьке –
За походы удалые, за житьё свободное!»

Пугачев и Панин

Судил тут граф Панин вора Пугачева:
«Скажи, скажи, Пугаченька Емельян
　　Иваныч,
Много ли перевешал князей и бояр?»
«Перевешал вашей братьи семьсот семи
　　тысяч.
Спасибо тебе, Панин, что ты не попался:

你是星星吗，我的小星星？

你是星星吗，我的小星星？
我的小星星高高挂在天上，
挂在那茂密的森林的上面，
挂在那碧绿的花园的上面，
这颗闪闪亮亮的小星星啊，
高高地挂在栅栏门的上面。
在那密不透风的监狱里面，
关着一个英勇无畏的小伙，
他是叶梅利扬·普加乔夫！
他不停在牢房里走来走去，
身上的镣铐叮叮当当作响：
"镣铐啊，我身上的镣铐啊，
我身上的镣铐沉甸甸的啊，
你们这些镣铐是给谁戴的？
这些镣铐原来是给我戴的，
给我戴上的镣铐沉甸甸的，
不是为爹戴，不是为娘戴，
为无畏的远征和自由而戴！"

普加乔夫和帕宁伯爵

帕宁伯爵在审判普加乔夫，
"叶梅利扬·普加乔夫，快说，

是不是杀了很多王公贵族？"
"我杀死的贵族有七十七万。

帕宁，真可惜你不在里面：

Я бы чину-то прибавил, спину-то поправил,
На твою-то бы на шею варовинны возжи,
За твою-то бы услугу повыше подвесил!»
Граф Панин испугался, руками сшибался:
«Вы берите, слуги верны, вора Пугачева,
Поведите-повезите в Нижний городочек,
В Нижнем объявите, в Москве покажите!»
Все московски сенаторы не могут судити.

我本来一定可以加官晋爵，
把黑色缰绳套在你脖子上，
因你干的事把你吊得更高！"
帕宁伯爵吓得双手紧握着：
"忠实的仆人，快把他带走，
把他带到下诺夫哥罗德去，
并在莫斯科把他游街示众！"
莫斯科议员都无法审判他。

Песни об отечественнной войне 1812 года

Заплака Россия от француза

Как заплакала Россиюшка от француза.
Ты не плачь, не плачь, Россиюшка, бог
  тебе поможет!
Собирался сударь Платов да со полками,
Со военными полками да с казаками.
Из казаков выбирали да есаулы;
Есаулы были крепкие караулы,
На часах долго стояли да приустали:
Белые ручушки, резвы ножечки задрожали.
Тут сproговорил-спромолвил да князь
  Кутузов:
«Ай вы вставайте ж, мои деточки,
  утром поранее,
Вы умывайтесь, мои деточки, побелее,
Вы идите, мои деточки, в чистое поле,
Вы стреляйте же, мои деточки, не робейте,
Вы своего свинца-пороха не жалейте,
Вы своего же французика побеждайте!»
Не восточная звезда в поле воссияла-
У Кутузова в руках сабля заблистала.

Не со гор снега сокаталися

Не со гор-то, со гор,
Со гор было, братцы, со высокиих
Снега белы сокаталися;

关于1812年卫国战争的历史歌[1]

俄罗斯因法国人而哭泣

俄罗斯因为法国人在哭泣,
不要哭,不要哭,俄罗斯,
上帝一定会前来帮助你的!
普拉托夫伯爵集结好军队,
集结好哥萨克人组的军队。
从哥萨克人当中选出大尉,
这些大尉都是强壮的哨兵,
他们不知疲惫地站岗盯梢,
双腿和双脚在颤抖个不停。
库图佐夫元帅在这时说道:

"我的孩子们,早早起床吧,

孩子们,把脸洗得更白些,
孩子们,快到空旷的田野,
孩子们,你们大胆地射击,
你们不要吝啬手里的弹药,
把法国人打得屁滚尿流!"
战场上亮的不是东方之星,
是库图佐夫手里面的军刀。

雪不是从山上滚落下来

兄弟们,雪不是从山上滚落,
皑皑白雪不是从山上滚下来,
不是从高高的山上滚了下来。

---

〔1〕关于1812年卫国战争的历史歌选自弗·雅·普罗普(В.Я.Пропп)主编的《俄罗斯历史歌》(Исторические песни),该作品集出版于1956年,所选历史歌载于273—282页。

По лугам-то, лугам	春汛溢出河岸的水倾泻而下，
Вода полая разливалася;	溢到草地上,溢到了草地上。
Не во крутенькие бережочки	兄弟们,水没有流进河岸中,
Она, братцы, не вбиралася...	没有流进那陡峭的河岸之中。
Как не лёгонькие кораблички	这并不都是一些轻盈的船只,
Со моря они во поход пошли,	从海上出发前去远征的时候,
Не со дорогими они со припасами —	船上面没有携带昂贵的物资,
Со свинцом они, со порохом.	船上带着枪弹,也带着火药。
Да французский король,	兄弟们,那个法国来的国王,
Король, братцы, царю белому	给我们的白色沙皇写了封信,
Письмом грозным отсылается —	写了一封充满挑衅意味的信。
Он велел припасти, велел приготовить	他在信里吩咐沙皇做好准备,
Во Москве квартирушки,	在莫斯科准备好很多的房子,
Семьсот сорок тысячев;	准备至少七十四万间的房子。
Самому-то королю,	在圣洁无瑕的克里姆林宫里,
Королю французскому	沙皇要给法国国王准备宫殿,
Во святом Кремле	一座富丽又堂皇的白色宫殿。
Белы царские палатушки.	

Как на горочке стояла Москва

莫斯科矗立在山上

Как на горочке было, на горе,	在这一座高高的山上面,
На высокой было, на крутой,	在这一座陡峭的山上面,
Тут стояла нова слобода,	矗立着一个新的大村庄,
По прозваньицу матушка Москва,	它名字叫作母亲莫斯科,
Разоренная с краю до конца.	它已被彻头彻尾地毁了。
Кто, братцы, Москву разорил?	兄弟们,谁毁了莫斯科?
Разорил Москву неприятель злой,	一个凶恶的朋友毁了它,
Неприятель злой, француз молодой.	那凶恶的朋友就是法国。
Выкатал француз пушки медные,	法国人使用了青铜大炮,
Направлял француз ружья светлые,	法国人使用了轻型步枪,

Он стрелял-палил в матушку Москву.
Оттого Москва загорелася,
Мать сыра земля потрясалася,
Все божьи церкви развалилися,
Златы маковки покатилися.

Привиделся бессчастный сон

Привиделся бессчастный сон —
Дуют ветры со вихрями,
С хором верхи сорывают
По самые по окна,
По хрустальные по стекла:
Француз Москву разоряет,
С того конца зажигает,
В полон девок забирает.
Одна девка слезно плачет,
Француз девку унимает:
«Не плачь, девка, не плачь, красна!
Куплю тебе три подарка:
Первый подарок — алу ленту в косу,
А другую — голубую,
А третью — разноцветну!»
— Не надо мне твоих трех подарков
Пусти меня в свою землю,
Мне с батюшкой повидаться,
Мне с матушкой распроститься!

Кутузов и французский майор

Что не красное солнце да воссияло —
Воссияла у Кутузова острая сабля.

枪口瞄准了母亲莫斯科。
莫斯科陷入熊熊大火中，
大地母亲开始地动山摇，
那所有的教堂轰然倒塌，
金色教堂圆顶荡然无存。

做了一个不幸的梦

做了一个不幸的梦，
在梦境中狂风呼啸，
那狂风掀掉了房顶，
吹着房子上的窗户，
和上面的水晶玻璃：
法国要毁掉莫斯科，
从那边点燃莫斯科，
要把姑娘们都掳走。
一个姑娘泪眼啜泣，
法国人安慰着姑娘：
"姑娘，你不要哭泣，
我给你买三个礼物：
买一条红色的发带，
买一条蓝色的发带，
买一条彩色的发带！"
不要你的三个礼物，
请你放我回自己家，
让我见见我的父亲，
去和我的母亲道别！

库图佐夫和法国少校

不是红红的太阳在大放异彩，
是库图佐夫的军刀闪闪发光。

Выезжает князь Кутузов в чисто поле,	库图佐夫元帅骑马来到战场,
Он берет с собою силу да гренадеров,	他带着军队和军官来到战场,
Гренадеров он и есаулов.	他带着军官和大尉来到战场。
Гренадеры и есаулы не сробели,	军官和大尉都没有一丝胆怯,
Что французского майора в полон взяли,	他们俘虏了一位法国的少校,
Повели они майора ко фельдмаршалу,	他们把少校带到了元帅跟前,
Ко тому же князю да ко Кутузову,	带到了库图佐夫元帅的跟前,
Ко Михайлу его да к Ларивоновичу.	把他带到了米哈伊尔[1]的跟前。
Начинает князь Кутузов его спрашивать:	库图佐夫元帅开始询问少校:
«Ты скажи, скажи, майорик, сущую правду,—	"少校,你就跟我老实交个底,
Еще много ли у вас да во Париже,	你们在巴黎那儿还有多少兵力?
У вас много ль во Париже стоит силы?»	巴黎那儿是不是还有很多兵力?"
— Стоит силы во Париже сорок тысяч,	——巴黎那里还有四万人的兵力,
По приступу генеральскому сметы нету.—	发动猛攻的兵力还不计其数。
На то князь Кутузов да рассердился,	库图佐夫元帅听后很是生气,
Уж как бьет-то он майора да по роже,	他狠狠地打了少校一记耳光,
Он по роже да во правую во щеку:	狠狠地打在了少校的右脸上:
«Уж ты врешь, ты врешь, майорик, врешь-плутуешь,	"你真是谎话连篇,满口胡言,
Меня, князя Кутузова, все проводишь,	你竟还总是想着怎么哄骗我,
Все проводишь меня ты да стращаешь!	你竟还总是想着怎么吓唬我!
Я вашей силы-то не боюся,	我毫不畏惧你们的那些兵力,
За генеральские приступы я примуся!»	我安心等着你们发起的猛攻!"

---

[1] 库图佐夫元帅的全名是米哈伊尔·伊拉里诺维奇·库图佐夫。

民间故事

民间故事(народная сказка)是"具有虚构内容、散文形式的口头艺术作品"[1]。在中国民间文学的理论中,民间故事有广义和狭义之分,广义的"民间故事"指的是"人民口头创作中叙事散文作品的总称,按历史发展的题材内容及流传的情况不同可分为神话、传说、生活故事、笑话、寓言、童话、新故事七类"[2],即广义的"民间故事"囊括了民间文学中所有的叙事散文类型,是人民口头文学中叙事散文的一个统称。狭义的"民间故事"指的是传统的生活故事,"它主要是以日常生活为题材、以现实中的人物为主角的民间故事"[3],即狭义的"民间故事"指的是民间叙事散文中以现实生活为主要内容的故事。

在俄罗斯民间文学理论中,学者们使用"сказка"一词的时间不早于17世纪,在此之前用的是"баснь"一词[4]。"баснь"一词是从动词"баять"(叙说、讲述)变化而来,这就指出了"сказка"带有叙事的性质。俄罗斯学者尼·伊·克拉夫佐夫(1906—1980)指出,民间故事中描述了一些虚构的事件和人物,这些事件和人物在某种程度上是真实的,但是与真实有着很大的不同[5]。由此可以看出,民间故事是具有神奇故事情节的、虚构的事件和人物的叙事散文。将中俄学术语境中的民间故事概念进行比较后,可以发现,俄罗斯民间文学中的民间故事,类似于中国民间文学中广义的民间故事中的一类叙事散文,但是俄罗斯民间文学中的民间故事不包括传说、笑话、新故事等作品。与勇士歌、历史歌等民间文学体裁不同,民间故事并不是真实发生的

---

[1] 开也夫:俄罗斯人民口头创作,连树声译,北京:中国民间文艺研究会研究部,1964年,第211页。
[2] 段宝林:中国民间文学概要(第四版),北京:北京大学出版社,2009年,第41页。
[3] 同上书,第68页。
[4] М.Фасмер. Этимологический словарь русского языка, том. 1 М.: Прогрес, 1987, С.201.
[5] Н.И.Кравцов. Русское устное народное творчество. М.: Высшая школа, 1983, С.92.

事件,而是"纯粹的文学虚构"[1],但民间故事中也呈现出普通民众的美好愿景和期待。

一、俄罗斯民间故事的分类

俄罗斯学者关于民间故事的分类研究始于19世纪上半叶。俄罗斯民间文艺学家、民族学家伊·彼·萨哈罗夫将俄罗斯民间故事按照人物形象的性格特点划分为勇士故事（богатыри）、勇敢的人的故事（удалые люди）、傻子的故事（дураки）、聪明人的故事（умники）、奇异之人的故事（чудовища）等[2]。伊·彼·萨哈罗夫的这一分类存在诸多问题：一是将《多布雷尼亚·尼基季奇》《伊利亚·穆罗梅茨》等勇士歌归入民间故事中的勇士故事；二是未将动物故事纳入民间故事体系；三是不同类别的民间故事中可能存在同类的人物形象。俄罗斯神话学派的代表人物阿·尼·阿法纳西耶夫在《俄罗斯民间故事全集》中将民间故事划分为动物故事（сказки о животных）、神奇故事（волшебные сказки）和生活故事（бытовые сказки）。阿·尼·阿法纳西耶夫关于民间故事的这一分类得到俄罗斯学者的广泛采用，本书中采用阿·尼·阿法纳西耶夫对民间故事的分类方式。

（一）动物故事

动物故事是以动物为主角的民间口头叙事作品，反映了原始经济时期人与动物的密切关系。在远古时期，人类主要靠狩猎获取生活来源，大量的野生动物出现在民间故事中，诸如狐狸、熊、狼、野猪、乌鸦、麻雀、黑琴鸡、猫头鹰、鹤等，相关的动物故事有《狐狸妹妹与狼》《狐狸与黑琴鸡》《狐狸与鹤》《雄鹰与乌鸦》《苍蝇的小房子》等。此后，家畜也慢慢进入民间故事，民间故事中出现了马、山羊、狗、猫、公鸡、鸭子、鹅、兔子等形象，相关的民间故事有《猫、公鸡和狐狸》《狼和山羊》《熊、狗和猫》《花斑鸡》等。在动物故事中也出现了人的形象，比如爷爷、奶奶、孙子、孙女等。在这类故事中，人和动物是平等的参与者，代表性的民间故事有《小圆面包》《拔芜菁》等。

俄罗斯动物故事中，每种动物都有自己程式化的性格特征。狐狸总是狡猾奸

---

[1] В.П.Аникин. Русское устное народное творчество. М.: Высшая школа, 2006, C.637.
[2] И.П.Сахаров. Русские народные сказки. СПб.: тип. Сахарова, 1841.

诈,以自我为中心,只考虑自己的利益得失。与狐狸形成鲜明对比的狼的形象,总是"愚蠢的"(глупый)、"吃不饱的"(ненасытный),让自己陷入各种窘境。熊也是俄罗斯民间故事中的常见动物形象,这位森林之主总是"笨拙的"(косолапый),炫耀自己的蛮力。俄罗斯民间故事中的兔子形象具有双面性,一方面兔子是"柔弱的"(слабый)和"需要帮助的"(беспомощный),另一方面兔子又是"机智的"(ловкий)和"勇敢的"(храбрый)。

俄罗斯的动物故事总是伴随着欢笑,并且受18世纪寓言故事的影响,俄罗斯动物故事中增加了讽刺元素,"出现了社会谴责主题,这些主题来源于生活"[1]。寓言故事中的讽喻更加抽象,需要读者进行深入解读。与作家文学中的寓言故事不同,动物故事中的讽喻体现在生活的细节中,更加生动。可以说,动物故事广泛反映了人类的生活、希冀和理想,并借助幽默将人和动物的形象在同一个故事中完美呈现出来。

(二)神奇故事

与动物故事的主人公不同,神奇故事的主要形象是人,并且大多数情况下是年轻人。这些年轻人即将成年,已经到了婚嫁的年龄,他们需要离家外出,到外面经历各种考验和磨难。神奇故事中充满了极富想象力的文学虚构。与动物故事不同,神奇故事的起源可以追溯到农业文明时期,对土地、水、太阳等自然力量的崇拜在神奇故事中留下了深刻的印迹。例如,主人公变身的时候需要碰一下大地,死去的主人公喝了神奇的水便能复活,太阳在神奇故事中通过金色的戒指等体现出来,如在神奇故事《神奇的马儿西夫卡-布尔卡》(Сивко-бурко)中女主人公一碰金色的戒指,主人公的额头便如同太阳闪闪发光。经典的俄罗斯神奇故事有《关于伊万王子、火鸟和大灰狼的故事》《女巫巴巴雅佳》《铜王国、银王国和金王国》《不死的科谢依》《莫罗兹科》《青蛙公主》等。

神奇故事带有明显的图腾信仰遗存。对婚姻的图腾崇拜在神奇故事中主要通过男主人公迎娶变身为鸟儿的妻子体现。在斯拉夫的传统结婚仪式中,适婚男女的第一次见面通常会安排在海边、湖边或者河边,神奇故事中的这一情节与这一古老婚俗遥相呼应。神奇故事中的一个经典情节如下:男主人公外出寻找未婚妻,他在河边或者海边躲了起来,三只鸭子飞到岸边,摇身变成了三位漂亮的姑娘。男主人公趁着姑娘们洗澡,偷走了其中一位姑娘的羽毛。为拿回自己的羽毛,姑娘许下承诺:"如果是

---

[1] Т.В.Зуева, Б.П.Кирдан. Русский фольклор. М.: Флинта;Наука, 1998, С.144.

老公公拿走我的羽毛,我就认他当父亲;如果是老婆婆拿走了我的羽毛,我就认她当母亲;如果是年轻的男孩拿走了我的羽毛,他将是我最亲近的朋友;如果是一位姑娘拿走了我的羽毛,我认她当妹妹。"男主人公确认姑娘的誓言后,来到姑娘的身边,姑娘回答说:"我已经许诺了,便不会更改。我会嫁给你,嫁给你这个棒小伙。"[1]

对祖先的图腾崇拜在神奇故事中主要体现在主人公的助手这一形象中。已经死去的父母会以动物的形象来帮助主人公,如在关于继母和继女的故事中,女主人公的母亲化身一头母牛为女孩出谋划策,帮助女孩走出困境。在神奇故事《神奇的马儿西夫卡-布尔卡》中,父亲临去世前吩咐三个儿子晚上到自己坟墓前陪伴自己,只有最小的儿子遵从了父亲的嘱托,父亲把神奇的马儿西夫卡-布尔卡交给了小儿子,"西夫卡跑起来的时候,大地在动摇,眼睛里冒出火苗,鼻子里呼出的气如同一根小柱子"[2]。在这一神奇故事中,父亲死后以马儿的方式陪伴在主人公身边。

神奇故事有着程式化的叙事结构,这引起了俄罗斯民间文艺学家弗·普罗普的关注。1928 年,弗·普罗普的《故事形态学》(Морфология сказки)出版,在此著作中普罗普运用结构主义的研究方法对阿·尼·阿法纳西耶夫《俄罗斯民间故事全集》中的一百个俄罗斯神奇故事进行了结构上的分析和概括。普罗普在神奇故事研究过程中提出一个至关重要的概念——"功能",功能指"从其对于行动过程意义角度定义的角色行为"[3]。功能是神奇故事中的稳定因素,不因故事角色及其外貌的变化而变化。普罗普认为,一些故事之所以是相同的,原因在于不同故事中的角色有着相同的行为。《故事形态学》的著者总结了神奇故事的三十一个功能项,并认为这三十一个功能项之间的顺序是一定的,具有不可逆性。与此同时,普罗普在《神奇故事的历史根源》(1946)一书中认为,神奇故事起源于成年礼仪式,"成年礼系列是故事[4]的远古的基础"[5]。

(三)生活故事

与神奇故事有所不同,生活故事的核心不是魔幻与奇幻,而是人们的日常生活,"生活故事的情节通常反映着各种复杂的情况,多半是家庭生活"[6]。生活故事

---

[1] А. Н. Афанасьев. Народные русские сказки А. Н. Афанасьева в трех томах. Том 1. М.: Государственное издательство художественной литературы, 1957, C.145—146.
[2] Там же, C.3.
[3] 普罗普:故事形态学,贾放译,北京:中华书局,2006 年,第 18 页。
[4] 普罗普这里所说的故事指的是神奇故事。
[5] 普罗普:神奇故事的历史根源(第二版),贾放译,北京:北京联合出版公司,2022 年,第 534 页。
[6] 开也夫:俄罗斯人民口头创作,连树声译,北京:中国民间文艺研究会研究部,1964 年,第 211 页。

的叙事通常发生在同一空间中,并且是真实的时空。推动情节发展的不是某种魔法的力量,而是艰难的生活环境。面对生活的困境,主人公凭借自己的机智,甚至是狡黠,顺利完成自救。与此同时,生活故事不追求复杂的情节结构,情节单线推进。在描述主人公和环境时,也鲜少使用特色鲜明的修饰语。俄罗斯民间故事中经典的生活故事有《斧头汤》《牧童的笛子》《士兵和强盗》《女陶匠》《勇敢的雇农》《舍米亚金的审判》[1]《真理与谬误》等。

生活故事通常被划分为两类:笑话故事(анекдотические сказки)和叙事故事(новеллистические сказки)。在俄罗斯民间文学研究中,笑话故事又被称为"讽刺故事"(сатирические сказки)、"讽刺笑话故事"(сатирико-комические сказки)、"社会—生活故事"(социально-бытовые сказки)、"冒险故事"(авантюрные сказки)等。笑话故事的主人公通常是贫苦的农民、雇工、战士、小偷、不受宠的丈夫等处于弱势地位的群体,他们的对手通常是地主、牧师、法官、凶恶的妻子等。这类故事的情节冲突是建立在各种愚弄行为之上,通常"以笑作为解决冲突和战胜敌手的手段"[2]。与笑话故事不同,叙事故事关注的不是弱势群体和强势群体之间的对立与冲突,而是关注主人公的心理世界。这类叙事故事的主人公通常有被迫分开的恋人、被诽谤的姑娘、被母亲赶出家门的儿子、乔装成男人救夫的妻子等,相关的情节主要围绕婚恋、对妻子的考验和对命运的思考等方面展开。

二、俄罗斯民间故事的特点

民间故事是俄罗斯民间文学中的宝贵财富。与其他类型的民间文学不同,俄罗斯民间故事的特征主要有两个:一是带有变化的重复,二是简洁的描写。在语言、情节和形象上,民间故事最突出的特征就是富有变化的重复。在具体刻画人物,包括描写人物外貌特征、服饰、性格和心理时,民间故事则十分简洁;文本中出现的物品和烘托氛围的环境在民间故事中也被描写得非常简洁。

俄罗斯民间故事的一大特征是带有变化的重复。第一,从风格上而言,重复性既包括一则民间故事内部句子的重复,也包括一些句子在众多民间故事中的重复。譬如在《狐狸妹妹与狼》中狐狸的话:"我不挤你们;我自己躺到长凳上,尾巴伸到长凳

---

[1] 舍米亚金的审判在俄语中指不公正的审判。
[2] Т.В.Зуева, Б.П.Кирдан. Русский фольклор. М.: Флинта; Наука, 1998, C.159.

下,小鹅放到炉子下"（Я не потесню вас; сама ляжу на лавочку, хвостик под лавочку, гусочку под печку[1]），在紧接下来的叙述中有直接的重复"它自己躺到了长凳上,尾巴伸到长凳下,小鹅放到了炉子下"（Она легла сама на лавочку, хвостик под лавочку, гусочку под печку[2]）。然而,随着情节的发展,重复的句子在内容上会发生一些变化,如在这篇故事的下文中出现了这样的重复"我不会挤着你们,我自己躺在长凳上,尾巴伸到长凳下,小火鸡放到了炉子下"（Я не потесню вас; сама ляжу на лавочку, хвостик под лавочку, индюшечку под печку[3]）。这段中"小鹅（гусочка）"被替换成"小火鸡（индюшечка）",这是根据情节发展而定的。还有一种句子的重复类型——重复前面句子的内容,但是在后面的句子中又填入新的内容,如此一来句子会又重复又富有变化,如"小椴树,小椴树,给我一片树叶,我把树叶带到河边,小河会给一些水,再把水拿给公鸡"（Липка, липка! Дай листу: лист нести к речке, речка даст воды, воду нести к петушку[4]），这句话在之后的故事中不断更新并重复,如"小女孩,小女孩,给我一些线,这些线会带我找到小椴树,小椴树会给我一片树叶,我把树叶带到河边,小河会给一些水,再把水拿给公鸡"（Девка, девка! Дай нитки, нитки нести к липке, липка даст листу, лист нести к речке, речка даст воды, воду нести к петушку[5]），之后还不断重复。此外,一些句子在民间故事中是经常出现的,诸如此类的句式有"在某个王国、某个国家住着一个……"（"В некотором царстве, в некотором государстве жил-был..."）、"清晨比傍晚更有头脑"（"Утро вечера мудренее"）、"……我当时在那里,喝了蜜酒,在胡子上流淌,没进到嘴里……"（"...Я там был, мед-пиво пил, по усам текло, в рот не попало"）、"献给我你在家里时不知道的东西"（"Отдай ты мне, чего дома не знаешь"）等,这些句子已成为俄罗斯民间故事的一个标志。

第二,在情节上,民间故事是重复和变化的。民间故事在情节上的重复和变化也包括两类:内部情节的重复和变化,一些情节在不同民间故事中的重复和变化。前者对于大家来说并不陌生,最常遇到的就是相似情节的三次或者更多次的重复。在民间故事中,后面的情节在模仿第一次所发生的一个情节,但后面发生的情节与第一次发生的情节又不是完全相同的,后面所发生的情节在不断地升级。如在民间故事《铜

---

[1] А.Н.Афанасьев. Народные русские сказки. Полное издание в одном томе. М.: АЛЬФА-КНИГА, 2008, С.6.
[2] Там же, С.6.
[3] Там же, С.7.
[4] Там же, С.77.
[5] Там же, С.77.

王国、银王国和金王国》中，主人公伊万努什卡在铜王国中遇到的公主很漂亮，公主送给他一枚铜戒指；在银王国中遇到的公主比铜王国中遇到的公主还要漂亮，这位公主送给伊万努什卡一枚银戒指；而在金王国中遇到的公主比前两位还要漂亮，这位公主送给男主人公一枚金戒指。在这则民间故事中，主人公伊万努什卡在三个王国中均遇到了公主，并接受了公主的戒指，但这三位公主赠给男主人公的戒指是不同的，公主一个比一个漂亮，戒指一个比一个珍贵。这种升级似的重复在俄罗斯民间故事中比比皆是，主人公遇到的难题一个比一个难，公主出的谜语一个比一个难找到答案，恶龙一个比一个可怕……在民间故事中一些情节会在不同的故事中重复，如三个儿子中的小儿子会离家救出被困的母亲、营救出公主或找到妻子，继母会想尽办法除掉继女，傻子伊万总会获得幸福等。这些情节会在故事中不断重复，但类似情节在重复时又是不同的。例如，在故事《莫罗兹科》(Морозко)中继母将继女打发到严寒的森林中，想借此除掉继女，而在《女巫巴巴雅佳》(Баба-яга)中继母将继女打发到女巫那儿，想借助女巫的力量除去眼中钉。同样是想害死继女，两则故事中运用的方法是不同的，因而让读者觉得这是两则不同的故事。具有类似情节的故事通过内容上的一些变化让读者觉得这些故事是陌生又熟悉的。

一则故事通过整合几个民间故事中的情节形成一则新故事，如《伊万什卡和女巫巴巴雅佳》(Иванушка и Баба-яга)。这则故事可以被人为划分成三个部分：第一部分中儿子伊万什卡去钓鱼，母亲根据特定的暗号将其叫回岸边，巫婆听到了暗号，想模仿伊万什卡的母亲将其骗到岸边，最后奸计得逞。在《狼与七只小羊》(Волк и семеро козлят)这则故事中有类似的情节：狼听到了山羊妈妈如何叫小羊打开门，于是它模仿羊妈妈的声音，最后狼的诡计成功，将小羊吃掉。第二部分讲述了巫婆让自己女儿烧炉子煮伊万什卡，但伊万什卡用自己的智慧烧死了巫婆的女儿，这一类型的情节在关于巫婆的故事中常常出现。第三部分讲述了天鹅(гуси-лебеди)将伊万什卡从巫婆手中救出的故事，天鹅也是俄罗斯民间故事中常出现的形象，有时它是灾难的缔造者，有时是灾难的解救者。可以说这个故事的三个部分对读者来讲均不陌生，它们是一些熟悉故事中的某些情节。这则故事通过将一些熟悉的情节重新整合形成了一则新故事。这样经过整合形成的新故事在阿·尼·阿法纳西耶夫的《俄罗斯民间故事全集》中不在少数。总之，故事之所以让人觉得熟悉却新鲜，是因为里面有不断重复的情节，这些情节在大量的故事中都有不同程度的重复，所以让人觉得亲切；但之所以让人听起来与之前的不同，是因为加人或者糅合了新的情节或者元素。

第三，在俄罗斯民间故事中一些形象是反复出现、不断重复的，这些形象包括伊万王子（Иван-царевич）、傻子伊万（Иван-дурак）、聪慧的瓦西里莎（Василиса Премудрая）、怪物（чудо-юдо）、不死的科谢依（Кощей Бессмертный）、女巫巴巴雅佳（Баба-яга）、神力宝剑（меч-кладенец）、自己响的古斯里琴（гусли-самогуды）、隐身帽（шапка-невидимка）、自己飞的毯子（ковёр-самолёт）、自己开饭的桌布（скатерть-самобранка）、快速走路的靴子（сапоги-скороходы）等。诸多物品在不同故事中的作用是相同的，如神力宝剑帮助主人公更好更快地杀死对手，隐身帽可以让主人公隐身，快速走路的靴子可以帮主人公很快到达目的地。有些形象在不同的故事中所起到的作用是不同的，在一些故事中女巫会加害主人公，而在另外一些故事中她却是主人公的得力助手，她会给主人公提供可靠的信息，如女巫巴巴雅佳。同时有些形象是作为日后主人公们相认的标志，比如宝石戒指（перстень）。这些常见的民间故事形象印在每一位熟悉俄罗斯民间故事读者的心底，可以说这些形象在某种程度上是俄罗斯民间故事的象征。

简洁的描写是俄罗斯民间故事的另一个特征。其一，人物形象在民间故事中是举足轻重的，但是民间故事在向读者展现人物的外貌特征、服饰、性格和心理时十分简洁，对它们很少做详细描述。民间故事中不会描述美女是如何美丽漂亮，怪物是怎样可怕狰狞，也不会描述主人公的服饰是如何华丽。例如，在民间故事《铜王国、银王国和金王国》中伊万王子的母亲叫金辫子纳斯塔西亚（Настасья золотая коса），金辫子是其外貌的一个标志性特征，但是民间故事中却没有对其辫子做额外介绍。与之不同，巴·彼·巴若夫（1879—1950）创作的童话故事集《孔雀石箱》中的《铜山娘娘》这一故事中却对铜山娘娘的辫子展开了详细描述："她的辫子是青黑色的，可是那辫子不像我们厂里姑娘的那样尽在背后晃荡，而是紧紧贴在背上。结在辫梢上的丝带，仿佛是红色的，又仿佛是绿色的。丝带显得光亮、透明，还发出了清脆的响声，好像铜片相碰一般。"[1]巴若夫不仅描写了铜山娘娘辫子的颜色和样式，还对其头上的丝带做了介绍，这种对人物外貌特征和服饰的详细描写在民间故事中是不多见的。

在展现人物性格时，民间故事会用概括性的语言告诉读者人物的性格特征。比如在描写后妈的女儿懒惰时，民间故事中是这样写的："她俩睡懒觉，起床很晚，用准备好的水梳洗、干干净净的毛巾擦拭，吃完午饭才坐下来干活。"[2]而在弗·费·奥多耶夫斯基（1803—1869）创作的《严寒老人伊凡诺维奇》中，懒姑娘的懒是十分具体的："这时候，懒姑娘却躺在床上，伸懒腰，翻过来翻过去，等到躺厌烦了，就睡眼惺忪

---

[1] 巴若夫：孔雀石箱，李俍民译，北京：人民文学出版社，1980年，第1—2页。
[2] 亚·尼·阿法纳西耶夫：俄罗斯民间故事精粹，潘稼民译，重庆：重庆出版社，2000年，第94页。（注：亚·尼·阿法纳西耶夫即阿·尼·阿法纳西耶夫，后不再一一注明）

地说:'阿姨,给我穿上袜子!阿姨,给我系上鞋带!'过了一会儿,又说:'阿姨,有夹心甜面包吗?'她起床后,蹦跳一阵子,就坐到窗口去数苍蝇:飞来几只,飞走几只。懒姑娘数完了苍蝇,不知道该干什么,该如何着手;她想再躺到床上去,可这会儿又不想睡觉;她想吃东西,可这会儿又不饿;她想到窗口去数苍蝇,可这会儿连苍蝇也懒得数了"[1]。民间故事中表现主人公的懒惰时很少具体地描述他是如何懒惰的,而只是告诉你他很懒,什么也不想做。民间故事中一般也不会具体展开描述主人公的勤劳、孝顺、顺从、勇敢等品质,因为这与故事的情节发展无关。民间故事也极少直接展现人物的心理,而是通过人物行动向读者揭示主人公的心理活动,如果直接交代了人物的心理活动,那也十分简洁,细腻的心理刻画不属于民间故事。麦克斯·吕蒂在谈及此点时说:"故事只叙述情节,不描绘内心世界。"[2]。

其二,民间故事中会简洁地描写文本中出现的事件、物品和周围环境。勾勒主人公想在床上睡觉时,民间故事中会说:"话没说完,眼前就出现一张床——世上最舒适的床。"[3]而在作家创作的故事中则会对床进行详细描写:"这一念头刚刚出现,他的面前就有了一张纯金雕花床——水晶床脚,挂着银帐。床上铺着羽绒褥子和一大叠天鹅羽被子,银帐上饰着珍珠流苏。"[4]在描写主人公周边的环境时也是如此,民间故事中不会花大量笔墨向读者展示主人公来到的新环境。比如同样是介绍主人公来到一座宫殿,民间故事中会说:"林中高耸着一座富丽堂皇的宫殿。伊万王子催马走进宽阔的宫苑……"[5]而作家文学中会这样刻画:"他走进广阔的院子,走进敞开着的大门,一条白色大理石铺砌的道路直通宫殿,道路两旁是高低和大小不等的喷泉。他顺着铺着红色薄呢地毯的台阶走进宫殿,台阶两旁是镀金栏杆……"[6]在民间故事中,主人公来到的宫殿到底如何宏伟壮观并不重要,重要的是在宫殿中发生了什么。对于民间故事而言,宫殿只是事件的发生地,所以无须详细介绍;而对于作家创作的故事来说,宫殿不仅仅是事件发生地,而且还是体现故事真实性的一面镜子,故而作者有必要对宫殿的细节展开描写。普罗普在区分英雄叙事诗和民间故事中对战斗场面的描写时指出了这一点,他认为:"我们期待着作为整个故事顶点的战斗写得热情洋溢,突出主人公勇气和力量的细节。但这不是民间故事的风格。在许多民族

---

[1] 列·托尔斯泰等:鼻烟壶里的小城——俄罗斯名作家童话选,翁本泽译,南京:译林出版社,2004年,第12页。
[2] 麦克斯·吕蒂:童话的魅力,张田英译,北京:社会科学文献出版社,1995年,第123页。
[3] 亚·尼·阿法纳西耶夫:俄罗斯民间故事精粹,潘稼民译,重庆:重庆出版社,2000年,第193页。
[4] 列·托尔斯泰等:鼻烟壶里的小城——俄罗斯名作家童话选,翁本泽译,南京:译林出版社,2004年,第29—30页。
[5] 亚·尼·阿法纳西耶夫:俄罗斯民间故事精粹,潘稼民译,重庆:重庆出版社,2000年,第186页。
[6] 列·托尔斯泰等:鼻烟壶里的小城——俄罗斯名作家童话选,翁本泽译,南京:译林出版社,2004年,第28—29页。

的英雄叙事诗中,争斗、大战占据着诗篇的中心地位,描写有时甚至略嫌冗长啰唆,与之相反,民间故事则写得朴素简短,对争斗本身不做详细描写。"[1]

民间故事在描写人物外貌特征、服饰、性格、心理活动,介绍物品和环境时十分简洁,这与民间故事的情节密切相关。民间故事中,一切与情节无关,或者对推动故事情节发展无益的细节是不会被描述的。总体而言,民间故事中人物的外貌体征、服饰、性格、心理以及物品和环境对故事情节发展的影响不大,故而民间故事不会花大量笔墨来描写这些无意义的细节。如果在民间故事中对某个细节做了介绍,那么这一细节必定在下文中还会出现,并且牵引着故事情节的发展。比如民间故事《妖婆和伶仃儿》中提到了围绕着宅第的高墙以及大门前的四十一根铁柱。故事并不是随随便便地提到这两点,而是因为在接下来的故事中妖婆四十一个女儿的人头被安放在了四十一根铁柱上。再如在《真假王子》这则民间故事中,假王子夸真王子会放牧时说:"他饲养的马,哪一匹都长出金尾巴、金鬃毛,身躯两侧缀满星星;他放的牛,哪一条都长出金角、金尾巴,身躯两侧星光闪闪。"[2]在接下来的故事中,真王子果真把国王普通的马和牛放养成如假王子所说的那样。整体而言,民间故事中一般不会出现细节性的描写,如果出现,细节描写会为后面的故事情节埋下伏笔。

---

[1] 普罗普:神奇故事的历史根源,贾放译,北京:中华书局,2006年,第281页。
[2] 亚·尼·阿法纳西耶夫:俄罗斯民间故事精粹,潘稼民译,重庆:重庆出版社,2000年,第164页。

Золотая рыбка

На море на океане, на острове на Буяне стояла небольшая ветхая избушка; в той избушке жили старик да старуха. Жили они в великой бедности; старик сделал сеть и стал ходить на море да ловить рыбу: тем только и добывал себе дневное пропитание. Раз как-то закинул старик свою сеть, начал тянуть, и показалось ему так тяжело, как доселева никогда не бывало: еле-еле вытянул. Смотрит, а сеть пуста; всего-навсего одна рыбка попалась, зато рыбка не простая — золотая. Возмолилась ему рыбка человечьим голосом: «Не бери меня, старичок! Пусти лучше в сине море; я тебе сама пригожусь: что пожелаешь, то и сделаю». Старик подумал-подумал и говорит: «Мне ничего от тебя не надобно: ступай гуляй в море!»

Бросил золотую рыбку в воду и воротился домой. Спрашивает его старуха: «Много ли поймал, старик?» — «Да всего-навсего одну золотую рыбку, и ту бросил в море; крепко она возмолилась: отпусти,

金鱼[1]

在遥远大海上有一座布扬岛，布扬岛上有一座破旧的小木屋。一个老头儿和他的老太婆住在这座小木屋里。他们生活得十分拮据。老头儿做好渔网，就去海边捞鱼，以此来维持家计。有一次老头撒下网后，开始拉啊拉，他觉得拖网时特别费力，之前从未出现过此类情形，他费尽气力从海里拖出了渔网。他定睛一瞧，渔网中只有一条鱼，除此之外，别无所获。但是这条鱼很是特别，是一条金色的鱼。金鱼用人的声音祈求道："老爷爷，不要把我捞上来！放我回到蔚蓝的大海吧！我会回报你的，我可以满足你的任何心愿。"老头儿想了又想，说道："我不需要你为我做任何事情，你回大海里去吧！"

老头儿把金鱼放回了大海，接着回到了家中。老太婆问他："我的老头，今天捞了多少鱼？"

"仅仅捞上来一条金鱼，我把它放回了大海。这条金鱼苦苦哀求我。它说：'放我回到蔚蓝的大海吧，我会回报你的，我可以满足你的任何心愿！'我觉得这条鱼很可怜，我没有跟它要任何的回报，直接放它回到大海里了。""你呀，真是个蠢货！幸福白白送上门来，你却抓

---

[1] 该篇民间故事选自阿·尼·阿法纳西耶夫（А.Н.Афанасьев）主编的《俄罗斯民间故事全集》，出版于2008年，本篇民间故事载于82—84页。

говорила, в сине море; я тебе в пригоду стану: что пожелаешь, все сделаю! Пожалел я рыбку, не взял с нее выкупу, даром на волю пустил». — «Ах ты, старый черт! Попалось тебе в руки большое счастье, а ты и владать не сумел».

Озлилась старуха, ругает старика с утра до вечера, не дает ему спокоя: «Хоть бы хлеба у ней выпросил! Ведь скоро сухой корки не будет; что жрать – то станешь?» Не выдержал старик, пошел к золотой рыбке за хлебом; пришел на море и крикнул громким голосом: « Рыбка, рыбка! Стань в море хвостом, ко мне головой». Рыбка приплыла к берегу: «Что тебе, старик, надо?» — «Старуха осерчала, за хлебом прислала». — « Ступай домой, будет у вас хлеба вдоволь». Воротился старик: «Ну что, старуха, есть хлеб?» — «Хлеба – то вдоволь; да вот беда: корыто раскололось, не в чем белье мыть; ступай к золотой рыбке, попроси, чтоб новое дала».

Пошел старик на море: « Рыбка, рыбка! Стань в море хвостом, ко мне головой». Приплыла золотая рыбка: «Что тебе надо, старик?» — «Старуха

不住。"

老太婆暴跳如雷,从早到晚责怪老头儿,让他一刻也不得安宁:"你哪怕是让它给咱们点食物也好!很快干树皮都没有了,我们还能吃什么呢?"老头儿受不了老太婆的唠叨,他去找金鱼要些食物。他来到海边,大声喊道:"金鱼,金鱼,请把你的尾巴朝向大海,头面向我吧!"金鱼来到岸边,说道:"老爷爷,你有什么需要我帮忙的?"

"我家的老太婆大发雷霆,打发我来要些食物。"

"回家去吧,你们会有充足的食物。"

老头儿回到了家,问道:"老太婆,怎么样了,家里有食物了吗?"

"家里食物充足,不幸的是木桶坏了,没法洗衣服了,你再到金鱼那里去要一个新木桶吧。"

老头儿来到海边,喊道:"金鱼,金鱼,请把你的尾巴朝向大海,头面向我吧。"金鱼游了过来,问道:"老爷爷,你有什么需要我帮忙的?"

"老太婆打发我来要一个新木桶。"

"好的,你们会有一个新木桶。"

прислала, новое корыто просит». — «Хорошо, будет у вас и корыто». Воротился старик, — только в дверь, а старуха опять на него накинулась: «Ступай, — говорит, — к золотой рыбке, попроси, чтоб новую избу построила; в нашей жить нельзя, того и смотри что развалится!» Пошел старик на море: «Рыбка, рыбка! Стань в море хвостом, ко мне головой». Рыбка приплыла, стала к нему головой, в море хвостом и спрашивает: «Что тебе, старик, надо?» — «Построй нам новую избу; старуха ругается, не дает мне спокою; не хочу, говорит, жить в старой избушке: она того и смотри вся развалится!» — «Не тужи, старик! Ступай домой да молись богу, все будет сделано».

Воротился старик — на его дворе стоит изба новая, дубовая, с вырезными узорами. Выбегает к нему навстречу старуха, пуще прежнего сердится, пуще прежнего ругается: «Ах ты, старый пес! Не умеешь ты счастьем пользоваться. Выпросил избу и, чай, думаешь — дело сделал! Нет, ступай-ка опять к золотой рыбке да скажи ей: не хочу я быть крестьянкою, хочу быть воеводихой, чтоб меня добрые люди

老头儿回到家，刚进门，老太婆冲着他破口大骂："你抓紧再去找金鱼，问她要一座新的小木屋，我们的这座小木屋快要坍塌了，没法住了。"老头儿来到海边，喊道："金鱼，金鱼，请把你的尾巴朝向大海，头面向我吧。"金鱼游了过来，头面向老头儿，尾巴朝向大海，询问道："老爷爷，你有什么需要我帮忙的？"

"请帮我们建一座新的小木屋吧，老太婆一直在骂我，让我一刻也不得安宁。她不想住在这个破旧的小木屋里了，小木屋快要坍塌了！"

"老爷爷，你不要悲伤难过！回家吧，上帝保佑你，你的愿望会实现的。"

老头儿回到家，他的院子里有一座橡木建成的新木屋，上面雕刻着花纹。老太婆冲他跑了过来，比之前还要生气，比之前谩骂得更为严重："你这个老蠢货！你真是不会享福！你请求金鱼建造木屋，给食物，你这就满足了！这不行，你抓紧再去找金鱼，跟她说，我不想当农妇了，我想当一位长官夫人，这样一来，人们就会听我的话，见面时会向我鞠躬问候。"老头儿来到海边，大声喊道："金鱼，金鱼，请把你的尾巴朝向大海，头

слушались, при встречах в пояс кланялись». Пошел старик на море, говорит громким голосом: «Рыбка, рыбка! Стань в море хвостом, ко мне головой». Приплыла рыбка, стала в море хвостом, к нему головой: «Что тебе, старик, надо?» Отвечает старик: «Не дает мне старуха спокою, совсем вздурилась: не хочет быть крестьянкою, хочет быть воеводихой». — «Хорошо, не тужи! Ступай домой да молись богу, все будет сделано».

Воротился старик, а вместо избы каменный дом стоит, в три этажа выстроен; по двору прислуга бегает, на кухне повара стучат, а старуха в дорогом парчовом платье на высоких креслах сидит да приказы отдает. «Здравствуй, жена!» — говорит старик. «Ах ты, невежа этакой! Как смел обозвать меня, воеводиху, своею женою? Эй, люди! Взять этого мужичонка на конюшню и отодрать плетьми как можно больнее». Тотчас прибежала прислуга, схватила старика за шиворот и потащила в конюшню; начали конюхи угощать его плетьми, да так угостили, что еле на ноги поднялся. После того старуха поставила старика

面向我吧。"金鱼游了过来，头面向老头儿，尾巴朝向大海，询问道："老爷爷，你有什么需要我帮忙的？"老头儿回答说："老太婆让我一刻也不得安宁。她现在发飙暴怒，她不想当农妇了，她想当一位长官夫人。"

"好的，你不要悲伤难过！回家吧，上帝保佑你，你的愿望会实现的。"

老头儿回到家，原来的木房子不见了，眼前是一座三层的石砌房子。侍从在庭院里忙碌，厨师在厨房里做饭，老太婆身穿华衣锦服坐在高高的圈椅上来回布置任务。老头说："你好，老婆子！"

"你这个粗鲁的家伙！我是长官夫人，你怎么能把我当成你的老婆呢？快来人呢，把这个男人扔进马厩，用鞭子给我重重地打。"一个侍卫快步走了过来，一把抓住老头儿的衣领，把他扔进马厩，一群马倌开始用鞭子打他，打得他都差点站不起身来。一顿教训后，老太婆吩咐老头儿当了一名扫院人，吩咐仆人给他拿来一把扫帚打扫庭院，让他在厨房吃喝。老头儿过得苦不堪言，整日都在打扫庭院，但凡哪里有一点儿不干净的地方，他就会被扔进马厩。老头儿心

дворником; велела дать ему метлу, чтоб двор убирал, а кормить и поить его на кухне. Плохое житье старику: целый день двор убирай, а чуть где нечисто — сейчас на конюшню! «Экая ведьма! — думает старик. — Далось ей счастье, а она как свинья зарылась, уж и за мужа меня не считает!»

Ни много, ни мало прошло времени, придокучило старухе быть воеводихой, потребовала к себе старика и приказывает: «Ступай, старый черт, к золотой рыбке, скажи ей: не хочу я быть воеводихой, хочу быть царицею». Пошел старик на море: «Рыбка, рыбка! Стань в море хвостом, ко мне головой». Приплыла золотая рыбка: «Что тебе, старик, надо?» — «Да что, вздурилась моя старуха пуще прежнего: не хочет быть воеводихой, хочет быть царицею». — «Не тужи! Ступай домой да молись богу, все будет сделано». Воротился старик, а вместо прежнего дома высокий дворец стоит под золотою крышею; кругом часовые ходят да ружьями выкидывают; позади большой сад раскинулся, а перед самым дворцом — зеленый луг; на лугу войска собраны. Старуха нарядилась царицею,

想:"真是个臭婆娘!给了她幸福生活,她却像头猪一般到处乱拱,还不把我当成她的丈夫!"

过了一段时间,老太婆觉得当长官夫人太无聊了,她叫来了老头儿,吩咐道:"你这个蠢货,你去找金鱼,跟她说,我不想当长官夫人了,我想当一位女皇。"老头儿来到海边,说道:"金鱼,金鱼,请把你的尾巴朝向大海,头面向我吧。"金鱼游了过来,头面向老头儿,尾巴朝向大海,询问道:"老爷爷,你有什么需要我帮忙的?"老头儿回答说:"是这么一回事,老太婆比之前更生气了,她不想当长官夫人了,她想当一名女皇。"

"你不要悲伤难过!回家吧,上帝保佑你,你的愿望会实现的。"老头儿回到家,原来高高的石砌房子不见了,眼前是一座宫殿,宫殿的屋顶闪闪发光,宫殿周边有哨兵拿着武器巡逻,宫殿后面有一座大大的花园,宫殿的前面是一片绿油油的草地,草地上站着一群士兵。老太婆身穿女皇的服饰,在检阅士兵和指挥士兵换班。草地上鼓声镗镗,乐声阵阵,战士们齐声喊着"乌拉"!

выступила на балкон с генералами да с боярами и начала делать тем войскам смотр и развод: барабаны бьют, музыка гремит, солдаты «ура» кричат!

Ни много, ни малопрошло времени, придокучило старухе быть царицею, велела разыскать старика и представить пред свои очи светлые. Поднялась суматоха, генералы суетятся, бояре бегают: «Какой-такой старик?» Насилу нашли его на заднем дворе, повели к царице. «Слушай, старый черт! — говорит ему старуха. — Ступай к золотой рыбке да скажи ей: не хочу быть царицею, хочу быть морскою владычицей, чтобы все моря и все рыбы меня слушались». Старик было отнекиваться; куда тебе! коли не пойдешь — голова долой! Скрепя сердце пошел старик на море, пришел и говорит: «Рыбка, рыбка! Стань в море хвостом, ко мне головой». Золотой рыбки нет как нет! Зовет старик в другой раз — опять нету! Зовет в третий раз — вдруг море зашумело, взволновалось; то было светлое, чистое, а тут совсем почернело. Приплывает рыбка к берегу: «Что тебе, старик, надо?» — «Старуха еще пуще вздурилася; уж не хочет быть царицею,

过了一段时间,老太婆觉得当女皇太无聊了,她吩咐人去找老头儿,把他带到自己的跟前来。宫殿里一阵忙乱,长官们跑来跑去,贵族大臣们来回奔忙,都不禁询问:"这是个什么样的老头儿?"他们在后院找到了老头儿,把他带到了女皇跟前。老太婆跟他说道:"你给我听好了,你这个老蠢货!你去找金鱼,跟她说,我不想当女皇了,我想当海上霸主,所有的海域和所有的鱼群都要听命于我。"老头儿本想推辞,但是没有办法,如果不去,就会被砍掉脑袋!老头儿勉为其难地来到海边,说道:"金鱼,金鱼,请把你的尾巴朝向大海,头面向我吧。"金鱼没有出现。老头儿又叫了金鱼一遍,金鱼还是没有出现。老头叫了金鱼第三遍,大海突然波涛汹涌,风急浪高。一会儿明亮如昼,一会儿漆黑如墨。金鱼游到岸边,问道:"老爷爷,你有什么需要我帮忙的?"

"老太婆比原来更怒不可遏了,她不想当女皇了,想当海上霸主,想掌管所有的海域,掌管所有的鱼群。"

хочет быть морскою владычицей, над всеми водами властвовать, над всеми рыбами повелевать».

Ничего не сказала старику золотая рыбка, повернулась и ушла в глубину моря. Старик воротился назад, смотрит и глазам не верит: дворца как не бывало, а на его месте стоит небольшая ветхая избушка, а в избушке сидит старуха в изодранном сарафане. Начали они жить по-прежнему, старик опять принялся за рыбную ловлю; только как часто ни закидывал сетей в море, не удалось больше поймать золотой рыбки.

金鱼什么话也没对老头儿说,转过身去,游进了深深的大海。老头儿转过身去,眼前的一幕让他惊呆了。宫殿消失不见了,那里是一座破旧的小木屋,老太婆穿着破烂不堪的萨拉凡[1]坐在小木屋里。他们又过上了以前的生活,老头儿去撒网捕鱼。只是不论老头儿再怎么撒网,他再也没有捕捞到金鱼。

[1] 萨拉凡(сарафан)是俄罗斯妇女穿的一种肥大的无袖长衫。

Колобок

Жил-был старик со старухою. Просит старик: «Испеки, старуха, колобок». — «Из чего печь-то? Муки нету». — «Э-эх, старуха! По коробу поскреби, по сусеку помети; авось муки и наберется».

Взяла старуха крылышко, по коробу поскребла, по сусеку помела, и набралось муки пригоршни с две. Замесила на сметане, изжарила в масле и положила на окошечко постудить.

Колобок полежал — полежал, да вдруг и покатился — с окна на лавку, с лавки на пол, по полу да к дверям, перепрыгнул через порог в сени, из сеней на крыльцо, с крыльца на двор, со двора за ворота, дальше и дальше.

Катится колобок по дороге, а навстречу ему заяц: «Колобок, колобок! Я тебя съем». — «Не ешь меня, косой зайчик! Я тебе песенку спою», — сказал колобок и запел:

Я по коробу скребен,
По сусеку метен,
На сметане мешон,
Да в масле пряжон.

小圆面包[1]

从前有一个老爷爷和老奶奶。老爷爷请求老奶奶说:"老太婆,烤个小圆面包吧。"

"用什么烤小圆面包呢?家里没有面粉了。"

"哎呀,老太婆!你抖一抖面筐,扫一扫谷仓,或许就有面粉了。"

老太婆拿起了一根羽毛,抖了抖面筐,扫了扫谷仓,弄到了两小捧面粉。老太婆放上酸奶油,把面粉搓成了面团,放上黄油烤好后,把小圆面包放在窗台上晾一晾。

小圆面包在那里躺啊躺啊,突然开始滚了起来:从窗台滚到长凳上,从长凳上滚到地板上,从地板滚到门口,跳过门槛,滚到门厅,从门厅滚到台阶,从台阶滚到院子里,从院子里滚到大门外,越滚越远。

小圆面包沿着小路滚啊滚啊,迎面来了一只兔子。

"小圆面包,我要把你吃掉。"

"不要吃了我,斜眼的兔子,我给你唱首歌吧。"

于是小圆面包唱道:
我是从面筐里抖出来的,
我是从谷仓里扫出来的,

---

[1] 该篇民间故事选自阿·尼·阿法纳西耶夫(А.Н.Афанасьев)主编的《俄罗斯民间故事全集》,出版于2008年,本篇民间故事载于41—42页。

На окошке стужон;

Я у дедушки ушел,

Я у бабушки ушел,

У тебя, зайца, не хитро уйти!

И покатился себе дальше; только заяц его и видел!..

Катится колобок, а навстречу ему волк: «Колобок, колобок! Я тебя съем!» — «Не ешь меня, серый волк! Я тебе песенку спою!»

Я по коробу скребен,

По сусеку метен,

На сметане мешон,

Да в масле пряжон,

На окошке стужон;

Я у дедушки ушел,

Я у бабушки ушел,

Я у зайца ушел,

У тебя, волка, не хитро уйти!

И покатился себе дальше; только волк его и видел!..

Катится колобок, а навстречу ему медведь: «Колобок, колобок! Я тебя съем». — «Где тебе, косолапому, съесть меня!»

Я по коробу скребен,

По сусеку метен,

На сметане мешон,

Да в масле пряжон,

На окошке стужон;

我是面粉和酸奶油搅拌出来的，

我是放上黄油烤出来的，

我是在窗台上晾凉的。

我从老爷爷那里溜走了，

我从老奶奶那里溜走了，

我从你这只兔子这里溜走也轻而易举。

小圆面包继续往前滚啊滚，只有兔子见过它。

小圆面包沿着小路滚啊滚啊，迎面来了一只狼。

"小圆面包，我要把你吃掉。"

"不要吃了我，大灰狼，我给你唱首歌吧。"

我是从面筐里抖出来的，

我是从谷仓里扫出来的，

我是面粉和酸奶油搅拌出来的，

我是放上黄油烤出来的，

我是在窗台上晾凉的。

我从老爷爷那里溜走了，

我从老奶奶那里溜走了，

我从兔子那里溜走了，

我从你这只狼这里溜走也轻而易举。

小圆面包继续往前滚啊滚，只有狼见过它。

小圆面包沿着小路滚啊滚啊，迎面来了一只熊。

"小圆面包，我要把你吃掉。"

"你这只笨拙的熊，你怎么吃掉我！"

Я у дедушки ушел,

Я у бабушки ушел,

Я у зайца ушел,

Я у волка ушел,

У тебя, медведь, не хитро уйти!

И опять укатился; только медведь его и видел!..

Катится, катится колобок, а навстречу ему лиса: «Здравствуй, колобок! Какой ты хорошенький». А колобок запел:

Я по коробу скребен,

По сусеку метен,

На сметане мешон,

Да в масле пряжон,

На окошке стужон;

Я у дедушки ушел,

Я у бабушки ушел,

Я у зайца ушел,

Я у волка ушел,

У медведя ушел,

У тебя, лиса, и подавно уйду!

«Какая славная песенка! — сказала лиса. — Но ведь я, колобок, стара стала, плохо слышу; сядь-ка на мою мордочку да пропой еще разок погромче». Колобок вскочил лисе на мордочку и запел ту же песню. «Спасибо, колобок! Славная песенка, еще бы послушала! Сядь-ка на мой язычок да пропой в последний разок»,

我是从面筐里抖出来的，

我是从谷仓里扫出来的，

我是面粉和酸奶油搅拌出来的，

我是放上黄油烤出来的，

我是在窗台上晾凉的。

我从老爷爷那里溜走了，

我从老奶奶那里溜走了，

我从兔子那里溜走了，

我从狼那里溜走了，

我从你这只熊这里溜走也轻而易举。

小圆面包继续往前滚啊滚，只有熊见过它。

小圆面包沿着小路滚啊滚啊，迎面来了一只狐狸，狐狸说道："你好，小圆面包！你长得可真好看。"小圆面包唱道：

我是从面筐里抖出来的，

我是从谷仓里扫出来的，

我是面粉和酸奶油搅拌出来的，

我是放上黄油烤出来的，

我是在窗台上晾凉的。

我从老爷爷那里溜走了，

我从老奶奶那里溜走了，

我从兔子那里溜走了，

我从狼那里溜走了，

我从熊那里溜走了，

我从你这只狐狸这里溜走也轻而易举。

"这首歌真好听，"狐狸说道，"小圆面包，只是我年纪有点大了，听不太清楚

— сказала лиса и высунула свой язык; колобок сдуру прыг ей на язык, а лиса — ам его! и скушала.

Гуси-лебеди

Жили старичок со старушкою; у них была дочка да сынок маленький. «Дочка, дочка! — говорила мать. — Мы пойдем на работу, принесем тебе булочку, сошьем платьице, купим платочек; будь умна, береги братца, не ходи со двора». Старшие ушли, а дочка забыла, что ей приказывали; посадила братца на травке под окошком, а сама побежала на улицу, заигралась, загулялась. Налетели гуси - лебеди, подхватили мальчика, унесли на крылышках. Пришла девочка, глядь — братца нету! Ахнула, кинулась туда - сюда — нету. Кликала, заливалась слезами, причитывала, что худо будет от отца и матери, — братец не откликнулся! Выбежала в чистое поле;

了，能不能跳到我的脸上，再大点声唱一遍。"小圆面包跳到狐狸的脸上，又唱了一遍这首歌。"谢谢你，小圆面包！这首歌真是好听，要是能再听一遍就好了！你跳到我的舌头上，再最后唱一遍吧！"狐狸说道，并伸出了自己的舌头。小圆面包傻乎乎地跳到了狐狸舌头上，狐狸啊呜一口把它吃掉了。

天鹅[1]

从前有一位老爷爷和一位老奶奶，他们有一个女儿和一个小儿子。"闺女，闺女，"妈妈说，"我们要去干活，会给你带回来小白面包，给你做新裙子，买头巾。你在家要乖乖的，照顾好弟弟，不要离开院子。"大人走后，女儿忘记了父母的叮嘱。她把弟弟放在窗下的草丛上，自己跑到大街上玩，她玩得都忘了时间。飞来了一群天鹅，天鹅抓起男孩，扑腾着翅膀把男孩带走了。女孩回到家中，定睛一瞧，弟弟不见了。她喊了又喊，找了又找，都没有找到。她大声呼喊，泪眼婆娑，哭着说父母不会饶了她，但是弟弟还是没有回应。女孩跑到空旷的原野。天鹅已经飞得很远，消失在黑压压森林的尽头。天鹅的名声一直不好，总是喜欢胡闹，掳走孩童。女孩猜想可能是天鹅带走了她的弟弟，冲上去

---

[1] 该篇民间故事选自阿·尼·阿法纳西耶夫（А.Н.Афанасьев）主编的《俄罗斯民间故事全集》，出版于2008年，本篇民间故事载于143—144页。

метнулись вдалеке гуси - лебеди и пропали за темным лесом. Гуси - лебедидавно себе дурную славу нажили, много шкодили и маленьких детей крадывали; девочка угадала, что они унесли ее братца, бросилась их догонять. Бежала-бежала, стоит печка. «Печка, печка, скажи, куда гуси полетели?» — «Съешь моего ржаного пирожка, скажу». — «О, у моего батюшки пшеничные не едятся!» Печь не сказала. Побежала дальше, стоит яблонь. «Яблонь, яблонь, скажи, куда гуси полетели?» — «Съешь моего лесного яблока, скажу». — «О, у моего батюшки и садовые не едятся!» Побежала дальше, стоит молочная речка, кисельные берега. «Молочная речка, кисельные берега, куда гуси полетели?» — «Съешь моего простого киселика с молоком, скажу». — «О, у моего батюшки и сливочки не едятся!»

И долго бы ей бегать по полям да бродить по лесу, да, к счастью, попался еж; хотела она его толкнуть, побоялась наколоться и спрашивает: «Ежик, ежик, не видал ли, куда гуси полетели?» — «Вон туда-то!» — указал. Побежала — стоит избушка на курьих ножках,

追赶天鹅。女孩跑啊跑啊,遇到了一个炉子。

"炉子,炉子,请你告诉我,天鹅飞到哪里去了?"

"你吃完我烤的黑麦馅饼,我就告诉你。"

"天啊,我在家的时候小麦馅饼都不吃!"

炉子一句话也没说。女孩继续往前跑,遇到了一棵苹果树。

"苹果树,苹果树,请你告诉我,天鹅飞到哪里去了?"

"你吃了我的野生苹果,我就告诉你。"

"天啊,我在家的时候园子里的苹果都不吃!"女孩继续往前跑,遇到了一条牛奶河和果羹岸[1]。

"牛奶河,果羹岸,天鹅飞到哪里去了?"

"吃完我的牛奶果羹,我就告诉你。"

"天啊,我在家的时候李子酱都不吃!"

她在田野里跑了很久,在森林里走了很久,她很幸运地遇到了一只刺猬。她想去碰一碰刺猬,但是害怕被刺伤,于是询问道:"小刺猬,小刺猬,你有没有看见,天鹅飞到哪里去了?""往那边飞走了。"小刺猬说。女孩往前跑去,那里有一座能够旋转的鸡脚小木屋。女巫巴巴

---

[1] 牛奶河和果羹岸在俄罗斯民间故事中被用来形容自由富足的生活。

стоит - поворачивается. В избушке сидит баба-яга, морда жилиная, нога глиняная; сидит и братец на лавочке, играет золотыми яблочками. Увидела его сестра, подкралась, схватила и унесла; а гуси за нею в погоню летят; нагонят злодеи, куда деваться? Бежит молочная речка, кисельные берега. « Речка - матушка, спрячь меня!» — « Съешь моего киселика!» Нечего делать, съела. Речка ее посадила под бережок, гуси пролетели. Вышла она, сказала: «Спасибо!» и опять бежит с братцем; а гуси воротились, летят навстречу. Что делать? Беда! Стоит яблонь. « Яблонь, яблонь - матушка, спрячь меня!» — « Съешь мое лесное яблочко!» Поскорей съела. Яблонь ее заслонила веточками, прикрыла листиками; гуси пролетели. Вышла и опять бежит с братцем, а гуси увидели — да за ней; совсем налетают, уж крыльями бьют, того и гляди — из рук вырвут! К счастью, на дороге печка. «Сударыня печка, спрячь меня!» — «Съешь моего ржаного пирожка!» Девушка поскорей пирожок в рот, а сама в печь, села в устьеце. Гуси полетали - полетали, покричали - покричали и ни с чем улетели. А она прибежала домой, да хорошо еще, что успела прибежать, а тут и отец и мать пришли.

雅佳住在那里,她的脸上青筋嶙嶙,有一条腿是黏土做成的。女孩的弟弟坐在长凳上,玩着金苹果。女孩子看到弟弟,偷偷爬了进去,抱起弟弟就跑走了。天鹅跟在女孩的身后追。要是被这些坏蛋追上,能藏到哪里呢?他们跑到了牛奶河和果羹岸这里。

"小河妈妈,请把我藏起来吧!"

"吃完我的果羹!"

没有办法,女孩吃了果羹,小河把她藏到堤岸下面,天鹅飞走了。出来后,女孩说了声"谢谢",又和弟弟继续往前跑。天鹅折返回来,迎面飞了过来。这可怎么办呢?刚好有棵苹果树。

"苹果树妈妈,苹果树妈妈,请把我藏起来吧!"

"吃完我的野生苹果。"

女孩一口吞下苹果。苹果树把她用树枝挡了起来,又用树叶遮了起来。天鹅飞走了。出来后,女孩和弟弟继续往前跑,天鹅看到他们后,飞上前追她。马上要追上了,天鹅用翅膀狠狠拍打他们,眼看着就要从女孩手中夺走弟弟。很幸运,路上有一个炉子。

"炉子太太,请把我藏起来吧!"

"吃完我的黑麦馅饼!"

女孩快速把馅饼吞进嘴里,跑到炉子那里,坐到炉口处。天鹅在那里飞啊飞,喊啊喊,一无所获地飞走了。她跑回了家,特别幸运的是,她刚跑进家,父母就回来了。

Морозко

Жили-были старик да старуха. У старика со старухою было три дочери. Старшую дочь старуха не любила (она была ей падчерица), почасту ее журила, рано будила и всю работу на нее свалила. Девушка скотину поила-кормила, дрова и водицу в избу носила, печку топила, обряды творила, избу мела и все убирала еще до свету; но старуха и тут была недовольна и на Марфушу ворчала: «Экая ленивица, экая неряха! И голик-то не у места, и не так-то стоит, и сорно-то в избе». Девушка молчала и плакала; она всячески старалась мачехе уноровить и дочерям ее услужить; но сестры, глядя на мать, Марфушу во всем обижали, с нею вздорили и плакать заставляли: то им и любо было! Сами они поздно вставали, приготовленной водицей умывались, чистым полотенцем утирались и за работу садились, когда пообедают. Вот наши девицы росли да росли, стали большими и сделались невестами. Скоро сказка сказывается, не скоро дело делается. Старику жалко

莫罗兹科[1]

从前有一个老头儿和一个老太婆。老头儿和老太婆有三个女儿。老太婆不喜欢大女儿(大女儿是她的继女),经常数落她,早早叫她起床,把一堆的活儿扔给她干。天亮之前,大女儿喂牲口,劈柴担水,烧炉子,做祷告,打扫屋子,把一切都收拾妥当。即便如此,老太婆还是不满意,埋怨玛尔福莎道:"瞧你这个懒东西,瞧你这个邋遢鬼!笤帚放的位置不对,也不应该这么放,屋子里到处是垃圾。"大女儿一言不发,默默哭泣。她想尽办法让继母满意,伺候好她的女儿们。但是妹妹们和她的继母一样,对玛尔福莎各种不满意,挑刺找茬,总喜欢欺负她,惹她哭泣。她们起床起得很晚,用提前准备好的水洗脸,用干净的毛巾擦脸,快吃中饭的时候才开始干活。我们的姑娘们长啊长啊,很快长大了,转眼就到出嫁的年纪了。故事说起来快,事情做起来难[2]。老头儿很心疼自己的大女儿,他很喜欢她,因为她乖巧听话,勤快能干,从不顽固执拗,让她干什么她就干什么,从来没有说过一句抱怨的话。老头儿也不知道怎么改变女儿悲惨的境况。他自己瘦弱不堪,老太婆喜欢抱怨唠叨,她的两个女儿又懒又执拗。

---

〔1〕 该篇民间故事选自阿·尼·阿法纳西耶夫(А.Н.Афанасьев)主编的《俄罗斯民间故事全集》,出版于2008年,本篇民间故事载于108—111页。莫罗兹科是俄罗斯民间故事中的严寒老人。
〔2〕 俄语中的俗语,意为说起来容易做起来难。

было старшей дочери; он любил ее за то, что была послушляная да работящая, никогда не упрямилась, что заставят, то и делала, и ни в чем слова не перекорила; да не знал старик, чем пособить горю. Сам был хил, старуха ворчунья, а дочки ее ленивицы и упрямицы.

Вот наши старики стали думу думать: старик — как бы дочерей пристроить, а старуха — как бы старшую с рук сбыть. Однажды старуха и говорит старику: «Ну, старик, отдадим Марфушу замуж». — «Ладно», — сказал старик и побрел себе на печь; а старуха вслед ему: «Завтра встань, старик, ты пораньше, запряги кобылу в дровни и поезжай с Марфуткой; а ты, Марфутка, собери свое добро в коробейку да накинь белую исподку: завтра поедешь в гости!» Добрая Марфуша рада была такому счастью, что увезут ее в гости, и сладко спала всю ночку; поутру рано встала, умылась, богу помолилась, все собрала, чередом уложила, сама нарядилась, и была девка — хоть куды невеста! А дело-то было зимою, и на дворе стоял трескучий мороз.

我们的老头儿和老太婆各怀心思。老头儿想着怎么把女儿们嫁出去,老太婆想着怎么把大女儿赶出家门。一天老太婆对老头儿说:"喂,老头儿,我们把玛尔福莎嫁出去吧。""好的",老头说完,就慢慢朝着炉子走去。老太婆跟在他身后,说道:"老头儿,明天早点起床,套好拉雪橇的母马,你和玛尔福莎一起去吧!而你啊,玛尔福特佳[1],把你的物品都装进匣子,穿着你白色的衬衣,明天去做客吧!"明天带她去做客,善良的玛尔福莎听到后很高兴,觉得自己很幸福。她一整夜睡得特别香甜。早上她早早起床,洗漱完毕,向上帝祈祷,收好东西,把物品摆放妥当,自己也梳洗打扮了一番。姑娘看起来俨然是一个待嫁的新娘。现下是隆冬,院子里的一切被冻得咯吱作响。

---

[1] 玛尔福莎的爱称。

Старик наутро, ни свет ни заря, запряг кобылу в дровни, подвел ко крыльцу; сам пришел в избу, сел на коник и сказал: «Ну, я все излáдил!» — «Садитесь за стол да жрите!» — сказала старуха. Старик сел за стол и дочь с собой посадил; хлебница была на столе, он вынул челпан и нарушал хлеба и себе и дочери. А старуха меж тем подала в блюде старых щей и сказала: « Ну, голубка, ешь да убирайся, я вдоволь на тебя нагляделась! Старик, увези Марфутку к жениху; да мотри, старый хрыч, поезжай прямой дорогой, а там сверни с дороги-то направо, на бор, — знаешь, прямо к той большой сосне, что на пригорке стоит, и тут отдай Марфутку за Морозка». Старик вытаращил глаза, разинул рот и перестал хлебать, а девка завыла. «Ну, что тут нюни-то распустила! Ведь жених-то красавец и богач! Мотри-ка, сколько у него добра: все елки, мянды и березы в пуху; житье-то завидное, да и сам он богатырь!»

Старик молча уклáл пожитки, велел дочери накинуть шубняк и пустился в дорогу. Долго ли ехал, скоро ли приехал — не ведаю: скоро сказка

老头儿天没亮就套好了拉雪橇的母马,并牵到了门廊下。他来到屋里,坐到卧箱[1]上,说道:"喂,我都准备好了!""快过来坐下吃点东西!"老太婆说。老头儿坐到餐桌旁,也让女儿一同坐下,桌子上摆好了食物,他把大圆面包拿到跟前,给自己和女儿切了一些。老太婆用盘子端来了剩汤,说道:"喂,亲爱的,快吃,吃完再收拾一下,我真是看你看不够!老头儿,你带玛尔福特佳去找未婚夫。老东西,一定记住,一直走,之后往右转,往松树林那里走,直接走到小山丘上那棵高高的松树下面,之后把玛尔福特佳交给莫罗兹科。"老头儿瞪大了眼睛,张大了嘴巴,再也吃不下饭,而大女儿号啕大哭起来。"喂,干嘛号啕大哭起来了!未婚夫可是个美男子,是个大富豪!想想他有多少财富:所有的枞树、沼泽松和白桦树都是他的,住的地方让人羡慕,他自己也是个勇士!"

老头儿默默收拾好行李,吩咐女儿穿上毛皮大衣,他们便出发上路了。故事说起来快,事情做起来难。不知道走了多久,老头儿来到了小山丘。他从道

---

[1] 农村木屋在外间墙边放置的长方形供人坐的地方。

сказывается, не скоро дело делается. Наконец доехал до бору, своротил с дороги и пустился прямо снегом по насту; забравшись в глушь, остановился и велел дочери слезать, сам поставил под огромной сосной коробейку и сказал: «Сиди и жди жениха, да мотри — принимай ласковее». А после заворотил лошадь — и домой.

Девушка сидит да дрожит; озноб ее пробрал. Хотела она выть, да сил на было: одни зубы только постукивают. Вдруг слышит: невдалеке Морозко на елке потрескивает, с елки на елку поскакивает да пощелкивает. Очутился он и на той сосне, под коёй девица сидит, и сверху ей говорит: «Тепло ли те, девица?» — «Тепло, тепло, батюшко - Морозушко!» Морозко стал ниже спускаться, больше потрескивать и пощелкивать. Мороз спросил девицу: «Тепло ли те, девица? Тепло ли те, красная?» Девица чуть дух переводит, но еще говорит: «Тепло, Морозушко! Тепло, батюшко!» Мороз пуще затрещал и сильнее защелкал и девице сказал: «Тепло ли те, девица? Тепло ли те, красная? Тепло ли те, лапушка?» Девица окостеневала и чуть слышно сказала: «Ой, тепло, голубчик Морозушко!» Тут

路上拐下来,直接走在雪面冰层上。走到森林深处时,他停了下来,吩咐女儿哭一会,他把女儿的匣子放在巨大的松树下面,说道:"你坐在这里,等你的未婚夫,一定要更温柔亲和些。"之后,老头儿驾马掉头回家去了。

女孩坐在那里瑟瑟发抖,冷得直打寒颤。她想叫出声,但是没有丝毫力气,只有牙齿在打颤。突然传来了声音,莫罗兹科在不远处弄得松树沙沙作响,从一棵松树跳到另一棵松树上,并轻轻晃动松树。他来到女孩坐在下面的那棵松树,在松树上面对女孩说:"你觉得暖和吗,小姑娘?"

"暖和,暖和,莫罗兹科爷爷!"

莫罗兹科往下靠近了一些,把松树晃得更响了。严寒老人询问女孩:"你觉得暖和吗,小姑娘?你觉得暖和吗,美人儿?"女孩差点喘不上气,但依然说道:"暖和,莫罗兹科!暖和,老爷爷!"严寒老人又把松树摇晃得更剧烈了,并问女孩:"你觉得暖和吗,小姑娘?你觉得暖和吗,美人儿?你觉得暖和吗,宝贝儿?"女孩身体僵硬发呆,用屏弱的声音说:"啊,暖和,亲爱的莫罗兹科!"莫罗兹科怜惜女孩,给她裹上了毛皮大衣,盖上棉被取暖。

Морозко сжалился, окутал девицу шубами и отогрел одеялами.

Старуха наутро мужу говорит: «Поезжай, старый хрыч, да буди молодых!» Старик запряг лошадь и поехал. Подъехавши к дочери, он нашел ее живую, на ней шубу хорошую, фату дорогую и короб с богатыми подарками. Не говоря ни слова, старик сложил все на воз, сел с дочерью и поехал домой. Приехали домой, и девица бух в ноги мачехе. Старуха изумилась, как увидела девку живую, новую шубу и короб белья. «Э, сука, не обманешь меня».

Вот спустя немного старуха говорит старику: «Увези-ка и моих-то дочерей к жениху; он их еще не так одарит!» Не скоро дело делается, скоро сказка сказывается. Вот поутру рано старуха деток своих накормила и как следует под венец нарядила и в путь отпустила. Старик тем же путем оставил девок под сосною. Наши девицы сидят да посмеиваются: «Что это у матушки выдумано — вдруг обеих замуж отдавать? Разве в нашей деревне нет и ребят! Неровен черт приедет, и не знаешь какой!»

Девушки были в шубняках, а тут

一大早老太婆对丈夫说："老东西，快去看看，把新婚夫妇叫醒吧！"老头儿套好马就出发了。走到女儿面前，发现女儿还活着，她身穿名贵的毛皮大衣，戴着昂贵的头纱，抱着一个装满各式各样贵重礼物的匣子。老头儿一句话也没说，把所有的东西装到马车上，和女儿一起回家了。回到家后，女孩扑通跪在继母面前。老太婆看到女孩还活着，穿着新的毛皮大衣，还有一箱新衣服，很是吃惊。"唉，狗东西，你不会骗我吧。"

过了一会，老太婆对老头儿说："也把我的女儿们送到未婚夫那里去吧，他还没有给她们这样的奖赏！"故事说起来快，事情做起来难。于是一大早老太婆让女儿们吃完早饭，给她们戴上新娘佩戴的花冠，打发她们出门了。老头儿沿着原来的路把两个姑娘放在松树下面。我们的两个姑娘一边坐在那里，一边嘲讽道："我们的母亲是怎么想的，突然让我们两个同时出嫁？难道我们村里就没有小伙子了！也不知道是什么样的鬼东西过来，也不知道会是个什么样的家伙！"

两个姑娘都穿着毛皮大衣，但她们还是冻得浑身冰冷。

"怎么了，帕拉哈？寒气冻得我皮肤刺痛。唉，要是未婚夫不来了，我们在这

им стало зябко. «Что, Параха? Меня мороз по коже подирает. Ну, как суженый-ряженый не приедет, так мы здесь околеем». — «Полно, Машка, врать! Коли рано женихи собираются; а теперь есть ли и обед на дворе». — «А что, Параха, коли приедет один, кого он возьмет?» — «Не тебя ли, дурище?» — «Да, мотри, тебя!» — «Конечно, меня». — «Тебя! Полное тебе цыганить да врать!» Морозко у девушек руки ознобил, и наши девицы сунули руки в пазухи да опять за то же. «Ой ты, заспанная рожа, нехорошая тресса, поганое рыло! Прясть ты не умеешь, а перебирать и вовсе не смыслишь». — «Ох ты, хвастунья! А ты что знаешь? Только по беседкам ходить да облизываться. Посмотрим, кого скорее возьмет!» Так девицы растабаривали и не в шутку озябли; вдруг они в один голос сказали: «Да кой хранци! Что долго нейдет? Вишь ты, посинела!»

Вот вдалеке Морозко начал потрескивать и с елки на елку поскакивать да пощелкивать. Девицам послышалось, что кто-то едет. «Чу, Параха, уж едет, да и с колокольцом». — «Поди прочь, сука! Я не слышу, меня мороз обдирает». — «А

里会冻死的。"

"玛什卡，不要再瞎扯了！要是未婚夫们早点来，现在都可以在院子里吃午饭了。"

"帕拉哈，要是只来一个未婚夫，他会娶谁呢？"

"难道是你这个蠢货？"

"你看，当然是你了！"

"当然是我。"

"娶你！你就不要再挖苦和瞎说了！"

莫罗兹科把寒气吹到了姑娘们的手上，我们的姑娘们把双手伸进了怀里，又开始争执不休。

"你看看你，一个睡眼惺忪的丑八怪，冻得发抖的样子真丑，一副穷凶极恶的嘴脸！你不会纺线，缝缝补补也是一窍不通。"

"哎呀，爱吹牛的女人！你会什么呢？只会胡诌闲聊，羡慕眼馋。让我们就看看，谁先当未婚妻！"

两个姑娘就这样交谈，两个人被冻得不行。突然她们异口同声地说："这是什么丈夫啊！这么久都不来？看到了没，都冻得发青了！"

莫罗兹科从很远的地方就开始弄得松树沙沙作响，从一棵松树跳到另一棵松树上，并发出噼里啪啦的声响。两个姑娘听到有人来了。

"你听，帕拉哈，已经来了，还有铃铛的叮咚声。"

еще замуж нарохтишься!» И начали пальцы отдувать. Морозко все ближе да ближе; наконец очутился на сосне, над девицами. Он девицам говорит: «Тепло ли вам, девицы? Тепло ли вам, красные? Тепло ли, мои голубушки?» — «Ой, Морозко, больно студёно! Мы замерзли, ждем суженого, а он, окаянный, сгинул». Морозко стал ниже спускаться, пуще потрескивать и чаще пощелкивать. «Тепло ли вам, девицы? Тепло ли вам, красные?» — «Поди ты к черту! Разве слеп, вишь, у нас руки и ноги отмерзли ». Морозко еще ниже спустился, сильно приударил и сказал: «Тепло ли вам, девицы?» — «Убирайся ко всем чертям в омут, сгинь, окаянный!» — и девушки окостенели.

Наутро старуха мужу говорит: «Запряги - ка ты, старик, пошевёнки; положи охабочку сенца да возьми шубное опахало. Чай девки - то приозябли; на дворе - то страшный мороз! Да мотри, воровей, старый хрыч!» Старик не успел и перекусить, как был уж на дворе и на дороге. Приезжает

"滚一边去，混蛋！我什么也听不见，我快被冻死了。"

"你还妄想嫁人呢！"

她们开始给双手哈气。莫罗兹科越来越近了，终于来到了姑娘们所在的那棵松树。他对姑娘们说："你们暖和吗，姑娘们？你们暖和吗，美女们？你们暖和吗，我的宝贝们？"

"天哪，莫罗兹科，简直是太冷了！我们被冻僵了，我们在等未婚夫，而这个该死的不知道去哪了。"

莫罗兹科往下靠近了一些，把松树晃得更响了。

"你们暖和吗，姑娘们？你们暖和吗，美女们？"

"滚一边去！你难道眼瞎，看不见我们的手脚都被冻僵了。"

莫罗兹科往下再靠近了一些，重重摇晃了一下松树，说："你们暖和吗，姑娘们？""你这个该死的，立马消失，抓紧去水塘里见鬼怪吧！"姑娘们冻得浑身僵硬。

一大早老太婆对丈夫说："套好雪橇，老头儿。放上一捆干草，再拿上裘皮扇子。两个闺女冻得不行了，院子里寒风呼啸！你快点，你个老东西！"老头儿还没来得及吃点东西，就来到院子里，接着出发上路了。他来接两个女儿，发现她们已经冻死了。他把两个闺女放到雪橇上，用扇子遮住，用粗席盖上。远远看

за дочками и находит их мертвыми. Он в пошевёнки деток свалил, опахалом закутал и рогожкой закрыл. Старуха, увидя старика издалека, навстречу выбегала и так его вопрошала: «Что детки?» — «В пошевнях». Старуха рогожку отвернула, опахало сняла и деток мертвыми нашла.

Тут старуха как гроза разразилась и старика разбранила: «Что ты наделал, старый пес? Уходил ты моих дочек, моих кровных деточек, моих ненаглядных семечек, моих красных ягодок! Я тебя ухватом прибью, кочергой зашибу!» — «Полно, старая дрянь! Вишь, ты на богатство польстилась, а детки твои упрямицы! Коли я виноват? Ты сама захотела». Старуха посердилась, побранилась, да после с падчерицею помирилась, и стали они жить да быть да добра наживать, а лиха не поминать. Присватался сусед, свадьбу сыграли, и Марфуша счастливо живет. Старик внучат Морозком стращал и упрямиться не давал. Я на свадьбе был, мед-пиво пил, по усу текло, да в рот не попало.

到老头儿，老太婆迎面冲了出来，询问道："孩子们怎么样了？"

"在雪橇上。"

老太婆掀开粗席，拿开扇子，发现两个闺女死了。

老太婆雷霆大怒，埋怨老头儿说："你都干什么了，老东西？你带走了我的两个女儿，两个亲生的闺女，我的两个心爱的种子，我的两个最美的果实！我用炉叉打死你，我用火钩子弄死你！"

"够了，你这个老恶妇！瞧，还不是你贪财，而你的两个闺女都顽固执拗！难道是我的过错？这都是你自己造成的。"老太婆暴跳如雷，漫骂了一会，之后与继女和解了，她们开始幸福地生活在一起，把原来的不愉快抛到九霄云外。邻居前来提亲，他们举行了婚礼，玛尔福莎过得很幸福。老头用莫罗兹科的故事吓唬孙子们，教育他们不要顽固执拗。我参加了婚礼，喝了蜜酒，蜜酒顺着胡子都流了下来，但没流到嘴里。

По щучьему веленью

Жил - был бедный мужичок; сколько он ни трудился, сколько ни работал — все нет ничего! «Эх, — думает сам с собой, — доля моя горькая! Все дни за хозяйством убиваюсь, а того и смотри — придется с голоду помирать; а вот сосед мой всю свою жизнь на боку лежит, и что же? — хозяйство большое, барыши сами в карман плывут. Видно, я богу не угодил; стану я с утра до вечера молиться, авось господь и смилуется». Начал он богу молиться; по целым дням голодает, а все молится. Наступил светлый праздник, ударили к заутрене. Бедный думает: «Все люди станут разгавливаться, а у меня ни куска нету! Пойду хоть воды принесу — ужо вместо щей похлебаю». Взял ведерко, пошел к колодцу и только закинул в воду — вдруг попалась ему в ведерко большущая щука. Обрадовался мужик: «Вот и я с праздником! Наварю ухи и всласть пообедаю». Говорит ему щука человечьим голосом: «Отпусти меня, добрый человек, на волю; я тебя счастливым

按照狗鱼的吩咐[1]

从前有一个贫穷的农夫。不论他怎么努力,不论他怎么干活,还是一无所有!"唉,"他自己想,"我的命真苦啊!我没日没夜地劳作,但是得到什么了,都快要饿死了。而我的邻居天天躺着,又怎么样呢?家大业大,钱自己就跑进他的口袋里。可能是我没满足上帝的意愿,我得从早到晚向上帝祈祷,万一上帝大发慈悲呢。"他开始祈求上帝,哪怕整天整天挨饿,他也在向上帝祈祷。复活节到来了,人们都去做晨祷。这个贫穷的人心想:"所有的人都开斋了,我却没什么可吃的!我去挑些水,哪怕不能喝菜汤,喝点水也行。"

这个农夫拿着水桶,来到水井旁,刚把水桶扔到井里,一个巨大的狗鱼就钻进了水桶里面。农夫特别高兴:"我可以过节了!煮个鲜鱼汤,美美地吃一顿。"狗鱼用人的声音对他说:"善良的人,放了我吧,我会让你过得很幸福:你想要什么,就会得到什么!你只要说:按照狗鱼的吩咐,按照上帝的祝福,什么快出现吧,什么就会立即出现!"这个一贫如洗的农夫把狗鱼放回了井里,回到了木屋,坐在桌旁说道:"按照狗鱼的吩咐,按照上帝的祝福,赶快摆好餐桌,准备好午

---

[1] 该篇民间故事选自阿·尼·阿法纳西耶夫(A.H.Aфанасьев)主编的《俄罗斯民间故事全集》,出版于 2008 年,本篇民间故事载于 324—325 页。

сделаю: чего душа твоя пожелает, все у тебя будет! Только скажи: по щучьему веленью, по божьему благословенью явись то-то и то-то — сейчас явится!» Убогий бросил щуку в колодец, пришел в избу, сел за стол и говорит: «По щучьему веленью, по божьему благословенью будь стол накрыт и обед готов!» Вдруг откуда что взялось — появились на столе всякие кушанья и напитки; хоть царя угощай, так не стыдно будет! Убогий перекрестился: «Слава тебе господи! Есть чем разговеться». Пошел в церковь, отстоял заутреню и обедню, воротился и стал разгавливаться; закусил-выпил, вышел за ворота и сел на лавочку.

На ту пору вздумала царевна по улицам прогуляться, идет с своими няньками и мамками и ради праздничка Христова раздает бедным милостыню; всем подала, а про этого мужичка и позабыла. Вот он и говорит про себя: «По щучьему веленью, по божьему благословенью пусть царевна плод понесет и родит себе сына!» По тому слову царевна в ту ж минуту забрюхатела и через девять месяцев родила сына. Начал ее царь допрашивать. «Признавайся, — говорит, — с кем

餐!"突然桌子上也不知道从哪里出来了各式各样的食物和饮品，即便是招待沙皇，也不会如此丰盛!

这个贫穷的人画了一个十字，说："感谢上帝！可以开斋了。"他来到教堂，做完早祷和午祷，回到家后，便开始开荤，吃吃喝喝后，来到大门外，坐在长凳上。

正在此时，公主突然想到大街上逛逛。为了庆祝这个上帝的节日，她和自己的保姆们、奶妈们给穷人们施舍钱财。她们给所有的人都发了钱财，唯独把这个农夫给忘了。他自言自语道："按照狗鱼的吩咐，按照上帝的祝福，让公主怀孕，并生下一个儿子吧！"此话一出，公主立刻怀孕了，九个月后生下了一个儿子。沙皇反复盘问她。

"你快承认吧，你是和谁私通生下的这个孩子？"

公主一直哭，每次都发誓，没有和任何人私通。

согрешила?» А царевна плачет и всячески клянется, что ни с кем не грешила: «И сама не ведаю, за что меня господь покарал!» Сколько царь ни допытывался, ничего не узнал.

Меж тем мальчик не по дням, а по часам растет; через неделю уж говорить стал. Царь созвал со всего царства бояр и думных людей, показывает их мальчику: не признает ли он кого за отца? Нет, мальчик молчит, никого отцом не обзывает. Приказал царь нянькам и мамкам нести его по всем дворам, по всем улицам и казать всякого чина людям и женатым и холостым. Няньки и мамки понесли ребенка по всем дворам, по всем улицам; ходили-ходили, он все молчит. Подошли, наконец, к избушке бедного мужика; как только увидал мальчик того мужика, сейчас потянулся к нему ручонками и закричал: «Тятя, тятя!» Доложили про то государю, привели во дворец убогого; царь стал его допрашивать: «Признавайся по чистой по совести — твой это ребенок?» — «Нет, божий!» Царь разгневался, обвенчал убогого на царевне, а после венца приказал посадить их вместе с

"我自己都不知道,上帝为什么这么惩罚我!"

不论沙皇如何追问,还是一无所知。

公主生下的男孩不是按着天长大,而是按着时辰长大。过了一周,男孩就会说话了。沙皇召集了全国的地主和贵族,让男孩仔细看看他们,不知道能不能认出谁是他的父亲?没有用,男孩一言不发,他没有喊任何人父亲。沙皇吩咐保姆们和奶妈们抱着男孩到所有的院子里转转,到所有的街道上转转,给各个阶层的人们都看看,不论是已婚的,还是单身的。保姆们和奶妈们抱着男孩走遍了所有的院子,走遍了所有的街道。她们走啊走啊,男孩还是一言不发。最后,她们来到了这个贫穷农夫的木屋前,男孩一看到这个农夫,立马就张开双手跑向他,并喊道:"爹爹,爹爹!"她们把这个情况告诉了君主,并把这个穷人带回了皇宫。沙皇开始盘问:"凭良心说,你承认这是你的孩子吗?"

"不是我的,是上帝的孩子!"

沙皇生气了,让穷人娶了公主,婚礼结束后,沙皇吩咐将他们一起装进一个大桶里,用树脂封住,扔进广袤无垠的大海里。

ребенком в большую бочку, засмолить смолою и пустить в открытое море.

Вот поплыла бочка по морю, понесли ее буйные ветры и прибили к далекому берегу. Слышит убогий, что вода под ними не колышется, и говорит таково слово: «По щучьему веленью, по божьему благословенью распадись, бочка, на сухом месте!» Бочка развалилась; вылезли они на сухое место и пошли куда глаза глядят. Шли – шли, шли – шли, есть – пить нечего, царевна совсем отощала, едва ноги переставляет. «Что, — спрашивает убогий, — знаешь теперь, какова жажда и голод?» — «Знаю!» — отвечает царевна. «Вот так-то и бедные мучатся; а ты не хотела мне на Христов день и милостынки подать!» Потом говорит убогий: «По щучьему веленью, по божьему благословенью стань здесь богатый дворец — чтоб лучше во всем свете не было, и с садами, и с прудами, и со всякими пристройками!»

Только вымолвил — явился богатый дворец; выбегают из дворца слуги верные, берут их под руки, ведут в палаты белокаменные и сажают за столы дубовые, за скатерти браные. Чудно

木桶在大海上漂啊漂啊,狂风把木桶吹到了一处遥远的海岸。这个穷人听到他们身下不再有水流声,说道:"按照狗鱼的吩咐,按照上帝的祝福,让木桶在一个干燥的地方裂开吧!"木桶裂开了,他们来到了一处干燥的地方,眼睛看到哪里,就走到哪里[1]。他们走啊走啊,走啊走啊,没有吃的,没有喝的,公主变得消瘦,差点迈不动腿了。

"现在你知道忍饥挨饿的感觉了?"穷人问。

"知道了!"公主回答说。

"穷人就是这样受折磨的。复活节那天你还不想向我施舍钱财。"

穷人接着说:"按照狗鱼的吩咐,按照上帝的祝福,请在这里建一座世界上最富丽堂皇的宫殿吧,有花园,有池塘,还有各式各样的厢房!"

话音刚落,这里出现了一座富丽堂皇的宫殿。从宫殿里跑出忠诚的仆人,挽着他们的手,把他们领进白石砌成的大厅,让他们坐在橡木做成的桌子旁边,坐在带花纹的桌布旁边。宫殿的大

---

[1] "眼睛看到哪里,就走到哪里"意思为"没有目的的漫游"。

в палатах убрано, изукрашено; на столах всего наготовлено: и вина, и сласти, и кушанья. Убогий и царевна напились, наелись, отдохнули и пошли в сад гулять. « Всем бы здесь хорошо, — говорит царевна, — только жаль, что нет никакой птицы на наших прудах ». — « Подожди, будет и птица!» — отвечал убогий и тотчас вымолвил: «По щучьему веленью, по божьему благословенью пусть плавают на этом пруде двенадцать уток, тринадцатый селезень — у всех бы у них одно перо было золотое, другое серебряное; да был бы у селезня чуб на головке бриллиантовый!» Глядь — плывут по воде двенадцать уток и селезень — одно перо золотое, другое серебряное; на головке у селезня чуб бриллиантовый.

Вот так-то живет царевна с своим мужем без горя, без печали, а сын ее растет да растет; вырос большой, почуял в себе силу великую и стал у отца, у матери проситься поехать по белу свету да поискать себе невесты. Они его отпустили: «Ступай, сынок, с богом!» Он оседлал богатырского коня, сел и поехал в путь-дорогу. Попадается ему навстречу старая старуха: «Здравствуй,

厅里装饰得十分精美。餐桌已经准备好,有葡萄酒,有糖果,有饭菜。穷人和公主吃饱喝足,休息了一会,来到花园散步。"如果这里什么都有就好了,"公主说道,"很可惜我们的池塘里一只鸟都没有。""等一等,会有鸟儿的!"穷人回答说,紧接着立即说道:"按照狗鱼的吩咐,按照上帝的祝福,请让池塘中出现十三只鸭子,其中十二只母鸭,一只公鸭。所有鸭子身上的一根羽毛是金色的,另一根羽毛是银色的,公鸭头顶的冠毛上镶着钻石!"快看,水面上游过来十二只母鸭和一只公鸭,一根羽毛是金色的,一根羽毛是银色的,公鸭头顶的冠毛上镶着钻石。

公主和自己的丈夫生活得无忧无虑,儿子也一天天长大,长成了一个大小伙子,他浑身有使不完的力气,他开始请求父亲和母亲让他到外面的世界寻找未婚妻。他们同意了儿子的想法,说:"去吧,儿子,祝你成功!"他套好雄壮的马儿,骑上马上路了。一个老太婆向他迎面走来。

"你好,俄罗斯的王子!你这是要去哪里?"

"老奶奶,我要去找未婚妻,但是我不知道要去哪里找。"

"你等一下,孩子,我告诉你!海的那边有一个王国,这个非常遥远的王国里有一位公主。这位公主非常漂亮,即

русский царевич! Куда ехать изволишь?» — «Еду, бабушка, невесты искать, а где искать — и сам не ведаю». — «Постой, я тебе скажу, дитятко! Поезжай ты за море в тридесятое королевство; там есть королевна — такая красавица, что весь свет изъездишь, а лучше ее нигде не сыщешь!» Добрый молодец поблагодарил старуху, приехал к пристани, нанял корабль и поплыл в тридесятое королевство.

Долго ли, коротко ли плыл он по морю, скоро сказка сказывается, не скоро дело делается — приезжает в то королевство, явился к тамошнему королю и стал за его дочь свататься. Говорит ему король: «Не ты один за мою дочь сватаешься; есть у нас еще жених — сильномогучий богатырь; коли ему отказать, он все мое государство разорит». — «А мне откажешь — я разорю!» — «Что ты! Лучше померяйся с ним силою: кто из вас победит, за того и дочь отдам». — «Ладно! Созывай всех царей и царевичей, королей и королевичей на честной бой поглядеть, на свадьбе погулять». Тотчас посланы были гонцы в разные стороны, и года не прошло, как собрались со всех окрестных земель

便你走遍整个世界,再也找不到比她更好的公主了!"

年轻人谢过老奶奶,来到了码头,雇了一艘轮船,前往遥远的王国。

他在大海上行驶了很长时间,故事说起来快,事情做起来难。他来到了那个王国,前去问候那里的国王,并向国王的女儿求婚。国王跟他说:"并不是只有你一个人向我的女儿求婚。还有一个求婚者,那是个威猛的勇士。如果我拒绝他,他会把我的整个王国夷为平地。"

"如果拒绝我,我也把你王国夷为平地!"

"这可万万不行!你最好和他进行一场较量,谁赢了,我就把女儿嫁给谁。"

"好吧,请你召集所有的沙皇们和皇子们、国王们和王子们来观看这场公正的比赛,来参加婚礼吧。"国王立马向四面八方派出了自己的使者,不到一年的时间,来自四面八方的沙皇们和皇子们、国王们和王子们都相聚在一起,其中也包括把亲生女儿封进木桶并扔进大海的国王。在约定好的这天,两位勇士展开

цари и царевичи, короли и королевичи; приехал и тот царь, что свою родную дочь в бочку засмолил да в море пустил. В назначенный день вышли богатыри на смертный бой; бились – бились, от их ударов земля стонала, леса приклонялись, реки волновались; сын царевны осилил своего супротивника — снес с него буйную голову.

Подбежали тут королевские бояре, взяли доброго молодца под руки и повели во дворец; на другой день обвенчался он с королевною, а как отпировали свадьбу, стал звать всех царей и царевичей, королей и королевичей в гости к своему отцу, к матери. Поднялись все разом, снарядили корабли и поплыли по морю. Царевна со своим мужем встретили гостей с честию, и начались опять пиры да веселье. Цари и царевичи, короли и королевичи смотрят на дворец, на сады и дивуются: такого богатства нигде не видано, а больше всего показались им утки и селезень — за одну утку можно полцарства дать! Отпировали гости и вздумали домой ехать; не успели они до пристани добраться, как бегут за ними скорые гонцы: «Наш–де хозяин просит вас назад воротиться, хочет с вами тайный совет держать».

了生死较量。他们打啊打啊，因为二人的打斗，大地在低沉呻吟，树木弯腰低垂，河流波涛汹涌。公主的儿子战胜了跟自己抢未婚妻的敌手，砍下了他大大的脑袋。

国王的大臣们跑了出来，挎着棒小伙子的胳膊，把他领进宫殿。第二天，他和这个国家的公主举行了婚礼。举行婚礼的时候，他邀请所有的沙皇们和皇子们、国王们和王子们到自己父母那里做客。所有人一下子都乘坐轮船，开启了新的旅程。公主和丈夫热情招待了来客，举行了宴会，大家欢歌笑语。沙皇们和皇子们、国王们和王子们端详着宫殿和花园，大家感到特别惊讶。世界上任何地方都没有这么多财富，最让大家感到惊奇的是那十二只母鸭和一只公鸭，一只鸭子足以抵得上半个王国。客人们吃完宴席，准备起身返程。他们还没到码头，急使就追上他们，说道："我们的主人邀请大家再回去一趟，要同你们说一件私密的事情。"

Цари и царевичи, короли и королевичи воротились назад; выступил к ним хозяин и стал говорить: «Разве этак добрые люди делают? Ведь у меня утка пропала! Окромя вас некому взять!» — «Что ты взводишь напраслину? — отвечают ему цари и царевичи, короли и королевичи. — Это дело непригожее! Сейчас обыщи всех! Если найдешь у кого утку, делай с ним, что сам знаешь; а если не сыщешь, твоя голова долой!» — «Хорошо, я согласен!» — сказал хозяин, пошел по ряду и стал их обыскивать; как скоро дошла очередь до царевнина отца, он потихоньку и вымолвил: «По щучьему веленью, по божьему благословенью пусть у этого царя под полой кафтана будет утка привязана!» Взял, приподнял ему кафтан, а под полой как есть привязана утка — одно перо золотое, другое серебряное. Тут все прочие цари и царевичи, короли и королевичи громко засмеялись: «Ха-ха-ха! Вот каково! Уж цари воровать начали!» Царевнин отец всеми святыми клянется, что воровать — у него и на мыслях не было; а как к нему утка попала — того и сам не ведает. «Рассказывай! У тебя

沙皇们和皇子们、国王们和王子们折返了回来。主人走上前，开始说道："这难道是善良的人们做出的事情吗？我们的一只鸭子不见了！除了你们，没人拿走鸭子！""你干嘛要冤枉我们？"沙皇们和皇子们、国王们和王子们回答说，"这件事情很不体面。现在你大可以搜查一下所有的人！如果你在我们这些人里找到了偷鸭子的人，怎么处理他都随你意。如果找不到，我们会让你的脑袋搬家！""好，我同意。"主人说。

主人开始一排一排搜查，当快走到公主父亲那里的时候，他小声说道："按照狗鱼的吩咐，按照上帝的祝福，请让这位国王的长袍的前襟里藏着一只鸭子吧！"主人掀开他的长袍，在前襟里藏着一只鸭子，一根羽毛是金色的，另一根是银色的。剩下的沙皇们和皇子们，国王们和王子们立马说道："哈哈哈！怎么回事！沙皇都开始偷盗了！"公主的父亲对着圣徒发誓，他没有偷盗，就连偷盗的想法都没有。这只鸭子是怎么来的，他自己也不知道。

"快点说！是在你这里找到的，就是说，是你自己一个人的错。"

就在这个时候，公主走了出来，冲上去抱住了父亲，并承认自己是他的女儿，那个被他嫁给穷光蛋、扔进被树脂封住木桶里的女儿，"父亲！那时候你不相

нашли, стало быть, ты один и виноват ». Тут вышла царевна, бросилась к отцу и призналась, что она та самая его дочь, которую выдал он за убогого замуж и посадил в смоляную бочку: «Батюшка! Ты не верил тогда моим словам, а вот теперь на себе спознал, что можно быть без вины виноватым». Рассказала ему, как и что было, и после того стали они все вместе жить – поживать, добра наживать, а лиха избывать.

信我的话，现在你自己也亲身体会了，可能没有犯任何错就成了有罪之人"。公主给父亲讲了发生的一切，之后他们一起过起了日子，攒了很多钱财，旧日的恩怨也被抛到九霄云外。

Сказка об Иване-царевиче, жар-птице и о сером волке

В некотором было царстве, в некотором государстве был-жил царь, по имени Выслав Андронович. У него было три сына-царевича: первый — Димитрий-царевич, другой — Василий-царевич, а третий — Иван-царевич. У того царя Выслава Андроновича был сад такой богатый, что ни в котором государстве лучше того не было; в том саду росли разные дорогие деревья с плодами и без плодов, и была у царя одна яблоня любимая, и на той яблоне росли яблочки все золотые. Повадилась к царю Выславу в сад летать жар-птица; на ней перья золотые, а глаза восточному хрусталю подобны. Летала она в тот сад каждую ночь и садилась на любимую Выслава-царя яблоню, срывала с нее золотые яблочки и опять улетала. Царь Выслав Андронович весьма крушился о той яблоне, что жар-птица много яблок с нее сорвала; почему призвал к себе трех своих сыновей и сказал им: «Дети мои любезные!

关于伊万王子、火鸟和大灰狼的故事[1]

很久以前，在一个王国中住着一位名叫维斯拉夫·安得罗诺维奇的沙皇。他有三个儿子，大儿子是德米特里王子，二儿子是瓦西里王子，三儿子是伊万王子。沙皇维斯拉夫·安得罗诺维奇有一个精美绝伦的花园，这是世界上最美的一座花园。花园里长着各式各样珍贵稀有的树木，有长着果实的，有没有果实的。沙皇最喜欢的是苹果树，这棵苹果树上长满了金色的苹果。沙皇维斯拉夫的花园里来了一只火鸟，这只火鸟的羽毛是金色的，眼睛像极了东方的水晶。这只火鸟每天晚上都会飞到花园里，落在沙皇最喜欢的苹果树上，摘下一些金色的苹果后，就飞走了。火鸟从苹果树上摘走了很多金苹果，为此沙皇维斯拉夫·安得罗诺维奇很是伤心。于是，他叫来了他的三个儿子，对他们说："我亲爱的孩子们！谁能在我的花园里捉住火鸟？谁能活捉这只火鸟，我活着的时候就把半个王国给他，死后会把整个王国交给他。"皇子们异口同声大声喊道："国王陛下，宽厚仁慈的君主父亲，我们很高兴为此效劳，我们会竭尽所能捉住火鸟。"

---

[1] 该篇民间故事选自阿·尼·阿法纳西耶夫（А.Н.Афанасьев）主编的《俄罗斯民间故事全集》，出版于2008年，本篇民间故事载于325—333页。

Кто из вас может поймать в моем саду жар-птицу? Кто изловит ее живую, тому еще при жизни моей отдам половину царства, а по смерти и все». Тогда дети его царевичи возопили единогласно: «Милостивый государь-батюшка, ваше царское величество! Мы с великою радостью будем стараться поймать жар-птицу живую».

На первую ночь пошел караулить в сад Димитрий-царевич и, усевшись под ту яблонь, с которой жар-птица яблочки срывала, заснул и не слыхал, как та жар-птица прилетала и яблок весьма много ощипала. Поутру царь Выслав Андронович призвал к себе своего сына Димитрия-царевича и спросил: «Что, сын мой любезный, видел ли ты жар-птицу или нет?» Он родителю своему отвечал: «Нет, милостивый государь-батюшка! Она эту ночь не прилетала». На другую ночь пошел в сад караулить жар-птицу Василий-царевич. Он сел под ту же яблонь и, сидя час и другой ночи, заснул так крепко, что не слыхал, как жар-птица прилетала и яблочки щипала. Поутру царь Выслав призвал его к себе и спрашивал: «Что, сын мой любезный, видел ли ты жар-птицу или

第一个晚上是德米特里王子看护花园，他坐在火鸟偷苹果的那棵苹果树下睡着了，没听到火鸟什么时候来的，也没看到火鸟摘走了很多苹果。次日一早沙皇维斯拉夫·安得罗诺维奇把德米特里王子叫到跟前，询问说："怎么样，我亲爱的儿子，你看到火鸟了吗？"他对自己的父亲说："没有，宽厚仁慈的君主父亲！火鸟昨天晚上没有来。"第二天晚上是瓦西里王子看护花园，他坐在火鸟偷苹果的那棵苹果树下，蹲坐了一个小时，又蹲坐了一个小时，之后他沉沉地睡着了，没有听到火鸟飞来了，也没看到它摘走了苹果。次日一早沙皇维斯拉夫把他叫到跟前，询问道："怎么样，我亲爱的儿子，你看到火鸟了吗？""宽厚仁慈的君主父亲！火鸟昨天晚上没有来。"

нет?» — «Милостивый государь – батюшка! Она эту ночь не прилетала».

На третью ночь пошел в сад караулить Иван-царевич и сел под ту же яблонь; сидит он час, другой и третий — вдруг осветило весь сад так, как бы он многими огнями освещен был: прилетела жар-птица, села на яблоню и начала щипать яблочки. Иван-царевич подкрался к ней так искусно, что ухватил ее за хвост; однако не мог ее удержать: жар-птица вырвалась и полетела, и осталось у Ивана-царевича в руке только одно перо из хвоста, за которое он весьма крепко держался. Поутру лишь только царь Выслав от сна пробудился, Иван-царевич пошел к нему и отдал ему перышко жар-птицы. Царь Выслав весьма был обрадован, что меньшому его сыну удалось хотя одно перо достать от жар-птицы. Это перо было так чудно и светло, что ежели принесть его в темную горницу, то оно так сияло, как бы в том покое было зажжено великое множество свеч. Царь Выслав положил то перышко в свой кабинет как такую вещь, которая должна вечно храниться. С тех пор жар-птица не летала в сад.

第三天晚上轮到伊万王子看护花园,他坐在那棵苹果树下。他蹲坐了一个小时,又一个小时,又一个小时。突然间整个花园被点亮了,如同被很多火把照耀一般。火鸟飞来了,它停在苹果树上,开始摘苹果。伊万王子悄无声息地靠近火鸟,想一把抓住它的尾巴,但是没能抓到。火鸟挣脱飞走了,只在伊万王子的手中留下了他紧紧攥住的火鸟尾巴上的一根羽毛。次日一早沙皇维斯拉夫刚从梦中醒来,伊万王子就走到他跟前,递给他一根火鸟的羽毛。自己的小儿子弄到了火鸟的一根羽毛,沙皇维斯拉夫很是高兴。这根羽毛很神奇,会发光。只要把这根羽毛放到黑暗的房间里,羽毛就会闪闪发光,如同点燃了很多很多的蜡烛。沙皇维斯拉夫把这根羽毛放到自己的书房里,视若珍宝。自此以后,火鸟再也没有来过花园。

Царь Выслав опять призвал к себе детей своих и говорил им: «Дети мои любезные! Поезжайте, я даю вам свое благословение, отыщите жар-птицу и привезите ко мне живую; а что прежде я обещал, то, конечно, получит тот, кто жар-птицу ко мне привезет». Димитрий и Василий царевичи начали иметь злобу на меньшего своего брата Ивана-царевича, что ему удалось выдернуть у жар-птицы из хвоста перо; взяли они у отца своего благословение и поехали двое отыскивать жар-птицу. А Иван-царевич также начал у родителя своего просить на то благословения. Царь Выслав сказал ему: «Сын мой любезный, чадо мое милое! Ты еще молод и к такому дальнему и трудному пути непривычен; зачем тебе от меня отлучаться? Ведь братья твои и так поехали. Ну, ежели и ты от меня уедешь, и вы все трое долго не возвратитесь? Я уже при старости и хожу под богом; ежели во время отлучки вашей господь бог отымет мою жизнь, то кто вместо меня будет управлять моим царством? Тогда может сделаться бунт или несогласие между нашим народом, а унять будет некому; или неприятель под наши

沙皇维斯拉夫又把自己的孩子们叫到跟前，对他们说道："我亲爱的孩子们，你们起身去寻找火鸟吧，把它活捉了带给我，我会祝福你们！我之前所允诺的一切都将属于那个给我带回来火鸟的人。"德米特里王子和瓦西里王子开始憎恨自己的弟弟伊万王子，他竟然能弄到火鸟尾巴上的羽毛。两位王子得到父亲的祝福后，便起身上路一起去寻找火鸟。伊万王子也前去请求父亲祝福他。沙皇维斯拉夫对他说："我亲爱的儿子，我可爱的孩子！你太小了，不适合踏上这么遥远且艰难旅程。你为什么要离开我呢？你的哥哥们都已经出发了。唉，要是你也离开我，你们三个会不会很长时间不在我身边？我现在年纪大了，命数都由天定。要是你们不在的这段时间，我去世了，谁能够代替我管理我的王国？那时候就可能出现暴动，或者民众中间出现不和谐的因素，但是没有人能制止这一切。或者我们旁边不友善的邻居来侵犯，都没有人能够指挥我们的军队。"然而，不论沙皇维斯拉夫怎么挽留伊万王子，伊万王子还是不懈恳求，沙皇不得不允许他离开。伊万王子得到父亲的祝福后，给自己挑选了一匹马就上路了。他走啊，走啊，自己都不知道要去哪里。

области подступит, а управлять войсками нашими будет некому». Однако сколько царь Выслав ни старался удерживать Ивана-царевича, но никак не мог не отпустить его, по его неотступной просьбе. Иван-царевич взял у родителя своего благословение, выбрал себе коня и поехал в путь, и ехал, сам не зная, куды едет.

Едучи путем-дорогою, близко ли, далеко ли, низко ли, высоко ли, скоро сказка сказывается, да не скоро дело делается, наконец приехал он в чистое поле, в зеленые луга. А в чистом поле стоит столб, а на столбу написаны эти слова: «Кто поедет от столба сего прямо, тот будет голоден и холоден; кто поедет в правую сторону, тот будет здрав и жив, а конь его будет мертв; а кто поедет в левую сторону, тот сам будет убит, а конь его жив и здрав останется». Иван-царевич прочел эту надпись и поехал в правую сторону, держа на уме: хотя конь его и убит будет, зато сам жив останется и со временем может достать себе другого коня. Он ехал день, другой и третий — вдруг вышел ему навстречу пребольшой серый волк и сказал: «Ох ты гой еси, младой юноша, Иван-

他沿着路走啊走啊，不知道走了多久，不知道走了多远，故事说起来快，事情做起来难，他最后来到了一片干净的田野，来到一片绿油油的草丛。干净的田野上立着一个柱子，柱子上写着这样一段话："谁要是顺着柱子的方向直走，谁就会饥寒交迫；谁要是往右边走，谁就会健康地活着，而他的马儿会死去；谁要是往左边走，谁就会死去，但是他的马儿会健康地活着。"伊万王子读完这段文字后，选择顺着右边的道路走。他自己是这样盘算的：虽然他的马儿会死了，但是他自己还活着，慢慢地他会给自己再找到一匹马儿的。他走了一天，一天，又一天，突然一匹巨大的灰狼迎面向他走来，说道："你好啊，年轻的小伙子，伊万王子。你已经读过柱子上的文字，上面写着，你的马儿会死去。为什么还是选择这条道路呢？"灰狼说完这些话后，就把伊万王子的马儿撕成两半，并扬长而去。

царевич! Ведь ты читал, на столбе написано, что конь твой будет мертв; так зачем сюда едешь?» Волк вымолвил эти слова, разорвал коня Ивана-царевича надвое и пошел прочь в сторону.

Иван-царевич вельми сокрушался по своему коню, заплакал горько и пошел пеший. Он шел целый день и устал несказанно и только что хотел присесть отдохнуть, вдруг нагнал его серый волк и сказал ему: «Жаль мне тебя, Иван-царевич, что ты пеш изнурился; жаль мне и того, что я заел твоего доброго коня. Добро! Садись на меня, на серого волка, и скажи, куда тебя везти и зачем?» Иван-царевич сказал серому волку, куды ему ехать надобно; и серый волк помчался с ним пуще коня и чрез некоторое время как раз ночью привез Ивана-царевича к каменной стене не гораздо высокой, остановился и сказал: «Ну, Иван-царевич, слезай с меня, с серого волка, и полезай через эту каменную стену; тут за стеною сад, а в том саду жар-птица сидит в золотой клетке. Ты жар-птицу возьми, а золотую клетку не трогай; ежели клетку возьмешь, то тебе оттуда не уйти будет: тебя тотчас поймают!»

马儿死后，伊万王子非常伤心，他号啕大哭，步行着前行。他走了整整一天，出奇地疲惫，刚想坐下来稍作休息，灰狼追上了他，对他说："我看你怪可怜的，伊万王子，你走路走得很疲惫。我把你马儿吃掉了，也觉得于心不忍。好吧，你骑到我身上，骑到灰狼身上，直接说把你驮到哪里，以及为什么去那里！"伊万王子告诉灰狼，他需要去哪里。灰狼驮着伊万王子一路狂奔，灰狼跑得比马儿都快。过了一会，正好到夜晚的时候灰狼把伊万王子驮到了一座不是特别高的石墙那里，灰狼停下脚步，说道："喂，伊万王子，从我身上下来吧，从灰狼身上下来吧，翻过这座石墙，墙的那边有一座花园，火鸟就在这座花园的一个金笼子里。你抓住火鸟，但是别动金笼子。要是你拿走了金笼子，你从那里就出不来了，你会被立马抓住！"伊万王子翻过石墙，来到花园，看到火鸟在金笼子里面，就被火鸟迷住了。他从笼子里面把火鸟拿了出来，开始往回走。走了一会儿，他改主意了，自言自语说："我带走了火鸟，没有笼子怎么行，我把它放在哪里

Иван-царевич перелез через каменную стену в сад, увидел жар-птицу в золотой клетке и очень на нее прельстился. Вынул птицу из клетки и пошел назад, да потом одумался и сказал сам себе: «Что я взял жар-птицу без клетки, куда я ее посажу?» Воротился и лишь только снял золотую клетку — то вдруг пошел стук и гром по всему саду, ибо к той золотой клетке были струны приведены. Караульные тотчас проснулись, прибежали в сад, поймали Ивана-царевича с жар-птицею и привели к своему царю, которого звали Долматом. Царь Долмат весьма разгневался на Ивана-царевича и вскричал на него громким и сердитым голосом: «Как не стыдно тебе, младой юноша, воровать! Да кто ты таков, и которыя земли, и какого отца сын, и как тебя по имени зовут?» Иван-царевич ему молвил: «Я есмь из царства Выславова, сын царя Выслава Андроновича, а зовут меня Иван-царевич. Твоя жар-птица повадилась к нам летать в сад по всякую ночь, и срывала с любимой отца моего яблони золотые яблочки, и почти все дерево испортила; для того послал меня мой родитель, чтобы сыскать жар-птицу и

呢？"伊万王子又返了回去，他刚碰到金笼子，突然整个花园地动山摇，雷声震天，因为这个金笼子连着琴弦。哨兵听到声音，立马醒来，赶到花园，逮住了手拿火鸟的伊万王子，并把他带到一位名叫多尔马特的沙皇那里。沙皇多尔马特对伊万王子的所作所为感到特别恼火，生气地大声说道："年轻的小伙子，你不觉得偷窃很可耻！你是谁？你来自哪里？你的父亲是谁？你叫什么名字？"伊万王子回答他说："我来自维斯拉夫王国，是沙皇维斯拉夫·安得罗诺维奇的儿子，我是伊万王子。每当夜幕降临，你的火鸟就飞到我们的花园，从我父亲最喜欢的苹果树上摘走金苹果，几乎把整棵苹果树都糟蹋了。因此，我父亲派我寻找火鸟，并给他带回去。""哦，年轻的小伙子，必须要这么做吗？你是怎么做的？要是你来找我，我可以把火鸟直接给你。现在要是我告诉各个国家你在我花园里这一不体面的行为，对你会有好处吗？听着，伊万王子，要是你能替我完成一件事，我就把火鸟直接给你，原谅你犯的错误。你去遥远的王国，从沙皇阿夫隆那里帮我弄来金鬃骏马。你要是不帮我这个忙，我就让全世界的各个王国都知道，你是一个不诚实的小偷。"伊万王子一脸忧愁地离开了沙皇多尔马特，允诺给他弄到金鬃骏马。

к нему привезть». — «Ох ты, младой юноша, Иван-царевич, — молвил царь Долмат, — пригоже ли так делать, как ты сделал? Ты бы пришел ко мне, я бы тебе жар-птицу честию отдал; а теперь хорошо ли будет, когда я разошлю во все государства о тебе объявить, как ты в моем государстве нечестно поступил? Однако слушай, Иван-царевич! Ежели ты сослужишь мне службу — съездишь за тридевять земель, в тридесятое государство, и достанешь мне от царя Афрона коня златогривого, то я тебя в твоей вине прощу и жар-птицу тебе с великою честью отдам; а ежели не сослужишь этой службы, то дам о тебе знать во все государства, что ты нечестный вор». Иван-царевич пошел от царя Долмата в великой печали, обещая ему достать коня златогривого.

Пришел он к серому волку и рассказал ему обо всем, что ему царь Долмат говорил. «Ох ты гой еси, младой юноша, Иван-царевич! — молвил ему серый волк. — Для чего ты слова моего не слушался и взял золотую клетку?» — «Виноват я перед тобою», — сказал волку Иван-царевич. «Добро, быть так! — молвил серый волк. — Садись на меня, на серого

伊万王子来到灰狼那里,对它说了发生的一切,说了沙皇多尔马特对他所说的话。

"你啊,年轻的小伙子,伊万王子,"灰狼说道,"你为什么不听我的话,去拿金笼子?"

"我对不起你",伊万王子对灰狼说。

"好吧,就这样吧!"灰狼说道。"骑到我身上,骑到灰狼身上,我把你驮到你需要去的地方。"

волка; я тебя свезу, куды тебе надобно». Иван - царевич сел серому волку на спину; а волк побежал так скоро, аки стрела, и бежал он долго ли, коротко ли, наконец прибежал в государство царя Афрона ночью. И, пришедши к белокаменным царским конюшням, серый волк Ивану - царевичу сказал: « Ступай, Иван - царевич, в эти белокаменные конюшни (теперь караульные конюхи все крепко спят!) и бери ты коня златогривого. Только тут на стене висит золотая узда, ты ее не бери, а то худо тебе будет». Иван-царевич, вступя в белокаменные конюшни, взял коня и пошел было назад; но увидел на стене золотую узду и так на нее прельстился, что снял ее с гвоздя, и только что снял — как вдруг пошел гром и шум по всем конюшням, потому что к той узде были струны приведены. Караульные конюхи тотчас проснулись, прибежали, Ивана-царевича поймали и повели к царю Афрону. Царь Афрон начал его спрашивать: «Ох ты гой еси, младой юноша! Скажи мне, из которого ты государства, и которого отца сын, и как тебя по имени зовут?» На то отвечал ему Иван - царевич: «Я сам из царства Выслава,

伊万王子骑到灰狼的背上，灰狼奔跑得如同一支利箭。不知道跑了多久，他终于来到了沙皇阿夫隆的国家。来到白石砌成的马厩那里，灰狼对伊万王子说："伊万王子，到白石砌成的马厩那里（现在看守的马倌都睡着了），把金鬃骏马牵出来。只是在那面墙上挂着一个金笼头，你不要去拿金笼头，不然会发生不幸的事情。"伊万王子来到白石砌成的马厩，本想牵着马往回走，但是看到挂在墙上的金笼头后，就想从墙钉上取下金笼头。刚要拿下金笼头，突然整个马厩地动山摇，雷声震天，因为这个金笼头连着琴弦。看守的马倌立马醒了过来，跑过来抓住了伊万王子，并把他带到沙皇阿夫隆那里。沙皇阿夫隆开始询问道："你好啊，年轻的小伙子！告诉我，你来自哪个国家？你是谁的儿子？你叫什么名字？"伊万王子回答说："我来自维斯拉夫王国，是沙皇维斯拉夫·安得罗诺维奇的儿子，我是伊万王子。"

"你呀，年轻的小伙子，伊万王子！"沙皇阿夫隆对他说，"你这样做事情，对于一个骑士而言是件光彩的事情吗？你可以来找我，我就把金鬃骏马直接交给你了。现在要是我告诉各个国家你在我们国家所做的这一不体面的行为，对你会有好处吗？听着，伊万王子，要是你能替我做一件事，我就把金鬃骏马和金笼头直接给你，原谅你犯的错误。你去遥

сын царя Выслава Андроновича, а зовут меня Иваном-царевичем». — «Ох ты, младой юноша, Иван-царевич! — сказал ему царь Афрон. — Честного ли рыцаря это дело, которое ты сделал? Ты бы пришел ко мне, я бы тебе коня златогривого с честию отдал. А теперь хорошо ли тебе будет, когда я разошлю во все государства объявить, как ты нечестно в моем государстве поступил? Однако слушай, Иван-царевич! Ежели ты сослужишь мне службу и съездишь за тридевять земель, в тридесятое государство, и достанешь мне королевну Елену Прекрасную, в которую я давно и душою и сердцем влюбился, а достать не могу, то я тебе эту вину прощу и коня златогривого с золотою уздою честно отдам. А ежели этой службы мне не сослужишь, то я о тебе дам знать во все государства, что ты нечестный вор, и пропишу все, как ты в моем государстве дурно сделал». Тогда Иван-царевич обещался царю Афрону королевну Елену Прекрасную достать, а сам пошел из палат его и горько заплакал.

Пришел к серому волку и рассказал все, что с ним случилося. «Ох远的王国,帮我把漂亮的叶琳娜公主请过来,我很早就倾心于她,爱慕她。你要是不帮我这个忙,我就让全世界的各个王国都知道,你是一个不诚实的小偷,你在我的国家都做了什么蠢事。"伊万王子答应了沙皇阿夫隆,允诺会把漂亮的叶琳娜公主请来。当他从沙皇阿夫隆的宫殿走出来时,悲伤地哭了起来。

伊万王子来到灰狼那里,对它说了发生的一切。

"你啊,年轻的小伙子,伊万王子,"灰狼说道,"你为什么不听我的话,去拿金笼头?"

"我对不起你",伊万王子对灰狼说。

"好吧,就这样吧!"灰狼说道。"骑到我身上,骑到灰狼身上,我把你驮到你需要去的地方。"

伊万王子骑到灰狼的背上,灰狼奔跑得如同童话中所说那么快。不知道跑了多久,他终于来到了美丽的叶琳娜公主所在的国家。来到一处被金栅栏围起来的神奇花园那里,灰狼对伊万王子说:"喂,伊万王子,从我身上下来,从灰狼身上下来。你沿着咱们来的这条路回去,在干净田野里那棵绿色的橡树下等我。"伊万王子来到灰狼吩咐他去的地方。灰狼躲在金栅栏的旁边,等着漂亮的叶琳娜公主到花园散步。临近傍晚的时候,太阳开始西沉,外面也开始变得不那么炎热,漂亮的叶琳娜公主和她的保

ты гой еси, младой юноша, Иван-царевич! — молвил ему серый волк. — Для чего ты слова моего не слушался и взял золотую узду?» — «Виноват я пред тобою», — сказал волку Иван-царевич. «Добро, быть так! — продолжал серый волк. — Садись на меня, на серого волка; я тебя свезу, куды тебе надобно». Иван-царевич сел серому волку на спину; а волк побежал так скоро, как стрела, и бежал он, как бы в сказке сказать, недолгое время и, наконец, прибежал в государство королевны Елены Прекрасной. И, пришедши к золотой решетке, которая окружала чудесный сад, волк сказал Ивану-царевичу: «Ну, Иван-царевич, слезай теперь с меня, с серого волка, и ступай назад по той же дороге, по которой мы сюда пришли, и ожидай меня в чистом поле под зеленым дубом». Иван-царевич пошел, куда ему велено. Серый же волк сел близ той золотой решетки и дожидался, покуда пойдет прогуляться в сад королевна Елена Прекрасная. К вечеру, когда солнышко стало гораздо опускаться к западу, почему и в воздухе было не очень жарко, королевна Елена Прекрасная пошла в сад прогуливаться

姆们、贵族小姐们来到花园里散步。当她走进花园,靠近灰狼躲在后面的那个栅栏时,灰狼突然跃过栅栏,跳进花园,抓住了漂亮的叶琳娜公主,之后跳了出去,用尽全身力气驮着她往回跑。来到干净田野里那棵绿油油的橡树下时,看到正在等他的伊万王子,灰狼说道:"伊万王子,抓紧骑到我身上,骑到灰狼身上!"伊万王子骑到灰狼身上,灰狼驮着他们向沙皇阿夫隆所在的国家跑去。陪着叶琳娜公主逛花园的保姆们、侍从们和贵族小姐们立马回到宫中,派人去追赶灰狼。但是不论多少人去追,都没有追上,最后都无功而返。

со своими нянюшками и с придворными боярынями. Когда она вошла в сад и подходила к тому месту, где серый волк сидел за решеткою, — вдруг серый волк перескочил через решетку в сад и ухватил королевну Елену Прекрасную, перескочил назад и побежал с нею что есть силы - мочи. Прибежал в чистое поле под зеленый дуб, где его Иван-царевич дожидался, и сказал ему: «Иван-царевич, садись поскорее на меня, на серого волка!» Иван-царевич сел на него, а серый волк помчал их обоих к государству царя Афрона. Няньки и мамки и все боярыни придворные, которые гуляли в саду с прекрасною королевною Еленою, побежали тотчас во дворец и послали в погоню, чтоб догнать серого волка; однако сколько гонцы ни гнались, не могли нагнать и воротились назад.

Иван-царевич, сидя на сером волке вместе с прекрасною королевною Еленою, возлюбил ее сердцем, а она Ивана-царевича; и когда серый волк прибежал в государство царя Афрона и Ивану-царевичу надобно было отвести прекрасную королевну Елену во дворец и отдать царю, тогда царевич весьма

伊万王子和漂亮的叶琳娜公主一起骑在灰狼的背上,他深深地喜欢上了她,她也深深地喜欢上了他。灰狼驮着他们来到沙皇阿夫隆的王国,伊万王子需要把漂亮的叶琳娜公主带到沙皇阿夫隆的宫殿,把她交给沙皇,但是王子特别地伤心,泪眼婆娑地哭泣。灰狼询问道:"伊万王子,你为什么哭泣?"伊万王子回

запечалился и начал слезно плакать. Серый волк спросил его: «О чем ты плачешь, Иван - царевич?» На то ему Иван - царевич отвечал: «Друг мой, серый волк! Как мне, доброму молодцу, не плакать и не крушиться? Я сердцем возлюбил прекрасную королевну Елену, а теперь должен отдать ее царю Афрону за коня златогривого, а ежели ее не отдам, то царь Афрон обесчестит меня во всех государствах ». — « Служил я тебе много, Иван - царевич, — сказал серый волк, — сослужу и эту службу. Слушай, Иван - царевич: я сделаюсь прекрасной королевной Еленой, и ты меня отведи к царю Афрону и возьми коня златогривого; он меня почтет за настоящую королевну. И когда ты сядешь на коня златогривого и уедешь далеко, тогда я выпрошусь у царя Афрона в чистое поле погулять; и как он меня отпустит с нянюшками и с мамушками и со всеми придворными боярынями и буду я с ними в чистом поле, тогда ты меня вспомяни — и я опять у тебя буду ». Серый волк вымолвил эти речи, ударился о сыру землю — и стал прекрасною королевною Еленою, так что никак и

答灰狼说:"我的灰狼朋友,我这个年轻人怎么能不哭泣,怎么能不伤心呢?我全心全意地爱上了漂亮的叶琳娜公主,但是现在需要用她去跟沙皇阿夫隆交换金鬃骏马,要是不把她交给沙皇阿夫隆,他就会把我的丑事公布于众。""我已经为你做了很多事情了,"灰狼说道,"我也帮你把这件事做完吧。你听着,伊万王子,我变成漂亮的叶琳娜公主,你把我带到沙皇阿夫隆的跟前,牵走金鬃骏马。他会把我当成真正的公主。你就骑着金鬃骏马跑得远远的之后,我会请求沙皇阿夫隆允许我到空旷的田野上散步。他一允许我和保姆们、侍从们和贵族小姐们去干净的田野,我就会同她们前去,那时候你一定要想起我,那样我就又回到你的身边了。"灰狼说完这些话后,撞了一下地面,就变成了漂亮的叶琳娜公主,根本分辨不出来这不是真正的公主。伊万王子带着灰狼来到了宫殿觐见沙皇阿夫隆,叮嘱真正的叶琳娜公主在城郊等他。当伊万王子带着冒牌的叶琳娜公主来见沙皇阿夫隆的时候,沙皇由衷地高兴,他终于得到了这个梦寐以求的珍宝。他接受了这个假的叶琳娜公主,把金鬃骏马交给了伊万王子。伊万王子骑着金鬃骏马来到城郊,把公主放到马背上,一起往沙皇多尔马特国家的方向跑去。灰狼代替漂亮的叶琳娜公主在沙皇阿夫隆那里待了一天,一天,又

узнать нельзя, чтоб то не она была. Иван-царевич взял серого волка, пошел во дворец к царю Афрону, а прекрасной королевне Елене велел дожидаться за городом. Когда Иван-царевич пришел к царю Афрону с мнимою Еленою Прекрасною, то царь вельми возрадовался в сердце своем, что получил такое сокровище, которого он давно желал. Он принял ложную королевну, а коня златогривого вручил Ивану-царевичу. Иван-царевич сел на того коня и выехал за город; посадил с собою Елену Прекрасную и поехал, держа путь к государству царя Долмата. Серый же волк живет у царя Афрона день, другой и третий вместо прекрасной королевны Елены, а на четвертый день пришел к царю Афрону проситься в чистом поле погулять, чтоб разбить тоску-печаль лютую. Как возговорил ему царь Афрон: « Ах, прекрасная моя королевна Елена! Я для тебя все сделаю, отпущу тебя в чистое поле погулять ». И тотчас приказал нянюшкам и мамушкам и всем придворным боярыням с прекрасною королевною идти в чистое поле гулять.

一天。到第四天的时候，它来到沙皇阿夫隆的跟前，请求允许到干净的田野上散步，排解郁结于心的忧愁。沙皇阿夫隆对灰狼说："哦，我漂亮的叶琳娜公主！为你做什么我都愿意，我允许你到干净的田野上散步。"沙皇阿夫隆立马吩咐保姆们、侍从们和所有贵族小姐们陪同漂亮的公主到干净的田野上散步。

Иван же царевич ехал путем-дорогою с Еленою Прекрасною, разговаривал с нею и забыл было про серого волка; да потом вспомнил: «Ах, где-то мой серый волк?» Вдруг откуда ни взялся — стал он перед Иваном-царевичем и сказал ему: «Садись, Иван-царевич, на меня, на серого волка, а прекрасная королевна пусть едет на коне златогривом». Иван-царевич сел на серого волка, и поехали они в государство царя Долмата. Ехали они долго ли, коротко ли и, доехав до того государства, за три версты от города остановились. Иван-царевич начал просить серого волка: «Слушай ты, друг мой любезный, серый волк! Сослужил ты мне много служб, сослужи мне и последнюю, а служба твоя будет вот какая: не можешь ли ты оборотиться в коня златогривого наместо этого, потому что с этим златогривым конем мне расстаться не хочется». Вдруг серый волк ударился о сырую землю — и стал конем златогривым. Иван-царевич, оставя прекрасную королевну Елену в зеленом лугу, сел на серого волка и поехал во дворец к царю Долмату. И как скоро

伊万王子和漂亮的叶琳娜公主一路同行，同她一直在交谈，把灰狼忘得一干二净。王子突然想想起来灰狼，说道："哎呀,我的灰狼在哪里？"突然灰狼不知道从哪里冒了出来，站在了伊万王子的面前,对他说:"伊万王子,骑到我的背上来,骑到灰狼的背上来，让漂亮的公主骑着金鬃骏马。"伊万王子骑到了灰狼背上，他们一起前往沙皇多尔马特的国家。他们不知道跑了多久,也不知道跑了多远,终于到达了目的地,他们在距离城池三俄里的地方停了下来。伊万王子开始请求灰狼："你听我说，我最亲爱的灰狼，你已经为我做了很多事情,能不能再帮我做最后一件事情。这件事情是这样的：你变成金鬃骏马的模样，因为我实在是不想跟金鬃骏马分开。"突然,灰狼撞了一下地面,立即变成了金鬃骏马的模样。伊万王子把漂亮的叶琳娜公主留在了绿油油的草地，骑着灰狼来到宫殿面见沙皇多尔马特。他们一来到这里,沙皇多尔马特就看见伊万王子骑着金鬃骏马,他十分高兴,立即从大殿中走了出来,在大大的庭院中迎接伊万王子,亲吻了他蜜一般的嘴唇，挽起他的右手,把他领进白石砌成的大殿。为了庆祝这一乐事,沙皇多尔马特下令举办宴席,他们坐在橡木桌旁,坐在带花纹的桌布旁,整整两日在一起举杯畅饮,欢饮达旦。等到第

туда приехал, царь Долмат увидел Ивана-царевича, что едет он на коне златогривом, весьма обрадовался, тотчас вышел из палат своих, встретил царевича на широком дворе, поцеловал его во уста сахарные, взял его за правую руку и повел в палаты белокаменные. Царь Долмат для такой радости велел сотворить пир, и они сели за столы дубовые, за скатерти браные; пили, ели, забавлялись и веселились ровно два дня, а на третий день царь Долмат вручил Ивану-царевичу жар-птицу с золотою клеткою. Царевич взял жар-птицу, пошел за город, сел на коня златогривого вместе с прекрасной королевной Еленою и поехал в свое отечество, в государство царя Выслава Андроновича. Царь же Долмат вздумал на другой день своего коня златогривого объездить в чистом поле; велел его оседлать, потом сел на него и поехал в чистое поле; и лишь только разъярил коня, как он сбросил с себя царя Долмата и, оборотясь по-прежнему в серого волка, побежал и нагнал Ивана-царевича. «Иван-царевич! — сказал он. — Садись на меня, на серого волка, а королевна Елена

三日的时候，沙皇多尔马特把火鸟和金笼子一并交给了伊万王子。伊万王子带着火鸟来到了城郊，和漂亮的叶琳娜公主骑上金鬃骏马前往自己的国家，前往沙皇维斯拉夫·安得罗诺维奇的国家。次日，沙皇多尔马特突然想骑着自己的金鬃骏马到干净的田野上转转，他吩咐仆人套完马后，骑上马来到了干净的田野。沙皇惹怒了马儿，冒牌的马儿立即把沙皇多尔马特从自己身上甩了下来，变回了原来灰狼的模样，跑掉了。灰狼追上了伊万王子。"伊万王子，"它说，"骑到我身上，骑到灰狼的身上，让漂亮的叶琳娜公主骑着金鬃骏马。"伊万王子骑着灰狼，他们一起上路了。当灰狼把伊万王子驮到灰狼把伊万王子马儿吃掉的地方时，它停了下来，说道："喂，伊万王子，这一路我对你是全心全意。就是在这个地方我把你的马儿撕成两半，我就把你驮到这个地方。从我身上下来吧，从灰狼身上下来吧，现在你已经有了金鬃骏马，骑上你的金鬃骏马，去你想去的地方吧，我已不再是你的奴仆。"灰狼说完这些，一溜烟消失不见了。灰狼离开后，伊万王子伤心地哭了，之后和漂亮的公主继续上路前行。

Прекрасная пусть едет на коне златогривом». Иван - царевич сел на серого волка, и поехали они в путь. Как скоро довез серый волк Ивана - царевича до тех мест, где его коня разорвал, он остановился и сказал: «Ну, Иван - царевич, послужил я тебе довольно верою и правдою. Вот на сем месте разорвал я твоего коня надвое, до этого места и довез тебя. Слезай с меня, с серого волка, теперь есть у тебя конь златогривый, так ты сядь на него и поезжай, куда тебе надобно; а я тебе больше не слуга». Серый волк вымолвил эти слова и побежал в сторону; а Иван - царевич заплакал горько по сером волке и поехал в путь свой с прекрасною королевною.

Долго ли, коротко ли ехал он с прекрасною королевною Еленою на коне златогривом и, не доехав до своего государства за двадцать верст, остановился, слез с коня и вместе с прекрасною королевною лег отдохнуть от солнечного зною под деревом; коня златогривого привязал к тому же дереву, а клетку с жар - птицею поставил подле себя. Лежа на мягкой траве и ведя разговоры полюбовные, они крепко уснули. В то самое время

伊万王子和漂亮的叶琳娜公主骑着金鬃骏马走啊走啊，走到距离自己国家二十俄里的地方，停了下来。烈日炎炎，他下马，同漂亮的公主躺在树荫下休息。他把金鬃骏马拴在树下，把关在笼子里的火鸟放在自己身旁。他们躺在软软的草丛上，说着绵绵情话，沉沉地睡着了。就在这个时候，伊万王子的两位哥哥德米特里王子和瓦西里王子无意中看到了熟睡中的弟弟和漂亮的叶琳娜公主在一起。他俩走遍了很多不同的国家，但是始终没有找到火鸟，两手空空地回

братья Ивана-царевича, Димитрий и Василий царевичи, ездя по разным государствам и не найдя жар-птицы, возвращались в свое отечество с порожними руками; нечаянно наехали они на своего сонного брата Ивана-царевича с прекрасною королевною Еленою. Увидя на траве коня златогривого и жар-птицу в золотой клетке, весьма на них прельстились и вздумали брата своего Ивана-царевича убить до смерти. Димитрий-царевич вынул из ножон меч свой, заколол Ивана-царевича и изрубил его на мелкие части; потом разбудил прекрасную королевну Елену и начал ее спрашивать: « Прекрасная девица! Которого ты государства, и какого отца дочь и как тебя по имени зовут?» Прекрасная королевна Елена, увидя Ивана-царевича мертвого, крепко испугалась, стала плакать горькими слезами и во слезах говорила: « Я королевна Елена Прекрасная, а достал меня Иван-царевич, которого вы злой смерти предали. Вы тогда б были добрые рыцари, если б выехали с ним в чистое поле да живого победили, а то убили сонного и тем какую себе похвалу

到了自己的国家。看到草地上的金鬃骏马和笼子里的火鸟后，他俩起了歹心，想把自己的弟弟杀死。德米特里王子拔出剑，刺向了伊万王子，把他砍成了碎片。之后，德米特里王子叫醒了漂亮的叶琳娜公主，开始询问道："美丽的姑娘，你来自哪个国家？你的父亲是谁？你叫什么名字？"看到伊万王子死了，漂亮的叶琳娜公主吓傻了，开始号啕大哭起来，她双眼噙满泪花回答说："我是叶琳娜公主，是伊万王子救了我，你们却把他狠狠杀死了。你们都是英勇的骑士，哪怕你们一起到干净的田野上一较高下，但是你们却趁他睡熟时杀死了他。这样会给你们赢得什么样的赞誉？把睡着的人杀死！"这时德米特里王子把自己的剑对准漂亮公主叶琳娜的心脏，对她说道："你给我听着，叶琳娜公主，你现在在我们手上。我们带你去见我们的父亲，去见沙皇维斯拉夫·安得罗诺维奇，你得告诉他，是我们救了你，是我们弄到了火鸟和金鬃骏马。你要是不这么说，现在就把你杀死。"漂亮的叶琳娜公主害怕自己被杀害，答应了他们，并对天发誓会像吩咐她的那样跟沙皇讲述一切。这时候德米特里王子和瓦西里王子开始抓阄，看看谁能得到漂亮的叶琳娜公主，谁能得到金鬃骏马。他们抓完阄，漂亮的叶琳娜公主归瓦西里王子，金鬃骏马归德米特

получите? Сонный человек — что мертвый!» Тогда Димитрий-царевич приложил свой меч к сердцу прекрасной королевны Елены и сказал ей: «Слушай, Елена Прекрасная! Ты теперь в наших руках; мы повезем тебя к нашему батюшке, царю Выславу Андроновичу, и ты скажи ему, что мы и тебя достали, и жар-птицу, и коня златогривого. Ежели этого не скажешь, сейчас тебя смерти предам!» Прекрасная королевна Елена, испугавшись смерти, обещалась им и клялась всею святынею, что будет говорить так, как ей велено. Тогда Димитрий-царевич с Васильем-царевичем начали метать жребий, кому достанется прекрасная королевна Елена и кому конь златогривый? И жребий пал, что прекрасная королевна должна достаться Василью-царевичу, а конь златогривый Димитрию-царевичу. Тогда Василий-царевич взял прекрасную королевну Елену, посадил на своего доброго коня, а Димитрий-царевич сел на коня златогривого и взял жар-птицу, чтобы вручить ее родителю своему, царю Выславу Андроновичу, и поехали в путь.

里王子。瓦西里王子把漂亮的叶琳娜公主放到自己的马上，德米特里骑上金鬃骏马，拿着火鸟，想把火鸟交给自己的父亲维斯拉夫·安得罗诺维奇。他们出发上路了。

Иван-царевич лежал мертв на том месте ровно тридцать дней, и в то время набежал на него серый волк и узнал по духу Ивана-царевича. Захотел помочь ему – оживить, да не знал, как это сделать. В то самое время увидел серый волк одного ворона и двух воронят, которые летали над трупом и хотели спуститься на землю и наесться мяса Ивана-царевича. Серый волк спрятался за куст, и как скоро воронята спустились на землю и начали есть тело Ивана-царевича, он выскочил из-за куста, схватил одного вороненка и хотел было разорвать его надвое. Тогда ворон спустился на землю, сел поодаль от серого волка и сказал ему: «Ох ты гой еси, серый волк! Не трогай моего младого детища; ведь он тебе ничего не сделал». – «Слушай, Ворон Воронович! – молвил серый волк. – Я твоего детища не трону и отпущу здрава и невредима, когда ты мне сослужишь службу: слетаешь за тридевять земель, в тридесятое государство, и принесешь мне мертвой и живой воды». На то Ворон Воронович сказал серому волку: «Я тебе службу эту сослужу, только не тронь ничем моего сына». Выговоря

伊万王子死后，在那里躺了三十天。这时候灰狼跑到他身边，根据气味知道死去的是伊万王子。灰狼想着帮助他，帮忙把伊万王子复活，但是不知道怎么做。就在这个时候，灰狼看到一只乌鸦领着两只小乌鸦在伊万王子尸体上空盘旋，他们想啄食伊万王子的肉。灰狼躲在灌木丛的后面，很快两只小乌鸦飞了下来，开始啃食伊万王子，灰狼从灌木丛钻了出来，抓住了一只小乌鸦，想把它撕成两半。这个时候乌鸦飞了下来，落在离灰狼远一点的地方，它说道："你好呀，灰狼！你不要动我最小的孩子，它没有对你做什么不好的事情。""你听我说，沃隆·沃隆诺维奇[1]，"灰狼说，"如果你帮我个忙，我不碰你的孩子，让它毫发无损、健健康康地回到你身边。你帮我去一趟遥远的王国，帮我带来生死水。"沃隆·沃隆诺维奇对灰狼说道："我帮你这个忙，但是一定不要动我的儿子。"说完这些，乌鸦飞走了，很快消失不见。等到第三天的时候，乌鸦飞了回来，随身带回来两个气泡，其中一个气泡里装着让人复活的水，另一个气泡里装着让人毙命的水。乌鸦把这两种水都交给灰狼。灰狼接过两个气泡，把小乌鸦撕成了两半，先给小乌鸦洒上毙命的水，这只小乌鸦的两半身体愈合在一起，又给小乌鸦洒上复活的水，小乌鸦猛

---

[1] 沃隆·沃隆诺维奇是俄罗斯民间故事中对乌鸦的常见称谓，"沃隆"这个名字的俄文"ворон"是乌鸦的意思。

эти слова, ворон полетел и скоро скрылся из виду. На третий день ворон прилетел и принес с собой два пузырька: в одном – живая вода, в другом – мертвая, и отдал те пузырьки серому волку. Серый волк взял пузырьки, разорвал вороненка надвое, спрыснул его мертвою водою – и тот вороненок сросся, спрыснул живою водою – вороненок встрепенулся и полетел. Потом серый волк спрыснул Иван-царевича мертвою водою – его тело срослося, спрыснул живою водою – Иван-царевич встал и промолвил: «Ах, куды как я долго спал!» На то сказал ему серый волк: «Да, Иван-царевич, спать бы тебе вечно, кабы не я; ведь тебя братья твои изрубили и прекрасную королевну Елену, и коня златогривого, и жар-птицу увезли с собою. Теперь поспешай как можно скорее в свое отечество; брат твой, Василий-царевич, женится сегодня на твоей невесте – на прекрасной королевне Елене. А чтоб тебе поскорее туда поспеть, садись лучше на меня, на серого волка; я тебя на себе донесу». Иван-царевич сел на серого волка; волк побежал с ним в государство царя Выслава Андроновича, и долго ли, коротко ли, – прибежал к

地一哆嗦，扑棱着翅膀飞走了。之后灰狼给伊万王子洒上毙命的水，他的身体愈合在一起，又洒上复活的水，伊万王子起身坐了起来，说道："哎呀，我怎么睡了这么长时间！"灰狼回答他说："是的，伊万王子，如果不是我的话，你会永远沉睡。你的哥哥们把你杀害了，把漂亮的叶琳娜公主、金鬃骏马和火鸟都带走了。现在你赶快回到你的国家。今天，你的哥哥瓦西里王子要娶你的未婚妻叶琳娜公主。为了让你能最快赶到那里，你最好骑到我的身上，骑到灰狼的身上，我把你送过去。"伊万王子骑到灰狼身上，灰狼驮着他前往维斯拉夫·安得罗诺维奇的王国。不知道走了多久，他们终于来到目的地。伊万王子从灰狼身上跳了下来，来到城里，走进宫殿，撞见他的哥哥瓦西里王子正在娶漂亮的叶琳娜公主。瓦西里王子和公主从婚礼上回来，坐到桌子旁边。伊万王子走进大殿，漂亮的叶琳娜公主一看到他，就从桌旁站了起来，开始亲吻他蜜一般的嘴唇，高声喊道："这才是我亲爱的未婚夫，伊万王子，而不是这个坐在桌旁的恶棍！"这个时候，沙皇维斯拉夫·安得罗诺维奇站起来，开始询问漂亮的叶琳娜公主她话里的意思。漂亮的叶琳娜公主把事情的经过一五一十地告诉了沙皇，伊万王子是怎么解救了她，怎么弄到金鬃骏马，怎么弄到火鸟，他的两个哥哥是怎么趁着他睡着把他杀死，两个哥哥怎么威胁她，

городу. Иван-царевич слез с серого волка, пошел в город и, пришедши во дворец, застал, что брат его Василий-царевич женится на прекрасной королевне Елене: воротился с нею от венца и сидит за столом. Иван-царевич вошел в палаты, и как скоро Елена Прекрасная увидала его, тотчас выскочила из-за стола, начала целовать его в уста сахарные и закричала: «Вот мой любезный жених, Иван-царевич, а не тот злодей, который за столом сидит!» Тогда царь Выслав Андронович встал с места и начал прекрасную королевну Елену спрашивать, что бы такое то значило, о чем она говорила? Елена Прекрасная рассказала ему всю истинную правду, что и как было: как Иван-царевич добыл ее, коня златогривого и жар-птицу, как старшие братья убили его сонного до смерти и как стращали ее, чтоб говорила, будто все это они достали. Царь Выслав весьма осердился на Димитрия и Василья царевичей и посадил их в темницу; а Иван-царевич женился на прекрасной королевне Елене и начал с нею жить дружно, полюбовно, так что один без другого ниже единой минуты пробыть не могли.

让她撒谎说这一切都是他们的功劳。沙皇维斯拉夫恼怒万分，把两个哥哥关进了牢房。伊万王子迎娶了漂亮的叶琳娜公主，和她一起过上了幸福美满的生活，和和睦睦，恩爱有加，每时每刻都不想分开。

Баба-яга

Жили – были муж с женой и прижили дочку; жена – то и помри. Мужик женился на другой, и от этой прижил дочь. Вот жена и невзлюбила падчерицу; нет житья сироте. Думал, думал наш мужик и повез свою дочь в лес. Едет лесом – глядит: стоит избушка на курьих ножках. Вот и говорит мужик: «Избушка, избушка! Стань к лесу задом, а ко мне передом». Избушка и поворотилась.

Идет мужик в избушку, а в ней баба – яга: впереди голова, в одном углу нога, в другом – другая. «Русским духом пахнет!» – говорит яга. Мужик кланяется: «Баба – яга костяная нога! Я тебе дочку привез в услуженье». – «Ну, хорошо! Служи, служи мне, – говорит яга девушке, – я тебя за это награжу».

Отец простился и поехал домой. А баба – яга задала девушке пряжи с короб, печку истопить, всего припасти, а сама ушла. Вот девушка хлопочет у печи, а сама горько плачет. Выбежали мышки и говорят ей: «Девица, девица, что ты плачешь? Дай кашки; мы тебе

女巫巴巴雅佳[1]

从前有个庄稼汉,他和媳妇生了一个女儿,但是媳妇很快去世了。他又娶了一个媳妇,又生了一个女儿。他的新媳妇不喜欢继女,家里容不下这个孤女。我们的庄稼汉想啊,想啊,决定把大女儿送到森林里。马车行驶在森林里时,庄稼汉四处张望,看到了一个鸡脚小木屋。于是说道:"小木屋,小木屋,屋后朝向森林,屋前面向我。"小木屋转了过来。

庄稼汉走进小木屋,里面住着女巫巴巴雅佳:她的头在最前面,一只脚在一个角落里,另一只脚在另外一个角落里。"有俄罗斯人的气息!"老巫婆说道。庄稼汉给她鞠躬,并说道:"长着白骨脚的巴巴雅佳,我把女儿送到你这里,给你当佣人。""好吧!伺候我,好好伺候我,"老巫婆对小姑娘说,"我不会亏待你的。"

父亲和她们告别后,驾车离开了。老巫婆给了小姑娘大约一筐的丝线,吩咐她生炉子、劈柴,自己便出门离开了。小姑娘在炉子旁边忙个不停,伤心地哭泣。小老鼠跑了出来,对她说:"小姑娘,小姑娘,你为什么哭泣?你给我们点粥喝,我们告诉你件好事。"于是小姑娘

---

[1] 该篇民间故事选自阿·尼·阿法纳西耶夫(А.Н.Афанасьев)主编的《俄罗斯民间故事全集》,出版于 2008 年,本篇民间故事载于 120—121 页。

добренько скажем». Она дала им кашки. «А вот, - говорят, - ты на всякое веретёнце по ниточке напряди». Пришла баба - яга: «Ну что, - говорит, - все ли ты припасла?» А у девушки все готово. «Ну, теперь поди - вымой меня в бане». Похвалила яга девушку и надавала ей разной сряды. Опять яга ушла и еще труднее задала задачу. Девушка опять плачет. Выбегают мышки: «Что ты, - говорят, - девица красная, плачешь? Дай кашки; мы тебе добренько скажем». Она дала им кашки, а они опять научили ее, что и как сделать. Баба - яга опять, пришедши, ее похвалила и еще больше дала сряды... А мачеха посылает мужа проведать, жива ли его дочь?

Поехал мужик; приезжает и видит, что дочь богатая-пребогатая стала. Яги не было дома, он и взял ее с собой. Подъезжают они к своей деревне, а дома собачка так и рвется: «Хам, хам, хам! Барыню везут, барыню везут!» Мачеха выбежала да скалкой собачку. «Врешь, - говорит, - скажи: в коробе косточки гремят!» А собачка все свое. Приехали. Мачеха так и гонит мужа - и ее дочь туда же отвезти. Отвез мужик.

分给它们一些粥。"事情是这样，"小老鼠们说，"你用每个纺锤纺出一条丝线。"老巫婆回到家，说："怎么样了，你把柴都劈好了？"小姑娘把一切都准备好了。"哦，现在去澡堂帮我洗澡吧。"老巫婆夸奖了女孩，奖励了她很多漂亮的衣服。老巫婆离开前又给小姑娘布置了更难的任务。小姑娘又在那里哭泣。小老鼠们跑出来问："你怎么了，漂亮的小姑娘，为什么哭泣？你给我们点粥喝，我们告诉你件好事。"她又分给老鼠们一些粥，它们又告诉她应该怎么做。老巫婆回到家后，又夸了她一顿，奖励给她更多的衣服。继母打发老伴去看看继女是否还活着。

庄稼汉出门了。他来到了小木屋，发现女孩变得十分富有。老巫婆正好没在家，他把女儿带走了。他们快回到村子的时候，家里的小狗汪汪喊道："汪汪汪！带回来一位贵妇，带回来一位贵妇！"继母跑了出来，用棍子打狗。"胡说八道。你这样说：'筐子里骨头在乱响！'"小狗根本不听继母的话，还是那样汪汪叫。他们回到家后，继母赶着老伴把她的女儿也送到老巫婆那里。庄稼汉把二女儿送到森林里。

Вот баба-яга задала ей работы, а сама ушла. Девка так и рвется с досады и плачет. Выбегают мыши. «Девица, девица! О чем ты, – говорят, – плачешь?» А она не дала им выговорить, то тоё скалкой, то другую; с ними и провозилась, а дела-то не приделала. Яга пришла, рассердилась. В другой раз опять то же; яга изломала ее, да косточки в короб и склала. Вот мать посылает мужа за дочерью. Приехал отец и повез одни косточки. Подъезжает к деревне, а собачка опять лает на крылечке: «Хам, хам, хам! В коробе косточки везут!» Мачеха бежит со скалкой: «Врешь, – говорит, – скажи: барыню везут!» А собачка все свое: «Хам, хам, хам! В коробе косточки гремят!» Приехал муж; тут-то жена взвыла! Вот тебе сказка, а мне кринка масла.

老巫婆给她布置了任务，自己便离开了。小姑娘气恼得嚎啕大哭。小老鼠们跑了出来。"小姑娘，小姑娘，你为什么哭泣？"她没等着小老鼠们把话说完，就给了它们一棍子又一棍子。她一直和小老鼠们在打闹，根本没有完成老巫婆布置的任务。老巫婆回到家后十分生气。第二次结果还是这样。老巫婆把她撕得粉碎，把骨头装进了筐子里。继母打发老伴去接女儿回家。庄稼汉到了那里，只运回来一堆的骨头。他快到村子里的时候，小狗又开始在台阶上汪汪叫："汪汪汪！带回来一筐骨头！"继母拿起棍子追着小狗说："胡说八道！你这样说：'带回来一位贵妇！'"小狗还是不听继母的，继续说道："汪汪汪！筐子里骨头在乱响！"庄稼汉回到家，妻子绝望地哭了起来！这便是这则故事，已经给你讲完了，请赏给我一罐黄油吧！

Три царства – медное, серебряное и золотое

Бывало да живало – жили-были старик да старушка; у них было три сына: первый – Егорушко Залёт, второй – Миша Косолапый, третий – Ивашко Запечник. Вот вздумали отец и мать их женить; послали большого сына присматривать невесту, и он шел да шел – много времени; где ни посмотрит на девок, не может прибрать себе невесты, всё не глянутся. Потом встретил на дороге змея о трех головах и испугался, а змей говорит ему: «Куда, добрый человек, направился?» Егорушко говорит: «Пошел свататься, да не могу невесты приискать». Змей говорит: «Пойдем со мной; я поведу тебя, можешь ли достать невесту?»

Вот шли да шли, дошли до большого камня. Змей говорит: «Отвороти камень; там чего желаешь, то и получишь». Егорушко старался отворотить, но ничего не мог сделать. Змей сказал ему: «Дак нет же тебе невесты!» И Егорушко воротился домой, сказал отцу и матери обо всем.

铜王国、银王国和金王国[1]

很久以前，有一个老头儿和一个老太婆，他们有三个儿子。大儿子名叫叶戈鲁什卡·扎廖特，二儿子名叫米沙·科索拉佩，小儿子名叫伊万什卡·扎佩奇尼克。一天老头儿和老太婆打算给三个儿子娶妻。他们派大儿子外出寻找未婚妻，他走啊走啊，走了很久，见到了很多的姑娘，但是仍没有给自己找到未婚妻，没有遇到一个他喜欢的姑娘。之后他在路上遇到了一条三头蛇，大儿子吓坏了，蛇却对他说："善良的小伙子，你要去哪里？"叶戈鲁什卡说道："想去提亲，但是没有找到未婚妻。"蛇对他说："跟我走吧，我领着你，你看看能不能找到一个未婚妻？"

他们一起走啊走啊，走到一块大石头那里。蛇对他说："挪开石头，那里你想要什么就会有什么。"叶戈鲁什卡努力挪开石头，但是没有成功。蛇对他说："那你找不到未婚妻了。"叶戈鲁什卡回到了家里，告诉了父母所发生的一切。父亲和母亲又想啊想啊，没有未婚妻可怎么行，他们又派出了二儿子米沙·科索拉佩。在他身上发生了同样的事情。老头儿和老太太想啊想啊，他们不知道

---

[1] 该篇民间故事选自阿·尼·阿法纳西耶夫(А.Н.Афанасьев)主编的《俄罗斯民间故事全集》，出版于 2008 年，本篇民间故事载于 177—179 页。

Отец и мать опять думали – подумали, как жить да быть, послали среднего сына, Мишу Косолапого. С тем то же самое случилось. Вот старик и старушка думали – подумали, не знают, что делать: если послать Ивашка Запечного, тому ничего не сделать! А Ивашко Запечный стал сам проситься посмотреть змея; отец и мать сперва не пускали его, но после пустили. И Ивашко тоже шел да шел, и встретил змея о трех головах. Спросил его змей: «Куда направился, добрый человек?» Он сказал: «Братья хотели жениться, да не смогли достать невесту; а теперь мне черед выпал». – «Пожалуй, пойдем, я покажу; сможешь ли ты достать невесту?»

Вот пошли змей с Ивашком, дошли до того же камня, и змей приказал камень отворотить с места. Ивашко хватил его, и камень как не бывал – с места слетел; тут оказалась дыра в землю, и близ нее утверждены ремни. Вот змей и говорит: «Ивашко Садись на ремни; я тебя спущу, и ты там пойдешь и дойдешь до трех царств, а в каждом царстве увидишь по девице».

Ивашко спустился и пошел; шел да шел, и дошел до медного царства;

怎么办才好了。如果派伊万什卡·扎佩奇尼克前去，他肯定也是一无所获。

伊万什卡·扎佩奇尼克开始央求去看看那是怎样的一条蛇。父亲和母亲起初没有让他离开，但是最终同意他前去看看。伊万什卡也是走啊走啊，碰到了一条三头蛇。蛇问他说："善良的小伙子，你要去哪里？"他回答说："哥哥们想要结婚，但是没有找到未婚妻，现在轮到我出来寻找未婚妻了。""好吧，跟我来，我带你去看看，你能不能找到未婚妻？"

蛇和伊万什卡一起走到了大石头跟前，蛇吩咐伊万什卡挪开大石头。伊万什卡一把抓起石头，如同这里没有石头一样，石头就从原来地方飞走了。石头下面是一个通往地下的洞口，洞口处固定着绳索。蛇对他说道："伊万什卡，你抓住绳索，我放你下去，你下去后往前走，会碰到三个王国，每个王国里都会看到一位公主。"

伊万什卡来到了地下，他走啊走啊，走到了铜王国。进去后，看到一个非

тут зашел и увидел девицу, прекрасную из себя. Девица говорит: «Добро пожаловать, небывалый гость! Приходи и садись, где место просто видишь; да скажись, откуда идешь и куда?» – «Ах, девица красная! – сказал Ивашко. – Не накормила, не напоила, да стала вести спрашивать». Вот девица собрала на стол всякого кушанья и напитков; Ивашко выпил и поел и стал рассказывать, что иду – де искать себе невесты: «если милость твоя будет – прошу выйтить за меня». – «Нет, добрый человек, – сказала девица, – ступай ты вперед, дойдешь до серебряного царства: там есть девица еще прекраснее меня!» – и подарила ему серебряный перстень.

Вот добрый молодец поблагодарил девицу за хлеб за соль, распростился и пошел; шел да шел, и дошел до серебряного царства; зашел сюда и увидел: сидит девица прекраснее первой. Помолился он богу и бил челом: «Здорово, красная девица!» Она отвечала: « Добро пожаловать, прохожий молодец! Садись да хвастай: чей, да откуль, и какими делами сюда зашел?» – «Ах, прекрасная девица! – сказал Ивашко. – Не напоила, не накормила,

常漂亮的姑娘。姑娘说:"欢迎你,不速之客!过来找个你能看清楚的地方坐下,跟我说说,你从哪里来,又要到哪里去?""哎呀,漂亮的姑娘,"伊万什卡说,"你没给我吃的,没给我喝的,就开始询问我。"于是这位姑娘给他摆了一桌子各式各样的吃食和饮品。伊万什卡吃饱喝足后,开始谈起要给自己找个未婚妻,说道:"要是你怜悯我的话,请你嫁给我吧。""不,善良的小伙子,"姑娘说道,"你继续往前走,你会走到银王国,那里有一个长得比我更漂亮的姑娘!"说完,姑娘赠给他一枚银宝石戒指。

这个善良的小伙子感谢了姑娘的热情招待,同她道别后,继续往前走。他走啊走啊,走到了银王国。走进去后,他看见一位比第一位姑娘还漂亮的姑娘。他向上帝祈祷并谢恩,说道:"你好,漂亮的姑娘!"她回答说:"欢迎你,过路的小伙子!你坐近一点,说一说,你是从哪里来的,到这里来有什么事情?""哎呀,漂亮的姑娘!"伊万什卡说道,"没给我吃的,没给我喝的,就开始询问我。"于是这位姑娘给他摆了一桌子各式各样的吃食和饮品。伊万什卡吃饱喝足后,开始谈起要给自己找个未婚妻,并请求这位姑娘嫁给他。她对他说:"你继续往前走,那里有个金王国,在那个王国里有一个比我更漂亮的姑娘!"说完,姑娘赠给他一枚金宝石戒指。

да стала вести спрашивать ». Вот собрала девица стол, принесла всякого кушанья и напитков; тогда Ивашко попил, поел, сколько хотел, и начал рассказывать, что он пошел искать невесты, и просил ее замуж за себя. Она сказала ему: «Ступай вперед, там есть еще золотое царство, и в том царстве есть еще прекраснее меня девица », – и подарила ему золотой перстень.

Ивашко распростился и пошел вперед, шел да шел, и дошел до золотого царства, зашел и увидел девицу прекраснее всех. Вот он богу помолился и, как следует, поздоровался с девицей. Девица стала спрашивать его: откуда и куда идет? «Ах, красная девица! – сказал он. – Не напоила, не накормила, да стала вести спрашивать». Вот она собрала на стол всякого кушанья и напитков, чего лучше требовать нельзя. Ивашко Запечник угостился всем хорошо и стал рассказывать: «Иду я, себе невесту ищу; если ты желаешь за меня замуж, то пойдем со мною». Девица согласилась и подарила ему золотой клубок, и пошли они вместе.

伊万什卡同她告别后，继续往前走，走啊走啊，走到了金王国，进去后，看到一个比之前两个姑娘都漂亮的姑娘。他祈祷感谢了上帝，便上前跟姑娘打招呼。姑娘询问他是从哪里来的，又要到哪里去？"哎呀，漂亮的姑娘！"伊万什卡说道，"没给我吃的，没给我喝的，就开始询问我。"于是这位姑娘给他摆了一桌子各式各样的吃食和饮品，比之前的都要丰盛。伊万什卡·扎佩奇尼克吃饱喝足后，开始说道："我是来给自己寻找未婚妻的，如果你愿意嫁给我的话，你就跟我走吧。"姑娘同意嫁给他，并送给了他一个金线团，他们一起往回走。

民间故事 | 211

Шли да шли, и дошли до серебряного царства – тут взяли с собой девицу; опять шли да шли, и дошли до медного царства – и тут взяли девицу, и все пошли до дыры, из которой надобно вылезать, и ремни тут висят; а старшие братья уже стоят у дыры, хотят лезть туда же искать Ивашку.

Вот Ивашко посадил на ремни девицу из медного царства и затряс за ремень; братья потащили и вытащили девицу, а ремни опять опустили. Ивашко посадил девицу из серебряного царства, и ту вытащили, а ремни опять опустили; потом посадил он девицу из золотого царства, и ту вытащили, а ремни опустили. Тогда и сам Ивашко сел: братья потащили и его, тащили-тащили, да как увидели, что это – Ивашко, подумали: «Пожалуй, вытащим его, дак он не даст ни одной девицы!» – и обрезали ремни; Ивашко упал вниз. Вот, делать нечего, поплакал он, поплакал и пошел вперед; шел да шел, и увидел: сидит на пне старик – сам с четверть, а борода с локоть – и рассказал ему все, как и что с ним

他们一起走啊走啊，一起来到了银王国，带走了银王国的那位姑娘。他们走啊走啊，一起来到了铜王国，带走了铜王国的姑娘。他们一起来到了洞口，需要顺着绳索爬出洞口。哥哥们已经站在洞口那里，想爬下去寻找伊万什卡。

伊万什卡把铜王国的那位姑娘绑在了绳索上，摇晃了两下绳子。哥哥们开始拽啊拽啊，把铜王国的姑娘拽了上来，之后把绳索放了下去。伊万什卡把银王国的姑娘绑在了绳索上，哥哥们也把她拽了上来，之后把绳索放了下去。伊万什卡把金王国的姑娘绑在了绳索上，哥哥们也把她拽了上来，又把绳索放了下去。这时候伊万什卡把自己绑在绳索上，哥哥们开始拽他上来，拽啊拽啊，等他俩看到是伊万什卡的时候，他俩想："我们把他拽上来，要是他一位公主都不给我们怎么办！"他们割断了绳索，伊万什卡掉到了洞底。伊万什卡不知道怎么办才好，他一边哭一边往前走，走啊走啊，他看到一位坐在木桩上的老头儿，这个老头身高四分之一俄丈[1]，胡子有一肘长[2]。伊万什卡告诉了老头儿发生的一切，老头儿建议他

---

[1] 一俄丈约2.134米。
[2] 一肘长约0.5米。

случилось. Старик научил его идти дальше: «Дойдешь до избушки, а в избушке лежит длинный мужчина из угла в угол, и ты спроси у него, как выйти на Русь».

Вот Ивашко шел да шел, и дошел до избушки, зашел туда и сказал: «Сильный Идолище! Не погуби меня: скажи, как на Русь попасть?» – «Фу-фу! – проговорил Идолище. – Русскую коску никто не звал, сама пришла. Ну, пойди же ты за тридцать озер; там стоит на куриной ножке избушка, а в избушке живет яга – баба; у ней есть орел – птица, и она тебя вынесет». Вот добрый молодец шел да шел, и дошел до избушки; зашел в избушку, яга-баба закричала: «Фу, фу, фу! Русская коска, зачем сюда пришла?» Тогда Ивашко сказал: «А вот, бабушка, пришел я по приказу сильного Идолища попросить у тебя могучей птицы орла, чтобы она вытащила меня на Русь». – «Иди же ты, – сказала яга – баба, – в садок; у дверей стоит караул, и ты возьми у него ключи и ступай за семь дверей; как будешь отпирать последние двери – тогда орел встрепенется крыльями, и если ты его не испугаешься,

继续往前走：" 你走到小木屋那里，小木屋里有一个很高大的男子，他的头在屋子的一角，脚在屋子的另外一角。你问他，怎么才能回到罗斯。"

于是伊万什卡走啊走啊，走到了小木屋那里，他走进去，询问道：" 力大无穷的伊多里希[1]，你不要杀我，能不能告诉我怎么回到罗斯？""呸呸，"伊多里希说道，"没有人邀请罗斯人，结果自己来了。你走到有三十个湖泊的那个地方，那里有一个鸡脚小木屋，小木屋里住着一位女巫婆。她有一只老鹰，老鹰会带你出去的。" 于是善良的小伙子走啊走啊，走到了小木屋那里，他走进小木屋后，女巫婆大喊起来：" 呸呸呸，你这个罗斯人，你到这里来干什么？" 伊万什卡说："老奶奶，力大无穷的伊多里希让我来找你，想请你身边那只勇猛的鹰把我带回罗斯。""你到花园那里，" 女巫婆说，"花园门口站着一个守卫，你从他那里拿到钥匙，去七扇门那里。当你打开最后几扇门的时候，鹰就会醒过来，并扇动翅膀。你要是不惧怕那只鹰的话，你就骑在它身上，让它带你飞出山洞。只是你需要带一些牛肉，当这只鹰想要回头看的时候，你就喂它吃一块肉。"

伊万什卡按照女巫婆的吩咐找到了鹰，他骑上鹰，往洞外飞去。飞啊飞啊，

---

[1] 名字伊多里希的俄文为"идолище"，俄文本身的意思便是"巨人"。

то сядь на него и лети; только возьми с собою говядины, и когда он станет оглядываться, ты давай ему по куску мяса.»

Ивашко сделал все по приказанью яги-бабки, сел на орла и полетел; летел-летел, орел оглянулся — Ивашко дал ему кусок мяса; летел-летел и часто давал орлу мяса, уж скормил все, а еще лететь не близко. Орел оглянулся, а мяса нет; вот орел выхватил у Ивашка из холки кусок мяса, съел и вытащил его в ту же дыру на Русь. Когда сошел Ивашко с орла, орел выхаркнул кусок мяса и велел ему приложить к холке. Ивашко приложил, и холка заросла. Пришел Ивашко домой, взял у братьев девицу из золотого царства, и стали они жить да быть, и теперь живут. Я там был, пиво пил; пиво-то по усу текло, да в рот не попало.

鹰回头看一下，伊万什卡就塞给它一块肉。飞啊飞啊，伊万什卡不停给它吃肉，很快肉都喂完了，但是还需要飞一段路。鹰回头一看，但是没有肉，于是鹰从伊万什卡肩膀上撕下一块肉，吃完后，把他从那个洞里驮到了罗斯。伊万什卡从鹰身上下来，鹰吐出了一块肉，吩咐伊万什卡放回肩膀上。伊万什卡放了上去，肩膀上的肉又长了出来。伊万什卡回到了家，从哥哥们那里抢回了金王国的公主，他们开始幸福地生活在一起，直到现在都幸福地生活在一起。我到过那里，在那喝过啤酒，啤酒顺着胡须流了下来，却没有流进嘴里。

Кощей Бессмертный

В некотором царстве, в некотором государстве жил – был царь; у этого царя было три сына, все они были на возрасте. Только мать их вдруг унес Кош Бессмертный. Старший сын и просит у отца благословенье искать мать. Отец благословил; он уехал и без вести пропал. Середний сын пождал-пождал, тоже выпросился у отца, уехал, – и тот без вести пропал. Малый сын, Иван – царевич, говорит отцу: «Батюшка! Благословляй меня искать матушку». Отец не отпускает, говорит: «Тех нет братовей, да и ты уедешь: я с кручины умру!» – «Нет, батюшка, благословишь – поеду, и не благословишь – поеду». Отец благословил.

Иван – царевич пошел выбирать себе коня: на которого руку положит, тот и падет; не мог выбрать себе коня, идет дорогой по городу, повесил голову. Неоткуда взялась старуха, спрашивает: «Что, Иван – царевич, повесил голову?» – «Уйди, старуха! На

不死的科谢依[1]

从前在一个国家里有一位沙皇,这位沙皇有三个儿子,三个儿子都已经成年。突然他们的母亲被不死的科什[2]带走了。大儿子请求父亲赐予他祝福,他想前去寻找母亲。父亲祝福了他,但他离开后音讯全无。二儿子等啊等啊,也请求父亲赐予他祝福,也离开去寻找母亲了,同样也是音讯全无。小儿子伊万王子对父亲说:"父亲,请赐予我祝福,我要去寻找母亲。"父亲不放他离开,跟他说:"你的哥哥们都不在家,你要是也离开,我会伤心欲绝!""不,父亲,你赐予我祝福,我会离开,你不赐予我祝福,我也会离开。"父亲祝福了他。

伊万王子前去给自己选一匹马,他把手伸向哪匹马,哪匹马就倒下了,他没给自己选到马,就在城里垂头丧气地走着。不知道从哪里来了一位老奶奶,询问道:"伊万王子,为什么垂头丧气?""你离我远点,老奶奶!我把一只手伸向你,再用另一只手拍你一下,你会严重受伤的!"老奶奶跑到另外一个角落,又迎面走了过来,说道:"你好,伊万王子,为什么垂头丧气?"他心想:"为什么老奶奶

---

[1] 该篇民间故事选自阿·尼·阿法纳西耶夫(А.Н.Афанасьев)主编的《俄罗斯民间故事全集》,出版于2008年,本篇民间故事载于279-283页。
[2] 科什是科谢依这一名字的另一种形式。

руку положу, другой пришлепну – мокренько будет». Старуха обежала другим переулком, идет опять навстречу, говорит: «Здравствуй, Иван-царевич! Что повесил голову?» Он и думает: « Что же старуха меня спрашивает? Не поможет ли мне она?» И говорит ей: «Вот, баушка, не могу найти себе доброго коня». – «Дурашка, мучишься, а старухе не кучишься! – отвечает старуха. – Пойдем со мной». Привела его к горе, указала место: «Скапывай эту землю». Иван-царевич скопал, видит чугунную доску на двенадцати замках; замки он тотчас же сорвал и двери отворил, вошел под землю: тут прикован на двенадцати цепях богатырский конь; он, видно, услышал ездока по себе, заржал, забился, все двенадцать цепей порвал. Иван - царевич надел на себя богатырские доспехи, надел на коня узду, черкасское седло, дал старухе денег и сказал: « Благословляй и прощай, баушка!» Сам сел и поехал.

Долго ездил, наконец доехал до горы; пребольшущая гора, крутая, взъехать на нее никак нельзя. Тут и братья его ездят возле горы; поздоровались, поехали вместе; доезжают

询问我呢？她会不会能帮我呢？"于是他对老奶奶说："你好,老奶奶,我想给自己挑选一匹好马,但是没有找到。""傻孩子,你自己难过,也不来问问我这个老太婆!"老奶奶说道："跟我走吧。"老奶奶带他来到了一座山前,指了指一个位置说："你把这里的土刨掉。"伊万王子刨啊刨,看到了一个生铁做成的板子,上面带着十二把锁。伊万王子一下把锁头扯下,打开门,走进地下,地下有一匹被十二根绳索拴住的骏马。这匹骏马似乎听到了自己心仪主人的到来,嘶叫起来,用力抖动了一下,挣脱了十二根绳索。伊万王子给自己穿上了勇士的铠甲,给马儿套上了笼头,安上了切尔卡斯的马鞍,给了老奶奶一些钱财,说道："老奶奶,请你祝福我,再见了!"他骑上马儿就离开了。

不知道走了多久,他终于来到了一座山前,这座山特别大,特别陡,没办法直接翻过去。他在这座山脚下遇到了自己的哥哥们,打完招呼后,他们一起前行。他们来到了一块生铁般的石头前,

до чугунного камня пудов в полтораста, на камне надпись: кто этот камень бросит на гору, тому и ход будет. Старшие братовья не могли поднять камень, а Иван-царевич с одного маху забросил на гору – и тотчас в горе показалась лестница. Он оставил коня, наточил из мизинца в стакан крови, подает братьям и говорит: «Ежели в стакане кровь почернеет, не ждите меня: значит – я умру!» Простился и пошел. Зашел на гору; чего он не насмотрелся! Всяки тут леса, всяки ягоды, всяки птицы!

Долго шел Иван-царевич, дошел до дому: огромный дом! В нем жила царска дочь, утащена Кошом Бессмертным. Иван-царевич кругом ограды ходит, а дверей не видит. Царская дочь увидела человека, вышла на балкон, кричит ему: «Тут, смотри, у ограды есть щель, потронь ее мизинцем, и будут двери». Так и сделалось. Иван-царевич вошел в дом. Девица его приняла, напоила-накормила и расспросила. Он ей рассказал, что пошел доставать мать от Коша Бессмертного. Девица говорит ему на это: «Трудно доступать мать, Иван-царевич! Он ведь бессмертный – убьет

这块石头大约重一百五十普特[1]，石头上写着一行字：谁能把石头扔到山上，谁就能翻过这座山。两位哥哥们没办法搬起石头，而伊万王子一只手就把石头扔到了山上，山上立马出现了一把梯子。他把马儿留在山下，割破了小手指，把两滴血滴进了杯中，把杯子递给哥哥们，说："如果杯子里的血变黑了，你们就不要等我了，血变黑意味着我已死去！"他同哥哥们告别后，就独出发了。走在山上，他一直看个不停，到处都是森林，到处都是浆果，到处都是鸟儿！

伊万王子走了很久，走到了一座房子那里，这座房子非常非常大。一位公主住在这座房子里，她是被不死的科什抓到这里来的。伊万王子围着栅栏来回走，没找到进入房子的大门。公主看到有人来了，来到阳台，对他喊道："你看那里，栅栏那里有个缝隙，你用小手指碰一下缝隙，门就会出现。"伊万王子照做后，走进了房子。姑娘接待了他，给了他吃的，给了他喝的，并开始询问他。他告诉她到这里来是为了找被不死的科什带走的母亲。姑娘对他说道："伊万王子，解救你的母亲会很艰难！他可是杀不死的，他会把你杀掉的。他经常到我这里来。瞧，那是他重五百普特的剑，你能举起这把剑吗？如果

---

[1] 普特是俄国旧时的重量单位，1普特约等于16.38千克。

тебя. Ко мне он часто ездит... вон у него меч в пятьсот пудов, поднимешь ли его? Тогда ступай!» Иван-царевич не только поднял меч, еще бросил кверху; сам пошел дальше.

Приходит к другому дому; двери знает как искать; вошел в дом, а тут его мать, обнялись, поплакали. Он и здесь испытал свои силы, бросил какой-то шарик в полторы тысячи пудов. Время приходит быть Кошу Бессмертному; мать спрятала его. Вдруг Кош Бессмертный входит в дом и говорит: «Фу-фу! Русской коски слыхом не слыхать, видом не видать, а русская коска сама на двор пришла! Кто у тебя был? Не сын ли?» – «Что ты, бог с тобой! Сам летал по Руси, нахватался русского духу, тебе и мерещится», – ответила мать Ивана-царевича, а сама поближе с ласковыми словами к Кошу Бессмертному, выспрашивает то-другое и говорит: «Где же у тебя смерть, Кош Бессмертный?» – «У меня смерть, – говорит он, – в таком-то месте: там стоит дуб, под дубом ящик, в ящике заяц, в зайце утка, в утке яйцо, в яйце моя смерть». Сказал это Кош Бессмертный, побыл немного и улетел.

能举起来,你就去吧!"伊万王子不仅举起了剑,而且把剑抛过头顶,他自己继续往前走。

他来到了另一座房子,他知道怎么找到大门。他走进房子,他的母亲在这座房子里。他们拥抱在一起,喜极而泣。他在这里也试了试自己的力气,把一个一千五百普特的圆球扔了出去。不一会儿,不死的科什来了,母亲把小儿子藏了起来。突然不死的科什走进了房子,说道:"呸呸!没听说过俄罗斯人,没看见过俄罗斯人,结果俄罗斯人自己到院子里来了!谁到过你这里?是你的儿子吗?""上帝保佑你,你弄错了!你自己去过罗斯,抓走俄罗斯人,你一定是出现幻觉了。"伊万王子的母亲回答说。她靠近不死的科什,亲昵地询问道:"不死的科什,你死在哪里呀?""我死在这个地方,"他说,"有一棵橡树,橡树下有一个匣子,匣子里有一只兔子,兔子里有一只鸭子,鸭子里有一只蛋,我就死在蛋里。"不死的科什说完这些,在伊万王子母亲这里待了一会后,就飞走了。

Пришло время – Иван-царевич благословился у матери, отправился по смерть Коша Бессмертного. Идет дорогой много время, не пивал, не едал, хочет есть до смерти и думает: кто бы на это время попался! Вдруг – волчонок; он хочет его убить. Выскакивает из норы волчиха и говорит: «Не тронь моего детища; я тебе пригожусь». – «Быть так!» Иван-царевич отпустил волка; идет дальше, видит ворону. «Постой, – думает, – здесь я закушу»! Зарядил ружье, хочет стрелять; ворона и говорит: «Не тронь меня; я тебе пригожусь ». Иван-царевич подумал и отпустил ворону; идет дальше, доходит до моря, остановился на берегу. В это время вдруг взметался щучонок и выпал на берег; он его схватил, есть хочет смертно – думает: «Вот теперь поем!» Неоткуда взялась щука, говорит: «Не тронь, Иван – царевич, моего детища; я тебе пригожусь». Он и щучонка отпустил.

Как пройти море? Сидит на берегу да думает; щука ровно знала его думу, легла поперек моря. Иван-царевич прошел по ней как по мосту; доходит до дуба, где была смерть Коша Бессмертного, достал ящик, отворил –

到了伊万王子离开的时候了,他请求母亲赐予他祝福,出发前去寻找不死的科什的死。他沿着路走了很久,没吃一口饭,没喝一滴水,他饿得要命,心想,要是这时候有人能出现就好了。突然出现了一只狼崽子,他想杀死狼崽子。母狼从洞里跳了出来,说道:"不要碰我的孩子,我会对你有用的。""照你说的办吧!"伊万王子放了狼幼崽。他继续往前走,看到了一只乌鸦,心想:"停下来在这里吃点东西"。他装好了弓弩,想拉弓把乌鸦射下来,乌鸦对他说:"不要杀我,我会对你有用的。"伊万王子想了想,放走了乌鸦。他继续往前走,走到了海边,在岸边停了下来。就在这个时候,一条小狗鱼窜了出来,落到了岸上。他把小狗鱼抓了过来,他太想吃东西了,心想:"终于可以吃点东西了"。狗鱼妈妈不知道从哪里跳了出来,说道:"伊万王子,不要动我的孩子,我会对你有用的。"他也把小狗鱼放了。

怎么穿过茫茫大海呢?伊万王子坐在岸边想啊想啊。狗鱼正好知道了他的烦恼,摇身一变横在了大海上,如同一座桥一般。伊万王子踩着狗鱼的身体走在大海上。他来到了藏着不死科什死的那棵橡树下,拿出了匣子,打开匣子后,兔

заяц выскочил и побежал. Где тут удержать зайца! Испугался Иван-царевич, что отпустил зайца, призадумался, а волк, которого не убил он, кинулся за зайцем, поймал и несет к Ивану-царевичу. Он обрадовался, схватил зайца, распорол его и как-то оробел: утка спорхнула и полетела. Он постелял, постелял - мимо! Задумался опять. Неоткуда взялась ворона с воронятами и ступай за уткой, поймала утку, принесла Ивану-царевичу. Царевич обрадел, достал яйцо; пошел, доходит до моря, стал мыть яичко, да и ронил в воду. Как достать из моря? Безмерна глубь! Закручинился опять царевич. Вдруг море встрепенулось - и щука принесла ему яйцо; потом легла поперек моря. Иван-царевич прошел по ней и отправился к матери; приходит, поздоровались, и она его опять спрятала. В то время прилетел Кош Бессмертный и говорит: «Фу-фу! Русской коски слыхом не слыхать, видом не видать, а здесь Русью несет!» - «Что ты, Кош? У меня никого нет», - отвечала мать Ивана-царевича. Кош опять и говорит: «Я что-то немогу!», а Иван-царевич пожимал

子跳了出来,跑走了。怎么才能抓住兔子呢!伊万王子让兔子溜走了,他吓坏了,沉思了起来。伊万王子放走的那只狼径直去追兔子,把兔子抓住,带到了伊万王子跟前。他很高兴,一把抓过兔子,撕成了两半,结果他还是害怕待在那里,原来鸭子跳出来飞走了。他拉弓想射下鸭子,射啊射啊,都没有射中。他又沉思了起来。不知道从哪里出现了一只乌鸦,它的身后跟着一群小乌鸦。乌鸦去追鸭子,抓住鸭子后,把它送到了伊万王子面前。王子很高兴,拿出来里面的蛋,走到海边,开始清洗这颗蛋,结果不小心把蛋掉进了海里。怎么把蛋从海里面捞上来呢?大海深不见底!王子又忧愁万分。突然大海波浪翻滚,狗鱼给王子把蛋叼了上来,之后又横在大海上。伊万王子踩着狗鱼的身体返回母亲的住处。来到母亲这里,相互打过招呼后,母亲又把他藏了起来。就在这个时候,不死的科什飞了过来,说道:"呸呸!没听说过罗斯人,没看见过罗斯人,结果罗斯人自己送来了!""你说什么呢,科什?我这里没有任何人。"伊万王子的母亲回答说。科什又说道:"我有些不舒服",伊万王子握了握蛋,不死的科谢依随即抽搐不已。伊万王子走了出来,把装着科谢依的蛋拿出来,说道:"你看,不死的科谢依,你得死在这里!"科谢依跪在伊万王子的面前说道:"不要杀我,伊万王子,

яичко; Коша Бессмертного от того коробило. Наконец Иван-царевич вышел, кажет яйцо и говорит: «Вот, Кош Бессмертный, твоя смерть!» Тот на коленки против него и говорит: «Не бей меня, Иван-царевич, станем жить дружно; нам весь мир будет покорен». Иван-царевич не обольстился его словами, раздавил яичко — и Кош Бессмертный умер.

Взяли они, Иван-царевич с матерью, что было нужно, пошли на родиму сторону: по пути зашли за царской дочерью, к которой Иван-царевич заходил вперед, взяли и ее с собой; пошли дальше, доходят до горы, где братья Ивана-царевича все ждут. Девица говорит: «Иван-царевич! Воротись ко мне в дом; я забыла подвенечно платье, брильянтовый перстень и нешитые башмаки». Между тем он спустил мать и царску дочь, с коей они условились дома обвенчаться; братья приняли их, да взяли спуск и перерезали, чтобы Ивану-царевичу нельзя было спуститься, мать и девицу как-то угрозами уговорили, чтобы дома про Ивана-царевича не сказывали. Прибыли в свое царство; отец обрадовался детям и жене, только

我们和平共处，让我们一起征服整个世界。"伊万王子没有听信科谢依的蛊惑，把蛋摔了个粉碎，不死的科谢依随即一命呜呼。

伊万王子和母亲带上所需的物品，朝着回家的方向走去。回家的路上，他们顺便接走了伊万王子曾拜访过的那位公主。他们三个人一起往前走，一起走到了大山那里。伊万王子的哥哥们还在山下等着。姑娘说："伊万王子！回我的住处一趟吧，我忘了带结婚时的礼服、钻石戒指和没有绣花的靴子。"伊万王子把母亲和公主顺着梯子放了下去，伊万王子和公主准备回到家后举行婚礼。两位哥哥接住了她们，收回了梯子，并把梯子截断了，如此一来，伊万王子就无法从山顶下来了。两位哥哥恐吓了母亲和那位公主，让她俩到家后不能提及伊万王子。他们回到了自己的王国，父亲看到自己的孩子们和妻子后十分高兴，只是因为伊万王子有些忧伤。

печалился об одном Иване-царевиче.

А Иван-царевич воротился в дом своей невесты, взял обручальный перстень, подвенечное платье и нешитые башмаки; приходит на гору, метнул с руки на руку перстень. Явилось двенадцать молодцов, спрашивают: «Что прикажете?» – «Перенесите меня вот с этой горы». Молодцы тотчас его спустили. Иван-царевич надел перстень – их не стало; пошел в свое царство, приходит в тот город, где жил его отец и братья, остановился у одной старушки и спрашивает: «Что, баушка, нового в вашем царстве?» – «Да чего, дитятко! Вот наша царица была в плену у Коша Бессмертного; ее искали три сына, двое нашли и воротились, а третьего, Ивана-царевича, нет, и не знат, где. Царь кручинится об нем. А эти царевичи с матерью привезли какую-то царску дочь, большак жениться на ней хочет, да она посылает наперед куда-то за обручальным перстнем или велит сделать такое же кольцо, какое ей надо; колдася уж кличут клич, да никто не выискивается». – «Ступай, баушка, скажи царю, что ты сделаешь; а я пособлю», – говорит Иван-царевич.

伊万王子回到了自己未婚妻的住处，找到了订婚戒指、结婚礼服和没有绣花的靴子。他来到大山那里，把戒指从一只手里扔到另一只手里。出现了十二位小伙子，询问道："有什么吩咐？""请把我带到山底下。"十二位小伙子立即把他送到了山下。伊万王子戴上戒指后，他们立马消失不见了。伊万王子来到了自己的王国，来到了父亲和哥哥们所生活的城市，走到一位老奶奶跟前，询问道："老奶奶，咱们国家有什么新鲜事发生吗？"

"孩子，最近发生了这样一件事。我们的王后被不死的科什抓走了，她的三个儿子去寻找她，两个哥哥找到了她，已经回来了，但是小儿子伊万王子没有回来，也不知道现在人在哪里。沙皇因为伊万王子感到很忧伤。两个王子不仅救回了母亲，还带回了一位公主。大王子想同她结婚，但是公主派他不知道去哪里取订婚戒指，或者让他做出一个她所需要的那种戒指。早就发布了告示，但是没有人能做得出来。"

"老奶奶，你去告诉沙皇，你能做出这样的戒指，我会帮你的。"伊万王子说道。

Старуха в кою пору скрутилась, побежала к царю и говорит: «Ваше царско величество! Обручальный перстень я сделаю». - «Сделай, сделай, баушка! Мы таким людям рады, - говорит царь, - а если не сделаешь, то голову на плаху». Старуха перепугалась, пришла домой, заставляет Ивана - царевича делать перстень, а Иван - царевич спит, мало думает; перстень готов. Он шутит над старухой, а старуха трясется вся, плачет, ругат его: «Вот ты, - говорит, - сам - от в стороне, а меня, дуру, подвел под смерть». Плакала - плакала старуха и уснула. Иван - царевич встал поутру рано, будит старуху: «Вставай, баушка, да ступай понеси перстень, да смотри: больше одного червонца за него не бери. Если спросят, кто сделал перстень, скажи: сама; на меня не сказывай!» Старуха обрадовалась, снесла перстень; невесте понравился: «Такой, - говорит, - и надо!» Вынесла ей полно блюдо золота; она взяла один только червонец. Царь говорит: «Что, баушка, мало берешь?» - «На что мне много - то, ваше царско величество! После понадобятся - ты же мне дашь». Пробаяла это старуха и ушла.

老奶奶很快来到沙皇那里，说道："国王陛下，我能做出订婚戒指。""老奶奶，那赶快制作，那赶快制作！我们喜欢能做出戒指的人。"沙皇说："如果你制作不出来，就让你脑袋搬家。"老奶奶吓坏了，回到家后央求伊万王子制作戒指，但是伊万王子就在那里睡觉，什么也不想，戒指早就准备好了。他跟老奶奶开玩笑，但是老奶奶浑身颤抖，哭泣，责怪他："你倒好，袖手旁观，而我这个蠢货就要被处死了。"老奶奶哭啊哭啊，睡着了。次日清晨，伊万王子早早醒来，叫醒了老奶奶。

"老奶奶，快起床了，你把戒指送过去吧。你一定要记住，你就只拿一块金币作为奖赏。要是问你是谁制作的戒指，你就说是你制作的，不要提及我！"

老奶奶非常高兴，她把戒指送了过去。未婚妻非常喜欢，说："就是需要这样的戒指。"公主给老奶奶拿出来满满一盘子的金子，老奶奶只拿了一块金币。沙皇问道："老奶奶，你怎么拿得这么少？""沙皇陛下，我不需要那么多！如果之后我需要，你一定会再给我的。"老太婆说完离开了。

Прошло там сколько время — вести носятся, что невеста посылает жениха за подвенечным платьем или велит сшить такое же, како ей надо. Старуха и тут успела (Иван-царевич помог), снесла подвенечное платье. После снесла нешитые башмаки, а червонцев брала по одному и сказывала: эти вещи сама делает. Слышат люди, что у царя в такой-то день свадьба; дождались и того дня. А Иван-царевич старухе заказал: «Смотри, баушка, как невесту привезут под венец, ты скажи мне». Старуха время не пропустила. Иван-царевич тотчас оделся в царское платье, выходит: «Вот, баушка, я какой!» Старуха в ноги ему. «Батюшка, прости, я тебя ругала!» — «Бог простит». Приходит в церковь. Брата его еще не было. Он стал в ряд с невестой; их обвенчали и повели во дворец. На дороге попадается навстречу жених, большой брат, увидал, что невесту ведут с Иваном-царевичем, ступай-ка со стыдом обратно. Отец обрадовался Ивану-царевичу, узнал о лукавстве братьев и, как отпировали свадьбу, больших сыновей разослал в ссылку, а Ивана-царевича сделал наследником.

又过了一段时间，公主又派未婚夫去寻找结婚礼服或者缝制她所需要的结婚礼服。老奶奶又完成了这项任务（伊万王子帮助了她），把结婚礼服拿给了沙皇。之后，老奶奶又把没有绣花的靴子拿给了沙皇，但是每次都只要一块金币作为奖赏，并说这些都是她自己一个人制作的。人们听说沙皇要举行一场婚礼，这一天终于到来了。伊万王子对老奶奶说："老奶奶，你注意看着些，未婚妻戴着婚冠出来的时候，你一定告诉我。"老奶奶一刻也不敢错过，看到公主后，立即告诉了伊万王子。伊万王子立即换上了王子的服装，走了出来："老奶奶，这才是我真正的样子！"老奶奶跪在了他面前。

"老爷，请原谅我，我还骂过你！"

"上帝会原谅你的。"

伊万王子来到了教堂，他的哥哥还没有来。他和未婚妻站在一起，神父给他俩举行了婚礼，并把他们带回了宫殿。路上遇到了伊万王子的大哥，这个未婚夫看到未婚妻和伊万王子在一起，羞愧地回去了。父亲看到伊万王子后特别高兴，并知道了两位哥哥所做的龌龊之事。伊万王子和公主举办了婚礼。沙皇把两个儿子流放到边陲之地，并册封伊万王子为王位继承人。

哭调

哭调（причитание）在俄语中又被称为"причеть""причёты""плачи""голошения"等，是一种表达内心悲伤情感的家庭仪式歌谣，通常被划分为殡葬哭调（похоронные причитания）、婚嫁哭调（свадебные причитания）和入伍哭调（рекрутские причитания）三种类型。与其他民间抒情歌谣不同，哭调属于在固定传统演唱框架下的即兴创作，哭调的演唱者需要根据特定的人调整所演唱哭调的内容，增加能够体现其生活的具体细节，因此"同一首哭调不会被一模一样地演唱第二遍"[1]。

1872年，俄罗斯民族志学家、民间文艺学家叶·瓦·巴尔索夫出版了俄罗斯民间文学史上第一部民间哭调作品集《俄罗斯北方边疆哭调》（殡葬哭调）[2]，此后于1882年和1885年陆续出版了《俄罗斯北方边疆哭调》（入伍哭调）和《俄罗斯北方边疆哭调》（婚嫁哭调）。这些作品集收录了叶·瓦·巴尔索夫1867—1870年间在俄罗斯外奥涅加湖地区收集的哭调作品，其中从民间女诗人伊·安·费多索娃那里"记下了三万首以上的诗作——结婚、殡葬和入伍的哭调"[3]。1997年，基·瓦·奇斯托和鲍·叶·奇斯托夫重新整理出版了叶·瓦·巴尔索夫的作品集，并添加了诸多学术注解。俄罗斯作家在文学创作中也常借鉴民间哭调，如亚·谢·普希金（1799—1837）的《熊的故事》（1830）、尼·阿·涅克拉索夫（1821—1877）的《谁在俄罗斯能过好日子》（1863—1877）、巴·伊·梅利尼科夫-佩切尔斯基（1818—1883）的《在森林里》（1871—1874）等。

---

[1] В.И.Чичеров. Русское народное творчество. М.: Издательство Московского университета, 1959, C.396.
[2] Е.В.Барсов. Причитания северного края. М.: Современные известия, 1872.
[3] 开也夫：俄罗斯人民口头创作，连树声译，北京：中国民间文艺研究会研究部，1964年，第129页。

一、殡葬哭调

殡葬哭调伴随着整个殡葬仪式。在整理死者的仪容、抬棺、告别死者、下葬等环节中,均有相应的殡葬哭调。殡葬哭调常常诉说死者离世给生者带来的重创。殡葬哭调的主人公通常包括失去丈夫的寡妇、失去儿子的母亲和失去父亲的女儿等。如在《孀妻悲丈夫哭调》中,寡妇哭诉了丈夫离世后自己和孩子们即将面临的悲惨命运。

> 红红的太阳落下去了,
> 落到了高山的那一边,
> 藏到了浓密的森林里,
> 躲进了飘浮的云朵里,
> 隐在了璀璨的星辰里!
> 亲爱的人儿抛下了我,
> 把牲畜留给我一个人,
> 把孩子留给我一个人,
> 把悲伤留给我一个人!
> 孤苦的孩子到处流浪,
> 他们失去父亲的庇护,
> 未来之路也并不顺畅。
> 我将如何把他们抚养!
> 他们会沿着大街乞讨,
> 在那并不宽敞的小巷!
> 对于失去父亲的孩子,
> 微风割面,善言如霜,
> 没人管的孩子们敏感,
> 儿子们如何果敢勇往,
> 女儿们如何漂亮荣光!
> 我们真是糊涂又蠢笨,
> 让孩子们无依又无靠,

这么快就等来了死亡![1]

在殡葬哭调中,对于生者而言,死者并没有完全离开他们,生者只是认为死者走丢了、迷路了或者睡着了,生者希望自然界的力量能够唤醒死者,如在《妹妹坟前哭姐姐》中写道:

啊,姐姐,我亲爱的姐姐,
你在坟墓里面快快回答我,
快到我跟前,哪怕一分钟!
风啊风,威力无比的狂风,
你们帮我吹开这座坟丘吧,
你们吹走坟上黄色的沙石。
大地母亲,你快张开怀抱,
赶快让我看我姐姐的脸庞,
让我看看姐姐苍白的脸庞!
我的姐姐啊,你快点醒醒,
你睁开你那双明亮的眼睛,
让我这个可怜人高兴一下。[2]

殡葬哭调是殡葬仪式的重要组成部分,殡葬哭调中一些表示殡葬时间节点的描述性语言充分证明了这一点。例如,在伊·安·费多索娃演唱的《孀妻悲丈夫哭调》中,会有"安魂弥撒之后,寡妇哭道""给死者下葬时,寡妇扑倒在地哭诉""从墓地回来后,寡妇坐在门口台阶上,痛哭流涕"等用于衔接的过渡性叙述语言。

---

[1] Е.В.Барсов Причитания северного края. Часть 1. М.: Современные известия, 1872, C.25.
[2] А.Н.Соболев. Причитания над умершими Владимирской губернии. М.: Университ. тип, 1912, C.11.

二、婚嫁哭调

婚嫁哭调通常伴随俄罗斯婚俗仪式中演婚(свадебная игра)的各个环节。演婚通常包括"说媒、订婚、订婚宴会、女客晚会和婚礼日"[1]。告别少女时代无忧无虑的自由生活和面对婚后生活的恐惧是婚嫁哭调的两大主题,这与结婚仪式的社会功能有关,"结婚仪式的主要意义是确认步入婚姻之人的新社会身份和新亲属关系"[2]。新娘在哭调中告别自己少女时期的美丽容颜,从此前的生活方式中"死去",再以已婚妇女的新身份"重生"。在婚嫁哭调中,少女的美丽容颜和自由被拟人化,少女对待自己的容颜和自由如同对待一位老朋友。例如,在《女子嫁前哭嫁歌》中,少女害怕自己的容颜放在草地上后不被珍惜,于是把自己的容颜交给了妹妹:

容颜,我会把你交给,
交给我那最爱的妹妹,
我对妹妹深鞠了一躬:
"我的好妹妹,你接着,
在我的容颜中绽放吧!
是你让我曾光彩夺目,
我疼惜你,我珍视你,
不让你在烈日下暴晒,
不让你在狂风中凌乱,
不让你在暴雨中飘摇!
你比什么都还要珍贵,
比散落的金币更珍贵,
比皎洁的圆月更明亮,
比红红的太阳更灿烂!"[3]

---

[1] 开也夫:俄罗斯人民口头创作,连树声译,北京:中国民间文艺研究会研究部,1964年,第124页。
[2] В.П.Кузнецова. Причитания в северно-русском свадебном обряде. Петрозаводск: Карельский научный центр РАН, 1993, С.15.
[3] Б.Н.Путилов. Причитания. Ленинград: Советский писатель, 1960, С.368.

婚嫁哭调中常借助梦境勾勒少女对未来婚姻生活的担心和恐惧:她惧怕自己未来的公婆,惧怕叔伯姑侄,惧怕自己的丈夫。例如,新娘在结婚当天的早上讲述自己的梦境,她梦到自己走进了一座小木屋,门槛旁的长凳上有一只雄鹰和很多小鹰,炉子旁边的长凳上有一只母狼和许多狼崽子,那里的冬天十分寒冷,黑压压的森林弯弯曲曲。这些都是对婚后生活中即将遇到之人的隐喻:

> 坐在门口长凳上面的,
> 不是雄鹰和一些雏鹰,
> 是公公和叔伯兄弟们,
> 炉子旁长凳上坐着的,
> 不是母狼和小狼崽子,
> 是婆婆和家里姑嫂们,
> 家里的那个大角落里,
> 不是那寒冷的冬天,
> 那儿站着父亲的小儿子!
> 弯弯曲曲的不是森林,
> 是那里的人诡诈阴险,
> 他们对别人严厉苛责。[1]

三、入伍哭调

与殡葬哭调、婚嫁哭调相比,入伍哭调产生得比较晚。入伍哭调的产生与俄罗斯的兵役制度有关。1705 年,彼得大帝颁布新的兵役法令,规定入伍之人需在军队服役 25 年。此后,服兵役的时间有所缩短,1834 年服兵役时间改为 20 年,1859 年更改为 12 年,但是对于家庭而言这也是很大的负担。入伍哭调是送家中的儿子离家进入新的生活。入伍哭调在形式上模仿的是婚嫁哭调,在这类哭调中应征入伍的新兵如同待嫁的新娘。然而,与殡葬哭调和婚嫁哭调不同,入伍哭调不属于与人的生命礼仪紧密相关的抒情歌谣。

---

[1] Б.Н.Путилов. Причитания. Ленинград: Советский писатель, 1960, C.377-378.

入伍哭调与入伍仪式紧密相关。入伍仪式通常包括两大部分：新兵游玩狂欢和欢送仪式。在游玩狂欢中，新兵与自己同龄的伙伴们骑着马在自己村子和临近的村子中游玩喝酒，唱歌跳舞。在欢送仪式中，新兵会在最后的两三天与亲戚朋友一一告别，之后他会到教堂祈求上帝和圣母的庇护，最后父母为即将远行的儿子送上祝福。伴随入伍仪式演唱的入伍哭调通常不是由新兵本人演唱，而是由专门请来的哀哭妇演唱。哀哭妇会以新兵的名义哭诉：

> 你听我说啊，我的母亲，
> 不要再哭泣，不要流泪，
> 别给战士心里增添苦闷，
> 在我那无比悲痛的心中，
> 已经积攒了无尽的忧愁，
> 我满腹惆怅，满腹委屈！
> 我这个楚楚可怜的士兵，
> 还想再到自己家中看看，
> 内心的愁苦却不减反增。
> 我看着可怜的年轻妻子，
> 她坐在那儿也是满腹愁怨，
> 她的内心里面凄楚万分，
> 不敢大胆地走在地板上，
> 不敢冷言冷语地说着话。
> 我的那些年幼的孩子们，
> 像极了被驱赶的灰兔子，
> 他们都不敢来到桌子旁，
> 不敢来到橡木的桌子旁，
> 躲在离桌子很远的地方。[1]

俄罗斯有专门从事哭调演唱的职业歌手，这些歌手通常是女性，因此被称为哀哭妇（вопленица, плакальщица, причетница, стиховодница）。伊·安·费多索娃是19世纪俄罗斯著名的哀哭妇。伴随叶·瓦·巴尔索夫三卷本《俄罗斯北方边疆哭调》的

---

[1] В.П.Аникин. Русское устное народное творчество. М.: Высшая школа, 2006, С.311.

出版,这位民间女诗人走进大众的视野。她曾在彼得罗扎沃茨克、彼得堡、莫斯科、下诺夫哥罗德、喀山等多地演出。高尔基高度评价了费多索娃的创作,认为"费多索娃全身浸透着俄罗斯式的吟唱,七十年间她一直生活在这样的吟唱中,在自己的即兴表演中唱出了别人的悲伤,在这些古老的歌谣中唱出了自己悲凄的人生"[1]。

Плач вдовы по мужу	孀妻悲丈夫哭调[2]
Укатилося красное солнышко	红红的太阳落下去了,
За горы оно да за высокие,	落到了高山的那一边,
За лесушка оно да за дремучий,	藏到了浓密的森林里,
За облачка оно да за ходячий,	躲进了飘浮的云朵里,
5　За часты звезды да подвосточные!	隐在了璀璨的星辰里!　5
Покидат меня, победную головушку,	亲爱的人儿抛下了我,
Со стадушком оно да со детиною,	把牲畜留给我一个人,
Оставлят меня, горюшу горегорькую,	把孩子留给我一个人,
Навеки-то меня да вековечный!	把悲伤留给我一个人!
10　Некак ростить-то сиротных мне-ка детушек.	孤苦的孩子到处流浪,10
Будут по миру они да ведь скитатися,	他们失去父亲的庇护,
По подоконью они да столыпатися,	未来之路也并不顺畅。
Будет уличка ходить да не широкая,	我将如何把他们抚养!
Путь-дороженька вот им да не торнешенька	他们会沿着大街乞讨,
15　Без своего родителя, без батюшка!	在那并不宽敞的小巷!　15
Приизвиются-то буйны на них ветрушки,	对于失去父亲的孩子,
И набаются-то добры про них людушки,	微风割面,善言如霜,
Што ведь вольный дети безунённыи,	没人管的孩子们敏感,
Не храбры да сыновья ростут безотнии,	儿子们如何果敢勇往,
20　Не красны да слывут дочери у матушки!	女儿们如何漂亮荣光!　20
Глупо сделали, сиротны малы детушки,	我们真是糊涂又蠢笨,

---

[1] А.М.Горький. О литературе: литературно-критические статьи. М.: Советский писатель, 1955, С.17.
[2] 该篇哭调选自叶·瓦·巴尔索夫(Е.В.Барсов)主编的《俄罗斯北方边疆哭调》,该民间文学作品集于1872年出版,本篇哭调载于25—54页。

	Мы проглупали родительско желаньицо,	让孩子们无依又无靠,
	Допустили эту скорую смерётушку!	这么快就等来了死亡!
	Мы не заперли новых сеней решётчатых,	我们没把新栅栏锁上,
25	Не задвинули стекольчатых околенок,	没来得及拉上玻璃窗,25
	У ворот да мы не ставили приворотцицьков,	没有人守卫在院门前,
	У дубовых дверей да сторожателей,	没有人坐在橡木门旁,
	Не сидели мы у трудной у постелюшки,	我们也没有坐在床边,
	У тяжела, крута-складнего зголовьица,	也不在舒适的枕头旁,
30	Не глядели про запас мы на родителя-на батюшка,	我们还没多看他两眼,30
	Как душа да с белых грудей выходила,	他的灵魂已飞出胸膛,
	Оци ясный с белым светом прощалися!	与红尘俗世挥手作别!
	Подходила тут скоряя смерётушка,	死神已在悄悄地靠近,
	Она крадчи шла, злодейка-душегубица,	她是个凶狠的女杀手,
35	По крылечку ли она да молодой женой,	是台阶上的年轻女子,35
	По новым ли шла сеням да красной девушкой	是大门前的漂亮姑娘,
	Аль калекой она шла да перехожею,	还是那流浪的弱女子,
	Со синя ли моря шла да все голодная;	她饥肠辘辘越过大海,
	Со чиста ли поля шла да ведь холодная;	她饥寒交迫走过旷野。
40	У дубовых дверей да не стуцялася,	她没有敲一敲橡木门,40
	У окошечка ведь смерть да не давалася;	也没有在窗台下停留,
	Потихошеньку она да подходила,	她悄无声息地走过来,
	И черным вороном в окошко залетела.	如黑乌鸦飞到了窗边。
	Мы проглупали, сиротны малы детушки,	我们错失了人间幸福,
45	Отпустили мы великое желаньице!	让孩子们孤苦又无依。45
	Кабы видели злодийную смерётушку,	如果能见到死亡女神,
	Мы бы ставили столы да ей дубовый,	我们会准备好橡木桌,
	Мы бы слали скатерти да тонкобраные,	铺上精美的绣花桌布,
	Положили бы ей вилки золочёные,	摆上镀金的精美叉子,

50	Положили б востры ножички булатнии,	摆上大马士革的餐刀,50
	Нанесли бы всяких ествушек сахарниих,	准备好各式美味佳肴,
	Наливали бы ей питьица медвяного,	给她斟满一杯蜂蜜酒,
	Мы садили бы тут скорую смерётушку	我们请死亡女神坐下,
	Как за этыи столы да за дубовый,	坐在备好的橡木桌旁,
55	Как на этыи на стульица кленовый,	坐在旁边枫木长凳上。55
	Отходящи бы ей низко поклонялися,	离世的人会向她行礼,
	И ласково бы ей тут говорили:	亲切地对女神诉说道:
	«Ай же, ведь скорая смерётушка,	"哎,我们的死亡女神
	От Господа Распятого, знать, создана,	是上帝把您创造出来,
60	От Бладыки на сыру, знать, землю послана	是造物主派您来尘世,60
	За бурлацкима удалыма головушкам?	带走能干的一家之主?
	Ты возьми, злодей-скорая смерётушка,	这个可恶的死亡女神,
	Не жалею я гулярна цветна платьица;	快拿走我的彩色衣裙,
	Ты жемчужную возьми мою подвесточку,	还有我那对珍珠耳环,
65	С сундука подам платочки левантеровы,	从衣箱中取出绸手帕,65
	Со двора возьми любимую скотинушку!	从庭院中找出好家畜,
	Я со стойлы-то даю да коня доброго,	从马厩中牵来了良驹,
	Со гвоздя даю те уздицу тесмяную,	给它套上最好的笼头,
	Я седёлышко дарю тие черкасское,	配上切尔克斯式马鞍,
70	Золотой казны даю тие по надобью!	我再献给你金银细软!70
	Не бери столько надежноей головушки,	请你不要带走顶梁柱,
	Не сироть столько сиротных малых детушек,	不要让幼童孤苦无依,
	Не слези меня, победноей головушки!»	不要让我也泪流满面!"
	Отвечала злодей-скорая смерётушка:	可恶的死亡女神回答:
75	«Я не ем, не пью в домах да ведь крестьянскиих!	"我不会在农舍里吃喝!75
	Мне не надобно любимоей скотинушки,	我不需要你的好家畜,

Мне со стойлы-то не надо коня доброго,	我不需要你的良驹,
Мне не надо злотой казны бессчётноей.	我不需要无数的金银,
Не за тым я у Бладыки-Света послана!	上天并非为此派我来。
80 Я беру, да злодей-скорая смерётушка,	我是可恶的死亡女神,80
Я удалые бурлацкие головушки;	我来带走家中顶梁柱,
Я не брезгую ведь, смерть да душегубица,	女杀手不歧视任何人,
Я не нищиим ведь есть, да не прохожиим,	不歧视身无分文之人,
Я не бедныим не брезгую убогиим».	不歧视一贫如洗之人。"
85 Тут спроговорит вдова благочесливая:	虔诚的寡妇又回答道:85
«Видно нет того на свете да не водится,	"这世上没有这样的事,
Што ведь мертвый с погоста не воротятся;	死人不会从墓地回来,
Хоть не дальняя дорожка-безызвестная,	路不远但是不能回头,
Не лесныи перелески-мутарсливыи».	没有荆棘但路途艰难。"
90 Глупо сделали, сиротны малы детушки,	不该让孩子无依无靠,90
Не сходили мы во улички рядовые,	我们还没去一趟大街,
Не дошли да мы до лавочки торговые,	我们还未去一趟店铺,
Не купили лист бумаженьки гербовые,	还没来得及买印花纸,
Не взыскали писарёв да хитромудрых,	揭发狡猾的小公务员,
95 Не списали мы родителя-то батюшка	我们未画完孩子父亲,95
На потрет да его бело это личушко,	在这一印花纸上画完,
На эту на гербовую бумаженьку,	画完他那苍白的脸颊,
Его желты бы завивныи кудёрышки,	画完他棕黄色的卷发,
Его ясно развеселое бы личушко,	画完他那微笑的脸庞,
100 Прелестны бы, учтивый словечушки,	画完他彬彬有礼的样子,100
Велико бы родительско желаньицо!	这是父母最大的愿望!
Как подростать станут сиротны малы детушки,	孤苦的孩子这样长大,
По сеням да станут детушки похаживать,	他们在门厅跑来跑去,
Из окошечка в окошечко поглядывать,	透过窗户向外面望去,
105 На широкую на уличку посматривать,	望着外面宽阔的大街,105

Приходить стане разливня красна вёснушка,	美丽的春天即将到来，
Повытают снежочки со чиста поля,	田野上的积雪将消融，
Повынесе ледочки со синя моря;	海面上的冰层将退去。
Как вода со льдом ведь есть да поразойдется,	水与冰注定会不同路，
110 Быстры риченьки с гор да поразольются,	水流从山顶奔泻而下，110
Протекут да ведь мелки малы риченьки	汇聚成了涓涓的溪流，
Во это в океян-да сине морюшко!	注入了蔚蓝色的大海。
Как пойдут наши суседи спорядовыи	如同我们憨厚的邻居，
На трудну на крестьянскую работушку.	前去操持地里的农活。
115 Будут пахари на чистыих на полюшках,	庄稼人在空旷的田野，115
Севчи да на распашистых полосушках.	忙着操持开垦和耕种。
Малы детушки на мать станут погля дывать,	小孩子们盯着母亲看，
Сироту да меня, вдовушку, выспрашивать:	望着我这个孤孀问道：
«Ты послушай, сирота же вдова-матушка!	"妈妈呀，你孤苦无依，
120 Уже где да есть родитель-то наш батюшка?»	我们的父亲去了哪里？"120
Тут я б вынула гербовый лист-бумаженьку,	这时我会拿出印花纸，
Показала бы сердечным малым детушкам!	给小孩子们看看父亲！
Ещё скажут-то сиротны малы детушки:	再对幼小的孩子们说：
«Кто же пойде на распашисты полосушки?	"谁能去一趟田间地头，
125 Как у нас, да ведь родитель наша матушка,	现在你们的母亲身边，125
Нету пахаря на чистых полосушках,	没有个得力的种田人，
Сенокосца на луговых нету поженках,	没有个能干的割草人，
Рыболовушка на синем нет Онегушке!»	没有个顶事的打鱼人。"

Тут я спахнуся, кручинна вся головушка,	我突然想起了当家人，
130 За свою да за надежную сдержавушку,	想起了最坚实的臂膀，130
Ушибать стане великая тоскичушка,	我陷入了深深的忧郁，
Унывать стане ретливое сердечушко:	内心充满了无尽苦闷：
«Да как ростить-то сиротных малых детушек?»	"我该如何抚养孩子们？"

Обращаясь к соседям, вдова падает им в ноги и продолжает:

寡妇转向邻居们，
跪到他们面前，继续说道：

Поклоню да свою буйную головушку,	我向勇敢的家主鞠躬，
Покорю свое печальное сердечушко	克制自己内心的悲伤，
Я со этой вышины да до сырой земли	我跪在潮湿的大地上，
Своим милым спорядовым суседушкам:	对自己亲爱的邻居说：
5 «Не откиньте-тко вдову вы бесприютную,	"我是带着孩子的寡妇，5
Со обиднымa, сиротныма детушкам,	求你们不要撵我们走！
Да вы грубым словечком не обидьте-ткось,	请你们不要恶言相加，
Да вы больным ударом не ударьте-ткось!	请你们不要拳打脚踢！
Как пойдут мои сиротныи к вам детушки	让我的孩子们留在这，
10 По вашему крыльцу да по перёному,	允许他们找孩子们玩，10
Не заприте-тко новых сеней решётчатых,	请不要锁上新栅栏门，
Допустите в тепловито свое гнездышко,	允许他们去你们家里，
Ко дверям да вы на дверную на лавочку,	坐在大门前的长凳上，
Да вы милостину им тут сотворите-тко	请你们给他们点施舍，
15 Сиротам моим бессчастным малым детушкам,	给可怜的孩子点施舍，15
Вы на добрый дела их научите-ткось!»	你们在教他们做善事！"
Как допреж сего,* до этой поры-времечка	在这场不幸到来之前，

Была в живности любимая семеюшка,
Маломошному суседу не корилася,
20 Была гордая ведь я да непоклонная,
Я с суседями была да несговорная.
Не начаяла я горя, не надиялась,
Што разлукушки с законной со
　　　　державушкой,
Што останусь, сирота-вдова бессчастная,
25 Я со этой станицей неудольноей,
Со малыма, сердечныма детушкам!
Как жила я с надежной головушкой,
Была счастлива ведь я да все таланная.
Вдруг, знать, счастье то суседы обзавидали,
30 Добры людушки меня да приоббаяли,
Черны вороны талан, знать, приограяли,
Видно, участь ту собаки приоблаяли!
Как по моему великому несчастьицу
Тут проклятая злодийка бесталанница
35 Впереди меня, злодийка, уродилася,
Впереди меня в купели окрестилася!
Как жила я у желанных родителей
Во своем да я прекрасном девичестве,
Изнавешена была я цветным платьицом,
40 Изнасажена была я скатным жемчугом!
Мои милый, желанный родители
Тут повыбрали судимую сторонушку,
Мне по разуму блада сына отецького;
Отпущали на судиму как сторонушку;
45 Отдавали за блада сына отецького-
Знать, не участью-таланом награждали,
Знать, великиим бессчастьем наделяли!

在孩子父亲在世之时，
没瞧不起贫穷的邻居，
骄傲的我不卑躬屈膝，20
和邻居们也不太融洽。
我没想到会发生不幸，
家里的顶梁柱会离世，

留下不幸的孤儿寡母，
留我一人在这村子里，25
留下这些可怜的孩子！
当家的还活着的时候，
快乐和幸福伴我左右。
邻居们从心里都羡慕，
人们都愿意和我相处，30
不知是乌鸦呱呱乱叫，
还是野狗冲撞了命运，
才会发生巨大的不幸，
可恶的女杀手才出现，
才会出现在我的面前，35
在圣水盘里接受洗礼！
多想再回到父母家里，
回到美好的少女时代，
身穿着彩色的连衣裙，
戴着圆润光亮的珍珠！40
我最亲爱的父母双亲，
准备好了成亲的婚房，
我喜欢上他家小儿子，
一起走进了婚姻殿堂。
嫁给他家的小儿子后，45
我并未得到上天的恩赐，
承受着无穷尽的痛苦！

	Уж как это* зло-великое бессчастьицо	这个恶魔带来了苦难,
	Впереди меня, злодейно, снаряжалося,	在我面前已全副武装,
50	На судимую сторонушку справлялося,	俨然一副审判者模样,50
	Во большом углу бессчастьицо садилося,	苦难坐在显眼的角落,
	Впереди да шло бессчастье ясным соколом,	它身前有矫健的雄鹰,
	Позади оно летело черным вороном!	它身后有一只黑乌鸦!
	Впереди оно, бессчастье, не укатится,	前方苦难不会消失,
55	Позади оно, злодийно, не останется,	后面恶魔不会止步,55
	Посторонь оно, злодийно, не отшатится!	周边恶魔不会畏惧!
	Кругом-около бессчастье обстолпилося,	四处都被不幸所萦绕,
	Всем беремечком, злодийно, ухватилося,	恶魔使出了浑身解数,
	За могучий оно да мои плечушки...	抓住了我有力的肩膀……

При выносе покойника вдова вопит:

死者被抬走时,寡妇大哭:

	Не спешите-ткось, спорядныи суседушки,	别着急,我的好邻居,
	Вы нести мою надежную семеюшку	你们从屋里抬出去的
	Со этого хоромного строеньица!	那可是家里的顶梁柱!
	Ты прощайся-ко, надежная головушка,	当家人,你就这样走了,
5	С этым добрым хоромным строеньицом,	离开了这个温馨的家,5
	Со малыма сердечныма детушкам;	离开了年幼的孩子们,
	Ты со этой-то деревней садовитою,	离开了这美丽的村庄,
	Ты со волостью этой красовитою,	离开了这亲切的故土,
	Ты со этыма спорядныма суседушкам!	离开了和蔼的乡亲们!
10	Вы простите, спорядовы вси суседушки,	我亲爱的街坊四邻们,10
	Мою милую, надежную семеюшку,	请原谅我们一家人吧,
	Вы любимую законную сдержавушку	原谅我那最爱的丈夫,
	Во всех тяжкиих его да прегрешеньицах	原谅这罪孽深重的人,
	Со светным его да все живленьицом.	原谅这和蔼友善的人。
15	Вы не спомните, спорядныи суседушки,	我亲爱的街坊四邻们,15
	Уж вы злом его не спомните-тко, лихостью!	请忘掉他犯下的过错。

Затем, обратившись ко вдове-соседке, если она бывает при этом, продолжает:

Я гляжу-смотрю, печальная головушка,
На тебя смотрю, спорядную суседушку,
На тебя да я, вдову благочесливую,
Отдали ходишь, суседушка, туляешься,
5 Со мной на речи, победнушка, не ставишься,
На сговор со мной, печальна, не даваешься.
Видно, в живности надежная головушка,
Ты в прохладноей живешь да, видно, жирушке!

А если есть дети - прибавляет:

Знать, не ростишь ты сиротных малых детушек,
10 Видно, нет в сердче великой кручинушки,
Нет обидушки в ретливом, знать, сердечушке!
Не попустишь ты, суседушка, зычен голос,
Ни умильного, складного причитаньица.
Знать, боишься ты великова бессчастьица,
15 Уж какого е злодейна бесталаньица!
Знаю-ведаю, кручинная головушка,
Про твое да горе горькое живленьице:
Ведь ты ростишь-то сиротных также детушек,
Во маётной, во бобыльской ростишь жирушке!

之后,转向在场的邻居家寡妇,
她继续道：

让我瞧瞧这个可怜人,
让我看看这个好邻居,
端详这个虔诚的寡妇,
好妹妹,不要再躲藏,
你这个可怜的人儿啊,5

莫要悲伤,莫要退缩。
你对生活还漠不关心,
这一点真是显而易见。

如果有孩子,她便补充说：

你这样怎么抚育孩子,

不要再满腹充满忧伤,10

心中不要再忧愁苦闷!

你的哭声真惹人怜惜,
邻居,不要号啕悲泣。
知道你难以承受不幸,
这不幸会是无尽无休! 15
我知道你这个苦命人,
因悲苦的生活而哭泣：
你要孤苦伶仃地一人,

将孩子们拉扯着长大。

哭调 |239

20 Не одны родители хотя нас отродили,
Одным участью-таланом наделили.
Да ты слушай же, бесчастная суседушка,
Хоть головушка твоя да безначальная,
Сердечушко твое да беспечальное!

25 Мы с тобой, да свет спорядная суседушка,
Во бесчастный день во пятницу засияны,
В бесталанный день во середу вспорожены;
Как во ту пору родитель спородила,
Когда кузнеци во кузницах стояли,

30 Часовыи на часы да прибиралися,
Как булат-это железо разжигали,
Как железны эты обруци ковали
На наши на бесчастные сердечушка,
На нашу на победную утробушку!

35 Да ты слушай же, горюша бесприютная,
Кабы знала ты, спорядная суседушка,
Про мою да про велику бы незгодушку,
Про эту бы несносную обидушку!
Как сегоднишним Господним Божьим денечком

40 Без воды да резвы ножки подмывает,
Без огня мое сердечко разгоряется,
Ум за разум у бесчастной забегает,
Буйна голова без ветрышка шатается!

Если станут унимать, вдова вопит:

Дайте волюшку, спорядныи суседушки!
Не жалейте-тко печальноей горюшицы,
Не могу терпеть, победная головушка,

我们虽然有不同父母,20
却有着相类似的命运。
听我说,不幸的邻居,
虽然你失去了当家人,
你的心也要无忧无虑!

周围的好邻居们啊,25

在不幸的周五要高兴,
在悲伤的周三要快乐,
如同母亲生育的时刻,
如同铁匠站在铁匠铺,

如同钟表匠正在修表,30
像烧红的大马士革钢,
像锻造出的铁制圆环,
印在我们悲伤的心间,
深深刻在我们的身上!

无家可归的苦命人啊,35
你听我说啊,好邻居,
听听我那不幸的遭遇,
听听我那满腹的委屈!
在今天这个神选之日,

无水双腿已冲洗干净,40
无火我的心已经滚烫,
苦命人的头脑已糊涂,
没有风脑袋也在晃动!

人们平静后,寡妇嚎啕大哭:

给我力量吧,好邻居,
不要吝惜你们的悲伤,
我的的确确无法承受,

Как долит тоска-великая тоскичушка!
5 Со кручинушки смерётушка не придет,
Со кручинушки душа с грудей не выдет,
Мое личушко ведь есть да не бумажное!
День ко вечеру теперь да коротается,
Леса к зени-то теперь да приклоняются,
10 Красно солнышко ко западу двигается,
В путь-дороженьку надёжа снаряжается,
Сирота-бедна вдова да оставляется
Со бессчётною со станицей детиною.
Подойдите-тко, сиротны малы детушки,
15 Вы ко этой колоде белодубовой,
Вы ко спацливу родителю ко батюшку,
Вы спросите про великое желаньицо,
Вам ведь в ком искать великого
    желаньица
И ласковыих прелестныих словечушек?
20 Уже так мне-ка, победной,
    тошнёшинько:
Путь-дорожинька топерь да коротается,
Вси отцы-попы духовный сбираются,
Оны Божии-то церквы отпирают,
Оны Божии-то книги отмыкают,
25 Воску ярого свещи да затопляются,
Херувимский стихи тут запеваются.

Соседка отвопливает:

Ты послушай же, спорядная суседушка,
Што ведь я скажу, кручинная головушка!
Тебе времячко, суседушка, выспрашивать
Про мое да про победное живленьице;

承受不了满腹的忧伤！
死神不会因忧伤而来，5
灵魂不会因忧伤出窍，
我的脸色未苍白如纸！
天色在慢慢地暗下来，
森林在慢慢垂向大地，
红红的太阳移向西方，10
我的心肝已经上路启程，
抛下了我们这孤儿寡母，
和村子里数不清的孩童。
孤苦伶仃的小孩子们啊，
快到这白橡木的棺材前，15
到你们和蔼的爹爹跟前，
请你们说出最大的心愿，
你们到谁那里寻找希望，

还有那温柔甜蜜的话语？
我已经感觉到了不适，20

已经快走到道路的尽头，
所有的神父已聚在一起，
他们打开了神圣的教堂，
一起慢慢地把圣经打开，
四周点满明亮的蜡烛，25
一起颂唱着神圣的诗句。

邻居哭着说：

好邻居啊，听听我说，
听听我说的，苦命人，
好邻居，该你问问了，
问我过着怎样的生活。

5	Мне и в вешной день кручинушки не высказать,	春天诉不完我的愁苦,5
	Мне в осеннюю неделюшку не выпомнить	秋日道不尽我的哀伤,
	Этой злой, да все вдовиноей обидушки;	道不尽守寡后的委屈,
	Мне на вешной лед досадушки не выписать,	春天冰面上写不下烦闷,
	Хитро-мудрым писарям да им не вычитать;	聪慧的抄写员读不完。
10	Как другой живу учётной, долгой годышок,	我如何度过漫长岁月,10
	Как я рощу-то сиротных малых детушек,	怎么把孩子们抚养大,
	Накопилося кручинушки в головушку,	脑袋里面积攒着苦闷,
	Все несносные тоскичушки в сердечушко;	心中充斥着无尽忧郁。
	У меня три поля кручинушки насияно,	三块田也展不开愁绪,
15	Три озерышка горючих слез наронено.	三湾湖水洒不完热泪。15
	Во победнеом, сиротскоем живленьице,	孤零零坐在桌旁吃饭,
	Во бобыльной, во сиротской живу жирушке,	过着孤苦忧愁的日子,
	За бобыльскиим столом да хлеба кушаю;	过着贫苦无助的生活。
	Я не знаю же, победная головушка,	我这个苦命的人儿啊,
20	Кое-день, кое-темная е ноченька,	分不清楚白天和黑夜,20
	Кое-Светлое Христово Воскресеньицо!	记不清基督何时复活!
	Мы с тобой, моя спорядная суседушка,	好邻居,你和我两人,
	Перед Господом Бладыкой согрешили, знать;	在主的面前犯下大错,
	Видно, тяжкого греха да залучили!	显然是犯下弥天大错。
25	Мы в воскресной день во церковь не ходили,	咱们星期天没去教堂,25
	Мы молебенов, горюши, не служили!	没到教堂里面去祷告,
	Как Пречистой Пресвятой да Богородице,	没去侍奉无上的圣母,

	Мы не ставили свещи да все рублёвые,	我们没有摆放上蜡烛，
	Мы не клали пелены да все шелковые,	没有铺上丝绸的桌布，
30	От желаньица мы Богу не молилися,	我们没有虔诚地祷告，30
	От усердия Бладыку не просили мы	没有热情地向主祈祷，
	Про своих да про законныих сдержавушек,	没为家里顶梁柱祈祷，
	Штобы Господи дал доброго здоровьица,	祈求主恩赐他们健康，
	Он наставил бы им долгого бы векушку!	恩赐给他们长命百岁！
35	Знать, за наше за велико прегрешеньицо	因为我们的罪孽深重，35
	Дал им Господи тяжело неможеньицо,	主惩罚了我们的男人，
	Прислал Господи Сам скорую смерётушку!	上帝亲自送来了死神！
	Укоротал Господь долгой-то им векушко,	上帝减少他们的寿命，
	Обсиротил нас, победныих головушек,	让我们变得无依无靠，
40	Без своих жить без законныих сдержавушек!	失去了自己的当家人！40
	Да как ростить-то сиротных малых детушек?	如何养大幼小的孩子？
	Надо поскаки держать да горносталевы,	如同白鼬保持着跳跃，
	Поворотушки держать да сера заюшка,	灰色的兔子在转圈圈，
	Надо полет-то держать да соловьиной;	夜莺一直不停在飞行。
45	Наб на лавочке горюшам не посеживать,	不要坐在长凳上悲伤，45
	Наб за прялочкой сажёнки не дотягивать,	不要躲在纺车后痛哭
	У дубовой надо грядки не постаивать!	不要站在田埂上哀怨！
	Уж как ростить-то сиротных малых детушек?	如何养大孤苦的孩子？
	Резвы ноженьки у нас да все притопчутся,	纤细的双腿走个不停，
50	Белы рученьки у нас да примахаются,	白净的双手挥个不停，50
	Сила-могута во плечушках придержится,	肩膀上坚持扛着重担，
	Без морозушку сердечко прирастрескает;	没有严寒心也在成长。
	Как живуци без законноей сдержавушки;	没有丈夫可怎么生活。

	Принакопится злодийской тут кручинушки-	内心积攒了无尽忧郁，
55	Не высказывай во добрый во людушки!	却无法对着人们诉说！55
	Ты повыбери слободну пору-времячко,	你找一个空闲的时间，
	Ты выдь-ко там ко быстрой ко риченьке,	来到那湍急的小河旁，
	Сядь, победнушка, на крутой этот бережок,	可怜人，你坐在岸边，
	Прибери да неподвижной синей камешок;	选一块青色的鹅卵石。
60	Тут повыскажи обидную обидушку,	在那说出自己的委屈，60
	Рути слезушки, горюша, в быстру реку;	眼泪淌进湍急的河里。
	Камышок от рички не откатится,	石头不会离开这河流，
	В добры люди кручина не расскажется,	不会把愁苦告知外人，
	Не узнают того добрыи-то людушки!	人们也不会知道这些。

Затем, обратившись к покойнику, соседка-вдова продолжает:

之后，邻家寡妇转向亡者，继续说：

	Мне-ка сесть было, печальноей головушке,	我这可怜人本应坐下，
	Мне ко этому спорядному суседушку!	来到了街坊邻居这里！
	Да ты слушай, спорядовой мой суседушко,	听我说，我的好邻居，
	Да как сойдешь ты на иное живленьице	你怎么适应新的生活，
5	На второе, на Христово как пришествие,	适应基督的二次降临，5
	Не увидишь ли надежноей головушки?	你会不会再看到丈夫？
	Ты пороскажи, спорядной мой суседушко,	好邻居啊，你来说说，
	Про мое да про несчастное живленьицо,	说说我那不幸的生活，
	Про мое да сирот малых возрастаньицо;	说说我那幼小的孩子。
10	Как во эвтых два учётных долгих годышка	在过去难熬的两年里，10
	Прискудалась вся сиротна моя жирушка,	我的日子孤单又辛劳，
	Разрешетилось хоромное строеньицо,	房子已变得破败不堪，
	На слезах стоят стекольчаты околенки,	窗户上的玻璃已破碎，
	Скрозь хоромишки воронишки летают,	乌鸦在房里飞来飞去，

15	Скрозь тынишка воробьишечки падают;	栅栏上落满了麻雀。15
	Большака нету по дому-настоятеля,	家里面失去了当家人，
	Ко крестьянской нашей жирушке правителя;	生活中失去了管事人。
	Задернили вси распашисты полосушки,	家里的农田长满荒草，
	Лесом заросли луговы наши поженки!	这荒草如茂密的树林！
20	Ты порасскажи, спорядной мой суседушко,	快说说，我的好邻居，20
	Скажи низкое поклонно челобитьицо	以我这可怜人的名义，
	От меня скажи, печальной от головушки,	以孤苦孩子们的名义，
	От сиротного от малого от дитятка!	卑躬屈膝地说道说道！
	Глупо сделала, кручинная головушка,	我这可怜人做了蠢事，
25	Не писала скорописчатой я грамотки,	我没书写过什么信件,25
	Я не клала-то по праву тие рученьку,	无法将信件放在手上，
	Ты бы снес ю на второе на пришествие!	等主二次降临时拿出！
	Може, вольная была бы тебе волюшка	你可以自由自在表达，
	От эвтово Бладыки от Небесного,	无需受到上帝的约束，
30	Може, с ду-другом суседушки свидались бы,	或许邻居会遇到朋友,30
	Вы настретушку бы шли да ведь среталися,	你们彼此也会相遇见面，
	Ты бы отдал скорописчатую грамотку.	你就可以把信件交给他。
	На словах скажи ж, спорядной мой суседушко,	我的邻居，你快说一说，
	Ты про мое про бессчастное живленьицо,	说一说我那不幸的生活，
35	Про бобыльную, сиротску мою жирушку!	说说孤身贫苦的日子！35
	У меня, да сироты нонь бесприютной,	孩子们现在无依无靠，
	Золотой казны на грех да не случилося;	也没有什么经济收入，
	Как по моему вдовиному несчастицу	因为没有人帮忙操持，
	Были лавочки теперечко не отперты,	原来的铺子都已关门，

40	Нонь купцов да всё во лавках не сгодилося,	现在的商家真是可气,40
	Лист-бумаженьки в продаже не явилося,	货架上都不售卖纸张,
	Писарёв да по домам-то не случилося!	文员不挨户帮忙写信!
	Все по моему несчастному живленьицу	这都是因为我的不幸,
	Как у этих писарёв да хитромудрых,	这些文员也变得狡猾,
45	Отчего у их чернильнички скатилися,	他们的墨水瓶怎么打翻? 45
	Как чернила по столу да проливалися,	墨水洒满了一张桌子,
	Лебединые пера да притупилися?	鹅毛笔变不好用了吗?
	Как бессчётная была бы золота казна,	要是我拥有真金白银,
	Писаря-то бы меня да не боялися,	文员也不敢瞧不起我,
50	Написали б скорописчатую грамотку!	还怕他们不帮忙写信? 50
	Не утай, скажи, спорядной мой суседушко,	我的好街坊邻居们啊,
	Моей милой законноей сдержавушке:	跟我的当家人说一说,
	Как поели своей надежноей головушки	我是怎么寻找当家人,
	Я по земским избам да находилася,	我绕着房舍不停寻找,
55	У судебных-то мест да настоялася,	在法院门口一直站着,55
	Без креста-то ведь я Богу намолилася,	我在祈祷时没戴十字架,
	Без Исусовой молитовки накланялась,	祷告之时也没诵读祷文,
	Всем судьям, властям ведь я да накорилася!	责骂了法官和政府部门!

После отпевания овдовевшая вопит: **安魂弥撒之后,寡妇哭道:**

	Што стою, бедна горюшица, задумалась,	可怜人,我站着沉思,
	Чужих басенок, победнушка, ослухалась!	听信别人的连篇谎话,
	Дивовать да ведь будут мне-ка людушки;	人们都会感到很奇怪,
	Знать, на радости стою да на веселице,	看到我满脸堆满喜悦,
5	Снаряжаю я законную сдержавушку	帮着我的当家人收拾,5
	Как во жирную, бурлацку во работушку!	送他去做那脏活累活!
	Не в бурлакушки спущаю того вольный,	我并不是让他做苦力,
	Не по эту золоту казну довольную;	也不是赚得钱财多些。
	Я гляжу-смотрю, печальная головушка-	可怜人,我发现一点,

10	Перед Спасом-то свещи да догоряются,	主前的蜡烛将要燃尽，10
	Херувимский стихи да допеваются,	天使颂歌快要唱完了，
	Божий книги теперь да запираются:	神圣的《圣经》就要合上：
	«Спасет Бог да вас, отцы-попы духовный,	"神父，上帝保佑你们，
	Спаси Господи служителей церковных,	主保佑你们这些侍者，
15	Што послушали победную головушку,	你们听可怜人说一说，15
	Потрудились-шли во церковь во священную,	你们在教堂里面忙碌，
	Што вы душеньку его да отпевали,	为我的爱人举办葬礼，
	Телеса-то вы его да погребали!»	并把我心爱之人安葬！"
	Накрывают эту бедную головушку	你们用白橡木的棺材，
20	Уже этой доской да белодубовой,	装殓这个苦命的人儿，20
	Опускают-то во матушку-сыру землю,	埋进大地母亲的怀抱，
	Во погреба его да во глубокий!	把他葬在深深的墓穴！
	Ой, тошным да мне, победнушке, тошнёшенько!	我这个可怜人太痛苦！
	Нонь я дольщица Никольской славной улицы,	现在我是街上的一员，
25	Половинщица Варварской славной буявы,	光荣墓地的半个主人，25
	Нонь я дольщица великоей кручинушки,	现在我内心无比忧郁，
	Половинщица злодийной я обидушки!	承受无边无尽的痛苦！
	Мне куды с горя, горюше, подеватися?	我如何才能不再煎熬？
	Рассадить ли мне обиду по темным лесам?	把委屈种在森林里面？
30	Уже тут моей обидушке не местечко-	森林里面已无处安放——30
	Как посохнут вси кудрявы деревиночки!	繁茂的树林已经枯萎！
	Мне рассеять ли обиду по чистым полям?	我把委屈撒在田野上？
	Уже тут моей обидушке не местечко-	田野上已经无处安放——
	Задернят да вси роспашисты полосушки!	田野上面长满了野草！

35	Мне спустить ли-то обиду во быстру реку?
	Загрузить ли мне обиду во озерышке?
	Уже тут моей обидушке не местечко-
	Заболотеет вода да в быстрой риченьке,
	Заволочится травой мало озерышко!
40	Мне куды с горя, горюше, подеватися,
	Мне куды, бедной, с обидой укрыватися?
	Во сыру землю горюше наб вкопатися!
	Сиротать будут сиротны малы детушки:
	Будут детушки на улочке дурливыи,
45	Во избы-то сироты да хлопотливый,
	За столом-то будут детушки едучии!
	Станут по избы ведь дядюшки похаживать
	И невесело на детушек поглядывать,
	Оны грубо-то на их да поговаривать:
50	«Ох уж вольный вы дети самовольный!»
	Станут детушек-победнушек подергивать,
	В буйну голову сирот да поколачивать;
	У меня ж тут, у бедной у головушки,
	У мня совьется тоска неугасимая;
55	Я взмолюсь да тут ко матушке-сырой земле:
	Ты прими да меня, матушка-сыра земля,
	Схорони меня с сиротным малым детушкам!

Когда умершего зароют, вдова припадает к земле и вопит:

Приукрылся нонь надежная головушка,
Во матушку ведь он да во сыру землю,

把愁苦倒进湍急的河流？35

我把忧愁装进湖泊里？
这里也已经无处安放——
湍急的河流变成沼泽，
湖泊里面长满了水草！
我如何才能不再煎熬？40
如何才能够躲过忧伤？
把我这可怜人埋土里！
可怜的孩子孤苦无依：
孩子们在巷子里乱跑，
孩子们跑进别人家里，45
那里的孩子尖酸刻薄！
叔伯们也会来到小屋，
一脸不悦打量着孩子，
粗鲁地跟孩子们说道：
"你们这些孩子真任性！"50
他们开始吓唬孩子们，
对着孩子们拳打脚踢。
我真真是个可怜的人，
内心积攒着无尽苦闷。
我苦苦哀求大地母亲：55

大地母亲，带我离开，
把我和孩子一起埋葬！

给死者下葬时，寡妇扑倒在地哭诉：

我那可怜的当家人啊，
被埋进大地母亲怀里，

В погреба ведь он да во глубокий!
Призарыли там надежу с гор желтым песком,
5 Накатили тут катучи белы камешки!
Прозабыла я, кручинная головушка,
Доспроситься у надежной у державушки:
Когда ждать в гости любимое гостибище?
Во полночь ли ждать по светлому по мисяцу,
10 Али в полдень ждать по красному по солнышку?
Аль по утрышку да ждать тебя ранёшенько,
Аль по вечеру да ждать тебя поздёшенько?
Не утай, скажи, надежна мне головушка;
Ухожу своих сердечных малых детушек,
15 Я на эту на спокойну, малу ноченьку,
С горя сяду под косевчатым окошечком,
Со обиды-под туманное околенко,
Сожидать буду надежну, тя, головушку!
Покажись-приди, надежная головушка,
20 Хоть с-под кустышка приди да серым заюшком,
Из-под камышка явись да горносталюшком-
Не убоюсь, бедна кручинная головушка,
Тебя стричу на крылечике перёноем,
Отворю да я новы сени решётчаты,
25 Запущу да в дом крестьянску тобя, жирушку!

被埋进深深的墓坑里!
为他填上山上的黄土,
为他堆上白色的石头! 5
我这可怜人忘记询问,
询问自己家的当家人:
什么时候等他来做客?
是在明月高悬的午夜,
还是烈日炎炎的正午? 10

是在东方欲晓的清晨,

还是暮色苍茫的黄昏?
当家人,你快告诉我,
我打发走这些孩子们,
我会在这个静谧深夜,15
悲伤地坐在窗户旁边,
委屈地坐在窗帘附近,
等自己的当家人回来!
我的心肝,你回来吧,
哪怕伪装成一只灰兔,20

哪怕伪装成一只白鼬,

当家人啊,我都不怕,
我在台阶上给你剪毛,
我会打开新的栅栏门,
带你走进农舍过日子! 25

Ты по-старому приди да по-досюльному-
Большаком ты в дом приди да настоятелем!
Видно, нет того на свете да не водится,
Што ведь мертвый с погоста не воротятся,
30 По своим домам они да не расходятся,
Едина стоит могилушка умёршая!
У меня, да у печальной бы головушки,
Кабы было золотой казны по надобью,
Я бы наняла ведь плотничков-работничков,
35 Я бы сделала киоты белодубовы,
Я на эту на могилушку умёршую,
Штобы белым снежком не заносило бы,
Частым дождичком могилы не залило бы,
Мурава-трава на ней тут выростала бы,
40 Всяки-разныи цветочки расцветали бы!
Я бы почасту туда стала учащивать,
Я бы подолгу ведь там стала усеживать;
У меня, да как печальной бы головушки,
В полном возрасте сердечны были детушки;
45 Оны б ставили кресты животворящий
На этой бы могилушке умёршеей,
На родителя кормильца-света батюшка!

*Возвратившись с погоста,
вдова останавливается у крыльца своего
дома и рыдает, причитая:*

Я приехала, печальная головушка,
Я от этой церкви Божьей посвященной,
Я со этой могилушки умёршей;
Там оставила любимую семеюшку,

你还像原来那样回家——
你还是这个家的主人!
显然世上没有这样的事,
死人不会从墓地回来,
他们不能再回到家中,30
死者的墓一直在那里!
我真是一个可怜的人,
要是我有很多钱多好,
我就能雇一些好木匠,
用白色橡木制作神龛,35
放在我当家人的墓上,
这样积雪不会压垮墓,
暴雨不会冲走这坟墓,
坟墓上面长出了绿草,
上面开满各式的花朵! 40
我会经常到他坟那里,
在他坟那里待个很久。
我真是个苦命的人啊,
和小孩子们相依为命。
孩子们会把这十字架 45
立在父亲的坟墓上面,
立在养家的父亲坟上!

从墓地回来后,
寡妇坐在门口台阶上,痛哭流涕:

可怜的人,我回来了,
我从神圣的教堂回来,
我从死人的坟墓回来。
我把爱人留在了那里,

5 Я во матушке оставила сырой земле!
  Нонь гляжу-смотрю, печальна горепашица,
  Я на это на хоромное строеньицо,
  Повону стоит палата грановитая,
  Понутру стоит тюрьма заключевная,
10 На слезах стоят стекольчаты околенки,
  При обидушке косевцяты окошечка,
  Отшатилося крылечко перёное,
  От этого хоромного строеньица,
  Разрешетились новы сени решётчаты;
15 Мне нельзя пройти, кручинной головушке,
  Во это хоромное строеньицо!
  Повызщу пойду любимую семеюшку
  Я по этому хоромному строеньицу,
  На атом ли сарае колесистом,
20 Во этом ли дворе я хоботистоем:
  Не залагат ли он ступистой лошадушки,
  Не поезжат ли во темны леса дремучий?
  Не могу найти, печальная головушка!
  Вы сжалуйтесь-ко, спорядны суседушки,
25 Засмотрите-тко печальную головушку,
  Не покиньте сироту вы горегорькую
  Со сердечныма малыма детушкам!
  Сирота ведь я, горюша бесприютная;
  Нонь позябну я холодной, студёной зимой,
30 Нонь помучусь я голодной смерётушкой;

留在了大地母亲怀里！5
我伤心地打量着周遭，

端详着这座木头房子，
从外面看，像个宫殿，
从里面看，像座监狱，
玻璃窗浸在泪水之中，10

窗户边框也忧伤不已，
房子的台阶消失不见，
这座曾经大大的房子，
栅栏门已经破败不堪。
可怜人，我不敢走进，15

走进这座大大的房子！
我绕着房子走来走去，
在棚子里面踱来踱去，
在院子里面转来转去，
寻找着最爱的当家人：20
他是否化作一匹骏马，
跑进了浓密的森林里？
可怜人，我找不到他！
街坊们，可怜可怜我，
看看我这个可怜的人，25
你们别扔下我一个人，
带着孤苦无依的孩子！
我这苦命人无家可归。
冬天我冻得瑟瑟发抖，
过着饥肠辘辘的生活。30

Нигде нету-то талой талиночки,
Ни в ком нету мне великого желаньица:
Как-то жить буде печальной мне головушке?

Если молода:

Не порой да моя молодость прокатится,
35 Голова моя не вовремя состарится!
Надо жить бедной горюшице умиюци,
По уличке ходить надо тихошенько,
Буйну голову носить надо низёшенько,
Наб сердечушко держать мне-ка покорное
40 Ко тыим суседам спорядовыим,
Не обидели б сиротной, молодой вдовы!

Суседка к молодой вдове:

Не неси гневу, кручинная суседушко,
На меня ты, на приближну свою подружку,
Што придам тие духовна ума-разума
В бесталанную твою да я головушку!
5 Ты послушай, хотя ж причеть нехорошая,
Ты воспомни, хоть наказы нелюбимый:
Как посли своей любимой семеюшки,
Затюремничкой ведь ты да не насидишься,
Прозабудешь всю великую кручинушку,
10 Пооставишь всю злодийную обидушку!
Не носи да свое цветное ты платьицо,
Не держи да ты любимой покрутушки,
Ты не крась да свое бело это личушко!
Будут зариться ведь многи столько людушки,

没有一处冰雪消融，
我的心上人消失不见，
我这苦命人可怎么活？

如果寡妇年轻貌美：

我现在依旧年轻貌美，
我的当家人却已离世！35
我这可怜人要活下去，
在巷子里走路要安静，
并且还要把头儿低下，
在面对街坊四邻之时，
要怀着一颗顺从之心，40
他们别欺负我这寡妇！

邻居劝年轻的寡妇：

不要生气啊，好邻居，
不要生你好朋友的气，
你现在脑子里晕乎乎，
我会让你变得更清醒！
听我说，不要再哭泣，5
记住，你的爱人死了，
你和最爱的人已分开，
你真的不能坐以待毙，
你要忘记所有的悲伤，
把不幸统统抛诸脑后！10
别穿色彩艳丽的大衣，
别穿自己最爱的裙子，
别遮住那惨白的脸颊！
不要让人们注意到你，

15　Приласкаться-то удалы станут молодцы,
　　Будут ласково тебя да уговаривать,
　　Што возростим мы сердечных твоих детушек,
　　Воспитать тебя мы будем, мать безмужнюю.
　　Не окинься, бедна вдовушка молодая,
20　Ты на этых на удалых добрых молодцев,
　　На баску их молодецкую походочку,
　　На их цветно ты гулярное на платьицо!
　　Не окинься на красу-басу с угожеством,
　　Не на желтый, завивныи кудёрышки,
25　На учливу, чваковиту поговорюшку,
　　Не прикинься к ихным ласковым словечушкам!
　　Живут ласковы словечушки обманчивы
　　И прелестной разговор их да надсмечливой;
　　С уму с разуму оны тебя повыведут,
30　Ты терпеть будешь, печальна, худу славушку!
　　Не честь-хвала тебе буде вдовиная
　　Красоту сменять, победна, на бесчестьицо,
　　Свой-тот разум-на великое безумьицо!
　　Тут не хлебушки тебе, да не надиюшка,
35　Твоим детушкам ведь тут не приберёгушка!
　　Ещё слухай-ко, кручинная головушка:

别让小伙们对你示好，15
他们对你说甜言蜜语，
说会帮你抚养孩子们，
会照顾你这单亲妈妈。

你这可怜的年轻寡妇，
不要打量这些小伙们，20
不要痴迷他们的体态，
迷恋他们艳丽的大衣！
不要沉迷动听的嗓音，
不要迷恋卷卷的鬓角，
不要被彬彬有礼迷惑，25
不要沉溺那蜜语甜言！

那些话语都是些谎言，
那些情话都十分可笑。

这些会让你丧失理智，
你将会担着个坏名声！30
寡妇获赞美并不光荣，
你的美丽换来坏名声，
用理智去换来疯狂！
对你来说并不是好事，
对孩子们也不是照看！35

可怜人，你再听我说：

哭调　|　253

Как пройдет худа слава нехорошая,	要是你的坏名声传出，
Тут отрёкнется порода именитая,	名声好的人会远离你，
Не потужат по победной твоей бедности;	不会因你可怜同情你。
40　Говорить да станут сродчи-милы сроднички:	亲戚朋友们会说闲话：40
«Эка вольная вдова, да самовольная,	"这个寡妇真是放荡啊，
За шальством пошла она да за безумьицом,	丧失理智后胡作非为，
Много суровьства стало-больше удали	还有更为尖酸的话语，
Без своей да без надежной головушки!	远离这没有丈夫的人！
45　Стала хорошо ходить да одеватися,	她开始穿得漂漂亮亮，45
Стала добела она да намыватися,	把自己洗得白白净净，
Уж как речь стала у ей не постатейная,	开始有关于她的流言
Разговорушки у ей да нехороший!»	说的都是她的坏名声！"
Ты послушай-ко, кручинная головушка,	可怜人，听我一句劝，
50　Хоть хорошо да скажуть люди-не дарить их стать,	人们说你好，别奖励，50
Буде грубо тебе скажут-не бранить их стать!	说你不好，不要责骂！
Всё за благо ты, горюша, принимать будешь,	你把这些均当作好事，
Небылицу ты, горюша, да напрасницу.	解释谣传都徒劳无功。
Как о Светлом Христове Воскресеньице,	就像谈论基督的复活，
55　О Бладычном ли Господнем Божьем праздничке,	就像谈论上帝的节日，55
Хоть пойдешь ты во церковь посвященную,	就算你去神圣的教堂，
Пустословье про тебя, как река, бежит,	闲话也会像河流不息，
Напрасничка ведь е, как порог, шумит!	像急流一般哗哗作响！
Говорят да бают люди потихошеньку,	人们谈论时声音很小，

60	Што не Господу пошла Богу молитися,	说她不是去做祷告，60
	За гульбой пошла она да за гуляньицем,	而是去找她的女友们，
	По подруженькам пошла да нехорошиим!	和她们一起寻欢作乐！
	Во глаза да недоростки посрекаются,	对年幼孩子不管不问，
	Што гулять да от сердечных ходит детушек.	一切被孩子尽收眼底。
65	Ты послушай-ко, кручинная головушка,	听我说啊，苦命的人，65
	Ты оставь да свои прежние гуляньица,	别去参加之前的聚会，
	Забывай да свое прежне доброумьицо,	忘记原来的嬉笑玩闹，
	Не смеши да многих добрых столько людушек,	不要让良善之人耻笑，
	Не бесчести свое род-племя любимое!	不要让自己家族蒙羞！
70	Худой славы на тебя бы не наздынули,	你身上不会担坏名声，70
	В чистом поле бы вороны не награялись!	乌鸦在田里不会乱叫！
	Ими совесть ты во белом своем личушке,	它们是你良心的外显，
	Стыд-бесчестьице во ясных держи очюшках,	你的眼里充满了羞愧，
	Весела ходи, горюшица,—не смейся-тко,	可怜人，你高兴一点，
75	При тоскичушке ты будь-слезно не плачь, бедна.	哪怕忧郁也不要哭泣。75
	Ещё слухай-ко, кручинная головушка,	可怜人，再听我一句，
	Будешь жить да без надежной как семеюшки	你家里没有了当家人，
	Во сколотной, во маетной этой жирушке,	你会一直在忙上忙下，
	Не клони да в сон ты буйноей головушки.	一定不要让自己贪睡。
80	Ты поутрышку ставай, не засыпайся-тко,	你一大早晨就要起床，80
	Не велико хоть крестьянство-управлятьнадо!	农活不多，也得人干！
	Ходи к добрым ты людям на беседушку,	你去和人们多聊一聊，

Посоветуй о крестьянской о работушке.
Тут крушить будет ретливое сердечушко,
85 Хоть ты выйдешь ко спорядным суседушкам,
Не роздий да ты великой кручинушки,
Спамятуешь меня, бедную-победную,
Ты воспомнишь мою причеть нехорошую,
Тебе слюбятся наказы нелюбимый.

На другой день, приближаясь к погосту, вдова вопит:

Слава Богу, теперь да слава Господу!
Путь-дороженька теперь скороталася,
Друг-могилушка в глаза да показалася!
Постою, бедна горюша, нонь подумаю,
5 Умом-разумом, горюша, посмекаюся;
Пришло три пути широких-три дороженьки:
Уж как первый путь-широкая дороженька
Во улички она да во рядовые,
Во лавочки она да во торговые,
10 Как другая путь-широкая дороженька-
Во церковь эту Божью посвященную;
И как третья путь-широкая дороженька
На эту на могилушку умёршую-
Ко моей она надежной головушке!
15 Мне во улички ль пройти да во рядовые,
Аль во лавочки пройти мне во торговые?
Я вдова теперь е да молодёшенька,

善良的人们会教你干。
狂热的心会安静下来,
你去找一下左邻右舍,85
你会忘却内心的悲伤,
你会记住我这可怜人,
会想起我的忠言逆耳,
喜欢这些不好的斥责。

第二天,寡妇往墓地走时痛哭:

谢天谢地,谢天谢地!
终于走完了这条道路,
坟墓就出现在了眼前
我这苦命人再想一想,
动动脑子认真想一想。5
面前有三条宽阔路:

第一条是宽阔的小路,
小路通往前面商业街,
那里有很多很多店铺,
第二条是宽阔的小路,10
小路通往神圣的教堂。
第三条是宽阔的小路,
小路通往死者的墓地,
那里埋着我的当家人!
我选择通往商铺的路,15

我是不是到店铺那里?
我现在是年轻的寡妇,

	Ум–тот разум во головушке глупёшенек;	很容易头脑就发热了。
	Как во лавочках купцы стоят молодыи,	铺子里的商人很年轻,
20	На словах оны, купцы, да ведь ученый,	他们说话都彬彬有礼,20
	На лицо оны ведь е да все ласковый;	小伙们长得面目清秀,
	Как на двух оны словах да приоббают,	几句话就能把人逗笑,
	На учливых речах да приласкают;	三言两句就让人舒爽。
	На сговоры тут, горюша, приокинуся,	苦命人啊,不要沉迷,
25	На молодых купцов как приобзарюся,	不要被年轻小伙吸引,25
	Позабуду тут любимое гостибищо!	都忘记了最爱的聚会!
	Подивуют мне-ка добры молодушки:	善良的少妇感到奇怪:
	«Позабыла нонь сердечную головушку,	"她现在已忘记当家人,
	Видно, нет в сердце великой кручинушки»;	心里已不再那样忧伤。"
30	Я пройду лучше во церковь посвященную,	我最好去神圣的教堂,30
	Я поставлю там свещу да всё рублёвую,	在教堂里摆上些蜡烛,
	Попрошу да там попов–отцов духовных:	我请求教堂里的神父:
	Сослужили бы обидню полуденную,	能不能为我做做祷告,
	За обидинкой молебенок пропели бы,	为我犯下的错在祈祷,
35	Оны Господу–то Богу помолились бы,	他们祈求上帝的原谅,35
	Возврачусь да с Божьей церкви посвященной,	我离开了神圣的教堂,
	Я на эту на могилушку умёршую;	走在通往墓地的路上。
	Край пути нашла, горюша, перепутьицо,	路的尽头是个岔路口,
	Край дороженьки любимое гостибищо.	路的尽头是豪华盛宴。
40	Нонь раздумалась печальная головушка:	悲伤的人儿陷入沉思:40
	Я вночесь да спала темной этой ноченькой,	我一人在黑夜里入睡,
	Прилетали перелётны малы птиченьки,	飞来一群过路的小鸟,
	Малы птиченьки летели–то, незнамые,	叫不出这群鸟的名字,
	Прилетал да этот мелкой соловеюшко,	又飞来了一只小夜莺,
45	Друга птиченька–орел да говорючей!	会说话的鹰是它朋友!45

Соловеюшко садился под окошечко,	小夜莺落在了窗户上，
Как орел да эта птица на окошечко;	就像雄鹰落在窗户上。
Соловей стал потихошеньку посвистывать,	小夜莺开始轻声啼啭，
Как орел да жалобнехонько выговаривать.	如同雄鹰在凄楚低吟。
50 Они тоненьким носочком колотили,	它们用喙敲打着窗户，50
Человицьим они гласом прогласили,	用人类的声音在低语，
От крепка сна меня тут разбудили	想把我从睡梦中叫醒，
И впотай мне-ка, победной, говорили:	悄悄对我这可怜人说：
«Ай же, стань-ко ты, вдова, да пробудися,	"寡妇啊，你快醒一醒，
55 От крепка сна, бессчастна, прохватися!	快从你的美梦中醒来，55
Ты спахнись да за надежную головушку,	快给你心上人打开门，
Ты справляйся во любимое гостибище!	准备好最喜爱的佳肴！
На сегоднишний Господень Божий денечек	今天是神圣的一天，
Тебя ждет в гости любимое гостибище,	一个重要的客人等你，
60 Твоя милая надежная головушка.	就是你最爱的当家人。60
Там построено хоромное строеньицо,	那里建了华丽的房子，
Прорублены решётчаты окошечка,	上面有栅栏状的窗户，
Врезаны стекольчаты околенка,	窗户上面镶嵌着玻璃，
Сложены кирпичны теплы печеньки.	屋里面有砖砌的火炉。
65 Насланы полы да там дубовый,	屋里的地板是橡木的，65
Перекладинки положены кленовые,	房子的门楣是枫木的，
Штобы шла да ты, горюша, не качалася,	你走在房子里会很稳当，
Штоб дубовая мостинка не сгибалася;	在屋里不会踉踉跄跄。
Порасставлены там столики точеный,	屋里摆好了几张桌子，
70 Поразостланы там скатерти всё браные	上面铺好了花纹桌布，70
И положены там кушанья сахарные,	放满了很多的小甜点，
И поставлены там питьица медвяные.	摆上了甜甜的蜂蜜水。
Круг стола да всё стульицо кленовое,	桌旁摆好了枫木椅子，
У хором стоит крылечко с переходами;	房前是带过道的前厅；
75 Сожидат тебя надежная головушка!»	你的当家人在等着你！"75

От крепка сна, горюша, пробудилася,	我从睡梦中突然醒来，
Я за мелких этых птиченек хватилася,	试图去抓住这些小鸟，
Я вдовиным своим разумом сдивилась:	这件事让我感到震惊，
Што за чудушко-то мне да причудилося,	怎会出现这样的怪事？
80 Што за дивушко-то мне-ко предъявилося?	怎会有这么荒唐的梦？80
Мне во снях ли то, горюше, показалося?	我是不是还是在梦中？
На яву ли то горюше объявилося?	这一切不会是真的吧？
Тут скоренько я с кроваточки ставала,	我麻利地从床上爬起，
Тут со радости слезами обливалась,	眼中盈满幸福的泪花，
85 Со досадушки кручиной вытиралась.	用手擦干悲伤的泪水。85
Тут издула огонёчки муравейныи,	我吹灭了微弱的烛光，
Затопляла я кирпичну свою печеньку,	生起砖块砌成的火炉，
Скоро стряпала стряпню я суетливую,	手忙脚乱地开始做饭，
Скоро ладила обеды полуденны,	我很快把午饭做好了，
90 Я справлялась во любимое гостибище.	我准备好了美酒佳肴。90
Шла путем да как широкой дороженькой,	我走在宽阔的大道上，
Все колоденки в обиды припинала,	把所有委屈抛诸脑后，
Со кручины башмачонки притоптала,	把所有忧伤踩在脚下，
Приходила тут к могилушке умёршей.	我来到当家人的坟前。
95 Обманул да меня малой соловеюшко,	那只小夜莺欺骗了我，95
Облукавил ведь орел да говорючей:	会说话的鹰欺骗了我：
Не поставлено хоромное строеньице,	那里没有华丽的房子，
Един крест стоит ведь тут животворящий,	只有孤零零的十字架，
Едины лежат катучи сини камешки!	坟头上堆满了小石头！
100 Мне-ка систь, бедной горюше, пригорюниться,	我的内心泛起了苦涩，100
Мне припасть да ко могилы, приголубиться,	我趴在坟上失声痛哭，
Воскликать-да мне надежу-не докликаться!	当家人没有一点儿回应！

Я просить буду, победная головушка,	可怜的我虔诚地祈求,
Я Пречисту, Пресвятую Богородицу,	在向圣洁的圣母祈求,
105 Я этого Бладыку-Света Истинного,	在向天地的主人祈求,105
Штобы буйны дал он ветры, неспособный.	祈求他吹来阵阵狂风,
Вийте буйны, вийте ветры, столько ветрушки,	用力吹吧吹吧,狂风,
Со Божиих церквей вы глав да не роните-тко,	不要把教堂吹得摇晃,
Со домов да жёлобов вы не снимайте-тко,	不要把房子的底掀翻,
110 На синём море волны да не давайте-ткось,	不要让大海波涛汹涌,110
Кораблей больших ведь вы не разбивайте-ткось,	不要把海上的船吹翻,
Вы удалых голов не потопляйте-тко!	别让骁勇的船夫落水!
Столько вийте-тко вы, буйны ветероченьки,	用力吹吧吹吧,狂风,
На эту на могилу на умёршую!	吹向那当家人的坟墓!
115 Раскатите-тко катучи белы камешки,	把白色的石头吹走吧,115
Разнесите-тко с могилушки желты пески!	把坟墓上的黄沙刮走!
Мать-сыра земля теперь да расступилася бы,	大地母亲裂开一条缝,
Показалась бы колода белодубова!	白橡木棺显露了出来!
Распахнитесь, тонки белы саватиночки!	吹开那白色的薄殓衣!
120 Покажитесь, телеса мне-ка бездушный!	那是我当家人的躯体! 120
Пришли Господи ты Ангелов-Архангелов,	上帝你派来了天使长,
Протрубили бы во трубы золочёные,	他们吹起了金色小号,
Они вздернули бы воздухи спасёный!	试图要把当家人复活!

	Вложи Господи ведь душу во белы груди,	上帝把灵魂置入体内，
125	Ему зреньицо во ясный во очушки,	他的眼睛里炯炯有神，125
	Ум-тот разум-от во буйную головушку,	脑袋瓜变得聪慧异常，
	Как речист язык в уста да во сахарнии!	一张小嘴像蜜一样甜！
	Ему силушку во резвый во ноженьки,	他的双腿矫健而敏捷，
	Как могутушку в могучи его плечушки,	他的双肩强壮而有力，
130	Как маханьицо во белы его ручушки!	他的双手修长又白皙！130
	Да ты стань-востань, надежная головушка,	当家人，你醒来起身，
	На свои да стань могучи резвы ноженьки,	用你敏捷矫健的双腿，
	Сотвори да ты Исусову молитовку,	你向耶稣基督祈祷吧，
	Да ты крест клади, надежа, по-ученому,	按照要求放下十字架，
135	Да ты сдей со мной доброе здоровьицо,	你向我道一声问候，135
	Воспроговори единое словечушко!	跟我在一起说一说话！
	Ты спроси да у победной у головушки,	你问问我这个可怜人，
	Про мое да ты вдовиное живленьицо!	孤身一人是如何生活！
	Не дай Господи на сём да на белом свете	虔诚地向上帝祈求着，
140	Без тебя жить, без надежноей головушки,	希望永远和你在一起，140
	Мне со этыма со братьям богоданныма!	我无法和你兄弟生活！
	Не по силушкам крестьянска мне роботушка!	我干不了田里的农活，
	Все нетрудницей у них я, не роботницей.	也不是干活的好把式。
	Как сегоднишним Господним Божьим денечком	今天是基督复活之日，
145	Знать, разгневалась надежная головушка.	我的当家人却生气了。145
	Я не почасту к тебе да ведь ухаживаю,	我没有经常过来看你，
	Я не подолгу, горюшица, усеживаю!	我没有来久久陪伴你！
	Видно, долго я к тебе да собиралася?	我是不是已很久没来？

Я у братьицов ещё утрось подавалася,
150 У ветляных нешуток домогалася.
Как гордливые ветляные нешутушки
Мне-ка с грубости, горюшице, сказали,
Не с веселья светы-братцы отвечали:
«Недосуг итти в любимо во гостибище-
155 Постановится крестьянская
роботушка».
Я того, бедна вдова, да не пытаютца,
Я с горючима слезами придвигалася,
Понизешеньку я братцам поклонялася,
Не надолго поры-времечка давалася,
160 На един столько Господен Божий
денечек.
Светы-братьица мои да сжаловалися,
Они ласково меня да приласкали,
Тут спустили во любимо во гостибище.
Хоть в гостях, бедна горюша, побывала,
165 Не убавила кручинушки-прибавила.
Как сегоднишним Господним Божьим
денечком,
Как я шла да путем-широкой
дороженькой,
Все я думала победным буйным разумом,
Угощусь да у любимой у семеюшки,
170 Я подумаю-то крепкой с ним
ведь думушки,
Пороздию тут великую кручинушку!
На глаза ко мне, мой свет, да ты не
явишься,

早上我去央求你兄弟,
也去求了精明的妯娌。150
妯娌们说话趾高气扬,
对我说话时十分粗鲁,
你的兄弟们一脸不悦:
"没有时间让你去做客,
家里的农活都干不完。"155

我这个可怜的寡妇啊,
真的是备受他们折磨,
含泪向你兄弟们鞠躬,
我只是外出一小会儿,
今天是基督复活之日。160

这些兄弟看着我可怜,
他们对我呢心生怜悯,
允许我到你这来做客。
我这可怜人祭奠你后,
内心的愁苦有增无减。165
今天是基督复活之日,

我走在宽阔的大道上,

我绞尽脑汁地盘算着,
要到当家人那里做客,
我拼命地在想啊想啊,170

想着如何散去那忧愁!
爱人没出现在我面前,

	На сговоры мне, победной, не сдаваешься,	没有跟我说上两句话,
	Видно, нет тебе там вольной этой волюшки,	估计你那里也不自由,
175	Знать, за тридевять за крепкима замками,	在那十分遥远的地方,175
	Сторожа стоят ведь там, да все не стариют,	那里城堡的门锁坚固,
	Как булатный замки да все не ржавиют.	是用大马士革钢做成,
	Видно, век мне-ка, горюше, не видать буде,	看守的门卫不会衰老。
		看来我永远看不到你,
	Видно, на слыхе, победной, не слыхать буде	看来我永远听不到你,
180	Про свою да про надежную головушку!	听不到关于你的消息！180
	Мне пойти было, кручинноей головушке,	我这个可怜的苦命人,
	Мне спросить еще, победноей горюшице,	我多想去看看当家人,
	У своей-то у законной у сдержавушки:	我多想去问问当家人：
	«Где работушка, победной, работать мне-ка?	"我这苦命人何去何从？
185	Где век-от, горюше, коротать буде?	我怎么打发漫长时光？185
	У твоих ли мне у братцов у родимыих,	我是跟你的兄弟生活,
	Али вытти на родиму взад на родину?»	还是回到我父母身旁？"
	Пораздумаюсь, победная головушка:	我会认真地考虑清楚：
	Мне не гостьицей на родинке гостить буде.	我在故乡将会是客人。
190	Я от бережка, горюша, откачнулася;	我早已经离开了河岸,190
	Я ко другому, победна, не прикачнулася!	还没有到达河的彼岸！
	Как посли тебя, надежная головушка,	我这苦命人该怎么做,
	Я не знаю-то, победна горепашица,	我真是命苦,分不清,
	Кое-день, кое-темная е ноченька,	分不清楚黑夜和白昼,

195　Кое-Светлое Христово Воскресеньицо,
　　Аль Бладычной е Господень Божий праздничек!

　　По приходе домой- около дверей вопит:

　　Вы послушайте-тко, братцы богоданный!
　　Не заприте-тко новых сеней решётчатых,
　　Не задвиньте-тко стекольчатых околенок,
　　Допустите до хоромного строеньица!
5　Вы возьмите-тко победную головушку,
　　Вы во двор меня, горюшицу, коровницей,
　　Вы во зимное гумно да в замолотцики,
　　Вы во летный меня да во работники,
　　Золотой казны вы мне да не платите-ко,
10　Только грубыим словечком не грубите-тко,
　　К дубову столу меня да припустите-ко,
　　Не обидьте вы печальную головушку!
　　Не прошу да я, победна горепашица,
　　Со полосыньки у вас да я долиночки,
15　Не со поженки у вас да я третиночки,
　　Половины со хоромного строеньица
　　И не паю со любимоей скотинушки.
　　Я о том прошу, победная головушка:
　　Вы обуйте столько резвы мои ноженьки,
20　Вы оденьте столько белы мои плечушки,
　　Вы подобрите победную головушку!

　　Обращаясь к детям, продолжает:

　　Стань-послушай, мое стадушко детиное,
　　Кругом-наокол желанной своей матушки!

何时是基督复活之日，195
何时是上帝的庆典日！

回到家后，寡妇在门口大哭：

好兄弟，你们听我说，
不要关上新的栅栏门，
也请不要闭上玻璃窗，
请求你们让我进家门！
你们让我这可怜人进门，5
我可以喂院子里的牛，
我可以到打谷场劳作，
夏天去田野里干农活，
你们不需要付一分钱，
只希望你们不要粗鲁，10
让我到橡木桌上吃饭，
不要欺辱我这可怜人！
我是一个苦命人啊，
不求你们分给我田地，
不求你们分给我草地，15
不求分给我一半屋子，
不求分给我一些牲畜。
我是一个苦命人啊，
求你们让我有鞋子穿，
求你们让我有衣蔽体，20
求你们对我轻柔和善！

寡妇转向孩子们，继续哭道：

听我说，我的孩子们，
你们的母亲回来了啊！

Я в гостях была, победная головушка,	我是一个苦命人啊,
25 Во гостибище у вашего у батюшки,	到你们父亲那里做客,25
Я челом била ему да низко кланялась,	我给他磕头又深鞠躬,
Перепалась я, победна, в горючих слезах,	我的眼中噙满了热泪,
Зовуци да в дом-крестьянску его жирушку.	我想喊他快快回到家。
Оттошна долит великая обидушка,	心中的愁苦无处安放,
30 Порастрескалась бессчастная утробушка!	肝肠寸断,心如刀绞!30
Он не сдиял со мной доброго здоровьица,	他都没有跟我打招呼,
Не сприговорил единого словечушка,	也没有跟我说一句话,
Не спахнулся за сердечных своих детушек!	也没问孩子过得怎样!
Не надия на родителя-на батюшку!	不能再指望你们父亲!
35 Приубрался свет-надежная головушка	我那可靠的当家人啊,35
К красну солнышку-на приберёгушку,	他前往红红的太阳那儿,
К светлу месяцу- на придрокушку!	他前往皎洁的月亮那儿!
Хоть обкладена могилушка сырой землёй,	坟墓的上面盖着泥土,
Заросла эта могила муравой-травой;	坟墓上面长满了嫩草。
40 Из живого мертвой станется,	活着的人有天会死去,40
Из мертва живой не сбудется!	死了的人却无法复生!
Уж вы подьте ко кокоши горегорькоей,	你们的内心充满悲伤,
Я прижму вас ко ретливому сердечушку,	我把你们放在我心上,
Пораздию тут великую кручинушку;	帮你们分担那份忧伤。
45 Дал бы Господи талану вам бы участи,	希望得到上帝的眷顾,45
Не покинули б сиротной вашей матушки	你们不会和母亲分离,
Всё при древней при глубокой меня старости!	直到我已是耄耋之年!
Буде жизнь да долговека моя продлится,	如果我的生命能延续,
Душа грешная моя да проволочится.	我会一直在不停赎罪。
50 Ещё слушай, мое стадушко детиное!	听我说,我的孩子们,50
Да как шла я путем-широкой дороженькой,	我走在宽阔的大道上,
Всё горючима слезамы уливалася,	泣不成声,泪如雨下,

Злой великоей кручиной утираласяꓹ
Я на стретушке людей не узнавала;
55 Приходить стала к крылечику перёному,
На доспрос взяли суседи спорядовыи:
«Да ты где была вдова благочесливая?
Што томным идёшь, суседушка, томнёшенька?
Што заплаканы победны твои очушки?
60 У породушки была, знать, именитой?
Знать, за гостьицу тебя не почитали?
Знать, обидушки твоей да убоялись?»
Унимать стали победну, уговаривать,
Мне про вас, да милых детушек, рассказывать:

65 «Как сегоднишним Господним Божиим денечком
Прискучали вси сиротны твои детушки,
Сожидаюци родитель, тебя, матушку!
Выходили на крылечико перёное,
Выбегали на прогульную на уличку,
70 Все глядели во раздолье-во чисто поле,
На широку путь-дорожку колесистую.
Все приплакались сердечны твои детушки:
"Уже где-то есть родитель наша матушка,
Да куды она, родитель, подеваласяᅩ"»
75 Без ума ответ держала
Тут спорядным я суседушкам:
«Спасет Бог вам, спорядовыи суседушки,
Што спахнулись за сердечных моих детушек,
Сжаловались до обидной головушки!

愁容满面，九回肠断，
街坊邻居也没认出来。
我来到房子的门廊那儿，55
街坊四邻开始询问我:
"你这个虔诚的寡妇啊，
你刚才是到哪里去了？
你为什么无精打采的？
你为什么哭红了双眼？
你是外出去做客了吗？60
他们没把你当作客人？
害怕你那满面愁容？"
他们开始宽慰起了我，
说起了我和孩子们:

"今天是基督复活之日 65

你的这些幼小的孩子，
一直在等你这个母亲！
他们跑到房子的门廊，
他们跑到辽阔的街道，
他们望着辽阔的田野，70
盯着那条宽阔的马路。
你的孩子们都在哭泣:
我们的妈妈在哪里啊，
我们的妈妈去了哪里？"
听到这里我异常难过，75
对街坊四邻们回答道:
"你们这样关心孩子们，
并能够同情我的遭遇，
上帝一定会保佑你们！

80　Я у синего была славна Онегушка,
　　Я у пристаней была да корабельныих,
　　Я глядела всё, обидная головушка,
　　Я во летную во теплую сторонушку-
　　Виют витрышки сегодня полегошеньку,
85　Корабли идут по морю потихошеньку,
　　Пекё солнышко теперь да жалобнёшенько.
　　Всё я думала победным своим разумом,
　　Как не едет ли любимая семеюшка
　　Корабельщичком на синем на Онегушке
90　Он со этыим товаром заграничныим?»
　　Уже тут у мня, у бедной у головушки,
　　Расходилася обида в ретливом сердче,
　　Разгорелася бессчастная утробушка!
　　Тут я грохнулась, горюша, о сыру землю,
95　Быв как дерево свалило от буйна ветра!

Если дети находятся в заработках или в военной службе и вообще где бы то ни было на чужой стороне, то вдова так причитает на могиле своего мужа:

　　Я путем иду широкоей дороженькой.
　　Не ручей да бежит, быстра эта риченька,
　　Это я, бедна, слезами обливаюся;
　　И не горькая осина расстонулася,
5　Это зла моя кручина расходилася!
　　Тут зайду да я, горюшица победная,
　　По дорожке на искат-гору высокую
　　Край пути да на могилушку умёршую;
　　Припаду да я ко матушке-сырой земле,

到了美丽的奥涅加河，80
去了停靠船只的码头，
我这可怜人望着一切，
望着温暖和煦的对岸，
今天吹着柔柔的微风，
船只在海里徐徐而行，85
阳光中透出些许忧伤，
我在那认真地想啊想，
我的当家人会回来吗？
行驶在蓝色的奥涅加河，
运回很多国外的货物？" 90
我的命真的是好苦啊，
哀伤一下子把心填满，
内心充满了无尽苦涩！
我猛地栽倒在了地上，
就像树在狂风中倒下！95

如果孩子们在务工或者服兵役，
或在远离家的地方，
寡妇会在丈夫坟头哭道：

我走在宽阔的大道上，
不是河水在哗哗作响，
而是我在那泪如雨下；
不是白杨树沙沙作响，
而是苦命人满腹惆怅！5
我这个苦命的人儿啊，
沿路来到高高的山上，
路尽头是丈夫的坟墓。
我扑通一下跪倒在地，

10 Я ко этой, победна, к муравой траве,	抚摸着柔嫩嫩的小草,10
Восликать стану, горюша, умильнёшенько:	我悲伤得哭喊了起来:
Ой, развейся буря-падара!	狂风,吹得更猛烈些,
Разнеси ты пески жёлтый!	吹走坟头上的黄沙吧!
Расступись-ко, мать-сыра земля!	大地母亲啊,裂开吧!
15 Расколись-ко, гробова доска!	劈开当家人的棺材吧! 15
Размахнитесь, белы саваны!	吹走当家人的那殓衣!
Отворитесь, оци ясный!	当家人,你睁开眼睛,
Погляди-тко, моя ладушка,	快睁开眼睛看看我啊,
На меня да на победную!	看看你这可怜的爱人!
20 Не березынька шатается,	不是白桦树在摇摆着,20
Не кудрявая свивается,	不是弯曲的枝叶颤抖,
Как шатается-свивается	而是你年轻的妻子啊,
Твоя да молода жена!	摇摇晃晃,颤颤巍巍!
Я пришла горюша-горькая	我这个苦命的人儿啊,
25 На любовную могилушку	来到最爱的人儿跟前,25
Рассказать свою кручинушку.	诉说着那满腹的愁苦!
Ой, не дай же Боже-Господи	上帝,请你务必保佑,
Жить обидной во сирочестве,	保佑我不要孤苦无依,
В горегорькоем вдовичестве!	保佑我守寡不会凄苦!
30 Приовиют тонки ветерки,	刮起来了阵阵的微风,30
Обождят да мелки дождички,	下起来了沙沙的小雨,
Осмиют да все крещеный	所有受洗的人都来了,
Все суседи порядовыи,	所有的街坊四邻来了
Все суседки, малы детушки.	所有的孩子们都来了。
35 Ой, не дай же Боже-Господи	上帝,请你务必保佑,35
Как синя моря без камышка,	我这个可怜的苦命人,
Как чиста поля без кустышка,	生活中没有了当家人,
Также жить бедной горюшице	就像大海中没有芦苇,
Без тебя, да мила ладушка!	就像田野中没有草丛!

40 Как листочик в непогодушку	如同风中的一片叶子，40
Я шатаюсь на белом свете,	我在苍茫天地间沉浮，
Как зеленая травиночка,	如同一棵绿色的小草，
Сохну-вяну я кажинной день.	我每天都在不断枯萎。
По чужим дальним сторонушкам	我最爱的人儿飞走了，
45 Разлетелись мои ластушки,	我最爱的孩子们离家了，45
Все разбросаны-раскиданы	把一切都丢在了身后，
Да мои бессчастны детушки.	我的孩子们真是命苦。
Хоть стоснется им-сгорюнится	想到在那遥远的异乡，
На чужой дальней сторонушке;	他们内心充满了忧愁。
50 Не с кем горя пораздияти,	没有人可以分担忧伤，50
Не с кем горя поубавити.	没有人可以倾诉愁苦。
Нет ни роду, нет ни племени	没有亲人，没有族人，
Ни тебя, родитель-батюшка,	没有你，我的当家人，
Ни меня-желанной матушки!	没有我，他们的母亲！
55 Охти мне, да мне тошнёшенько!	老天啊，我苦不堪言！55
Невмоготу пришло горюшко,	我承受不住这份苦楚，
Надломило мою силушку!	把我消耗得筋疲力尽！
Ой вы люди, люди добрый,	你们这些好心的人们，
Вы возмите саблю вострую,	你们拿起锋利的尖刀，
60 Вы разрежьте груди белый,	你们划开我的胸膛吧，60
Посмотрите на ретливое,	你们抓紧看看我的心，
Как ретливое сердечушко	那颗已千疮百孔的心，
Позаныло-позаржавело	伤痕累累，不堪一击，
У меня, бедной горюшицы,	这就是我可怜的生活，
65 Живуци без своей ладушки!	失去了当家人的生活！65
Охти мне да мне тошнёшенько!	老天啊，我苦不堪言！
Невмоготу пришло горюшко,	我承受不住这份苦楚，
Надломило мою силушку.	把我消耗得筋疲力尽！

Наедине, когда стоскуется, рыдая, приговаривает:	寡妇独自一人时， 痛哭道：
Мне пойти было, кручинноей головушке,	我这个可怜的苦命人，
Мне во эты мелкорубленые клеточки,	来到窄小的小木屋里，
Мне-ка взять было ключи да золочёный,	我拿起金灿灿的钥匙，
Отомкнуть было ларцы да окованыи,	打开包着铁皮的柜子
5 Мне-ка вынять там жилеточки шелковые,	我取出来丝绸坎肩，5
Мне-ка взять да столько цветно его платьицо	拿出了他鲜亮的大衣，
На свои мне-ка на белы эты рученьки!	放在我白皙的手臂上！
Приложить было ко блеклому ко личушку,	我把大衣贴在我脸上，
Мне прижать было к ретливому сердечушку;	把大衣放在我的心上。
10 Тут присесть было к стекольчату окошечку,	我坐在玻璃窗前，10
Во руках держать да цветно его платьицо,	望着窗外遥远的东方，
Поглядить да на восточную сторонушку,	盯着那里神圣的教堂，
Мне ко этой Божьей церкви посвященной;	瞧着那条宽阔的小路，
Поглядить да на путь-широку дороженьку,	
15 Тут не йдет ли-то надежная головушка,	我的当家人会回来吗？15
Не оденется ль во цветно он во платьицо,	会不会穿着亮色大衣，
Не пойдет ли ко Бладычному ко праздничку?	前来参加这重要节日？
Не возрадуется ль ретливое сердечушко	我这个可怜的苦命人，
У меня, да у победной у головушки?	能不能让我高兴一下？
20 Ты приди теперь, надежная головушка,	你快来，我的当家人，20
Единым теперь ведь я да единёшенька	今天是基督复活之日，
На сегоднишний Господний Божий праздничек;	现在只有我孤身一人。
Я приму тебя за гостюшка любимого,	我会为你准备好酒食，
Угощу тебя, желанную семеюшку!	把你当作高贵的客人！

25 Не могу дождать, кручинная головушка;
Кладу платьица на стопочки точеные,
Кругом-около, горюшица, похаживаю,
Я во цветному по платьицу подрациваю.
Снаряжусь-пойду, кручинная головушка,
30 Ко этому Бладычному ко праздничку,
Повзыскать пойду надежную семеюшку
Я во этыих толпах да молодецких;
Прибирать стану, постылая головушка,
Я по белому его да всё по личушку,
35 Я по ясным его да ведь по очушкам,
Я по желтым, по завивныим кудёрышкам,
Я по возрасту, надёжу, да по волосу,
По походочке его да по щепливой,
Поговорюшке его да по уцливой.
40 Не могу прибрать, кручинная головушка,
Не изо ста ведь я, да не из тысящи
Сопротив своей любимой семеюшки!
Как пойтить мне ко Бладычному ко праздничку,
Подивуют мне-ка добрый ведь людушки,
45 Што забыла, знать, любимую семеюшку,
Все гулят да у Бладычныих у праздничков
Во любимой во снарядноей покрутушке;
Знать, приманиват удалых добрых молодцов,
Знать, на радости она да на весельице!
50 Нонько годушки пошли да все бедовый,
Как бессовестной народ пошел, мудреной!

我这可怜人等不到你。25
我把那裙子放了起来，
不停在周围走来走去，
我穿上了漂亮的裙子。
并且把自己穿戴整齐，
去参加这个神圣节日，30
我在一大群的小伙中，
仔细寻找我的当家人。
我开始收拾出门寻找，
根据他那白皙的面庞，
根据他那明亮的双眸，35
根据他棕黄色的鬈发，
根据他的年龄和头发，
根据英姿勃勃的步态，
和他文质彬彬的话语。
我这可怜人不能出门，40

这些小伙子成百上千，
里面没有我的当家人！
我咋去参加这个节日，

善良的人们会很奇怪，
认为我忘记了当家人，45
姑娘们穿着漂亮裙子，
去参加这个神圣节日。
这样会迷住年轻小伙，

她这是去寻欢作乐啊！
轻狂的日子已经逝去，50
就像无耻的人们前行！

Пораздумаюсь, победная головушка,	我这个可怜人沉思着，
Отложу да я, горюша, Божьи празднички;	不再去参加这个节日。
Буду Господа-Бладыку ведь я знать,	我现在呢只知道上帝，
55 Поминать стану любимую семеюшку;	祈祷我的当家人安息。55
Потоскую над косевчатым окошечком,	我靠着窗户忧愁不已，
Я поплачу на брусовой лучше лавочке!	坐在长凳上痛哭流涕！
Знать, судьба моя, горюшицы, несчастная,	你看，我的命真苦啊，
Горька участь-то моя, знать, бесталанная;	我真的是命途多舛啊。
60 Видно, жить мне без надежной век семеюшки,	显然，我没了当家人，60
Знать, коротать мне, горюше, свою молодость!	就这样蹉跎我的青春！
Мне не дать спеси во бладу во головушку,	我不会让自己变高傲，
Суровьства да во ретливое сердечушко;	不会让我的心变坚硬。
Мне в веселый час, горюше, не смеятися,	不能在开心之时大笑，
65 Мне кручинной быть, горюшице,-не плакать;	不能在悲伤之时哭泣。65
Светов-братцев не гневить надо,	不能惹叔伯们不高兴，
Богоданных сестриц да не сердить надо!	不能让姐妪们不开心。
Я без ветрышка, горюша, нынь шатаюся,	没有风我也东倒西歪，
На работушке, победна, призамаюся;	干农活时我筋疲力尽。
70 Надо силушка держать да мне звериная,	要有猛兽一样的力气，70
Потяги надо держать да лошадиный,	要有马儿一样的身躯，
Столько живуци без милоей семеюшки!	我就可以没有当家人！
Я со этой со великой со кручинушки,	我的心里面悲苦万分，
Я бы выстала на гору на высокую,	就像站在高高的山顶，
75 Со обиды пала в водушку глубоку бы!	因悲痛坠入万丈深渊！75
Лучше матушка-земля да расступилась бы,	大地母亲最好裂开缝，
Туды я, бедна горюша, приукрылася бы!	这样我好躲藏到里面！
Тут не ржавело б ретливое сердечушко,	这里不会再有那悲伤，
Тут не ныла бы бессчастная утробушка.	这里不会再有那凄凉。

80　Получила я, победная головушка,
　　Нелюбимое словечико-вдовиное;
　　Как несчастноей вдовой да называют,
　　Быв холодноей водой да поливают.
　　Не радела бы, победная головушка,
85　Я народу бы, горюша, некрещеному
　　Во победном жить сиротском во
　　　　вдовичестве!
　　Как посли своей любимой семеюшки
　　Уже шесть прошло учётных неделюшек-
　　Мне-ка за шесть-то учётных кажет
　　　　годиков!
90　Притрудилась на крестьянской
　　　　я роботушке,
　　У мня силушка теперь да придержалася;
　　С горя рученьки мои да примахалися,
　　Во слезах да ясны оци примутилися,
　　Добры людушки того да надивились!
95　День и ночь хожу на трудной
　　　　на роботушке,
　　Не в спокою тут ретливое сердечушко,
　　Не во радостях кручинная головушка,
　　Я во этой во великой во досадушке!
　　Я приду да со крестьянской как
　　　　роботушки,
100　Я по вечеру приду, бедна, позд́ешенько;
　　Вся в собраньице любимая семеюшка-
　　Светушки да тут все братцы богоданный
　　Со своима со любимыма семеюшкам,
　　Со сердечныма рожёныма со детушкам;

我现在多了一个称谓,80
被人唤作可怜的寡妇,
我不喜欢这么个称谓,
如同给我泼了盆冷水。
没有人会来关心我的,
他们眼里我是异教徒,85
过着孤苦无依的日子!

从当家人离开了我们,
已经过去了整整六周,
却感觉过了整整六年!

我一直在田间劳作着,90

一直咬牙坚持干着活。
双手因悲伤抖动不已,
我的眼里盈满了泪水,
善良的人们感到诧异!
我没日没夜干着农活,95

我悲伤的心无法平静,
愁容中不见一丝喜悦,
我心里真是凄凄切切!
我干完农活就会回家,

每天都是傍晚时回去。100
一大家子围坐在一起,
那里有所有的叔伯们,
那还有他们的另一半。
旁边是他们的孩子们。

105 Как во светлую собрались они светлицу-	他们坐在明亮的正厅，105
Во столовую во нову оны горенку,	围坐在新橡木桌旁边，
Круг стола сидят они да круг дубового,	这个桌子是橡木做成，
Они пьют сидят теперь да угощаются.	他们坐在那儿吃吃喝喝，
Уж как я, бедна кручинная головушка,	不像我这个可怜的人，
110 Опришённаот любимой от семеюшки,	这样的生活与我无关，110
Отряхнулась я от светлой новой светлицы,	我离开了温馨的小屋，
Отрешилась самоваров я шумячиих;	离开了火正旺的茶炊。
Не за цяем-то ведь я да угощаюся-	没有可以招待的吃食，
Я горючима слезама обливаюся,	眼里的泪水夺眶而出，
115 Я крестьянскоей работой забавляюся!	我靠干农活排遣忧愁！115
Закреплю свое ретливое сердечушко,	我压制住内心的愤懑，
Тут я ставлю им столы да все дубовый,	帮他们摆上橡木桌子，
Да я слажу им тут ужины вечерныя,	再为他们准备好晚饭，
Потихошеньку к дверям да подходить стану,	之后我悄悄走到门口，
120 Я с-за тульица, с-за липинки поглядываю,	望了望椴木做的屋顶，120
Из-за дверей да разговорушки держу;	站在门口和他们交谈。
Сговорю да светам-братцам богоданныим:	我对叔伯们这样说道：
«Скоро ль идете за стол да хлеба кушать?»	"你们还不快过来吃饭？"
Засвирипятся ветляны тут нешутушки	他们开始拿着我打趣，
125 На меня, да на кручинную головушку:	拿着我这可怜人打趣：125
«Што торопишься за ужину вечернюю?	"干嘛这么着急吃晚饭？
Знать, спешишься на спокойну темну ноченьку?»	是着急享受寂静的夜？"
Они искоса ведь вси тут заглядывают,	他们斜着眼打量着我，
Со всей лихостью они да разговор держат:	不怀好意地对我说道：
130 «Не устали твои белые там рученьки;	"你的双手一看没累着，130

Не работушку сегодня работала ё,
За кудрявой деревиночкой стояла всё,
На красное на солнышко поглядывала:
Скоро ль солнышко ко западу двигается,
135 Скоро ль красное за облако закатится,
Со работушки вдова да в дом пришатится!»
Им не в честь моя крестьянская работушка;
Потихошеньку, горюшица, похаживаю,
Все по этому хоромному строеньицу.
140 Вся усадится любима тут семеюшка
Как за стол да хлеба кушать,
Круг стола стану, горюшица, похаживать,
Приносить да стану ествушка сахарнии,
Словно белка на нешутушек поглядывать;
145 Один умной да мой братец богоданной,
Он спроговорит единое словечушко:
«Ты, вдова, наша невестушка родимая,
Што похаживать, сноха наша любимая,
Ты садись-ко ведь за стол да хлеба кушать!
150 Тоже дольщичка ведь ты да не подворница,
Ты участница участку деревенскому,
Ты ведь пайщица любимой скотинушки,
Половинщица хоромному строеньицу,
Ты садись, бедна, за стол да хлеба кушать!»

是不是今天没多干活，
光在茂密的树下站着，
光盯着看红红的太阳，
很快太阳就慢慢西沉，
躲进了那云朵的后面，135
你这寡妇就回到了家！"

他们不尊重我的劳动。

我真是个苦命的人啊，
安静地在屋里忙碌着。
所有的人都坐了下来，140
都坐在桌子旁边吃饭，
我这个可怜人在忙碌，
在那儿为他们端茶倒水，
在那儿就仔细盯着他们。
一个通情达理的兄弟，145

他为我说了句公道话：
"快过来吧，兄弟媳妇，
别光在那里忙上忙下，
你也快坐下来吃饭吧！

你不是家里面的佣人，150

你是家里的重要成员，
你是家里牲畜的主人，

这个房子的半个主人，
你赶快坐下来吃饭吧！"

155	Тут возрадуюсь, победная головушка,	我听到后，喜上眉梢，155
	Благодарствую я братцу богоданному:	真心感谢了这个兄弟：
	«Спасет Бог да светушка братца любимого,	"上帝保佑你，好兄弟，
	На твоем да на великом на желаньице,	因为你真是心地善良，
	На прелестных, на ласковыих словечушках!»	因为你真是宽厚仁慈。"
160	Тут за стол сяду, горюшица, смелёшенько,	我大着胆子坐了下来，160
	Я поем да тут, обидна, веселёшенько,	我这可怜人内心高兴，
	Устелю да тут пуховы им перинушки,	我给他们铺上羽毛垫，
	Уберу я со стола да со дубового,	把桌子上面收拾干净，
	Тут я сяду под косевчато окошечко,	接下来坐在窗户旁边，
165	Успокоится любима вся семеюшка;	全家人都安静地坐着，165
	Быв великая вода тут разливается,	只有我这寡妇流着泪，
	Под окном сижу–слезами обливаюся!	坐在窗下以泪洗面！
	Тут не сном да коротаю темну House ноченьку,	不是在梦中度过黑夜，
	Я победным своим разумом смекаю всё:	我在认认真真思考着：
170	Как изутра буде по ранному заутрышку,	第二天一大早会怎样，170
	Разрядят ли на крестьянску хоть работушку?	会不会能少干点农活？
	В доброумьи ли ветляные нешутушки,	妯娌们能不能不找茬，
	Со спокойной станут темной оны ноченьки?	过上一个安稳的夜晚？
	Уж я, бедна кручинная головушка,	唉，我这个可怜的人，
175	Быв упалой, как загнаной серой заюшко,	像极了受惊了的灰兔，175
	По мосточке с утра стану похаживать,	一大早在走廊那忙活，
	Я на светушков–на братьицов поглядывать.	我打量着那些叔伯们，

Стану спрашивать, кручинная головушка:
«Мне куда пойти на крестьянску на работушку?
180 На луга ли мне пойти ль да сенокосные?
На поля ли мне пойти да хлебородные?»
Разрядят да светы-братцы богоданный.
Как пойду, бедна кручинная головушка,
Я на трудну на крестьянскую работушку,
185 Проливаю тут я слезы на сыру землю;
Я правой ногой горюци заступаю,
Штоб не видели суседи спорядовыи,
Што заплаканы ведь ясны мои очюшки,
Што утерто мое бело это личушко;
190 Не сказали бы тут братцам богоданныим,
Не шепнули бы ветляныим нешутушкам,
Всё остудушки в семье не заводили бы,
Они в грех бедну вдову да не вводили бы!
Встричу стритятся суседи спорядовыи,
195 Я поклон воздам, обидна, понизёшеньку;
Говорю, бедна горюша, веселёшенько.
Не подам виду во добрый во людушки,
Што иду, бедна горюша, при обидушке:
Веселым иду, горюша, веселёшенька;
200 Не в укор да буде братцам богоданныим
От этих от спорядныих суседушок;

可怜的人儿开始询问:
"我要到哪里去干农活?

是要到草场上割草吗? 180

是要到农田里种地吗?"
叔伯们的神色好看了。
我这个可怜的苦命人,
来到田间干着庄稼活,
眼泪滑落到田间地头, 185
我的眼睛里噙满泪花,
我的脸颊上没有血色,
为了不让邻居们看见,
我用右脚盖住了湿土。
别让人跟叔伯说闲话, 190

别让他们告诉妯娌们,
别激化家庭内部关系,
他们别欺负一个寡妇!

迎面遇到了街坊邻居,
我深深地鞠了一躬, 195

说话时也是面露喜悦,
我在善良的人们跟前,
不能流露出一丝悲伤:
我高高兴兴地走着路。
这些心地善良的邻居, 200

不会指责这些叔伯们。

	Я путем иду с суседмы взвеселяюся,	我和邻居们一路说笑，
	Светов-братьицов ведь я да одобряю,	不停夸赞我的叔伯们，
	Злых нешутушок ведь я да восхваляю!	称赞我那难缠的姒娌！
205	А што диется в ретливоем сердечушке-	我的心里到底是怎样，205
	Кабы знали про то людушки да ведали!	邻居们好像心如明镜！
	Хоть иду, бедна горюша, веселёшенька,	尽管我一路上很高兴，
	Без огня мое сердечко разгоряется,	没有火我的心已滚烫，
	Без смолы моя утроба раскипляется	没有油我的胃已沸腾，
210	Без воды да резвы ножки подмывает!	没有水我的脚已洗净！210

Плач на девишнике

Не в саду я загулялася,
Не на вишни засмотрелася,
Засмотрелася я, девица,
Загляделася я, красная,
5 Что на вас, мои подруженьки,
Что на вас, мои голубушки!
Вы сидите все веселые
На своих местах на радостных,
Вы срядилися сряднехонько,
10 Платье цветно на вас новое,
И головушки причесаны,
В косах ленточки вплетеные!
А вот я-то, красна девица,
Сижу в месте во печальном;
15 У меня платье измятое,
У меня буйна головушка
Порастрепана, нечесана,
В косу лента не вплетеная,
С красотой на стол положена;
20 Вы сидите распеваете,
А я плачу, горегорькая!
Ты прости-ко, краса девичья!
Я навек с тобой расстануся,
Молодехонька, наплачуся!
25 Опущу я тебя, красота,
Опущу тебя со ленточкам,

女子嫁前哭嫁歌[1]

我不是在花园里闲逛,
不是看着樱桃树入迷,
姑娘们,我看得出神,
姑娘们,我看得陶醉
我是看着你们,朋友,5
我是看着你们,伙伴!
你们高高兴兴坐在那儿,
高高兴兴坐在座位上,
你们打扮得漂漂亮亮,
穿上了艳丽的新裙子,10
头发也梳得整整齐齐,
长长辫子上系着丝带!
而我这个美丽的少女,
却坐在这里暗自神伤。
我身上的裙子有褶皱,15
我的头发也凌乱不堪,
没有梳洗,没有打扮,
辫子上忘了系上丝带,
同我的容颜落在桌上。
你们坐在那里唱歌吧,20
我这个苦命人在哭泣!
原谅我,美丽的姑娘!
我将与你永远地分开,
姑娘,我会放声哭泣!
我放你走,我的容颜,25
会放你和丝带一起走,

---

[1] 该篇哭调选自鲍·尼·普季洛夫(Б.Н.Путилов)主编的《俄罗斯民间哭调》,该民间文学作品集于1960年出版,本篇哭调载于366-368页。

	Во поля, в луга широкие,	到旷野,到宽阔的草地,
	Во леса, в боры дремучие,	到森林,到茂密的松林,
	На быстрые реки текучие.	到那水流湍急的小河。
30	Погляжу я, красна девица,	漂亮的姑娘,我看看,30
	Погляжу на свою красоту,	看看属于自己的容颜,
	Вкруг чего она обвилася:	被系在什么什么树上〔1〕?
	Вкруг осинушки ли горькия,	被系在苦的山杨树上?
	Вкруг берёзоньки ли белыя	还是被系在白桦树上?
35	Аль вкруг яблоньки кудрявыя?	还是被系在苹果树上? 35
	Если ты обвилась, красота,	容颜啊,你要被系在,
	Вкруг осинушки горькия,	被系在苦的山杨树上,
	Мне житье-то будет горькое,	我的生活将会很艰辛,
	Мне замужье, красной девице,	我这漂亮姑娘出嫁后,
40	Нехорошее, печальное.	婚后生活充满了悲伤。40
	Если ты обвилась, красота,	容颜啊,你要被系在,
	Вкруг березоньки-то белыя, –	被系在白桦树的上面,
	Мне житье-то будет ровное,	我会过着顺遂的生活,
	Житье будет долговечное.	美美满满,长长久久。
45	Если ты обвилась, красота,	容颜啊,你要被系在,45
	Вокруг яблоньки кудрявыя,	被系在苹果树的上面,
	Мне житье будет хорошее,	我会过着无忧的生活,
	Развеселое, богатое!	开开心心,家财万贯!
	Я возьму ли тебя, красота,	容颜,我要把你带到,
50	Во луга наши зеленые,	带到绿油油的草地上,50
	Положу я тебя, красота,	容颜,我会把你放在,
	На шелковую на травушку,	像丝绸般柔软的草上,
	На высокую, зеленую;	草儿高高的,绿绿的。
	Как придут-то люди добрые	在温暖和煦的夏季里,

---

〔1〕 在俄罗斯的传统习俗中,未出嫁的姑娘会将自己的发带系在树上。这一哭调将姑娘的容颜具象化,和发带交融在一起。在这一句中,姑娘想看自己的容颜被系在哪里,实际上是指想看自己的发带被系在哪里。

55	В лето теплое и красное
	Во луга с косами вострыми,
	Что найдут-то тебя, красота,
	И возьмут на руки белые,
	Вот как скажут: чья-то красота,
60	Не на местечке положена,
	Хоть и бережно поношена.
	Тут не место тебе, красота,
	Тут не место красоватися!
	Я отдам же тебя, красота,
65	Что голубушке милой сестре,
	Поклонюся ей низехонько:
	«Ты возьми-возьми, мила сестра,
	Покрасуйся в моей красоте!»
	Ты прости-ко, моя красота,
70	Я в тебе покрасовалася,
	Берегла тебя, лелеяла,
	И от солнышка от красного,
	И от вихря-ветру буйного,
	И от дождичка от частого!
75	Ты дороже мне казалася
	Золотой казны рассыпчатой,
	Светлей ясного ты месяца,
	Ярче солнышка ты красного!»

善良的人们来到这里，55
带着镰刀来到这草地，
他们会找到你，容颜，
把你捧在白皙的手上，
他们会说，谁的容颜，
谁的容颜放错了地方，60
即便对你十分的怜惜，
容颜，你不该待在这，
这不是大放异彩之处！
容颜，我会把你交给，
交给我那最爱的妹妹，65
我对妹妹深鞠了一躬：
"我的好妹妹，你接着，
在我的容颜中绽放吧！

是你让我曾光彩夺目，70
我疼惜你，我珍视你，
不让你在烈日下暴晒，
不让你在狂风中凌乱，
不让你在暴雨中飘摇！
你比什么都还要珍贵，75
比散落的金币更珍贵，
比皎洁的圆月更明亮，
比红红的太阳更灿烂！"

Плач невесты в день свадьбы

    Вы ставайте-тко, сонливые,
    И пробуждайтеся, дремливые,
    По дворам да пеуны поют,
    По избам да печки топят,
5 По горницам девки моются!
    Вы, мои миленькие подруженьки,
    Мене скажите, белы лебеди,
    Как ночесь да в тёмну ноченьку
    Вам спалося ли, дремалося
10 И во снях ли что приснилося?
    Как мене, да красной девице,
    Мене ночесь да в тёмну ноченьку
    Мало спалося и дремалося,
    А во снях много приснилося!
15 Мене приснилося, молодёшеньке,
    Будто у окна поколотилося,
    У ворот да в кольцо брякнуло,
    У дверей да попросилося.
    Я ставала, молодешенька,
20 Со кроваточки тесовые,
    Со перинушки пуховые
    И со кручинного изголовьица;
    Я отворяла двери на пяту
    И дубовую доску на стену,
25 Я запускала волю вольную.
    Она середь поля остановилася,

新娘婚礼上的哭嫁歌[1]

贪睡的人，你们快起床吧，
恋床的人，你们快醒醒吧，
院子里的公鸡开始喔喔叫，
小木屋里的炉子已经生好，
姑娘们已经开始浣洗衣裳！5
你们啊，我最亲爱的女友，
快跟我说说，漂亮的美人，
你们在黑夜里过得怎么样？
你们是不是沉沉地睡着了？
你们在梦里都梦见了什么？10
在这个漆黑漆黑的夜里面，
我这个漂亮姑娘无法入睡，
我这个漂亮姑娘半睡半醒，
我一下做了很多很多的梦！
这个年轻姑娘做了很多梦，15
梦里好像窗户被撞得粉碎，
梦里好像大门在哐啷作响，
梦里好像门口有人在乞讨。
我这个年轻姑娘已经起床，
我从木头做的床上起来，20
我从软软的羽毛垫上起来，
我恋恋不舍地离开了枕头。
我用脚后跟打开了两扇门，
把橡木做的木板靠在墙上，
把无拘无束的自由放出来，25
我的自由在田野当中停下，

---

[1] 该篇哭调选自鲍·尼·普季洛夫(Б.Н.Путилов)主编的《俄罗斯民间哭调》，该民间文学作品集于1960年出版，本篇哭调载于368-371页。

	Господу богу помолилася,
	Понизку мене поклонилася:
	«Здравствуй, милая подруженька,
30	Моя сестрица ты, голубушка!
	Мене попеняли да посудачили:
	Тебе бог судья, мила подруженька,
	Ты как поспешила-поторопилася,
	Меня отказала, волю вольную,
35	От себя да молодешеньки!»
	Моя пошла да воля вольная
	От меня, да молодешеньки, –
	Она со мной да не простилася
	И назад не воротилася.
40	Уж я вышла, красна девица,
	На широкую-то улицу,
	Я поглядела, красна девица,
	Вслед за волюшкой-то вольною,
	Куда пошла да воля вольная,
45	Моя девичья дрока дрочная
	Во далечи во темны леса!
	Моя села воля вольная
	Она на елку на кужлявую.
	Я подходила, молодешенька,
50	К своей волюшке-то вольною,
	Хотела взять ее, волю вольную, –
	Как нельзя, никак не можно:
	Ведь зелёна елка подкарзяна!
	Я пошла прочь, слезно заплакала.
55	Как и еще да сон привидела:
	Я выходила, красна девица,

我的自由向上帝不停祈祷，
我的自由向我深鞠了一躬：
"你好，你这个可爱的朋友，
你是我的小姐妹，亲爱的！30
人们闲聊谈起我，抱怨我：
可爱的朋友，你来评判吧，
我是你身上孕育出的自由，
你急匆匆地把我扔到一边，
你着急忙慌让我离开了你！"35
我还是一个很年轻的姑娘，
属于我的自由已离开了我，
我的自由没和我说句告别，
我的自由已经一去不复返。
美丽的姑娘，我来到街上，40
我来到了一条宽阔的街上，
美丽的姑娘，我看着身后，
看着身后跟着自己的自由，
看看我的自由到哪里去了，
这份属于一个姑娘的自由，45
它来到了遥远茂密的森林！
我的自由在那里停了下来，
它停在一棵繁茂的松树上。
年轻的姑娘，我慢慢走近，
慢慢走进属于自己的自由，50
我想一把抓住自己的自由，
我无论如何也都抓不住它，
因为绿绿的松树被砍断了！
我继续前行，眼中噙着泪。
我还做了下面这奇怪的梦：55
我这个美丽又漂亮的姑娘，

	На круто красно крылечушко.
	Из-под высока нова терема,
	Из-под крута красна крылечушка,
60	Из-под кроваточки тесовые,
	Из-под перинушки пуховые,
	Из-под кручинного изголовьица
	Протекала ричка быстрая.
	Что по этой быстрой риченьке,
65	По ней плывёт да легка лодочка;
	А во той ли легкой лодочке
	Есть сидит да красна девица,
	В руках держит красну красоту.
	Вы, народ да люди добрые,
70	Все суседи порядовные
	И мои любимые подруженьки,
	Вы разгадайте да раздумайте –
	Этот сон к чему да сон привиделся?!
	Хоть вы молчите, мене не скажете,
75	А я сама да знаю-ведаю,
	Что к чему да сон привиделся!
	Из-под крута красна крылечушка,
	Из-под кроватушки тесовые,
	Из-под перинушки пуховые
80	Протекала быстра риченька –
	Это мои слезы горячие.
	А как плывет да легка лодочка –
	Это гульба-игра веселая;
	А как сидит да красна девица –
85	Это воля моя вольная;
	В руках держит красну красоту –

来到了陡陡的漂亮台阶上，
在那高高的新房子的下面，
在那陡峭的漂亮台阶下面，
在那木头做的床铺的下面，60
在那软软的羽毛垫的下面，
在那软如棉的枕头的下面，
流淌着一条湍急的小溪流。
沿着这条水流湍急的小河，
一叶轻舟顺着急流飘下来，65
就在这一叶轻舟的最上面，
坐着一位面容姣好的姑娘，
姑娘用手托起美丽的容颜。
你们这些美丽善良的人们，
你们这些规规矩矩的邻居，70
还有我最爱最爱的女伴们，
你们都快来猜猜，快来猜猜，
为什么会做这样的一个梦？
虽然你们都是一言不发，
但是我自己也能够猜到，75
猜到为什么会做这样的梦！
在那陡峭的漂亮台阶下面，
在那木头做的床铺的下面，
在那软软的羽毛垫的下面，
流淌着一条湍急的小溪流。80
这条小溪是我无尽的眼泪。
小溪流上面的这一叶扁舟，
这是一个欢快无忧的游戏。
一叶扁舟上坐着的那姑娘，
她是只属于我自己的自由。85
姑娘手里托着美丽的容颜，

	Мою просекную ленту шитую	这是扎在我辫子上的丝带，
	Со жемчужной-то со поднизью!	上面缝着一些珍珠和串珠！
	Мене еще во снах приснилося,	我还做了些奇奇怪怪的梦，
		好像就跟真实发生的一般：90
90	Как ровно вьяво показалося:	美丽的姑娘，我来到街上，
	Я выходила, красна девица,	我来到了一条宽阔的街上。
	На широкую на улицу.	好像在我们平坦的田野上，
	Будто у нас да во чистом поле	那里有着一座陡峭的高山。
	Есть крутая гора высокая;	在这座又陡又峭的高山上，95
95	Как на этой на крутой горе	趴着一公一母的两只野兽。
	Лежит зверь да со зверинию;	在这座又陡又峭的高山下，
	А под крутой горой высокою	蜷着一些各式各样的长蛇。
	Лежат змеи со змеятами.	在这片平坦的田野的中央，
	И посреди да поля чистого	矗立着一根尖尖的新柱子，100
100	Стоит столб да новоточеной –	这根新的柱子是刚刚做成，
	Колется да расколяется,	这根新柱子一直在燃烧着。
	Он горит да разгоряется.	"我那最爱最爱的女伴们啊，
	«Мои любимые подруженьки,	你们这些漂亮姑娘来说说，
	Мене скажите, белы лебеди,	为什么会做这样的一个梦？"105
105	Этот к чему да сон привиделся?»	我自己其实已经猜到缘由，
	Я сама да догадалася,	我自己其实已经弄清楚了，
	Девушка я домекнулася,	为什么会做这样的一个梦：
	Что к чему мне сон привиделся:	在这座又陡又峭的高山上，
	На крутой горе высоко лежит	趴着一公一母两只野兽，110
110	Не зверь да со зверинию,	那是我那凶神恶煞的公婆。
	А лихой свекорь со свекровкою;	在这座又陡又峭的高山下，
	Под крутой горой высокою	蜷着一些各式各样的长蛇，
	Лежат не змеи со змеятами –	那是我丈夫的兄弟和姐妹。
	То деверья со золовками;	在这片平坦的田野的中央，115
115	Во широком во чистом поле	矗立着一根尖尖的新柱子，
	Стоит не столб да новоточеной,	

Не колется, не расколяется,
Не с огня да разжигается –
Это чужой да добрый молодец,
120 До поры он да до времечки
Мной, девицей, похваляется.
Во сегодняшний во белой день
У моего корминца батюшка
Быть двору да растворенному
125 И тыну да раскаченному,
Мене, девице, да увезенною.

这根新的柱子是刚刚做成，
熊熊大火中柱子安然无恙，
这就是我那未来的好丈夫，
在此时之前，在今天之前，120
他一直夸我这个漂亮姑娘。
在今天这个神圣的日子里，
我父亲家里会是这个样子，
院子里的门被人们打开了，
围着院子的栅栏门被敞开，125
我这个漂亮姑娘被带走了。

民间戏剧

俄罗斯民间文学研究中,指代"民间戏剧"时通常使用"народная драма"和"народный театр"这两个概念。"народная драма"指"表演者通过动作行为和面部表情游戏化呈现散文文本和诗体文本(主要是歌谣)的民间文学体裁"[1],有中国学者将这类民间戏剧翻译为"民间演员剧"[2]。"народный театр"是一个比较广义的概念,除了带有剧本的民间戏剧外,还包括彼得鲁什卡剧(Петрушка)、傀儡剧(театр марионеток)、木偶戏箱剧(вертеп)、洋片剧(раёк)等各类木偶剧(кукольный театр)。本著中的民间戏剧为狭义概念,指带有剧本的民间舞台表演。

俄罗斯民间戏剧(народная драма)产生于16—17世纪,主要是在俄罗斯人的集体游戏(如"马夫鲁赫(Маврух)")、民间讽刺故事(如"老爷和管家(Барин и староста)")、民间歌谣(如"叶尔马克(Ермак)")等基础上形成的一种新的民间文学体裁,在其后的发展中又逐渐受到作家书面文本的影响。在俄罗斯民间戏剧中,游戏和戏剧是融合在一起的,民间戏剧的参与者不仅包括演员,还包括观看演出的观众,"在民间戏剧和游戏中,演员和观众之间经常没有界限"[3]。俄罗斯民间戏剧包括民间日常讽刺剧(народная бытовая сатирическая драма)和民间英雄浪漫剧(народная героико-романтическая драма)两种类型。

一、民间日常讽刺剧

俄罗斯民间日常讽刺剧的形成和发展主要以圣诞节和谢肉节期间的民间游戏为

---

[1] В.И.Чичеров. Русское народное творчество. М.: Издательство Московского университета, 1959, С.403.
[2] 开也夫:俄罗斯人民口头创作,连树声译,北京:中国民间文艺研究会研究部,1964年,第270页。
[3] В.И.Чичеров. Русское народное творчество. М.: Издательство Московского университета, 1959, С.406.

基础,代表性的剧作有《老爷和管家》《马夫鲁赫》等。

《老爷和管家》(Барин и староста)又名《老爷和阿丰卡》(Барин и Афонька)、《地主老爷》(Барин)、《假老爷》(Мнимый барин)、《地主、工厂主、法官和农夫》(Помещик, заводчик, судья и мужики)等。这一民间戏剧的核心是对落败"穷"地主老爷的无情嘲讽。如在《老爷和阿丰卡》中,地主老爷询问从他庄园回来的阿丰卡,打听他庄园里的情况,戏剧借助主仆二人之间的对话呈现了地主老爷庄园的萧条:

老爷:我的庄稼汉们都富有吗?

阿丰卡:主人,他们很富有!七个人共用一把斧头,那把斧头还没有斧柄。

老爷:他们拿着斧头去干什么?

阿丰卡:他们要去森林里砍柴。一个人在砍柴,剩下的六个在玩猜拳。

老爷:今年的庄稼收成怎么样?

阿丰卡:主人,庄稼收成很好!两捆庄稼之间距离整整一俄里[1],两个草垛之间有一天的车程。[2]

阿丰卡的句句回答都在暗讽这位地主老爷贫困潦倒的光景。在《假老爷》中,酒馆的老板直接称这位老爷为"浑身光溜溜的老爷"(голый барин):

老爷:玛利亚·伊万诺芙娜,咱们一起去逛逛吧。(走进酒馆,转向酒馆老板)酒馆老板!

酒馆老板:浑身光溜溜的老爷,您有什么吩咐!

老爷:唉,你怎么能羞辱我呢。

酒馆老板:没有,善良的老爷,我在夸您。

老爷:你们这里有没有空着的房间,我和玛利亚·伊万诺芙娜想休息一会,喝喝咖啡,喝喝茶。

酒馆老板:有,甚至是用栅篱做成的房间。

老爷:能在这里吃个饭吗?

酒馆老板:老爷,这当然可以了。

老爷:你们都有什么菜?

---

[1] 一俄里相当于1.0668公里。

[2] И.П.Еремина. Русская народная драма XVII-XX веков. М.: Искусство, 1953, С.44.

酒馆老板：有热菜。

老爷：具体是什么样的热菜？

酒馆老板：蚊子炖苍蝇汤，蟑螂炖跳蚤汤（跳蚤被切成了 12 份），这些足够 12 个人食用。[1]

可以看出，这一民间戏剧是在民间生活故事、民间笑话等民间幽默讽刺文学的基础上创作而成，戏剧语言十分丰富，且具有很强的表现力。

《马夫鲁赫》(Маврух)源自圣诞节期间的"死者复活"游戏。俄罗斯民间文艺学家、民族志学家尼·叶·翁丘科夫（1872—1942）在伯朝拉地区记录这部民间戏剧时，详细记录了马夫鲁赫和牧师的着装。马夫鲁赫上身穿着白色的长袍，下身穿着男士衬裤，脚上穿着棉袜子，闭着眼睛躺在长凳上面，打扮成一个死者的模样。牧师穿着粗麻布法衣，头上戴着礼帽，手里拿着木制十字架，为死者举行安魂祈祷。《马夫鲁赫》除了与圣诞节游戏紧密相关外，还是对民间歌谣《马尔布鲁克去远征》(Мальбрук в поход собрался)的舞台化改编。例如，在剧作一开始，所有演员会齐声合唱："马夫鲁赫离家去远征……马夫鲁赫在远征途中去世了，他永远地离开了这个世界。"[2]剧中，牧师用教堂祝祷仪式的形式和口吻介绍一群孩童在布扬岛上烤牛肉，模仿一对夫妻吵架，语言中充满了俏皮话和幽默风趣的引子，这大大增加了这部剧的喜剧效果。尼·叶·翁丘科夫指出，这部剧在民众当中比《沙皇马克西米扬》和《地主老爷》更受喜爱，因为"这部剧更搞笑，搞笑可能是乡村喜剧获得成功的最主要条件"[3]。

二、民间英雄浪漫剧

民间英雄浪漫剧不仅受到了俄罗斯民间文学的影响，还受到书面文学、民间木版画等艺术形式的影响。俄罗斯民间英雄浪漫剧的代表剧作有《小船儿》(Лодка)、《沙皇马克西米扬》(Царь Максимилиан)、《法国人攻打莫斯科》(Как француз Москву брал)等。

---

[1] И.П.Еремина. Русская народная драма XVII-XX веков. М.: Искусство, 1953, С.53-54.

[2] Н.Е.Ончуков. Северные народные драмы. СПб.: Типография А.С.Суворина, 1909, С.135.

[3] Там же, С. XIII.

民间戏剧《小船儿》的剧情较为简单：该剧的中心人物是一位品德高尚的强盗,他带领着一群强盗在伏尔加河上航行,看到岸边有一个很大的村庄,他们便上岸将地主的庄园洗劫一空。在强盗首领的形象中可以看到斯捷潘·拉辛的轮廓,剧作赞颂了普通民众的反抗精神。这一作品源自民间强盗歌《沿着伏尔加母亲河顺流而下》（Вниз по матушке по Волге）。《小船儿》在这首民间歌谣的基础上增加了首领和大尉的多次问答式对话,首领吩咐大尉拿着望远镜四周查看一番,结果发现在茂密的森林里有群强盗。剧作通过问答式的对话引入了诸多其他的戏剧人物和情节。《小船儿》中有大量的民间歌谣,这在一定程度上弱化了戏剧冲突。如在第一场中,首领便请求大尉为他唱一首歌谣：

首领：有些无聊,您给我唱一首我最喜欢的歌谣吧。
大尉：好的,首领！（大尉开始唱歌,大家跟着合唱。歌谣的开头均由大尉领唱。）
哦,高山啊,我的高山,
您是我的麻雀山！
高山啊,
您什么也没有孕育。
高山啊,
您只孕育了一块白色滚烫的石头。
在这块石头下面啊,
有一条湍急的小河……[1]

除了吸收民间歌谣的元素,《小船儿》也深受作家书面文学的影响。例如,强盗首领吩咐大尉抓回那个在森林里肆意唱歌的小伙子,并询问小伙子的情况,小伙子回答：

我不知道我是哪里人,
我已经流浪了一段时间……
我们有两个人——哥哥和我,

---

[1] В.П.Аникин. Русское устное народное творчество. М.: Высшая школа, 2006, С.912.

我们在别人家里长大。[1]

小伙子的这段回答源自亚·谢·普希金(1799—1837)的长诗《强盗兄弟》(1825)。《小船儿》这一民间戏剧受到俄罗斯浪漫主义文学的影响,这与剧作的浪漫主义色彩是相吻合的。宽阔的伏尔加河、强盗的情节、抒情歌谣等均增强了作品的浪漫气息。

《沙皇马克西米扬》共有三十多种异文,主体的叙事主线如下:沙皇马克西米扬是一位多神教信奉者,他要求儿子阿道夫放弃东正教,接受多神教,但是阿道夫三次拒绝了沙皇马克西米扬的提议,沙皇马克西米扬恼羞成怒,判处阿道夫死刑。面对冷酷暴怒的父亲,阿道夫说道:

> 我最亲爱的君主,我的父亲,
> 我只信奉耶稣基督,
> 就跟此前一模一样,
> 是他造就了天地万物,
> 包括你们信奉的神祇。[2]

关于《沙皇马克西米扬》的起源,俄罗斯部分学者认为,《沙皇马克西米扬》的历史原型为彼得大帝和儿子阿列克谢的冲突,民众通过杀子的主题来表达对君主的看法[3]。也有学者认为,这一剧作起源于17世纪末18世纪初的学校剧[4],后被旧礼仪派教徒[5]用来嘲讽彼得大帝。此外,这一民间戏剧与宗教诗《基里克与乌莉塔》(Кирик и Улита)在情节上有很大的相似之处。沙皇马克西米扬劝不满三岁的孩子基里克和他的母亲乌莉塔背弃信仰,被基里克拒绝:

> 啊,沙皇马克西米扬!
> 我不会信奉你的异教,
> 我不会崇拜你的神祇,

---

[1] В.П.Аникин. Русское устное народное творчество. М.: Высшая школа, 2006, С.915.
[2] Там же, С.894.
[3] Т.В.Зуева, Б.П.Кирдан. Русский фольклор. М.: Флинта; Наука, 1998, С.327.
[4] В.И.Чичеров. Русское народное творчество. М.: Издательство Московского университета, 1959, С.410.
[5] 旧礼仪派是17世纪俄罗斯东正教改革时分裂出来的教派,旧礼仪派教徒反对宗教改革,主张保持旧的宗教礼仪。

我第一天怎么回答你,

最后我也这样回答你。[1]

普通民众同情阿道夫的遭遇,在有些异文中,刽子手不忍心杀害阿道夫,但是不得不遵从沙皇的命令,杀死阿道夫后,以死谢罪。在剧作的最后,沙皇也被死神带走:

沙皇马克西米扬:亲爱的死神,我的母亲,哪怕再给我三天的生命。
死神:你的生命还剩不到三个小时。让你尝尝我锋利镰刀的滋味。[2]

---

[1] Л.Ф.Слощенко, Ю.С.Прокошин. Голубиная книга: Русские народные духовные стихи XI - XIX вв. М.: Моск. Рабочий, 1991, C.79.
[2] В.П.Аникин. Русское устное народное творчество. М.: Высшая школа, 2006, C.901.

Царь Максимилиан
Действующие лица

Царь Максимилиан, высокого роста, с бородой, лицом грозный, речь громкая, резкая.

Адольф, его сын, молодой, лет 18, тонкий, голос тихий. После тюремного заключения очень слабый и изможденный.

Аника-воин, необыкновенного роста, толстый, лицом грозный, с длинными усами и бородой, голос толстой.

Брамбеус, рыцарь, сам седой, 130 лет, большая седая борода, говорит редко и густо.

Исполинский рыцарь (он же Чужестранный рыцарь), молодой, высокого роста, говорит резко.

Скороход – маршал, молодой, с усами, роста среднего.

Кузнец, старик, борода седая, говорит по-мужицки.

Старик – гробокопатель, волосы и борода длинные, кашляет, разговаривает по-мужицки.

Старуха, его жена, без речей.

Смерть, говорит толсто, не шибко.

沙皇马克西米扬[1]
主要人物

沙皇马克西米扬：身材高大，蓄着络腮胡，面庞威严，说话时声音洪亮且有些刺耳。

阿道夫：沙皇马克西米扬的儿子，18岁左右，身材瘦弱，声音低沉。入狱后身体非常虚弱，面容憔悴。

战士阿尼卡：个头很高，膀大腰圆，面容威严，蓄着上唇胡和络腮胡，嗓音浑厚。

布赖姆贝乌斯：骑士，头发斑白，130岁，蓄着银白色的络腮胡，很少说话，声音低沉。

高大的骑士（一名异国骑士）：年轻有活力，身材高大，声音刺耳尖锐。

斯科罗霍德元帅：年轻有活力，留着上唇胡，身高中等。

铁匠：一个老人，胡须灰白，说话时带有农民口音。

掘墓老人：长头发，长胡须，时常咳嗽，说起话来带有农民口音。

老妇人：掘墓老人的妻子，无台词。

死神：说话时声音沙哑低沉，语速沉稳。

---

[1] 该篇民间戏剧选自弗·普·阿尼金（В.П.Аникин）主编的作品集《俄罗斯民间文学》，该部教材于2006年出版，本篇民间戏剧载于880-901页。

Два пажа, молодые, говорят резко.

Царедворцы, свита, воины.

Костюмы действующих лиц

Царь Максимилиан: форма древних царей, в военной шапке, при камзоле, при орденах и при шашке; штаны генеральские простые, сапоги высокие со шпорами. В пятом явлении надевают ему корону и дают в руку скипетр и державу и все царские принадлежности.

Адольф, его сын: в военной форме, на голове корона, при орденах, та же одежда, что и у царя, только похуже и кавалерии меньше. В десятом явлении Адольф является безо всяких заслуг и царских принадлежностей, в опальном виде.

Исполинский-рыцарь: в латах, в одной руке пика, в другой – шашка, в полном вооруженье, при медалях; шапка военная с пером, на лице – черная маска, сапоги со шпорами.

Аника-воин: в латах, пика и сабля при нем; на руке – медный щит, на голове блестящий шлем; пика позлаченая; при орденах и медалях.

Брамбеус-рыцарь: в древних доспехах, большая шапка, латы, сабля и копье, безо всякой кавалерии и заслуг, сапоги простые.

两名宫廷侍从：年轻，说话的时候尖声细语。

此外，还有廷臣、随从和一些战士。

人物服装

沙皇马克西米扬：上面穿着古代沙皇的礼服，头戴军帽，身穿坎肩，浑身挂满了勋章，佩戴军刀。下面穿着简单的长裤，脚踏高筒靴。第五幕中给他戴上王冠，手里拿着权杖和金球，佩戴国王的饰品。

阿道夫（沙皇马克西米扬的儿子）：身着军装，头戴王冠，佩戴勋章，身穿与沙皇一样的衣服，只是比沙皇的衣服差一些，身边的骑兵少一些。第十幕中，阿道夫没有佩戴任何勋章和王子的配饰，一副被贬黜的样子。

高大的骑士：披挂盔甲，一手拿着长矛，一手拿着军刀，全副武装，佩戴勋章。头上戴着有羽毛的军帽，脸上戴着黑色面具，脚上穿着高筒靴。

战士阿尼卡：身穿盔甲，配着镀金的长矛和军刀。一手拿着铜盾，头上戴着闪亮的头盔，胸前挂满了勋章和奖章。

布赖姆贝乌斯：身着古代的盔甲，头上戴着大大的帽子，手上拿着长矛和大刀，身边没有骑士和随从，穿着普通靴子。

Скороход – маршал: форма одежды военная, военный сюртук, при шашке, шапка придворная, с пером, высокая, кверху уже; сапоги простые, со шпорами; две медали; при погонах.

Кузнец: одет по - мужицки, в рубахе, в лаптях, без шапки, при фартуке, весь в уголье.

Старик – гробокопатель: в кафтане, волосы и борода длинные, кашляет, с толстой палкой в руках, в лаптях и в онучах, шапка мужицкая и все по-мужицки.

Старуха: в пестрядинном сарафане и во всем старушечьем уборе, как по - крестьянски ходят, на голове кичка.

Смерть: одежды белые, как бы в саване, в руках коса на длинном косье, на ногах ничего нет.

Пажи (два): при шашках, без заслуги, костюмы красивые, красные куртки, синие штаны, высокие шапки, наполеоновские, с пером; пояса разноцветные.

Царедворцы (два, которые подносят царские принадлежности): форма одежды военная, сюртуки с крестами и звездами, штаны с красными лампасами, шапки треугольные, с пером и бантом; при шашках через плечо. Остальные царедворцы в военной одежде, но без кавалерии, одеты проще.

斯科罗霍德元帅：身穿军装、双排扣常礼服，头戴高高的、带有羽毛的宫廷帽，脚上穿着普通靴子，佩戴两枚奖章和肩章。

铁匠：一身乡下男人打扮，身穿长衣和草鞋，没有戴帽子，系着围裙，全身像煤炭一样黑乎乎的。

掘墓老人：穿着俄式旧式男长衣，长头发，长胡须，时常咳嗽，手里拿着一根粗木棍，脚上裹着包脚布，穿着草鞋。一副乡下人的穿着。

老妇人：穿着粗花布做的萨拉凡（俄罗斯妇女穿的肥大的无袖长衫），一身乡下老太太的打扮，头上戴着旧时俄罗斯已婚妇女佩戴的头饰。

死神：身穿像白色殓衣一样的衣服，手上拿着长柄大镰刀，光着脚。

宫廷侍从（两名）：佩戴军刀，胸前不佩戴勋章，穿着华丽的服饰，上身穿着红色外套，下身穿着蓝色裤子，头上戴着拿破仑式带羽毛的高帽，腰间系着彩色的腰带。

廷臣（两个端着沙皇配饰的人）：身着军装，上衣制服上装饰着十字架和星星，下身裤子的外侧缝上有红色镶条，头戴有羽毛和蝴蝶结的三角帽，军刀斜挎在肩膀上。其余的廷臣身穿简单的军装，没有特别装饰。

Свита: форма одежды военная, с копьями и при шашках, с медалями.

Воины: форма одежды солдатская, при шашках, без заслуг.

Обстановка и принадлежности

Обыкновенная комната, где какая есть, даже простая крестьянская изба. Посреди ее становят разукрашенный в виде кресел трон царя Максимилиана. Для него же корона, скипетр и держава на золотом блюде, оклеенные золотой и серебряной бумагой. Железные кандалы для Адольфа. Молот для кузнеца. Табакерка для гробокопателя.

Явление 1-е

На сцену скорыми шагами выходит Скороход и, запыхавшись от быстрой ходьбы, говорит.

Скороход.

Здравствуйте, господа-сенаторы.
Не сам я к вам прибыл сюда,
А прислан из царской конторы.
Уберите все с этого места вон,
А здесь по становится царский трон.
Прощайте, господа, Сейчас сам царь будет сюда. (Уходит.)

На сцену выходят сенаторы, царская стража и воины.

随从：身着军服，手握长矛，佩有军刀，挂满勋章。

战　士：穿着士兵的制服，佩有军刀，胸前没有挂勋章。

布景和道具

一间普通的房间，一间粗陋的农舍也行。房间的正中央摆放一张装饰过的椅子，那是沙皇马克西米扬的宝座。用金色和银色的纸做一个金色的盘子，上面放上王冠、权杖和金球。为阿道夫准备好铁镣铐，为铁匠准备好锤子，为挖墓人准备好鼻烟盒。

第一场

斯科罗霍德行色匆匆地上台，因步履匆匆累得上气不接下气。

斯科罗霍德：
你们好，各位大臣，
不是我叫你们过来，
我是奉沙皇的旨意请你们过来。
把这里的东西都清理干净，
这里要摆放沙皇的宝座。
再见了，先生们，
一会儿沙皇本人会到这里来。（起身离开）

大臣、沙皇的护卫和一些战士来到舞台。

Явление 2-е	**第二场**

Входит царь Максимилиан и обращается к публике.

Царь Максимилиан.

Здравствуйте, господа сенаторы,

Я пришел из царской конторы.

За кого вы меня считаете:

За императора русского

Или короля французского?

Я не император русский,

Не король французский,

Я есть грозный царь ваш Максимилиан.

Силен и по всем землям славен

И многою милостью своей явей.

Взглядывает на приготовленный для него трон и обращается ко всем окружающим, указывая на него рукою.

Воззрите на сие предивное сооружение.

Воззрите на сие великолепное украшение,

Для кого сия Грановита палата воздвигнута,

И для кого сей царственный трон

На превышнем месте сооружен?

Не иначе, что для меня, царя вашего.

Сяду я на оное место

沙皇马克西米扬走了进来，并面向观众。

沙皇马克西米扬：

你们好，各位大臣，

我刚从沙皇办公室那里过来。

你们把我当作什么：

俄国的皇帝？

还是法国的国王？

我不是俄国的皇帝，

不是法国的国王，

我是你们望而生畏的沙皇马克西米扬。

我勇猛无敌，名扬四海，

仁慈善良。

他扫了一眼为他准备好的宝座，转过身看着周围的人，并用手指着宝座说道：

你们看看这个神奇之物，

看看上面精美的装饰，

这座富丽堂皇的宫殿为谁而建？

看看这个建在最高位置的宝座，

这个宝座又是留给谁？

毫无悬念，是给我，你们的沙皇。

我要坐在这个位置

И буду судить своего непокорного сына Адольфа.

Садится на троне, грозно оглядывает всех вокруг и кричит, что есть мочи.

Верные мои нелицемерные пажи, предстаньте скоро пред троном своего монарха!

Явление 3-е

Царь Максимилиан и два пажа.

Пажи входят, маршируя в ногу, и останавливаются, немного не доходя до трона, разом вытаскивают сабли из ножен, делаю «на караул» и расходятся по обеим сторонам трона. Затем один встает перед троном на одно колено и говорит.

Паж.

О, могучий государь, милостивый царь.

Почто нас, пажов, к себе ты призываешь

И что нам делать повелеваешь?

Встает и отходит на свое место.

Царь Максимилиан.

Подите в мои царские белокаменные чертоги и приведите ко мне любезного моего сына Адольфа, нужно мне с ним промежду собой тайный разговор вести.

审判自己忤逆不孝的儿子，

他就是阿道夫。

沙皇马克西米扬坐在宝座上，神色严厉地环顾四周，用尽全身力气大喊道：

我忠心耿耿的侍从，你们抓紧到我的宝座前！

第三场

出场人物：沙皇马克西米扬和两名小侍从。

小侍从迈着整齐的步子走了进来，快走到宝座旁边时停了下来，整齐划一地将长剑拔出剑鞘，举剑敬礼，并分别站在宝座两侧。此后，一名小侍从单膝跪在沙皇面前，开始讲话。

小侍从：

骁勇的沙皇，仁爱的沙皇啊，

你把我们这些侍从叫过来，

所为何事？

说完便起身回到自己的位置。

沙皇马克西米扬：

你们到我白色石头砌成的宫殿一趟，去把我亲爱的儿子阿道夫带过来，我要和他单独密谈。

Пажи (оба в один голос).

Идем и приведем! (Делают саблями на караул, сходятся и маршируют в публику.)

Царь Максимилиан.

Скороход – маршал, явись пред троном своего монарха!

Явление 4-е

Те же и Скороход-маршал.

Скороход (входит очень быстро, подходит близко к трону, становится на одно колено и, как бы запыхавшись от быстрого бега, говорит).

о, могущественнейший государь,
Милосерднейший царь Максимилиан,
Почто ты своего скорого и легкого
Скорохода-маршала призываешь,
Или что делать повелеваешь?

Царь Максимилиан.

Поди, поведай моей свите, что я хочу снять с себя все недостойности и надеть на себя все пристойности и царские принадлежности, какие моему высокому царскому сану подо бают.

Скороход.

Пойду и распоряжусь всеми делами. (Уходит, пятясь задом и низко кланяясь царю.)

小侍从(异口同声)：

我们这就去办！

走,我们去抓他！

(他们举起佩剑,列队走向人群)

沙皇马克西米扬：

斯科罗霍德元帅,请到我的宝座这里来。

第四场

出场人物：同第三场,斯科罗霍德元帅。

斯科罗霍德(急忙走到沙皇的宝座跟前,单膝跪地,因步伐急促,他说话时气喘吁吁)：

勇猛无敌的君主啊,
仁慈善良的沙皇马克西米扬,
我是你办事神速利索的斯科罗霍德元帅,
叫我来所为何事？

沙皇马克西米扬：

你快去告诉我的侍从,

我想脱下寒酸的衣物,

换上符合我高贵身份的礼服和配饰。

斯科罗霍德：

我这就去办。

(斯科罗霍德离场,身子往后退了两步,向沙皇低头鞠了一躬)

Явление 5-е	第五场
Те же, царедворцы и свита.	出场人物：同第四场，廷臣和侍从。
Растворяются двери избы, два царедворца на золотых подносах несут корону царскую, скипетр, державу, золотую саблю и др. За ними идет свита, несколько воинов с обнаженными саблями на плечо.	房门打开，出现两个廷臣，他们的手里端着金盘，上面放着王冠、权杖、金球和金色的军刀等。他们身后跟着侍从和几名肩上斜挎着军刀的士兵。
Все (поют).	所有人(合唱)：
Мы к царю, царю идем,	我们要去见沙皇，要去见沙皇，
Злат венец ему несем.	给他送去金色的王冠。
Наш монарх сидит на троне	我们的君主坐在宝座上，
В позолоченной короне,	坐在金光闪闪的宝座上，
Славой, честью вознесен.	他无限荣光。
Высоко произведен.	高高在上。
Вся почетная стража	所有仪仗队高举佩剑，大声呼喊，
Держит сабли обнажа.	
Ура, ура, ура!	
Нашему царю!	我们的沙皇，万岁，万岁，万万岁！
Воины заходят и поровну становятся вокруг царского трона, держа все время сабли на плечо. Царедворцы подходят к самому трону, становятся на колени перед Максимилианом и протягиваю ему подносы с царскими регалиями.	战士们走进来，围着沙皇的宝座站成一圈，他们把佩剑扛在肩膀上。廷臣们来到沙皇宝座的近前，跪在沙皇马克西米扬面前，奉上皇权的象征物。
Один из царедворцев.	一名廷臣：
Прими, всемилостивейший монарх, из наших недостойных рук ваши царские принадлежности.	最为仁慈的君主，请从我们低贱的手中接过象征您权力的宝物吧。

Царь Максимилиан.

Други мои, други,
Верные мои слуги,
Снимите с меня мои недостойности
И наденьте на меня все мои принадлежности.

Царедворцы снимают с него военную фуражку, медали и простую саблю, надевают корону, ордена, дают в руки скипетр и державу, кладут прежние уборы на подносы и уходят, низко кланяясь. Свита все время стоит около трона.

Царь Максимилиан (помахивая скипетром, грозно).

Что же это мои верные пажи медлят приводом любезного сына моего Адольфа? Или они не слушаются моего царского приказа?

Явление 6-е

Те же, Адольф и два пажа.

Растворяются двери, входит Адольф, по бокам его два пажа с обнаженными саблями. Адольф подходит к трону и становится на колени, пажи встают сзади его.

沙皇马克西米扬：

我的朋友们啊，朋友，
我忠实的仆人，
脱下我身上寒酸的衣物，
给我换上华丽的衣饰。

几个廷臣帮沙皇摘下军帽，解下奖章，并取下日常佩戴的军刀，为他佩戴上王冠和勋章，把权杖和金球递到他的手中，把换下来的衣物和饰品放在托盘里，低着头退下。侍从一直站在宝座跟前。

沙皇马克西米扬（挥舞着权杖，庄重严肃）：

我忠诚的侍从怎么还没来？
怎么还没把我亲爱的儿子阿道夫带来？
难不成是不服从我这个沙皇的命令了？

第六场

出场人物：同第五场，阿道夫和两个侍从。

两扇门被打开，阿道夫走了进来，他的两侧各有一个带刀的侍从。阿道夫走近沙皇，跪倒在地，两个侍从站在阿道夫身后。

Один из пажей.

Исполнили ваше царское приказание и привели все любезного сына Адольфа.

Царь Максимилиан.

Теперь удалитесь с глаз моих.

Пажи уходят.

Адольф (все время на коленях).

О, всемилостивейший государь

И преславный Максимилиан царь,

Всюлюбезнейший мой родитель, батюшка,

Бью тебе челом о матушку-сыру землю.

Зачем любезного твоего сына Адольфа призываешь

Или что делать ему повелеваешь?

Царь Максимилиан.

Любезный Адольф, сын мой,

Не радостен мне ныне приход твой:

Ныне я от супруги известился,

Что ты от наших кумирических богов отступился

И им изменяешь,

А каких-то новых втайне почитаешь.

Страшись моего родительского гнева

И поклонись нашим кумирическим богам.

Адольф (не вставая с колен).

Я ваши кумирические боги

Подвергаю под свои ноги,

一名侍从：

我们已完成您的命令，

带来了您的儿子阿道夫。

沙皇马克西米扬：

你们现在可以退下了。

侍从离开。

阿道夫（一直跪着）：

最仁慈的君主啊，

举世闻名的沙皇马克西米扬，

我最爱的父亲，

我向你叩头。

为何叫你的儿子阿道夫过来？

还是吩咐他做点什么事？

沙皇马克西米扬：

亲爱的阿道夫，我的儿子，

让你过来，我并不高兴。

最近我从你母亲那里知道了一件事，

你背弃了我们供奉的神祇，

你背叛了他们，

偷偷供奉一些新的神祇。

你害怕我知道后会暴怒，

表面上仍在供奉我们的神祇。

阿道夫（跪着未起身）：

我不信你们的神祇，

我把他们踩在脚下，

А верую в господа Иисуса Христа,
Изображаю против ваших богов знамение креста
И содержу его святой закон.

Царь Максимилиан (сильно разгневанный встает с трона и, протягивая вперед руку со скипетром, грозно обращается к Адольфу).

О, непокорный, изверг материнского чрева.

Страшись ты родительского гнева.
Я думал, что ты, непокорный изверг, будешь сидеть на царском престоле,
А ты хочешь уйти от соле.

Царь Максимилиан (Кричит громко, обращаясь к дверям).

Верные мои пажи, предстаньте перед троном своего монарха.

Явление 7-е

Те же и два пажа.

Входят два пажа так же, как и ранее, и исполняют все те же действия, как и ранее. Вообще пажи всегда действуют однообразно.

Один из пажей.

О, могущественный царь,
Всех пресветлый государь.
Почто нас, пажов своих, так скоро вызываешь

我信仰耶稣基督，
我用十字架反对你们所信奉的神祇。
我只遵守主神圣的教义。

沙皇马克西米扬(怒气冲冲地从宝座上站了起来,伸出拿着权杖的手,指着阿道夫厉声道)：

啊,你这个忤逆不孝之子,
你这个母亲肚子里面爬出来的恶魔。
表面上你害怕你父亲不高兴。
实际上你是个忤逆不孝的恶魔,
你将来要继承皇位,
你却想放弃这一切。

沙皇马克西米扬(看向门口,大声喊道)：

我忠实的侍从,请到我的面前!

第七场

出场人物：同第六场,两个侍从。

两个侍从走了进来,上场的动作与此前无异。侍从们动作一直重复不变。

一个侍从：
啊,勇猛无敌的沙皇,
我们至高无上的君主。
你为何如此着急地叫我们过来?

И что нам делать назначаешь?

Царь Максимилиан (поднимается с трона и, указывая пальцем на сына, говорит грозным голосом).

Отведите сего непокорного сына моего в темницу,

И чтобы не пропускать туда ни зверя, ни птицу,

И за его дерзкое непослушание

Посадите его на воздержание.

Пажи (оба в один голос). Все исполним, как приказано.

Поднимают Адольфа с колен и ведут под конвоем с обнаженным оружием.

Явление 8-е

Царь Максимилиан и Исполинский рыцарь.

Открывается дверь, в ней показывается Богатырь исполинского роста, обнажает саблю, медленно идет к трону царя Максимилиана; подойдя, ударяет тупым концом копья в пол, становится в грозную позу и говорит.

Исполинский рыцарь.

Здравствуй, царь Максимилиан,

Покоритель чуждых стран.

Прошел я иноземные царства

И все римские государства.

Все говорят, что несправедлив твой суд.

你想吩咐我们做什么？

沙皇马克西米扬（从座位上起身，用手指着自己的儿子，声色俱厉）：

快把这个忤逆不孝之子带下去，

把他关进大牢里，

别让一只猛兽钻进大牢，

别让一只小鸟飞进大牢，

他公然忤逆，

这是对他的惩戒。

侍从（异口同声）：

遵命。

他们把跪着的阿道夫扶起来，用佩剑押解着阿道夫。

第八场

出场人物：沙皇马克西米扬和高大的骑士。

门开了，走进来一位身材高大魁梧的勇士，他拔出佩剑，慢慢地走向沙皇马克西米扬的宝座。他走上前来，用长矛一端的钝头敲击着地板，摆出一副恶狠狠的样子。

高大的骑士：

你好，沙皇马克西米扬，

你这个异教徒所在国家的统治者。

我去过很多国家，

去过所有附属于罗马的国家。

大家都在说，你的审判有失公允。

Ты должен себя оправдать.

Дозволь мне, Римскому послу.

Перед тобой речь держать.

Царь Максимилиан.

Говори, дерзкий посол.

Исполинский рыцарь.

Знай же ты, варвар и душегубец.

Ты невинную душу губишь.

Своему любезному сыну Адольфу голову рубишь.

(Размахивая кругом копьем.)

Посмотри, как все его жалеют,

Все по нем слезы проливают

И истинным героем почитают.

Одумайся, пока есть время!

Царь Максимилиан (встает на троне и, топая ногами, кричит).

Прочь с глаз моих, дерзкий посол!

Исполинский рыцарь.

Прощай, пока, варвар и душегубец, но я вскоре вернусь отмстить за неповинную кровь. (Уходит.)

Царь Максимилиан.

Верные мои пажи, предстаньте пред троном своего монарха.

Явление 9-е

Царь Максимилиан и два пажа.

你可以为自己辩解,

请允许我这位罗马帝国的使者冒昧直言。

沙皇马克西米扬：

说吧,你这个粗鲁的使者。

高大的骑士：

你知道吗,你是个野蛮人,你是个杀人犯。

你在残害无辜之人。

你要杀死最爱的儿子,砍下阿道夫的脑袋。

(挥舞着长矛)

你看看,所有人都在同情他,

为他流下眼泪,

认为他是真正的英雄。

趁着还有时间,你再想一想!

沙皇马克西米扬(起身,跺着脚,咆哮着)：

粗鲁的使者,从我这里滚出去!

高大的骑士：

再见,再见,你这个野蛮人和杀人犯,

但我很快就会回来,

为无辜的生命复仇。(说完后离开)

沙皇马克西米扬：

我忠诚的侍从,快来到我的面前。

第九场

出场人物：沙皇马克西米扬和两个侍从。

Один из пажей.	一个侍从：
О, могущественный царь,	哦,勇猛无敌的沙皇,
Пресветлый государь.	我们至高无上的君主。
Почто нас, пажов своих, так скоро призываешь	你急着叫我们有什么事?
Или что делать повелеваешь?	有什么要吩咐的吗?
Царь Максимилиан.	**沙皇马克西米扬：**
Подите в мою прежнюю столицу,	你们去一趟我曾经的皇都,
В темную заключенную темницу,	去一趟黑暗的地牢,
И приведите ко мне непокорного моего сына Адольфа.	去把我那忤逆不孝之子带来, 他的名字叫阿道夫。
Пажи (в один голос).	**侍从们**(异口同声)：
Идем и приведем твоего непокорного сына Адольфа.	遵命,我们去把你忤逆不孝之子带来, 他的名字叫阿道夫。

Явление 10-е

第十场

Царь Максимилиан, Адольф и два пажа. Пажи приводят Адольфа так же, как и в первый раз, Адольф приближается к трону и становится на колени. Пажи остаются стоять сзади его с обнаженными саблями.

出场人物:沙皇马克西米扬、阿道夫和两个侍从。

侍从们像第一次那样把阿道夫带了过来,阿道夫走近沙皇,跪了下来。侍从们仍旧手持出鞘的长剑站在他后面。

Адольф.

阿道夫：

О, всемилостивый государь,
Пресветлый Максимилиан царь,
Вселюбезнейший мой родитель батюшка.

无上仁慈的君主啊,
美名远扬的沙皇马克西米扬,
我最爱的父亲,

Бью тебе челом о сыру землю.

我向你叩头。

Зачем непокорного своего сына Адольфа призываешь

为何叫你的儿子阿道夫过来?

Или что делать ему повелеваешь?	还是吩咐他做点什么事?
Царь Максимилиан.	**沙皇马克西米扬:**
Ну что, непокорный сын мой,	好吧,你这个逆子,
Каков будет ныне ответ твой.	你现在有什么要说的?
Одумался или нет,	有没有回心转意?
Не надоела ли тебе темная темница	还没在黑漆漆的地牢里待够?
и голодная смерть?	还没厌倦饥肠辘辘的日子?
Будешь ли веровать нашим богам?	你信奉不信奉我们的神祇?
Будешь ли подвергать их своим ногам?	你是否还要把他们踩在脚下?
Адольф.	**阿道夫:**
Нет, я по-старому ваши кумирческие боги	我不信你们的神祇,
Подвергаю под свои ноги,	我把他们踩在脚下,
Верую во единого бога	我信奉唯一的神祇,
И содержу его святой закон.	只遵守他的神圣教义。
Царь Максимилиан (в сильном гневе поднимается с трона и, потрясая скипетром, грозно говорит).	**沙皇马克西米扬**(愤怒地从宝座上站了起来,拿着权杖的手颤抖着,对阿道夫说话时一脸凶狠):
О, непокорный, изверг материнского чрева.	你这个忤逆不孝之子,
Страшись моего родительского гнева!	表面上你害怕你父亲不高兴。
Я думал тебя сделать наследником своего царства,	我还想着让你当我王位的继承人,
А ты производишь надо мной коварства.	你却背着我耍滑头。
Предам я тебя иным мукам	我要让你继续受苦,
И заставлю преклониться нашим богам. (Садится и кричит скороходу)	强迫你信奉我们的神祇。(说完坐回宝座,并向斯科罗霍德喊了起来)
Скороход-маршал,	
Явись пред троном своего монарха!	斯科罗霍德元帅,请到我这里来!

Явление 11-е	第十一场

Те же и Скороход-маршал.

Скороход приходит так же, как и в первый раз. Вообще его выходы похожи всегда один на другой, см. явление 4-е.

Скороход.

О, могучий государь.

Милостивый царь Максимилиан,

Почто своего легкого Скорохода-маршала призываешь

Или что делать повелеваешь?

Царь Максимилиан.

Поди в мои белокаменны царские палаты,

И приведи ко мне самолучшего кузнеца ты.

Скороход.

Иду и приведу самолучшего кузнеца.

Адольф все время стоит на коленях, грустно склонив голову и не поднимая глаз.

Явление 12-е

Те же и Кузнец.

Скороход.

Сходил и привел самолучшего кузнеца.

出场人物：同第十场，斯科罗霍德元帅。

斯科罗霍德出场时与第一次出场时一样，他的出场方式会一直这个样子。（参见第四场）

斯科罗霍德：

骁勇的国君啊，

仁慈的沙皇马克西米扬，

你为什么叫办事利落的斯科罗霍德元帅过来？

是要吩咐我做什么事吗？

沙皇马克西米扬：

到我白石头砌成的皇宫一趟，

你去把最好的铁匠带来。

斯科罗霍德：

遵命，我这就去把最好的铁匠带来。

阿道夫一直跪在地上，忧伤地低着头，眼睛也不抬一下。

第十二场

出场人物：同第十一场，斯科罗霍德元帅。

斯科罗霍德：

我带来了最好的铁匠。

Кузнец.

Здорово, батюшка,

Зачем ты меня призываешь

Или что делать повелеваешь?

Царь Максимилиан (указывая на Адольфа).

Закуй в крепкие кандалы сего изверга.

Кузнец (как бы не доверяя своим ушам, повторяет про себя).

Закуй сего изверга. (Смотрит на царя.)

Царь Максимилиан (начиная сердиться).

Я тебе русским языком говорю; закуй сего изверга.

Кузнец.

Заковать – то я закую, да кто же мне за работу-то заплатит?

Царь Максимилиан.

Я дам тебе монету.

Кузнец.

Да у меня, батюшка, и кармана-то нету.

Царь Максимилиан.

Ничего, старуха сошьет.

Кузнец.

Ну, видно делать нечего, примусь благословись. (Берет свой молот, накладывает на ноги Адольфа цепь изаковывает.) Заковал, батюшка, теперь крепко будет.

铁匠：

你好,老兄,你为什么叫我来?

是要吩咐我做什么吗?

沙皇马克西米扬(指着阿道夫)：

给这个恶魔戴上一副牢固的镣铐。

铁匠(有些不敢相信自己的耳朵,嘴里嘟嘟囔囔)：

戴上一副镣铐。(看着沙皇)

沙皇马克西米扬(开始有些气恼)：

我跟你说得明明白白了,给他戴上一副镣铐。

铁匠：

我会给他戴上一副镣铐,但是谁付我工钱呢?

沙皇马克西米扬：

我付给你工钱。

铁匠：

好的,老兄,但是我没有口袋装钱。

沙皇马克西米扬：

没关系,让你的婆娘帮你缝一个。

铁匠：

那好吧,看起来我已经没有别的选择了,我在胸前画个十字。

(拿起锤子,在阿道夫的腿上戴上镣铐)

戴好了,老兄,非常结实。

Царь Максимилиан.

На вот тебе монету и поди домой к своей старухе.

Кузнец.

Прощенья просим. (Уходит.)

Царь Максимилиан.

Верные мои пажи, предстаньте пред троном своего монарха.

Явление 13-е

Те же и два пажа.

Один из пажей.

О, могущественный царь.

Пресветлейший государь.

Почто ты нас, пажов твоих, так скоро призываешь

Или что делать повелеваешь?

Царь Максимилиан.

Сего дерзкого и непокорного изверга возьмите

И в темную его темницу посадите,

И морите его голодною смертию,

Доколе не одумается и не поверит нашим кумирческим богам.

Пажи.

Пойдем и отведем Адольфа в темницу.

Берут Адольфа за руки. Адольф поднимается с колен и медленно, опустя голову на грудь, двигается к двери. Поет за унывным голосом песню.

沙皇马克西米扬：

这是你的工钱，

快回家找你的婆娘。

铁匠：

请宽恕我的罪过。(离开)

沙皇马克西米扬：

我忠诚的侍从,快到我这里来。

第十三场

出场人物：同第十二场,两个侍从。

一个侍从：

哦,勇猛无敌的沙皇,

我们至高无上的君主。

你急着叫我们有什么事？

有什么要吩咐的吗？

沙皇马克西米扬：

你们把这个放肆又叛逆的恶魔带走，

把他关进黑暗的地牢，

要是不回心转意,信我们的神祇，

就让他忍饥受饿。

侍从们：

我们这就把阿道夫关入大牢。

他们拽着阿道夫的手。阿道夫慢慢地站起身来,他把头低到胸前,向门口走去,悲伤地唱着歌。

Адольф.

Я в темницу удаляюсь
От прекрасных здешних мест,
Сколько горестей смертельных
Я в разлуке должен снесть.
Оставляю град любезный
И тебя, родитель мой.

При этих словах Адольф оборачивается и обращается к Максимилиану и жалобно смотрит на него, кланяется. Затем, поворотившись, продолжает идти до дверей с пением.

Знать судьба моя такая.
Что в разлуке жить с тобой.

(Скрывается за дверями.)

Царь Максимилиан остается сидеть в грустной задумчивости, пошибшись локтем о ручку трона.

Явление 14-е

Царь Максимилиан и Исполинский рыцарь.

Исполинский рыцарь (входит, громко стуча оружием и безо всякого почтения подойдя к самому трону, кричит во всю мочь).

Воинским жаром пылаю,
Под ваше царство подступаю,
Град Антон огнем сожгу,
А тебя самого в полон возьму.

阿道夫：

我要离开这个美丽的地方，
我要在牢房里度日，
面对离别，
我内心充满无尽的悲伤。
我要离开最爱的城池，
离开你，我的父亲。

说完这些，阿道夫转过身看了马克西米扬一眼，那眼神里充满忧郁，并鞠了一躬。然后，唱着歌转身继续朝着大门走去。

我知道这就是我的命运，
注定要与你分离。

（躲在门后）

沙皇马克西米扬依旧坐在那里，把胳膊放在宝座的扶手上，沉浸在悲伤之中。

第十四场

出场人物：沙皇马克西米扬和高大的骑士。

高大的骑士（走进来时，用长矛撞击着地板，一脸轻蔑地走向沙皇，用尽全身力气吼着）：

我心中充满勇士的怒火，
我来到你的王国，
我会一把火烧了安东这座城池，
并抓你当俘虏。

民间戏剧 | 311

Выставляй против меня супротивника

На мечах булатных тешиться,

На острых копиях сходиться.

Я стою под стенами твоего града.

Защищайся, а не то будет тебе смерт награда

За твой несправедливый суд.

Царь Максимилиан (разгневанный кричит громким голосом, потрясая скипетром). Прочь, дерзкий рыцарь! Жди себе вскоре супротивника под стенами моего града Антона.

Исполинский рыцарь.

Прощай, варвар и душегубец; жди себе скорой отместки. (Уходит безо всякого почтенья к царю).

Царь Максимилиан (кричит).

Скороход мой маршал,

Явись пред троном своего монарха!

Явление 15-е

Царь Максимилиан и Скороход-маршал.

Скороход.

О, могучий государь,

Ты наш царь Максимилиан,,

Зачем так грозно легкого Скорохода-маршала призываешь.

Или что делать повелеваешь?

快点来应战吧,

拿出大马士革刚的宝剑,

拿出锋利无比的长矛。

我将会兵临城下。

快来反击吧,

不然你会为你的不公正的审判付出代价。

沙皇马克西米扬(挥舞着权杖,愤怒地大喊着):

快滚开,你这个该死的骑士!

我会在安东城下等着我的劲敌。

高大的骑士:

再见,你这个野蛮人,你这个杀人犯。

你等着我很快来复仇。(轻蔑地离开)

沙皇马克西米扬(咆哮着):

斯科罗霍德元帅,快到我这里来!

第十五场

出场人物:沙皇马克西米扬和斯科罗霍德。

斯科罗霍德:

骁勇的国君啊,

你是我们的沙皇马克西米扬,

你为什么叫办事利落的斯科罗霍德元帅过来?

为什么一副怒气冲冲的样子?

是要吩咐我做什么事吗?

Царь Максимилиан.

Поди скоро в мои белокаменны палаты.

Призови ко мне древнего и храброго Анику-воина,

Которого одна смерть победить может.

Скороход.

Пойду и призову древнего богатыря Анику-воина,

Которого одна смерть победить может.

Явление 16-е

Царь Максимилиан и Аника-воин.

Аника-воин (громадного роста, в латах, в шлеме и в прочем вооружении подходит к трону, потрясает оружием и говорит).

Здравствуй, царь Максимилиан,

Зачем ты меня, Анику-воина, призываешь

Или что делать мне повелеваешь?

Царь Максимилиан.

Древний и непобедимый воин Аника,

Подступил к нашему граду некий невежа.

Хочет он град Антон огнем сжечь,

沙皇马克西米扬：

到我白石头砌成的皇宫一趟，

你去把一位远古的战士请来，

只有死神才能够战胜这个战士，

他的名字叫阿尼卡。

斯科罗霍德：

我这就去请只有死神才能够战胜的战士，

他的名字叫阿尼卡。

第十六场

出场人物：沙皇马克西米扬和战士阿尼卡。

战士阿尼卡（身材魁梧高大，头戴头盔、身着盔甲，手握兵器走近沙皇的宝座，挥动着兵器）：

您好，沙皇马克西米扬，

为什么要叫战士阿尼卡前来？

是要吩咐我做什么事吗？

沙皇马克西米扬：

不可战胜的远古战士阿尼卡，

一个厚颜无耻的人来到我们的城池。

他想一把火烧了安东城，

Всех моих рыцарей перебить,

А меня самого в полон взять.

Аника-воин.

Этого до сей поры не бывало и быть никогда не может.

Царь Максимилиан.

Храбрый и непобедимый Аника-воин,

Поди за белокаменные стены.

Защити от невежи сей город,

И честь и хвала тебе будет воздана по всему царству, как герою.

Аника-воин.

Сейчас пойлу и предам смерти дерзкого невежу. (Уходит, потрясая оружием.)

Царь Максимилиан.

Верные мои пажи, предстаньте пред троном своего монарха.

Явление 17-е

Царь Максимилиан и два пажа.

Один из пажей.

О, преславный Максимилиан царь

И могучий государь,

Почто нас к себе скоро призываешь

Или что делать повелеваешь?

Царь Максимилиан.

Подите в темную темницу,

杀死我所有的骑士，

并让我沦为俘虏。

战士阿尼卡：

这种事情从未发生过，以后也永远不会发生。

沙皇马克西米扬：

勇敢无畏的战士阿尼卡，

请到白色石头砌成的城墙那里。

打败厚颜无耻的人，保护这座城池，

整个国家都会称赞你的英勇，

把你当作一位英雄。

战士阿尼卡：

我这就去把这个厚颜无耻的人杀死。

（挥舞着兵器离开）

沙皇马克西米扬：

我忠诚的侍从，快到我这里来。

第十七场

出场人物：沙皇马克西米扬和两个侍从。

一个侍从：

无上荣光的马克西米扬沙皇啊，

你是个骁勇的国君，

为什么急匆匆要把我叫来？

是要吩咐我做什么事吗？

沙皇马克西米扬：

你们去那黑暗的地牢一趟，

Оследствуйте моего непокорного сына Адольфа;

Если он жив, то ко мне приведите,

Если он мертв, то там похрапите.

Оба пажа.

Идем и все оследствуем. (Уходят.)

Явление 18-е

Царь Максимилиан, Адольф и два пажа.

Пажи.

Жив твой непокорный сын Адольф и приведен сюда.

Адольф (измученный, в цепях, еле движется, говорит тихим голосом, жалостно; не дойдя до трона, падает на колени).

О, всемилостивейший и вселюбезнейший государь-батюшка,

Почто истерзанного своего сына Адольфа призываешь

Или что делать повелеваешь?

Царь Максимилиан.

Ну что, непокорный и дерзкий сын Адольф,

Одумался или нет?

Не испугала ли тебя предстоящая мучительная смерть?

Откажись, пока не поздно, дерзкий нечестивец,

去看看我忤逆不孝的儿子阿道夫。

要是他还活着,把他带到我跟前,
要是他死了呢,就地把他埋了吧!

两个侍从:

我们这就去看看。(离开)

第十八场

出场人物:沙皇马克西米扬、阿道夫和两个侍从。

侍从:

你的忤逆不孝之子阿道夫还活着,
我们把他带了过来。

阿道夫(全身被锁链捆绑,被折磨得不成样子,走路东倒西歪,说话声音虚弱无力。还没走到沙皇宝座跟前就跪了下来):

善良仁慈、备受爱戴的国王父亲,

你的儿子阿道夫已经遍体鳞伤,

为什么叫他过来?

沙皇马克西米扬:

怎么样,你这个叛逆又放纵的儿子阿道夫,

你是不是回心转意?
你就真的不害怕死亡吗?

你这个罪孽深重的人,

И я возвращу тебе царскую порфиру и венец.

Брось свою христианскую православную веру.

Поклонись нашим кумирческим богам!

Адольф молчит, склонив на грудь голову.

Царь Максимилиан.

Ну, что же молчишь? Отвечай, кому веруешь?

Адольф.

Дражайший государь мой батюшка,

Я верую все по-старому в господа Иисуса Христа,

Который создал небо и землю

И ваших кумирческих богов.

Царь Максимилиан.

Ах ты, изверг непокорный,

Распалил ты мое сердце гневом.

Более я тебя щадить не стану,

А сейчас же повелю злой смерти предать.

(Кричит.)

Скороход-маршал,

Явись пред троном своего монарха!

现在认错还来得及,

我把你的宫廷衣袍和王冠赐还给你。
远离你所谓的东正教信仰,
信仰我们多神教的神祇!

阿道夫一言不发,把头垂在胸前。

沙皇马克西米扬:
怎么了,为什么不说话?
快点说,你到底信奉谁?

阿道夫:
我最亲爱的君主,我的父亲,
我只信奉耶稣基督,
就跟此前一模一样,
是他造就了天地万物,
包括你们信奉的神祇。

沙皇马克西米扬:
你啊,你这个叛逆的恶魔,
你令我怒火中烧,
我不会再对你心慈手软,
我即刻就判处你死刑。

(怒不可遏)
斯科罗霍德元帅,快到我这里来。

Явление 19-е	**第十九场**

Те же и Скороход-маршал.

Скороход-маршал.

Могучий наш царь Максимилиан,

Почто своего легкого Скорохода-маршала призываешь

Или что делать ему повелеваешь?

Царь Максимилиан.

Скорый и верный мой Скороход-маршал,

Поди скоро в мои белокаменны палаты.

Есть там древний Брамбеус-рыцарь.

Призови его сюда как можно поскорей.

Скороход.

Сейчас иду в твои царские белокаменны палаты

И приведу к тебе скоро Брамбеуса-рыцаря.

Явление 20-е

Царь Максимилиан, Адольф и Брамбеус.

Брамбеус (подходит близко к трону, становится перед Царем Максимилианом, ударяет копьем об пол, делает саблей на караул и говорит толстым голосом).

出场人物：斯科罗霍德元帅。

斯科罗霍德元帅：

我们骁勇的沙皇马克西米扬

你为什么叫办事利落的斯科罗霍德元帅过来？

是要吩咐我做什么事吗？

沙皇马克西米扬：

办事利落又忠诚可靠的斯科罗霍德元帅，

马上到我白石头砌成的皇宫一趟。

那里有个名叫布赖姆贝乌斯的骑士，

请他快点到这里来。

斯科罗霍德：

我现在就去你那白石头砌成的皇宫，

我立马带名叫布赖姆贝乌斯的骑士来见你。

第二十场

出场人物：沙皇马克西米扬、阿道夫和布赖姆贝乌斯。

布赖姆贝乌斯（走近沙皇的宝座，站在沙皇马克西米扬跟前，把长矛立在地板上，佩戴着军刀站在那里，说话时声音低沉浑厚）：

民间戏剧 | 317

Дай бог тебе, царь Максимилиан, столько лет здравствовать,

сколько и я, древний рыцарь, на свете живу.

Зачем меня, сильного и древнего рыцаря Брамбеуса, призываешь;

Или что делать повелеваешь?

Царь Максимилиан (указывая скипетром на Адольфа, который все время стоит на коленях, опустя голову на грудь).

Возьми сего непокорного сына Адольфа

И предай его злой смерти на моих глазах.

Брамбеус (в ужасе пятится назад и смотрит то на царя, то на Адольфа).

О, великий государь,

Грозный царь Максимилиан,

Сто пятьдесят лет я на свете жил

И ни одного человека жизни не решил,

И под старость свою решать не стану.

Когда мой меч

Снесет непокорную царскую голову с плеч,

Когда юношеская горячая кровь брызнет

на мою седую голову,

То и я сам должен смертию помереть!

愿神保佑你长命百岁,沙皇马克西米扬,

愿你会像我这个上了年纪的骑士一样健康。

你为什么叫勇猛的骑士布赖姆贝乌斯过来?

是要吩咐我做什么事吗?

沙皇马克西米扬(用权杖指着跪在地上的阿道夫,阿道夫低垂着头):

带走我这忤逆不孝的儿子阿道夫,

你在我的眼前送他归西。

布赖姆贝乌斯(惊恐地向后退了退,看看沙皇,再看看阿道夫):

伟大的国君啊,

让人望而生畏的沙皇马克西米扬,

我在这个世上已经活了150年,

还没有动手杀过一个人,

我现在年事已高,我更不会杀人。

这位王子桀骜难驯,

当我的剑砍下他的脑袋,

当少年的热血溅到我白花花的头发,

我也将一命呜呼!

Царь Максимилиан (грозно).

Непокорный старик, слушайся приказаний своего монарха.

Брамбеус.

Делать нечего, не могу ослушником быть своему монарху. (Обращается к Адольфу.)

Адольф, прощайся с белым светом,
Ты должен помереть на месте этом.

Адольф (встает с колен, кланяется на все четыре стороны и причитает).

Прощай, родимая земля.
Прощайте, родные поля,
Прощайте, солнце и луна.
Прощай, весь свет и весь народ.
(Кланяется царю Максимилиану.)
Прощай и ты, отец жестокий!

Царь Максимилиан. Брамбеус, продолжай приказание своего монарха, не медли долее, а не то и сам будешь казнен.

Брамбеус.

Я продолжать продолжаю.
Но и сам себя не пощажу.
(Ударяет коленопреклоненного Адольфа по шее, тот падает ничком.)
Его рублю,
Но и сам себя гублю!
(Пронзает себе грудь и падает мертвым.)

沙皇马克西米扬（一脸冷酷）：

你这个冥顽不灵的老家伙，
赶紧听从你君主的命令。

布赖姆贝乌斯：

我只能照做。
我不能当自己主上的逆臣。（转向阿道夫）

阿道夫，跟这个世界告个别吧，
你注定要在这里归西。

阿道夫（站起来，拜别四方，哭了起来）：

永别了，最爱的故土，
永别了，故乡的田野，
永别了，太阳和月亮，
永别了，世界和人民。
（向沙皇马克西米扬鞠了一躬）
再见了，冷血的父亲！

沙皇马克西米扬：

布赖姆贝乌斯，你继续执行我的命令，
不要再拖延时间，否则你会被严惩。

布赖姆贝乌斯：

我这就执行，这就执行，
但我也不会宽恕自己。
（说完用剑砍向跪在地上的阿道夫的脖颈）
我杀死了他！
我也将以死谢罪！
（他拔剑刺穿自己胸膛，倒地身亡）

Царь Максимилиан.

Скороход-маршал,

Явись пред троном своего монарха.

Явление 21-е

Те же и Скороход-маршал.

Скороход.

О, могучий государь.

Грозный царь Максимилиан.

Зачем так скоро грозного Скорохода-маршала призываешь

Или что делать ему повелеваешь?

Царь Максимилиан.

Поди скорей в ближнюю деревню

И призови сюда Старика-гробокопателя.

Скороход.

Сейчас пойду и приведу сюда Старика-гробокопателя.

Явление 22-е

Царь Максимилиан и Старик-гробокопатель.

Старик (с толстой палкой в мужицкой одёже выходит на сцену, кашляет, трясет головой и рассуждает сам с собой).

И зачем это меня к себе царь призывает...

沙皇马克西米扬:

斯科罗霍德元帅,快到我这里来。

第二十一场

出场人物:同第二十场,斯科罗霍德元帅。

斯科罗霍德:

伟大的国君啊,

令人畏惧的沙皇马克西米扬。

你为什么着急叫斯科罗霍德元帅过来?

是要吩咐我做什么事吗?

沙皇马克西米扬:

快去附近的村子,叫一位掘墓的老人过来。

斯科罗霍德:

我现在就去找一位掘墓的老人过来。

第二十二场

出场人物:沙皇马克西米扬和掘墓老人。

老人(一身乡下人打扮,挂着粗木棍,时而咳嗽,摇着头自言自语):

沙皇叫我来干什么……

Видно, меня далеко знают,

Коли такие большие дела доверяют.

Зевает, крестит рот, чешет затылок и глядит кверху на воображаемое солнышко.

Охо-хо-хо-хо-хонюшки!

Еще солнышко высоко,

А до царя нуж недалеко,

Присяду-ка я да отдохну,

Маненечко табачку нюхну,

А потом и до царя махну.

Садится, не торопясь вытаскивает тавлинку, запускает попонюшке в обе ноздри, чихает, сморкается, затем встает со словами:

Ну, тепере нужно, видно, ужитти; царь - то ведь тоже не шутка, не моя Малашка.

Подходит к трону, видит лежаиих Адольфа и Брамбеуса, останавливается и, глядя на них, в недоумении чешет затылок.

Вот те и есёна-зелёна,

Тетка Матрена:

Царь-то, видно, меня постоять за этих богатырей звал,

А я с Малашкой прокаталажился, да и опоздал.

(Снимает перед царем Максимилианом шапку, говорит ему.)

我肯定是远近闻名,

才会交给我这么重要的任务。

他打了个哈欠,撇了撇嘴,挠了挠后脑勺,

抬头看着自己想象出来的太阳。

哈,哈,哈,哈,哈!

太阳依旧高高挂在天上,

就快到沙皇那里了,

我就坐下休息一会儿吧,

闻上几下烟,

然后再去见沙皇。

他坐了下来,慢慢地拿出一个鼻烟壶,放到两个鼻孔下面闻了闻,打了个喷嚏,擦了擦鼻涕,然后站起来念叨说:

好吧,显然得动身了。沙皇可不是闹着玩的,他可不是我的老婆马拉什卡。

他走近沙皇宝座,看到躺在地上的阿道夫和布赖姆贝乌斯,停下看了看他们,疑惑地挠了挠后脑勺。

我的妈呀,

瞧这两具尸体,

显然,沙皇正是为了这两个勇士叫我来的,

都怪我光顾着跟马拉什卡闲聊,

这不就来晚了。

(他在沙皇马克西米扬面前摘下帽子,对着他开始说话)

民间戏剧 | 321

Здорово, ваше-высоко-не-перескочишь!

Почто ты меня, знаменитого старика, призываешь

Или кого защищать повелеваешь?

Царь Максимилиан (указывая на лежащих Адольфа и Брамбеуса).

Убери ты два сии тела,
Чтобы сверх земли не тлели.
Чтобы червь их не точил,
Чтобы дождь их не мочил.

Старик (идет к трупам и бормочет себе под нос).

Чтобы черт их не точил, а куда же им и деваться - то теперь, как не к черту.

(Берет то одного, то другого, то за ноги, то за голову, но поднять не может. Оборачивается за сцену и кричит жену.)

Малашка, а, Малашка!

(Молчание. Старик кричит снова.)

Малашка, иди, дура, скорей сюда, дело есть.

(Снова молчание.)

Старик (с публике).

Вишь ты, чортова фигура, николи не выдет, пока по - настоящему не звеличаешь.

你好,高贵的国王陛下!

为何叫我这个十里八乡有点名气的老头过来?

有需要我出手保护的人?

沙皇马克西米扬(指着倒在地上的阿道夫和布赖姆贝乌斯):

你把这两具尸体弄走吧,
不要让他们在地上腐烂,
不要让他们被虫子啃噬,
不要让他们被雨水淋湿。

老人(走向尸体,喃喃自语):

不要让魔鬼折磨他们,
但是如果不把他们交给魔鬼,
还能藏到哪去呢?

(他拖拖这具尸体,再去拖拖另一具尸体,拽着这个的头,又拽着那个的双腿,他一个人拖不动两具尸体。他转向后台,对妻子喊了起来)

马拉什卡,马拉什卡!

(没有任何回应,掘墓老人又喊了一遍)

马拉什卡,你个傻婆娘,
你快来,有正事要干。

(没有任何回应)

老人(面向观众):

你瞧这该死的婆娘,
不好好叫她,她还不出来了。

(К жене.)

Малашка Роговна, пожалуйте сюда, до вас дельце есть.

(Из кути выходит старая сморщенная старушонка.)

Старик.

Смотри - ка, что бог на нашу долю послал.

Выбирай любого,

Оставляй худого;

Вытащим да оберем,

А потом нуж и уберем.

Тащат Адольфа и Брамбеуса за ноги в куть.

Входит Аника-воин.

Явление 23-е

Царь Максимилиан и Аника-воин.

Аника - воин (гордо подходит к самому трону царя Максимилиана, стучит о пол копьем и говорит, ударяя себя в грудь).

То ли я не воин,

То ли я не рыцарь?

Стану на землю,

Земля потрясется;

Взгляну на море.

Сине море всколыхнется,

Горы и холмы,

(对着妻子)

马拉什卡·罗戈芙娜,您快过来,有要紧的事。

(从角落里走出来一个满脸皱纹的老太婆)

老人:

快看,上帝给我们派了一个什么活。

你随便挑一个吧,

把那个瘦一些的留给我,

咱们把尸体都弄走,

然后把这里收拾干净。

他们拽着阿道夫和布赖姆贝乌斯的脚,把他们拖到角落里。战士阿尼卡走了进来。

第二十三场

出场人物:沙皇马克西米扬和战士阿尼卡。

战士阿尼卡(自豪地向沙皇马克西米扬的宝座走去,他将长矛立在地上,拍拍胸脯说道):

我是一名士兵呢,

还是一位骑士?

我站在地上,

大地就会震动

我看一眼大海,

蔚蓝的大海就会翻涌,

高山和丘陵也会颤抖。

И те раздадутся.

Азия, Африка, Америка, Европа —

И те вострепещут!

Победил я всех басурман

И спас от злой смерти тебя, царь Максимилиан.

Царь Максимилиан.

Хвала, хвала тебе, герой.

Что град Антон спасен тобой.

(Кричит.)

Скороход-маршал,

Явись пред троном своего монарха!

Явление 24-е

Те же и Скороход-маршал.

Скороход.

О, великий государь,

Грозный царь Максимилиан,

Почто Скорохода-маршала призываешь

Или что делать ему повелеваешь?

Царь Максимилиан.

Поди и призови в мои царские чертоги всех храбрых и могучих моих рыцарей отдать воинские почести Анике - воину за его освобождение нашего града Антона.

Скороход.

Иду и призову. (Уходит.)

亚洲、非洲、美洲、欧洲，

这些地方也都要抖一抖！

沙皇马克西米扬，

我打败了所有的异教徒，

也把你从邪恶的死亡中拯救出来。

沙皇马克西米扬：

真诚地赞美你，赞美你，英雄。

你一个人拯救了安东城。

（大声喊）

斯科罗霍德元帅，你快到我这里来！

第二十四场

出场人物：同第二十三场，斯科罗霍德元帅

斯科罗霍德：

伟大的国君啊，

令人畏惧的沙皇马克西米扬，

你为什么叫斯科罗霍德元帅过来？

是要吩咐他做什么事吗？

沙皇马克西米扬：

你快去把所有英勇无畏的骑士都叫到皇宫大厅，让他们向战士阿尼卡致敬，感谢他救了我们的安东城。

斯科罗霍德：

遵命。（离开）

Явление 25-е

Царь Максимилиан, Аника-воин и толпа рыцарей.

Входят рыцари попарно и становятся в ширинку по обе стороны царского трона, обнажа сабли.

Царь Максимилиан.

Храбрые мои воины, воздайте честь непобедимому Анике – воину за освобождение града Антона.

Хор воинов.

Хвала, хвала тебе, герой,
Что град Антон спасен тобой;
Твоей могучею десницей
Дерзкий враг повержен в прах...
Слышен сильный стук в дверь и женский вой.

Царь Максимилиан.

Храбрые мои воины, прекратите ваше пение.

(Все умолкают и смотрят в недоумении на дверь.)

Царь Максимилиан.

Что там за баба.
Что там за пьяна?

第二十五场

出场人物：沙皇马克西米扬、战士阿尼卡和一群骑士。

骑士们分成两人纵队进入，在走近沙皇时停下，同时拔出佩剑。

沙皇马克西米扬：

我英勇的战士们，让我们向拯救了安东城的战士阿尼卡致以崇高的敬意，他不可战胜。

战士们合唱：

真诚地赞美你，赞美你，英雄，
你拯救了安东城，
你用你的铁拳，
击退了自大的敌人。
门口传来了剧烈的敲门声和女人的哀号。

沙皇马克西米扬：

我的勇敢的战士们，
请停下你们的歌唱。

(所有人都安静下来，疑惑地看着门口)

沙皇马克西米扬：

这是哪个婆娘？
这个哪个酒鬼？

民间戏剧 | 325

Явление 26-е

Те же и Смерть.

Дверь открывается, на пороге появляется Смерть с косою, становится у самого порога и говорит.

Смерть.

Я ведь не баба,

Я ведь не пьяна,

Я есть смерть твоя упряма.

Начинает двигаться от дверей к царскому трону.

Царь Максимилиан (в ужасе встает на троне и просит воинов).

Воины, мои воины,

защищали вы меня неоднократно от всяких врагов,

защитите ныне от лютой смерти.

Воины встаю перед троном царя и обнаженными саблями заграждают дорогу Смерти. Смерть приближается, делает движение косой, и сабли воинов со звоном падают. Воины пугаются и раздвигаются перед Смертью.

Смерть (подойдя к трону, обращается к царю Максимилиану).

Следуй за мной!

Царь Максимилиан.

Мати моя, любезная смерть.

第二十六场

出场人物：死神。

门开了，死神拿着镰刀站在门槛处说话。

死神：

我不是女人，

我不是酒鬼，

我是来带你离开的死神。

死神从门口朝着沙皇走过去。

沙皇马克西米扬(惊恐地从宝座上站起身来，请求着战士们)：

战士们，我的战士们，

你们曾多次保护我不受敌人的侵犯，

你们继续保护我，打败这个可怕的死神。

战士们站在沙皇的宝座前，他们纷纷拔出军刀，阻挡了死神过去的路。死神走了过去，挥了一下手中的镰刀，士兵手中的军刀哐啷啷掉落在地。战士们害怕了起来，纷纷给死神让出一条路。

死神(走近沙皇的宝座，转向沙皇马克西米扬)：

跟我走！

沙皇马克西米扬：

亲爱的死神，我的母亲。

Дай мне сроку житья хоть на три года.

Чтобы мне нажиться

И своим царством распорядиться.

Смерть.

Нет тебе житья и на один год.

Царь Максимилиан.

Мати моя, любезная смерть,

Дай мне житья хоть на три месяца.

Смерть.

Не будет тебе и на месяц житья.

Царь Максимилиан.

Мати моя, любезная смерть.

Дай ты мне сроку хоть на три дня.

Смерть.

Не будет тебе сроку и на три часа,

А вот тебе моя вострая коса.

Ударяет его косой по шее. Царь падает.

Явление 27-е

Скороход - маршал выходит на средину и обращается к зрителям.

Скороход.

Вот, почтеннейшая публика,

Занавеска закрывается,

И приставленье всё кончается,

А ахтёрам с вас на чай полагается.

请再给我三年的生命,

我好安排一下国事。

死神:

你的生命还剩不到一年。

沙皇马克西米扬:

亲爱的死神,我的母亲,

请再给我三个月的生命。

死神:

你的生命还剩不到一个月。

沙皇马克西米扬:

亲爱的死神,我的母亲,

哪怕再给我三天的生命。

死神:

你的生命还剩不到三个小时。

让你尝尝我锋利镰刀的滋味。

死神用镰刀砍向他的脖子。沙皇倒地。

第二十七场

斯科罗霍德元帅走到舞台中央,面朝观众。

斯科罗霍德:

好了,我最最亲爱的观众,

大幕正在落下,

我们所有的演出到此结束,

请大家有钱的捧个钱场。

Лодка
Действующие лица

Атаман, грозного вида, в красной рубашке, черной поддевке, черной шляпе, с ружьем и саблей, с пистолетами за поясом; поддевка и шляпа богато украшены золотой бумагой.

Эсаул, одет почти так же, как и Атаман; украшения из серебряной бумаги.

Разбойники, одеты в красные рубахи, на головах меховые шапки с значками из разноцветной бумаги, за поясом различное оружие.

Неизвестный (он же Безобразов), одет в солдатский мундир, с ружьем в руках и кинжалом за поясом.

Богатый помещик, пожилой, иногда седой, в туфлях, пиджаке или халате, на голове котелок, в руках трубка с длинным чубуком.

Действие происходит на широком раздолье матушки - Волги, накосной лодке; последняя сцена на берегу, в доме Богатого помещика. Ни декораций, ни кулис, ни суфлера, ни вообще каких - либо сценических приспособлений не полагается.

小船儿[1]
主要角色介绍

首领：表情严厉，身穿红色俄式衬衫，外面套着腰部带小褶的黑色男外衣，头上戴着一顶黑色的帽子，手里拿着步枪和军刀，腰间还别着手枪，带小褶的外衣和帽子上面装饰着金边。

大尉：穿着打扮和首领相差不多，外衣和帽子上面装饰着银边。

强盗们：他们穿着红色的衬衫，头上戴着毛皮帽子，帽子上面有很多不同颜色的徽章，腰间别着各式兵刃。

身份不明的男子(又名别佐布拉佐夫)：他身穿士兵制服，手里握着步枪，腰间别着一把匕首。

富有的地主：上了年纪，白发苍苍，穿着便鞋，身穿夹克和长袍，头上戴着圆顶礼帽，手里还握着一个长烟斗。

故事发生在一小船上，小船在母亲河伏尔加河宽阔的河面上。岸上的最后一幕发生在这个富有地主的家里。没有布景，没有侧幕，没有提台词的人，没有任何舞美布置。

---

[1] 该篇民间戏剧选自弗·普·阿尼金(В.П.Аникин)主编的作品集《俄罗斯民间文学》，该部教材于2006年出版，本篇民间戏剧载于911-918页。

Все участвующие в представлении входят в определенную заранее избу с пением какой-либо песни. Чаще всего исполняется следующая:

Ты дозволь, дозволь, хозяин,
В нову горенку войти!
Ой калина! ой малина!
Черная смородина. (Дважды)
В нову горенку войти.
Вдоль по горенке пройти, (Дважды)
Слово вымолвиги.
У тебя в дому, хозяин.
Нет ли лишнего бревна?
Если лишнее бревно,
Давай, вырубим его!

По окончании песни выступает вперед Эсаул и, обращаясь к хозяину, говорит: «Не угодно ли вам, хозяин, представленье посмотреть?»

Хозяин обыкновенно отвечает: «Милости просим!» «Добро жаловать!» или что-нибудь в этом роде.

Все участники представления выходят на середину избы и образуют круг, в середине которого становятся друг против друга Атаман и Эсаул.

所有参加表演的演员唱着一首歌走进小木屋，唱的最多的是下面这首歌：

主人，请允许我，
请允许我进到屋子里面！
荚蒾啊，马林果啊！
黑加仑啊。（两遍）
进到屋子里面。
从屋子旁边经过，（两遍）
张开口询问。
主人啊，
你家里有没有多余的原木？
如果有多余的原木，
让我们一起把原木凿一凿！

一曲结束，大尉走上前来，跟主人说："主人啊，您方不方便看一场表演？"

主人会回答："敬请""欢迎"或其他等类似的回复。

所有参加表演的人都来到屋子的中央，并围成一个圆圈，首领和大尉面对面站在圆圈的中间。

Сцена 1-я

Атаман (топает ногою и кричит грозно). Эсаул!

Эсаул (точно так же топает ногою и кричит в ответ). Атаман!

Атаман.

Подходи ко мне скорей,

Говори со мной смелей!

Не подойдешь скоро,

Не выговоришь смело -

Велю тебе вкатить разиков сто,

Пропадет твоя эсаульская служба ни за что!

Эсаул.

Вот я перед тобой,

Как лист перед травой!

Что прикажешь, Атаман?

Атаман.

Что - то скучно... Спойте мне любимую мою песню.

Эсаул.

Слушаю, Атаман! (Запевает песню, хор подхватывает. Начало каждой строки запевает Эсаул.)

Ах, вы, горы мои, горы,

Горы Воробьевские!

Ничего-то вы, ах, да горы,

Не спородили.

Спородили вы только, горы,

第一场

首领（跺着脚，气势汹汹大喊）："大尉！"

大尉(回复时也是跟首领那样跺着脚)："首领！"

首领：

你抓紧到我这里来，

大胆地跟我说话！

你要是不快点来，

不敢跟我大胆说话，

我就让你滚一百次，

你干的活都付诸东流！

大尉：

我这不是来到你跟前，

就像草地上的一片叶子！

你有何吩咐，首领？

首领：

有些无聊，您给我唱一首我最喜欢的歌谣吧。

大尉：

好的，首领！（大尉开始唱歌，大家跟着合唱。歌谣的开头均由大尉领唱）

哦，高山啊，我的高山，

您是我的麻雀山！

高山啊，

您什么也没有孕育。

高山啊，

Бел-горюч камень.

Из-под камешка бежит,

Быстра реченька... и т.д

Атаман во время пения песни в глубокой задумчивости ходит взад и вперед, со скрещенными на груди руками. По окончании песни останавливается. Топает ногою и кричит Атаман:

Эсаул!

Подходи ко мне скорей

Говори со мной смелей!

Не подойдешь скоро,

Не выговоришь смело –

Велю тебе вкатить разиков сто,

Пропадет твоя эсаульская служба ни за что!

Эсаул.

Что прикажешь, могучий Атаман?

Атаман.

Будет нам здесь болтаться,

Поедем вниз по матушке по Волге разгуляться.

Мигоментально construct мне косную лодку!

Эсаул.

Готова.

Атаман:

Гребцы по местам,

Весла по бортам!

您只孕育了一块白色滚烫的石头。

在这块石头下面啊，

有一条湍急的小河……

唱歌的时候，首领一直在沉思，不停地走来走去，双手合十放在胸前。歌曲结束的时候，他停了下来。首领跺着脚大喊：

大尉！

你抓紧到我这里来，

大胆地跟我说话！

你要是不快点来，

不敢跟我大胆说话，

我就让你滚一百次，

你干的活都付诸东流！

大尉：

英勇无比的首领，你有什么要吩咐的吗？

首领：

我们要在这逛一逛，

我们要沿着母亲河伏尔加河散散心。

你快帮我造一条小船！

大尉：

小船造好了。

首领：

桨手已就位，

船桨在船舷上！

民间戏剧

Все в полной исправности.

В это время все разбойники садятся на пол, образуя между собою пустое пространство (лодка), в котором расхаживают Атаман и Эсаул.

Атаман (обращаясь к Эсаулу). Молодец! Скоро потрафил!

(Обращаясь к гребцам.)

Молись, ребята, богу! Отваливай.

Гребцы снимают шапки и крестятся; затем начинают раскачиваться взад и вперед, хлопая рукою об руку

(изображается гребля и плеск весел).

Атаман.

Эсаул! Спой любимую мою песню!

Эсаул вместе со всеми разбойниками поют:

Вниз по матушке по Волге...

Атаман (перебивая песню).

Эсаул!

Подходи ко мне скорей,

Говори со мной смелей!

Не подойдешь скоро,

Не выговоришь смело –

Велю тебе вкатить разиков сто,

Пропадет твоя эсаульская служба ни за что!

一切都准备妥当。

这时候所有的强盗们坐在地板上,在中间留下了一个很大的空间(小船),首领和大尉在里面走来走去。

首领(面向大尉):真棒!这么快就好了!

(转向桨手们)

伙伴们,上帝保佑!离岸出发吧。

桨手们脱下帽子,在胸前画了个十字。之后开始前后摇摆,手拍着手

(模仿划船桨和船桨的拍水声)。

首领:

大尉,你唱一首我最爱的歌谣吧!

大尉和所有强盗们一起唱了起来:

沿着母亲河伏尔加顺流而下……

首领(打断了歌声):

大尉!

你抓紧到我这里来,

大胆地跟我说话!

你要是不快点来,

不敢跟我大胆说话,

我就让你滚一百次,

你干的活都付诸东流!

Эсаул.

Что прикажешь, могучий Атаман?

Атаман.

Возьми подозрительную трубку,

Поди наАтаманскую рубку,

Смотри во все стороны:

Нет ли где пеньев, кореньев, мелких мест?

Чтобы нашей лодке на мель не сесть!

Эсаул берет картонную трубку и осматривает кругом.

Атаман (кричит).

Зри верней, сказывай скорей!

Эсаул.

Смотрю, гляжу и вижу!

Атаман.

Сказывай, что видишь?

Эсаул.

Вижу: на воде колод

Атаман (как бы не расслышав).

Какой там чорт – воевода!

Будь их там сто или двести –

Всех их положим вместе!

Я их знаю и не боюсь,

А если разгорюсь,

Еще ближе к ним подберусь.

Эсаул–молодец!

Возьми мою подозрительную трубку,

Поди на Атаманскую рубку,

大尉：

英勇无比的首领，你有什么要吩咐的吗？

首领：

拿着这个望远镜，

到首领的屋子里去，

你好好看看四周：

到处看看有没有树桩、树根和很浅的地方？

这样我的小船才不会搁浅！

大尉拿着用纸做成的望远镜，四处张望。

首领（大声呼喊）：

要是看清楚了，就赶快告诉我！

大尉：

我在看呢，我看到了，看到了！

首领：

告诉我你看到了什么？

大尉：

我看到水面上有一个木桩。

首领（像没听到一样）：

那里是什么鬼东西——长官！

不管他们是一百个还是两百个，

我们把他们都一网打尽！

我知道他们，我不害怕，

我们再往前走，

就会离着他们更近了。

大尉，你是好样的！

拿着这个望远镜，

到首领的屋子里去，

Посмотри на все четыре стороны,

Нет ли где пеньев, кореньев, мелких мест,

Чтобы нашей лодке на мель не сесть!

Гляди верней,

Сказывай скорей!

Эсаул снова начинает оглядывать окрестности. В это время издали слышно пение песни:

Среди лесов дремучих

Разбойнички идут...

Атаман (сердито топает и кричит).

Кто это в моих заповедных лесах гуляет,

И так громко песни распевает?

Взять и привести сюда немедленно!

Эсаул (выскакивает из лодки, но сейчас же возвращается).

Дерзкий пришлец в ваших заповедных лесах гуляет,

И дерзкие песни распевает,

А взять его нельзя,

Грозится убить из ружья!

Атаман.

Ты не Эсаул, а баба,

У тебя кишки слабы!,

Сколько хошь казаков возьми,

А дерзкого пришельца приведи!

Эсаул берет несколько человек и вместе с ними выскакивает из лодки.

你好好看看四周：

到处看看有没有树桩、树根和很浅的地方？

这样我的小船才不会搁浅！

要是看清楚了，

就赶快告诉我！

大尉开始查看四周。这时候从远处传来了歌声：

在这茂密的森林里，

一群强盗正在里面走着……

首领(愤怒地跺着脚，叫喊着)：

这些森林是我的地盘，

是谁在里面闲逛？

还在里面大声歌唱？

赶紧去抓住他，并把他带过来！

大尉(跳下船，又很快折返)：

一个胆大包天的外来人在你的森林里闲逛，

他还肆无忌惮地唱着歌，

但是没办法抓住他，

他威胁说用猎枪打死我！

首领：

你不是大尉，真是个婆娘，

你真是胆小如鼠！

你带多少个哥萨克人都行，

但务必把那个胆大包天的外来人带来！

大尉挑了几个人，和他们一起跳下了船。

Сцена 2-я

Эсаул с разбойниками возвращаются и приводят с собою связанного незнакомца.

Атаман (грозно).

Кто ты есть таков?

Незнакомец.

Фельдфебель Иван Пятаков!

Атаман.

Как ты смеешь в моих заповедных лесах гулять?

И дерзкие песни распевать?

Незнакомец.

Я знать никого не знаю;

Где хочу, там и гуляю

И дерзкие песни распеваю!

Атаман.

Расскажи нам, чьего ты роду-племени?

Незнакомец.

Роду-племени своего я не знаю,

А по воле недавно гуляю...

Нас было двое – брат и я,

Вскормила, вспоила чужая семья.

Житье было не в сладость,

И взяла нас завидость,

Наскучила горькая доля,

Захотелось погулять по воле.

Взяли мы с братом вострый нож

И пустились на промысел опасный:

Взойдет ли месяц среди небес,

第二场

大尉和强盗们一起回来了，并带回来一个被五花大绑的陌生人。

首领(气势汹汹)：

你是谁？

陌生人：

伊万·皮亚塔科夫·费尔德费别尔！

首领：

你怎么敢在我的森林中随意闲逛？

还肆意地唱着歌？

陌生人：

我谁也不认识，

想在哪里逛就在哪里逛，

想唱什么就唱什么！

首领：

告诉我，你是哪里人？

陌生人：

我不知道我是哪里人，

我已经流浪了一段时间……

我们有两个人——哥哥和我，

我们在别人家里长大。

生活并不甜蜜，

嫉妒带走了我们，

厌倦了苦难的命运，

我们渴望自己出去闯荡。

我和哥哥拿起了尖刀，

开始了我们冒险的征途：

月亮会不会升上天空，

Мы из подполья – в темный лес,	我们从地窖藏到茂密的森林,
Притаимся и сидим,	这里躲躲,那里坐坐,
И на дорогу все глядим:	我们盯着这条路,
Кто ни йдет по дороге –	看看都有谁经过这条路。
Жид богатый,	不管是富有的犹太人,
Или барин брюхатый, –	还是大肚便便的地主老爷,
Всех бьем,	我们会把他们打跑,
Все себе берем!	抢走所有的物品!
А не то в полночь глухую	午夜时分,
Заложим тройку удалую,	我们套上飞快的马车,
К харчевне подъезжаем,	来到一家小酒馆,
Все даром пьем и подъедаем...	在那里大吃大喝……
Но не долго молодцы гуляли,	两个年轻人还没玩多久,
Нас скоро поймали	我们就被抓住了,
И с братом вместе кузнецы сковали,	铁匠们给我们戴上镣铐,
И стражи отвели в острог.	守卫们把我们关进牢房。
Я там жил, а брат не мог:	我住在牢房没事,哥哥住在牢房不适应:
Он скоро захворал	不久后他就生病了,
И меня не узнавал,	连我都不认识了,
А все за какого-то старика признавал.	总是把我当成一个老头。
Брат скоро помер, я его зарыл,	没过多久,哥哥就死了,我把他埋了,
А часового убил.	我打死了哨兵。
Сам побежал в дремучий лес	我自己逃到了茂密的森林里,
Под покров небес;	以天为被子。
По чащам и трущобам скитался,	我是森林里和贫民窟里的常客,
И к вам попался.	现在落到了您的手里。
Ежели хочешь, буду служить вам,	如果您愿意,我将会为您效命,
Никому спуску не дам!	绝不放过任何人!
Атаман (обращаясь к Эсаулу). Запиши его! у нас первый воин.	**首领**(转向大尉)把他的名字写下来!这是我们的第一位战士。

Эсаул.

Слушаю, могучий Атаман! (Обращаясь к незнакомцу.) Как тебя зовут?

Незнакомец.

Пиши – Безобразов!

Атаман снова приказывает Эсаулу взять подзорную трубку и, нет ли какой-нибудь опасности.

Эсаул (заявляет).

На море чернедь.

Атаман (как бы не расслышав).

Что за черти?

Это – в горах черви,

В воде – черти,

В лесу – сучки,

В городах – судейские крючки –

Да по отрогам рассадить.

Только я их не боюсь,

Смотри верней,

Сказывай скорей,

А не то велю вкатить разиков сто –

Пропадет вся твоя эсаульская служба ни за что!

Эсаул (посмотрев снова в трубу).

Смотрю, гляжу и вижу!

Атаман.

А что ты видишь?

Эсаул.

Вижу на берегу большое село!

大尉：

遵命，骁勇的首领！（面向陌生人）你叫什么名字？

陌生人：

你就写别佐布拉佐夫！

首领又命令大尉拿起望远镜查看，看看周边是否有危险。

大尉（向首领报告）：

海上一片漆黑。

首领（好像没听到一样）：

这是什么鬼东西？

山里面有爬虫，

水里面有魔鬼，

森林里有枝杈，

城里面有法官的魔爪，

会把我们抓到牢房。

只有我不怕他们，

要是看清楚了，

就赶快告诉我！

不然我让你滚一百次，

你干的活都付诸东流！

大尉（又拿着望远镜到处看）：

我在看呢，我看到了，看到了！

首领：

告诉我你看到了什么？

大尉：

我看到岸边有一个很大的村庄！

Атаман.	**首领**：
Вот давно бы так, а то у нас давно брюхо подвело.	早看到就好了，肚子咕咕叫了。
(Обращаясь к гребцам.) Приворачивай, ребята!	（转向桨手们） 快往那边划，伙伴们！
Все раз бойники хором подхватывают и весело	小伙子们高兴得欢呼雀跃，
Ко крутому бережочку... и т.д.	划向陡峭的堤岸……
Лодка пристает к берегу. Атаман приказывает Эсаулу узнать, кто в селе живет.	小船靠岸后，首领吩咐大尉弄清楚什么人住在这里。
Эсаул (кричит, обращаясь к публике).	**大尉**（对着观众大喊）：
Эй, полупочтенные, кто в этом селе живет?	唉，你们这些不值得尊重的人，谁住在这里？
Кто-нибудь из публики отвечает:	一位观众：
«Богатый помещик!»	一个富有的地主！
Атаман (посылает Эсаула к Богатому помещику узнать).	**首领**（派大尉去找地主问一问）：
Рад ли он нам,	我们来，他会不会高兴？
Дорогим гостям?	我们是不是他尊贵的客人？

Сцена 3-я

第三场

Эсаул (выходит из лодки и подойдя к одному из участииков представления, спрашивает).	**大尉**（从船上下来，走近一位演出的表演者）：
Дома ли хозяин? Кто здесь живет?	有人吗？这里是谁的家？
Помещик.	**地主**：
Богатый помещик.	一个富有的地主。
Эсаул.	**大尉**：
Тебя-то нам и надо!	我们找的就是你！

Рад ли ты нам,

Дорогим гостям?

Помещик.

Рад!

Эсаул.

А как рад?

Помещик.

Как чертям!

Эсаул (грозно).

Ка-ак? Повтори!

Помещик (дрожащим голосом).

Как милым друзьям.

Эсаул.

Ну, то-то же!

Эсаул возвращается назад и докладывает обо всем Атаману. Атаман велит разбойникам итти в гости к Богатому помещику. Шайка подымается и несколько раз обходит вокруг избы с пением «залихватской» песни: «Эй, усы! Вот усы! Атаманские усы!..»

Кончивши песню, шайка подходит к Богатому помещику. Атаманом и Помещиком повторяется почти буквально диалог с Эсаулом.

Атаман.

Деньги есть?

Помещик.

Нет!

看到你尊贵的客人

你感到开心吗?

地主:

开心!

大尉:

有多开心?

地主:

就像看到魔鬼那样开心!

大尉(暴怒):

你说什么? 你再说一遍!

地主(声音颤抖):

就像看到亲爱的朋友们。

大尉:

好了,这就对了!

大尉回去向首领汇报了一切。首领吩咐强盗们到这个富有的地主家里做客。这匪徒站起来,绕着小屋走了几圈,嘴里哼唱着朗朗上口的歌谣:"嘿,小胡子! 这就是小胡子! 这是首领的小胡子……"

唱完歌,这帮人来到这个富有的地主跟前。首领和地主几乎异同口声地对大尉说着话。

首领:

有钱吗?

地主:

没有!

Атаман.

Врешь, есть!

Помещик.

Тебе говорю – нет!

Атаман (обращаясь к шайке, кричит).

Эй, молодцы, жги, пали Богатого помещика!

Происходит свалка, и представление кончает.

首领：

撒谎，你有钱！

地主：

我跟你说了，我没有钱！

首领(转向自己的这帮兄弟，大喊一声)：

嘿，我的好弟兄们，放把火烧了这里，烧死这个富有的地主！

一场群架开场，演出结束。

后记

人的一生中会有诸多的执念：工作上的执念、生活上的执念、情感上的执念、学术上的执念……编写一本中俄对照的《俄罗斯民间文学作品选》是我在硕士阶段便萌发的一份学术执念。"执念"一词出自郭沫若的《残春》，现今这一词多用来指对一事物过度追求和执着的心念。一个词的释义凡与"过度"搭上边，会让人将其与过犹不及和咎由自取联系在一起。静心一想，俄罗斯民间文学作品中那些可爱的主人公们的心中不是也住着一份执念吗？

勇士埃莱·博图尔克服重重困难打败来自下界的怪兽阿巴瑟，成功解救了自己的姐妹、妻子和九十九名战俘，这是勇士捍卫自己家园的执念。伊利亚·穆罗梅茨凭借自己的勇猛与智慧打败了穷凶极恶的强盗索洛维，这是对维护光荣基辅罗斯荣誉的一份执念。弹奏着古斯里琴的诺夫哥罗德商人萨特阔抵抗住了海王设下的美色诱惑，这是对忠贞的一份执念。哥萨克首领斯捷潘·拉辛动员穷人们掠夺异教徒的船只，这是他带领底层贫苦民众摆脱贫困的一份执念。叶梅利扬·普加乔夫惩治俄罗斯的不义之人，这是他内心对正义与自由的一份执念。面对父亲沙皇马克西米扬的威逼利诱，阿道夫凛然赴死，这是他坚守东正教信仰的一份执念。俄罗斯民间文学中这些可爱可敬的人物形象总能触碰自己内心最柔软的地方，这或许是自己十几年来钟情俄罗斯民间文学的一个重要原因。

为什么我会从事俄罗斯民间文学方面的研究呢？感性层面，我从小喜爱中国民间文学，小时候父亲闲暇时给我讲述了很多山东民间故事、民间歌谣、民间传说等，灶王爷爷张万昌和丁香女的故事、何仙姑的故事、石头人的故事等都深深印在了记忆深处。接触俄罗斯文学后，我开始阅读大量俄罗斯民间文学作品。自己阅读的第一本俄文原文的俄罗斯民间文学研究著作是阿·尼·阿法纳西耶夫的《斯拉夫人的诗意观》，自己被俄罗斯民间文学中那个充满浪漫主义色彩的神奇世界深深吸引。理性层面，本人选择这一论题主要有三个方面的原因。研究选题层面，俄罗斯民间文学是俄罗斯民族传统文化的重要组成部分，民间文学和民间文学研究在俄罗斯的学术研究中占有重要地位，对了解俄罗斯文化及俄罗斯人观念产生的背景有重要帮助。学术价值层面，民间文学创作研究是俄罗斯文艺学的理论起点，研究俄罗斯民间文学创作对于俄罗斯文学理论建设具有特殊的价值。民间文学创作中凝结了不同时期下层人民的非官方的意识形态，其间蕴藉的幽默诙谐的艺术形式成为不同历史阶段文学创作中的活跃的思想资源。学科建设层面，我国对俄罗斯民间文学的研究集中在20世纪50、60年代，后出现研究断层，90年代后，普罗普、梅列金斯基、维谢洛夫斯基等的研究引起国内学者的关注，但是关注度相对较低。相信本著能够为提高民间文艺学的学科主体性做出一定的贡献。

从硕士阶段的一个想法到今天书稿的完成，特别感谢我的导师赵桂莲教授。从硕士论文《斯拉夫神话的多重解读》到博士论文《阿·尼·瓦尔拉莫夫创作的原型研究》均凝结了赵老师的心力。博士毕业后，跟赵老师探讨自己进一步的研究方向，她总能在关键时刻点醒她这个又"倔"又"轴"的学生。生活中，谦逊温润、心态平和、为人和善的赵老师是我的益友。在她身上，我逐渐明白"平和"的真谛，不嗟不叹、不尤不怨、和顺安静是一种处世境界。在本书译文的审校中，特别感谢我的硕士生和本科生的帮助，这些学生有李朝政、张雨婷、秦静、黄晓慧、公超、谢婷伊、闫笑、袁小堡等。

本书的出版得到了中国石油大学（华东）教务处"2023年校级规划教材"项目的支持。特别感谢北京大学出版社对本书出版的鼎力支持，感谢本书责编李哲老师一直以来的帮助和鼓励。此外，本书中的部分译文和评述是近年来本人承担科研课题的阶段性成果，感谢国家社科基金规划办、教育部社科司的资助。在本人个人学术成长的道路上，还有诸多老师和学友的帮助，在此也对他们表示衷心的感谢。

本书的编译过程中，选取了史诗、历史歌、民间故事、哭调、民间戏剧五类主要的俄罗斯民间文学体裁，未能涵盖俄罗斯民间文学的全部体裁，这是本书编写过程中的一大憾事。因为民间文学作品中出现了很多方言土语，编者在翻译过程中尽量字斟句酌，但部分汉语译文需进一步推敲，诚心恳请学界的各位专家学者批评指正。中俄对照版《俄罗斯民间文学作品选》完成后,我会奔赴另一个学术执念——《俄罗斯民间文艺学史》,希望这一计划能尽快落地,以最快速度与各位读者见面。

赵婷廷
2024 年 7 月 28 日